CAPSCOVIL

Buch

Blonder Kaviar ist nach Krötenmord der zweite Kriminalroman um den charmanten Hauptkommissar Felix Büschelberger. Dieses Mal bringt der Fall den Ermittler und sein Team nicht nur vollelektrisch auf die Straße, sondern auch elektronisch auf den Datenhighway des Internets.

Frankfurt: Ein brutaler Mord führt Hauptkommissar Büschelberger und sein Team direkt in das halbseidene Milieu und die erschreckenden Abgründe menschlicher Begierden. Auf finsteren und verborgenen Seiten des Internets ist ein Menschenleben nichts wert, besonders wenn es dem schnellen Geld im Weg steht oder der puren Lusterfüllung dient. Voller Entsetzen entdecken die Kommissare eine unbekannte Welt mitten in ihrer Stadt.

Im Laufe der Ermittlungen taucht ein dunkles Geheimnis aus Büschelbergers Vergangenheit auf, von dem bisher selbst sein bester Freund Emilio nichts ahnte. Wenn die Kommissare diesen Fall lösen wollen, muss sich der Hauptkommissar seiner Vergangenheit stellen. Nur welche Rolle spielt die neue Kollegin aus Osteuropa dabei?

Autor

Stephan Schwarz wuchs in Bremen auf. Nach der Dienstzeit bei der Deutschen Luftwaffe studierte er Ingenieur- und anschließend Wirtschaftswissenschaften in Braunschweig.

Auf seinen Reisen durch Europa schnappt er immer wieder Eindrücke für seine Geschichten und Krimis auf. Heute lebt er im Großraum München und ist glücklich verheiratet.

Stephan Schwarz unterstützt mit seinem Roman soziales Engagement. Nähere Informationen hierzu sind auf der Verlagswebseite zu finden.

STEPHAN SCHWARZ

BLONDER KAVIAR

Kriminalroman

CAPSCOVIL | GLONN

Besuchen Sie CAPSCOVIL auf

LINKEDIN | TWITTER | FACEBOOK | YOUTUBE | PINTEREST

oder auf der Verlagswebseite

www.capscovil.com

1. Auflage
Deutsche Taschenbuch-Erstausgabe November 2012
© Copyright Capscovil Verlag, Glonn, 2012

Umschlaggestaltung: MusiDesign
Druck und Bindung: Lightning Source
ISBN 978-3-942358-26-2 - Taschenbuch

*

Blonder Kaviar ist ebenfalls als eBook erhältlich.
Capscovil ® ist ein eingetragenes Markenzeichen von Britta Muzyk.

www.capscovil.com

Für Mama

Es hätte Dich gefreut

1

Mariola keuchte und versuchte krampfhaft, Luft zu holen. Sie hatte Angst, panische Angst. Dieses Mal würde Igor sie umbringen. Ihre Gedanken rasten. Wie sollte sie ihn beruhigen? Auf der anderen Seite fragte sie sich, ob sie das wirklich wollte? Sie war oft genug erniedrigt worden.

Sie saß gefesselt und nackt auf einem alten Holzstuhl, der hart und rissig war. Einen Splitter hatte sie sich bereits in ihr Fleisch gejagt. Ein schmaler Ledergürtel war eng um ihren Hals geschlungen und einer von Igors Männern zog sie daran nach hinten an die hohe Lehne des Stuhls. Er würde sie ohne zu zögern erwürgen, wenn sein Boss es ihm befahl.

„Bitte, Igor", flehte Mariola, „ich habe nicht nachgedacht, es war nur eine Panikreaktion. Ich würde dich nie verraten oder verlassen. Bitte!" Ihre Stimme wurde zu einem kaum noch wahrnehmbaren Krächzen. Igors Gesicht war ganz dicht vor ihrem, Mariola konnte den Hass und die unbeherrschte Wut in seinen Augen sehen.

Igors Atem stank nach Tabak und Wodka, und ein undefinierbarer, saurer Geruch lag als Grundnote darunter. Mariola wurde übel und sie drehte ihren Kopf zur Seite.

„Du Miststück, habe ich dir erlaubt wegzusehen?", zischte Igor.

Er schlug ihr mit seinem Handrücken quer durchs Gesicht. Mariola schwieg und schluckte den Schmerz hinunter. Ihr Gesicht war durch die vielen Schläge der letzten Stunde schon völlig verschwollen.

„Du miese Schlampe, du wirst heute noch lernen, was Schmerz bedeutet und du wirst nie wieder weglaufen! Hast du mich verstanden?", fragte Igor.

Mariola nickte stumm.

„Dann beweise es."

Er stand direkt vor ihr und öffnete seine Hose. Da er sich nur selten wusch, verbreitete sich sofort ein unangenehmer Geruch. Mariola wusste, dass sie es nie fertigbringen würde, was er nun von ihr forderte. Zorn und das Gefühl, zutiefst ungerecht behandelt zu werden, verdrängten Angst und Überlebenswillen. Sie schnappte nach ihm. Igor hatte so etwas allerdings erwartet und entzog sich rechtzeitig, so dass Mariolas Zähne laut aufeinanderschlugen.

Igors Stimme wurde eiskalt. „Das war die letzte Dummheit deines lächerlichen Lebens."

Er zog einen weiteren Stuhl heran und setzte sich ihr direkt gegenüber. Er drehte den Finger einmal im Kreis und gab damit seinem Untergebenen das Zeichen, den Gürtel enger zu ziehen. Mariola stemmte sich gegen ihre Fesseln, aber es hatte keinen Sinn. Dieses Mal würde er nicht rechtzeitig das Zeichen zum Aufhören geben.

Mit letzter Kraft sammelte Mariola etwas Speichel und spuckte ihm direkt auf seine breite Nase, die ihn als typischen Kaukasier kennzeichnete. Igor ließ die Spucke langsam an seiner Nase entlanglaufen, ohne sie abzuwischen. Er lächelte Mariola kalt an. Ihre Augen verdrehten sich, sie merkte nur noch halb, dass sich ihre Blase zwanghaft entleerte.

Das letzte Bild, das sie sah, war ihr Heimatdorf in der Ukraine und ihr kleiner Garten, in dem sie früher immer mit ihrer Mutter und ihrer Großmutter Salat gepflanzt und geerntet hatte. Mariola verlor das Bewusstsein. Sie spürte nicht mehr, wie ihr Genick dem Druck nachgab. Igor betrachtete voller Verachtung und ohne Mitgefühl den Körper, der zu seinen Füßen lag. Er versetzte ihm einen Tritt.

„Hole die anderen Männer, sie dürfen sich mit diesem Stück Fleisch vergnügen. Danach sollen die Mädchen sie sehen, als Warnung. Wer muckt oder auch nur irgendetwas sagt, wird ohne Gnade verprügelt. Allerdings nicht ins Gesicht, haben wir uns verstanden?", knurrte Igor.

Viktor Ramischkow nickte stumm. Er wusste, dass man seinem Boss in seiner jetzigen Gemütslage nicht widersprechen durfte. Viktor fürchtete sich weder vor der Hölle noch vor sonst irgendetwas, aber Igor Bramkolysch war schlimmer als der Leibhaftige selbst, das stand fest. Viktor holte zuerst die drei anderen Gehilfen aus Igors Truppe. Alles altgediente Soldaten der russischen

Armee, ehemalige Elitesoldaten, abgestumpft im Kampf gegen die Mudschaheddin in Tschetschenien. In seinen Augen waren diese Männer allerdings wilde Barbaren, Tiere ohne irgendein Gewissen. Sie vergingen sich mit Freude an der Toten. Viktor verließ angewidert das Zimmer. Töten war kein Problem für ihn, aber das, was jetzt in diesem Zimmer ablief, war selbst für ihn nicht zu ertragen.

Nach einer Stunde führte er die Mädchen ins Zimmer.

„Das ist eine Warnung für euch. Mariola hat nie begriffen, dass es kein Entkommen gibt, also lernt aus ihrem Tod", sprach er zu ihnen. Er sperrte die jungen Frauen, sieben an der Zahl, in das Zimmer und schloss ab. Nach dreißig Minuten holte er die völlig verweinten Mädchen wieder heraus.

„Los, macht euch hübsch, ihr habt bald wieder Kunden. Und denkt daran, keinen Ton zu irgendjemandem, sonst seid ihr die Nächsten."

Viktor blickte auf Mariola, die noch vor Kurzem ein sehr hübsches Gesicht gehabt hatte. Ihr langes dunkelbraunes Haar war ordentlich gekämmt. Zum Teufel, dachte er, da haben diese dummen Hühner doch ihre tote Freundin gekämmt und versucht, sie ordentlich zurechtzumachen. Dann breitete sich ein Lächeln auf seinem eckigen Gesicht aus. So hatten sie wahrscheinlich auch Spuren verwischt, umso besser! Heute Abend würden sie die Leiche verschwinden lassen.

Robert Dervil trommelte nervös mit seinen Fingern auf das Lenkrad seines A4. Er hatte gestern einen beunruhigenden Anruf von seinem Chef Ingo Thrommer bekommen. Er solle am nächsten Morgen sofort zu ihm ins Büro kommen, alle anderen Termine seien abzusagen.

Robert wusste, dass mal wieder Umstrukturierungen anstanden, aber eigentlich erfüllte er seine Planzahlen und war keinesfalls der schlechteste Vertriebler. Er ging in seinem Kopf sämtliche Möglichkeiten durch, aber die beunruhigendste war und blieb leider auch die wahrscheinlichste: seine Entlassung.

„Mein Gott, warum fahrt ihr denn nicht, warum ausgerechnet heute?", schrie er seinen Zorn regelrecht heraus.

Gut, dass die anderen Autofahrer ihn nicht hören konnten. Aber in diesem Moment wäre es ihm egal, selbst wenn sie ihn hören würden. Er steckte mitten im Stau auf der A 5 zwischen Frankfurt und Darmstadt. Gerade hatte er den Flughafen passiert und somit die letzte Möglichkeit verpasst, den Stau über die A 67 zu umgehen. Die Entfernung zum Büro betrug genau zehn Kilometer Luftlinie, aber da jetzt gar nichts mehr ging, hätten es genauso gut eintausend sein können. Er würde auf jeden Fall zu spät kommen. Sein Termin war um neun Uhr früh und jetzt war es schon zwanzig Minuten vor.

„Scheiße, verdammte Scheiße! Warum muss das immer mir passieren?", fluchte Robert.

Er hörte jetzt schon die Zurechtweisung seines Chefs, der immer zu sagen pflegte, dass ein Außendienstler immer einen Stau mit einkalkulieren müsse, das sei seine Pflicht, und Pünktlichkeit seine Visitenkarte.

Robert hatte heute extra eine ganze Stunde Toleranz einkalkuliert, aber die Strecke Kassel – Darmstadt war einfach nicht mehr planbar. Zu allem Übel spürte er jetzt auch noch seine Blase. Er hatte zu viel Kaffee getrunken und die Nervosität tat ihr Übriges dazu.

„Oh bitte, fahrt doch, ich habe es doch bald geschafft, nur noch zwei Ausfahrten und ich bin da", bettelte er.

Einen Moment lang überlegte er, ob er einfach auf der Standspur an dem Stau vorbeifahren sollte. Da er jedoch schon elf Punkte in Flensburg hatte, unterließ er diese Aktion schweren Herzens. Im Schneckentempo schlich die Kolonne weiter.

Nach einer viertel Stunde bog Robert auf den Parkplatz zwischen Frankfurt und Darmstadt ab, seine Blase würde keine weitere Verzögerung mehr zulassen. Er rief kurz im Büro an, um der Sekretärin von Herrn Thrommer mitzuteilen, dass er durch den Stau auf der A 5 mindestens eine halbe Stunde zu spät kommen werde.

Kim Lavaggi, ein rassige Halbitalienerin, versuchte ihn damit zu trösten, dass fast die halbe Belegschaft zu spät gekommen sei. Die A 5 sei die gesamte Nacht über wegen eines schweren Unfalls total gesperrt gewesen. Thrommer sei allerdings schon im Büro, aber sie werde ihm ausrichten, dass Robert bald da sei.

„Danke, Kim, ich schulde dir was! Du kannst den Chef immer so gut beruhigen, wenn er sich aufregt."

„Keine Ursache, Robert. Aber wenn du meinst, dass du mir was schuldest, dann wüsste ich schon, wie du mir deine Dankbarkeit beweisen könntest."

„Ja?" Er wusste schon, was jetzt kommen werde. Seine Freundin Wiebke hatte eine kleine Boutique in Kassel und sie verkaufte dort nur Markenware von Versace, Dolce & Gabbana, Ferré, Gucci und weiteren Nobeldesignern. Einmal im Monat fuhren er und Wiebke nach Mailand, um in den dortigen Outlets neue Ware zu kaufen und sie mit gutem Gewinn in Deutschland wieder zu verkaufen. Ein Großteil lief über Auktionen bei Ebay. Kim hatte schon öfter etwas gekauft und als seine Kollegin auch schon mal Sonderrabatte bekommen.

„Deine Freundin bietet gerade eine wahnsinnig schöne Jeansjacke mit Strass von Dolce bei Ebay an. Leider immer noch zu teuer für mich. Wenn du da was machen könntest ...", sagte sie.

„Klar, mache ich, zeig mir nachher nur, welche Jacke genau du meinst. Ich kenne mich da nicht so aus", antwortete er.

„Das werde ich tun und ich weiß auch schon, wie ich den Chef beruhige, also bis gleich!" Kim legte auf.

Robert parkte seinen Dienstwagen und suchte einen ruhigen Platz, um sich zu erleichtern. Seitdem die Tankstellen und Rasthöfe eine Gebühr für die Benutzung der Toiletten verlangten, pinkelte er lieber selbst bei Regen und eisiger Kälte in irgendwelche Büsche, um die Ausbeutung der Not der Autofahrer zu boykottieren. Dies war eine der wenigen revolutionären Ansichten, die er vertrat, ansonsten würde ihn jeder als Pedanten und Spießer bezeichnen. Robert rannte über den Rasen, auf dem der Morgentau glänzte, und arbeitete sich durch die Hecke, bis er fast an dem Zaun stand, der den Flughafen vom Parkplatz trennte.

Er öffnete seine Hose und zielte mit seinem Urinstrahl von rechts nach links. Schon als kleiner Junge hatte er immer Zielpinkeln geübt. Damals waren es in seiner Phantasie Häuserbrände gewesen, die er bekämpft hatte. Heute freute er sich, wenn es ihm gelang, einzelne Blätter zu bewegen. Direkt vor ihm war ein großer Blatthaufen, den er jetzt bearbeitete. Er hing seinen Gedanken nach, während sein Urin die Blätter eines nach dem anderen vom Haufen fortschwemmte.

Fast hätte Robert es nicht gesehen, doch gerade als er die letzten Tropfen abschüttelte, sah er die dunkelbraunen Haare und den Stirnansatz – nass von seinem Urin – inmitten des Laubberges. Sein Verstand wollte die Botschaft, die ihm seine Augen vermittelten, nicht wahrhaben: Das konnte nicht sein. Er beugte sich nach vorne und mit der rechten Hand schob er das nasse und warme Laub zur Seite, bis er den Kopf der Frau sah. Ein Schrei entwich seiner Kehle. Voller Entsetzen drehte er sich um und floh panikartig auf den Parkplatz zurück, seine offene Hose und den Anblick, den er bot, völlig vergessend.

Es dauerte eine ganze Minute, bevor Robert die seltsamen Blicke der Menschen um ihn herum – erbost, fragend, kopfschüttelnd – richtig interpretierte. Zutiefst beschämt schloss er seine Hose und erinnerte sich jetzt auch an sein Handy, das er in seinem Sakko dabeihatte. Er wählte den Notruf und gab mehr schlecht als recht an, wer und wo er sei und was er gesehen habe. Dann setzte er sich zitternd in sein Auto, um die Ankunft der Polizei abzuwarten. Sein Herz raste und ihm war schlecht. Er vergaß außerdem, den Termin mit seinem Chef abzusagen.

Felix Büschelberger, Hauptkommissar der Frankfurter Mordkommission, saß mit seinen Kollegen Emilio und Arno beim morgendlichen Tee. Es war zur Routine innerhalb dieses Ermittlungsteams geworden, dass jeder Morgen mit einer Tasse Tee begann.

Zudem trank keiner von ihnen Kaffee und damit waren sie innerhalb der gesamten Frankfurter Polizei als etwas schrullige „Teetruppe" bekannt. Eine Person fehlte noch in ihrer Runde: Frauke, die Frau in ihrem Team. Sie hatte nicht angerufen, um mitzuteilen, dass sie später kommen würde.

Emilio erzählte gerade einige Neuigkeiten, die er in seinen Computerzeitschriften gelesen hatte. Er war der Technikexperte im Team und zum Beispiel der Einzige, der alle Verhöre gleich in seinen Tablet-PC eintippte und sie anschließend sofort auf den Server übertrug und ausdruckte. So war er immer schneller fertig als seine Kollegen.

In diesem Moment erschien Frauke in der Tür und hatte eine Torte in der Hand. Sie strahlte über das ganze Gesicht. Im Schlepptau hatte sie Dr. Kevin Murr, den Chefpathologen der Rechtsmedizinischen Abteilung.

Kevin und Frauke waren seit knapp einem halben Jahr ein Liebespaar. Kevin trug eine Flasche Champagner bei sich.

„Nanu, haben wir deinen Geburtstag vergessen? Ich habe immer gedacht, dass du im Januar geboren bist und nicht im September." Felix schaute Frauke fragend an.

„Nein, du irrst dich nicht, aber wir haben trotzdem etwas zu feiern." Sie strahlte ihre Arbeitskollegen an. Felix, der ahnte, was jetzt kommen könnte, wollte es kaum glauben.

„Sag nicht, dass ihr ..." Weiter kam er nicht, da Frauke ihm überglücklich ins Wort fiel.

„Doch! Kevin und ich werden heiraten, in vier Wochen schon."

Nach einer Schrecksekunde gratulierten die drei Kommissare Frauke und Kevin und klopften ihrem Pathologen herzhaft auf die Schulter.

„Na, dann bekommen wir ab sofort bestimmt Sonderbehandlung bei unseren Ermittlungen und müssen nicht mehr so lange auf die Ergebnisse warten." Felix grinste Kevin Murr breit an, die beiden waren inzwischen gute Freunde geworden.

„Träum weiter, Felix!" Kevin tippte sich mit seinem Zeigefinger an die Stirn, um seine Meinung dazu deutlich zu machen.

Frauke schnitt die Torte an und Kevin schenkte den Champagner in die Gläser ein, die Emilio inzwischen organisiert hatte. Sie prosteten den Verlobten zu und es herrschte eine fröhliche Stimmung im Raum.

„Wo wollt ihr denn heiraten?" Arno blickte die beiden fragend an.

„In Marburg. Frauke ist dort geboren und ich habe dort Medizin studiert, also haben wir beide Verbindungen zu diesem Ort. Außerdem ist das eine sehr schöne kleine Stadt mit einem noch intakten alten Ortskern", sagte Kevin.

„Wohin soll es denn in die Flitterwochen gehen? Italien vielleicht?" Emilio als geborener Italiener konnte sich kein besseres Reiseziel denken.

„Nein, ich möchte gerne nach Südafrika. Da ist es jetzt Frühling und weder Nina noch ich waren dort jemals. Kevin hingegen hat schon ein paar Fachvorträge in Kapstadt gehalten." Frauke drückte bewundernd Kevins Hand.

Dr. Kevin Murr war in der Tat auf dem Gebiet der Forensischen Medizin eine international anerkannte Koryphäe. Felix freute sich, dass die beiden sich offensichtlich wirklich liebten. Er musste lächeln, als ihm wieder einfiel, wie überrascht alle seine Kollegen gewesen waren, als Frauke und Kevin ihnen ihre Liebe gezeigt hatten. Keiner der drei Kommissare hatte davor etwas bemerkt oder auch nur geahnt. Sicherlich tat es Nina, Fraukes Tochter, gut, in einer richtigen Familie aufzuwachsen.

Felix spürte allerdings auch einen Hauch von Traurigkeit, als er sich klarmachte, dass er im Moment der einzige Single in ihrem Ermittlungsteam war. Emilio war seit Langem glücklich verheiratet, eine Seltenheit in Polizeikreisen. Arno hatte seit knapp sechs Wochen eine Freundin, die allerdings ziemlich launisch und leicht erregbar war. Er hatte schon manch bizarre Geschichte erzählt.

Felix erwartete von Arnos Freundin auch nichts anderes, denn die beiden hatten sich im „Line Dance Club" kennen gelernt. Arno war ein großer Fan von Modern Country Musik. Seine Freundin – sie hieß Grit – kam aus einem ganz kleinen Dorf im Thüringer Wald. Ein echtes Landei, passend zu Arno, wie Felix sich eingestand. Er schaute zu Frauke. Sie würde nun bald heiraten und nur er wäre dann noch allein.

„Hey du Träumer, ich habe schon zweimal mit dir angestoßen und du reagierst nicht." Kevin wedelte mit seiner Hand vor Felix' Gesicht.

„Sorry, ich habe wohl gerade geträumt." Er musste lächeln.

„Den Eindruck habe ich auch", antwortete Kevin.

Er brach ein Stück von seiner Nussschokolade ab. Eine Tafel dieser Sorte hatte er immer dabei. Bevor er mit Frauke zusammenkam, war er der größte Kettenraucher gewesen, den Felix je gesehen hatte. Selbst im Sezierzimmer hatte er geraucht und sich dabei über jedes Verbot hinweggesetzt. Jetzt war diese Sucht durch Nussschokolade ersetzt worden. Allerdings behielt Kevin seine schlanke Figur, ein weiteres Rätsel für Felix, genauso wie er nicht begriff, wie Dr. Murr es sich zwischen zwei Leichen schmecken lassen konnte. Es lag immer eine offene Schokoladenpackung neben dem OP-Tisch.

Zwischenzeitlich hatte der Rechtsmediziner es auch mit einer elektrischen Zigarette probiert. Das hatte er aber auch nach kurzer Zeit aufgegeben, da die gesundheitlichen Risiken heftig diskutiert wurden. Er als Pathologe kannte die schädlichen Folgen sehr genau. In den Liquiden, die für die E-Zigarette angeboten wurden, waren oft Propylenglykol und andere meist nicht näher erläuterte Stoffe enthalten. Deren langfristige Wirkung auf den menschlichen Körper war völlig unbekannt. Die Nikotinmenge wurde meist auch nicht angegeben.

Mehrere Raucher hatten nach dem Genuss von E-Zigaretten mit dem Verdacht auf eine Nikotinvergiftung behandelt werden müssen. Bei einem Mann aus den USA war die E-Zigarette sogar im Mund explodiert. Auch wenn es sich hierbei um eine Billigproduktion aus Fernost gehandelt hatte, war das der ausschlaggebende Grund gewesen, warum Dr. Murr jetzt nicht mehr rauchte.

Ihre morgendliche Runde wurde durch das schrille Piepen von Kevins Handy unterbrochen. Er ging ran und schaute vielsagend in die Gesichter der befreundeten Kommissare. Nachdem er das Gespräch beendet hatte, wandte er sich an Felix.

„Ich muss weg, sie haben eine Frauenleiche auf dem Autobahnparkplatz beim Flughafen gefunden."

„Hm, da wir unseren letzten Fall gerade abgeschlossen haben, könnte es sein, dass wir diesem zugeteilt werden. Vielleicht treffen wir uns da", antwortete Felix.

In diesem Moment betrat Staatsanwalt Fromm das Besprechungszimmer.

„Ah, einen guten Morgen, es sind hier ja alle versammelt, so wie ich es vermutet habe."

Er grüßte in die Runde. „Gibt es was zu feiern?"

Frauke nickte. „Dr. Murr und ich werden bald heiraten."

„Na, dann herzlichen Glückwunsch! Leider haben wir jetzt keine Zeit, sonst würde ich gerne den Kuchen probieren. Es gibt eine Tote an der Autobahn und Ihr Team ist diesem Fall zugeteilt", sagte der Staatsanwalt.

„Ja, ich habe auch einen Anruf bekommen und wollte gerade los." Dr. Murr blieb im Raum stehen und wandte sich an Felix. „Jetzt können wir ja gemeinsam zum Fundort fahren."

„Gut, dann wollen wir mal. Emilio, du holst den Wagen und dann geht es los", sagte der Hauptkommissar.

Während die drei Männer den Raum verließen, überredete Frauke den Staatsanwalt, sich doch ein Stück Torte zu genehmigen, was dieser nach kurzem Zögern annahm. Staatsanwalt Fromm war sehr freundlich und durchaus beliebt bei Felix und seinem Team. Er arbeitete eng mit ihnen zusammen und verstand die Nöte der Kommissare und die ermittlungstechnischen Zwänge, denen sie sich manchmal ausgesetzt sahen. Er galt durchaus als Befürworter der sogenannten kreativen Ermittlungen. Manchmal wollte er nicht wissen, wie Felix und seine Kollegen an ihre Ergebnisse kamen. Er hatte jedoch ein paar Grenzen gezogen und sehr deutlich gemacht, dass diese niemals überschritten werden dürften.

Arno und Frauke plauderten noch fünf Minuten mit Staatsanwalt Fromm, bevor dieser wieder ging. Danach bereiteten die beiden Kommissare alles vor, damit die Ermittlungen gleich nach der Rückkehr von Felix und Emilio beginnen konnten.

Emilio hatte das Blaulicht eingeschaltet und fuhr mit Vollgas über die Autobahn. Ein Anblick, der immer wieder für Erstaunen und Heiterkeit sorgte. Die Kommissare fuhren nämlich einen Elektrowagen. Sie unterstützten damit einen Versuch, der die Alltagstauglichkeit von Elektromobilen beweisen sollte.

Liebevoll berührten Emilios Hände das Lenkrad ihres neuen Dienstwagens. Bei einem Einsatz vor zwei Monaten hatte ihnen ein anderer Fahrer die Vorfahrt genommen. Sie waren daraufhin frontal in seine Seite gekracht. Ihr alter und bis dato treuer Stromos hatte dabei leider einen Totalschaden erlitten. Damals hatte sich gezeigt, dass Elektroautos nicht gefährlicher waren als herkömmliche Wagen. Alle Sicherheitssysteme hatten einwandfrei funktioniert und der Wagen war sofort spannungslos gewesen. Es hatte im Gegensatz zu mancher Befürchtung, die im Internet verbreitet wurde, keine unkontrollierten Spannungsfelder oder Kriechströme gegeben. Die beiden Kommissare hatten den Wagen gefahrlos verlassen.

Spätestens seitdem Emilio Perfondo als Gastredner auf einer Fachtagung zum Thema Elektromobilität gesprochen hatte, galten die Frankfurter Ermittler als avantgardistische Helden der Elektromobilitätsbranche. Felix hatte seinem alten Freund die Wahl ihres neuen Dienstwagens überlassen und so hatte sich dieser am Ende für den ActiveE entschieden. Dieser Wagen hatte immerhin eine Reichweite von 160 Kilometern und auch einen etwas anderen Nimbus als ihr altes Elektroauto. Die höhere Reichweite wurde durch die Rückführung von Bewegungsenergie erzielt, da der Wagen diese Energie wieder in die Batterie speiste, wenn der Fahrer den Fuß vom Fahrpedal nahm.

Der Hersteller hatte auch gleich eine App für Smartphones entwickelt, mit der man im Umkreis suchen konnte, wo sich Parkplätze mit Lademöglichkeiten befanden. Ihr neuer Dienstwagen hatte auch wesentlich mehr Power als der alte. Beim ActiveE standen ihnen 125 Kilowatt zur Verfügung, damit erreichten sie Tempo 100 in neun Sekunden. Da dieser Wagen von vornherein als reines Elektroauto konzipiert worden war, hatte er auch kein Schaltgetriebe mehr und benötigte keine Kupplung. Der Motor saß direkt an der Hinterachse. Aus dem Stand lieferte der Synchronmotor die vollen 250 Newtonmeter.

Die Bordelektronik überwachte Status und Ladezustand der Batterie und regelte bei Bedarf die anderen elektrischen Verbraucher – wie zum Beispiel die Sitzheizung – herunter. Im Display wurde die optimale Geschwindigkeit angegeben, um eine möglichst hohe Reichweite zu erhalten. Der Kofferraum bot immerhin 200 Liter Platz und war damit ebenfalls um einiges größer als der ihres alten Elektromobils.

Was Kommissar Perfondo besonders überzeugt hatte, war die Rechnung des Herstellers, die bewies, dass eine einzige Windkraftanlage im Megawattbereich genug Strom erzeugte, um mehrere Hundert ActiveE pro Jahr jeweils 17.000 Kilometer fahren lassen zu können.

Hauptkommissar Büschelberger hatte indessen die ökologisch nachhaltige Produktion im Werk Leipzig, in dem auch ihr neues Dienstauto entstanden war, gefreut. So gab es dort eine Rückgewinnung von Produktionswärme und die Rasenfläche wurde von Schafen kurz gehalten.

Der Rastplatz lag nicht weit entfernt, aber im frühen Berufsverkehr hätten sie normalerweise über zwanzig Minuten gebraucht. Emilio raste über die Standspur. Felix, der die Fahrweise seines Freundes schon lange kannte, blieb einigermaßen gelassen. Kevin Murr hingegen, der zum ersten Mal mit Emilio fuhr, erbleichte, obwohl er von dessen rasantem Fahrstil schon oft gehört hatte.

Emilio hupte und betätigte die Lichthupe, zudem machte ihnen das Martinshorn den Weg frei. Sie kamen mit quietschenden Reifen vor dem Streifenwagen der Schutzpolizei zum Stehen.

Die Beamten in Uniform hatten inzwischen eine Absperrung errichtet und den Fundort gesichert. In einem VW Transporter saß ein gut gekleideter Mann – wahrscheinlich Geschäftsmann, dachte Felix bei sich – und wirkte fahrig und nervös. Einer der Streifenpolizisten sprach mit ihm und schien ihn beruhigen zu wollen. Felix nahm an, dass es sich hierbei um den Zeugen handelte, der die Leiche gefunden hatte. Er würde sich später mit ihm unterhalten, jetzt nahm er die Eindrücke des Fundorts – vielleicht Tatorts – in sich auf. Während Felix die Umgebung und den Nebel über den Baumwipfeln melancholisch betrachtete, ließ sich Dr. Kevin Murr zur Toten führen.

Emilio stand hinter Felix, er wusste, dass dieser jetzt einige Minuten für sich brauchte. Eine Eigenart, die er von seinem ersten Partner und späteren Mentor übernommen hatte.

„Es wird Herbst und das Laub beginnt zu fallen, die Natur zieht sich zurück, um in der Ruhe Kraft zu finden, nur der Mensch macht weiter und weiter. Mörder kennen keine Pause! Ach Emilio, manchmal betrübt mich unser Job. Immer nur sehen wir das Schlechte, das Menschen tun, und nie das Gute." Felix schwieg eine Minute.

„Lass uns zur Toten gehen, ehe ich noch in Trübsinn versinke."

Sie fanden Kevin Murr über die Tote gebeugt und wie er gerade die alte Armeedecke, in die sie eingewickelt war, vorsichtig öffnete, um keine Spuren zu vernichten. Felix legte seinen inneren Schalter auf „Profi Hunter" um. Er konnte es sich nicht leisten, durch Gefühle am logischen Denken und Ermitteln gehindert zu werden. Über diesen Schutzmechanismus verfügten die meisten Polizisten. Wer das nicht konnte, verfiel irgendwann dem Alkohol oder anderen Drogen.

Felix sah sich die Tote genauer an. Sie wirkte jung und trotz des zerschundenen Gesichts schien sie schön gewesen zu sein. Er hatte immer Schwierigkeiten, damit fertig zu werden, wenn er junge Frauen so misshandelt auffand. Seine Mutter hatte ihm beigebracht, dass man Frauen mit Respekt behandelte. Er ballte frustriert und zornig seine Fäuste und blickte stumm zu Emilio. Innerlich schwor er sich in diesem Moment, dass sie alles tun würden, um den oder die Täter zu finden. Felix glaubte, dass nur Männer zu solchen Taten fähig seien.

Emilios Blick ruhte starr auf der Leiche, seine Kiefermuskeln arbeiteten und sein Gesicht war verhärtet. Dann trafen sich ihre Blicke und Felix erkannte die gleiche Entschlossenheit in Emilios Augen. Mörder würden wohl nie verstehen, dass sie, je brutaler sie vorgingen, die Entschlossenheit der ermittelnden Polizisten nur noch mehr anfachten. Die moderne Spurensicherung werde das Ihre dazu tun, den Fall zu lösen.

Eine junge Frau, offensichtlich ermordet, rangierte auf Platz zwei der internen „Wir kriegen dich Skala". Platz eins war Kindermord, da machte jeder Beamte Doppelschichten.

Felix atmete einmal langsam aus, zwang sich zur Ruhe und leerte seinen Geist von allen Vorurteilen.

„Nun Kevin, was kannst du uns jetzt schon sagen?", fragte er.

Kevin fuhr gerade mit seinen Händen, die in dünnen Latexhandschuhen steckten, über die Halswirbel des Opfers. Er tastete den Kehlkopf ab.

„Felix, du weißt doch, wie sehr ich es hasse, wenn ihr mich drängt. Aber ich bin mir ziemlich sicher, dass sie erdrosselt wurde", brummte er.

Er hob den rechten Arm und betrachtete die Unterseite.

„Hm, grob geschätzt ist sie jetzt achtzehn Stunden tot, aber Genaueres erst nach der ...“

„... Autopsie. Ja, ich weiß“, beendete Felix den Satz. „Was schätzt du, wie alt sie ist?“, fragte er.

„Höchstens fünfundzwanzig Jahre, älter auf keinen Fall!“, antwortete der Pathologe.

„Emilio hat mir kürzlich erzählt, dass es jetzt sogar schon eine Software gebe, die anhand des Gesichtes das Alter ermitteln könne. Meinst du, dass wir so etwas in Zukunft auch nutzen können?“

Kevin lachte verächtlich. „Diesen Artikel habe ich auch gelesen. Dabei handelt es sich um eine Firma aus Israel und die geben nur Schätzwerte an. Du bekommst einen Altersbereich „von ... bis ...“ genannt und einen Wahrscheinlichkeitswert dazu. Das ist einfach eine Normalverteilung, die da zugrunde liegt. Nein, ich kann das eindeutig besser. Das darfst du mir glauben!“

Keine privaten Sachen bei der Toten, keine Papiere, das bedeutete, erste Priorität hatte die Identifizierung. Felix wandte sich gerade zum Gehen, als Kevin noch etwas bemerkte. „Felix, ich tippe darauf, dass unsere Tote aus dem Osten kommt, sie hat slawische Gesichtsknochen.“

Felix nickte dankbar. Dies war immerhin ein Anfang. Er und Emilio gingen zum Streifenwagen, in dem der Zeuge saß.

Felix stellte sich und Emilio vor.

„Guten Morgen! Mein Name ist Felix Büschelberger und das ist mein Kollege Emilio Perfondo. Wir sind mit der Aufklärung dieses Falls beauftragt und würden gerne von Ihnen hören, was genau Sie gesehen haben.“

Emilio hatte seinen Tablet-PC gestartet und wartete darauf, dass ihr Zeuge anfing, zu erzählen.

Zuerst tippte Emilio die persönliche Daten von Robert Dervil ein: Geboren am 13. Juni 1969 in Kassel, wohnhaft in der Friedrichstrasse 18. Regionaler Vertriebsleiter für eine Werkzeugmaschinenfabrik. Die Schilderung von Robert Dervil war kurz und nicht wirklich hilfreich.

„Also, wie ich Ihren Kollegen schon erzählt habe, bin ich auf dem Weg zu einer Besprechung mit meinem Chef in unserer Zentrale in Darmstadt. Da ich pinkeln musste, habe ich hier gehalten. Zuerst habe ich sie nicht gesehen, die Leiche war unter Laub und dünnen Ästen versteckt. Als ich dann durch die Blätter ihr Haar und Gesicht sah, bin ich geschockt zu meinem Auto gelaufen und habe 110 gewählt. Das ist alles", schilderte der Zeuge die Begebenheit.

Felix schwieg ein paar Sekunden. Die nächste Frage würde ihm viel verraten, wenn er sie richtig stellte. Schweigen und die Unsicherheit beim Zeugen erhöhen waren gute Mittel, um die richtige Atmosphäre dafür zu schaffen.

„Haben Sie die Leiche irgendwie berührt?", fragte er.

„Nein, ganz bestimmt nicht, mein erster Gedanke war ‚Nur weg von hier'." Das Entsetzen war nicht gespielt.

Nervös nutzte der Zeuge ein Taschentuch, um sich die Finger zu reinigen. „Obwohl ... es könnte doch sein. Als ich gesehen habe, was da liegt, habe ich das Laub mit meiner Hand etwas zur Seite geschoben, weil ich klarer sehen wollte. Vielleicht habe ich dabei ihr Haar berührt!"

„Okay, das ist verständlich, bedeutet allerdings, dass wir Ihre Fingerabdrücke nehmen müssen. Sie kennen die Tote auch nicht? Oder haben Sie die Frau schon vorher mal gesehen?", hakte Felix nach.

„Nein, ich habe sie noch nie zuvor gesehen", antwortete Herr Dervil zitternd.

„Gut, Sie müssen verstehen, dass wir diese Fragen stellen müssen. Das ist sozusagen direkt dem Leitfaden für Polizisten entnommen." Felix lächelte den Zeugen an, um die Stimmung wieder zu beruhigen. Es war wichtig, dass der Zeuge nicht das Gefühl bekam, er würde verdächtigt.

„Sie haben keine Schleifspuren bemerkt, als Sie durch das Gebüsch gelaufen sind? Sie sind ja nicht gerade am Rand geblieben, sondern ziemlich weit in die Büsche hineingegangen", fragte er.

„Nein, ich habe nichts gesehen, aber ich habe auch nicht darauf geachtet", sagte der Zeuge.

„Warum sind Sie überhaupt so weit in die Büsche gegangen? Die meisten Männer stellen sich an den Rand und nicht mitten rein", stellte der Ermittlungsleiter eine weitere Frage.

Robert Dervil zögerte mit seiner Antwort. „Nun, ich weiß nicht, wie ich es sagen soll. Ich kann nicht, wenn ich beobachtet werde. Verstehen Sie, was ich meine?"

Felix nickte. „Ja, das kenne ich. Sonst haben Sie nichts weiter gesehen? Ein Auto, das hier in der Nähe stand und Ihnen verdächtig vorkam? Irgendwelche Leute, die vielleicht genau beobachtet haben, was Sie machen?"

Herr Dervil schüttelte den Kopf. „Nein, nichts. Ich habe nichts gesehen. Tut mir leid."

„Ist okay, die meisten Menschen sind ziemlich schlechte Zeugen, daran sind wir gewöhnt. Ich denke, das war alles. Wenn wir noch was von Ihnen wollen, dann werden wir uns melden. Brauchen Sie eine Beruhigungspille?", fragte Felix den noch immer aufgelösten Zeugen.

„Nein, ich denke, ich komme schon klar", antwortete dieser.

„Gut, dann müssen wir nur noch Abdrücke Ihrer Schuhe erstellen, damit wir Ihre Spuren richtig zuordnen können", erklärte Felix.

Robert Dervil blickte resigniert drein und ging zu einem Mann der Spurensicherung, den Felix ihm zeigte.

„Tja, ich denke, der weiß nichts!" Felix blickte zu Emilio, der zustimmend nickte.

Inzwischen war auch die Spurensicherung vollständig am Fundort vertreten. Fotos wurden geschossen, Laub und Äste, welche die Tote bedeckt hatten, wurden eingetütet. Der Leichenwagen fuhr vor und die beiden Träger warteten, bis sie die Leiche fortbringen durften. Nach knapp zwei Stunden fuhren Emilio und Felix zurück ins Büro. Kevin war zusammen mit dem Leichenwagen ins Rechtsmedizinische Institut gefahren, um die Obduktion durchzuführen.

Zurück im Revier, druckte Emilio seinen Bericht aus und Felix gab eine erste Einschätzung der Lage ab.

„Wir haben es mit Mord zu tun. Kevin vermutet, dass unser Opfer erwürgt wurde. Wir haben keine Papiere gefunden und die junge Frau lag nackt in eine alte Pferdedecke beziehungsweise Bundeswehrdecke gewickelt. Kevin meint, dass die Frau aus dem Osten kommen könnte. Ich schätze sie auf höchstens dreiundzwanzig. Da sie nackt war, schließe ich einen sexuellen Hintergrund nicht aus. Das wird mal wieder ein Fall, der uns alles abverlangt. Ich will den Täter haben! Am besten noch heute."

Felix schwieg für einen Moment. „Arno, du wirst die Vermisstenanzeigen durchgehen und Frauke kann überprüfen, ob es ähnlich gelagerte Fälle in den letzten Jahren hier in Deutschland gegeben hat. Emilio, du wirst dir schnellstens die Fotos besorgen, die unser Fotograf vom Opfer gemacht hat. Wenn wir sie haben, fahren wir die Russenheime ab. Vielleicht kennt sie jemand."

„Könnte das Opfer im Rotlichtmilieu gearbeitet haben? Vielleicht war ihr letzter Freier pervers und hat sie umgebracht, weil sie seine Wünsche nicht erfüllt hat." Frauke stellte die Frage, die Felix sich auch schon gestellt hatte.

Frankfurt war eine der ersten Anlaufstellen für Mädchen aus dem Osten, die hier unter Zwang oder freiwillig der Prostitution nachgingen. Allerdings glaubte Felix, dass mindestens achtzig Prozent der jungen Frauen gezwungen würden.

„Das kann schon sein. Ein Grund mehr, zu prüfen, ob es ähnliche Fälle gab. Wenn es eine Serie ist, dann will ich es so schnell wie möglich wissen, bevor die Presse uns zerreißt. Ich werde das Foto an Kurt Sulzner von der Sitte mailen, mit der Bitte, zu schauen, ob sie in seiner Abteilung bekannt ist. Dann werde ich jetzt Fromm unterrichten, dass wir sehr wahrscheinlich in einem Mordfall ermitteln." Mit diesen Worten beendete Felix ihre erste Besprechung.

Die Polizisten trennten sich, um ihre Aufgaben zu erledigen. Der Apparat war in Gang gekommen und nichts würde ihn mehr aufhalten.

Nach zwei Stunden waren die Fotos in Felix' Mailbox und er schickte sie gleich weiter an Kommissar Sulzner.

„Emilio, ich telefoniere nur kurz mit Kurt, dann fahren wir los und schauen uns mal in den Heimen um."

Felix ging in sein Büro und wählte die Nummer seines alten Freundes. Beim dritten Klingeln meldete sich der Kommissar.

„Hallo Kurt, Felix hier. Wir haben dir eben ein paar Fotos per E-Mail geschickt. Es handelt sich um eine Tote, die heute Morgen an der A 5 gefunden wurde. Sie war nackt und hatte keine Papiere bei sich. Ich würde gerne wissen, ob sie bei euch bekannt ist. Kannst du deine Leute mal fragen?"

„Hallo Felix, mache ich. Wenn wir was wissen, sagen wir dir Bescheid. Kannst du sonst schon was sagen zu deinem Fall?", fragte der Kommissar von der Sitte.

„Nein, wir stehen noch völlig am Anfang", antwortete Felix.

„Warte mal, ich öffne die Mail gleich. Vielleicht kann ich dir dann schon was sagen." Kurt schwieg am anderen Ende der Leitung, Felix hörte nur, wie Kurt Sulzner mit seiner Maus klickerte.

„Nein, tut mir leid, mir sagt das Gesicht nichts. Ich werde aber meine Männer fragen. Hast du denn Anzeichen dafür, dass sie aus dem Milieu kommt?", fragte er.

„Nein, aber Kevin Murr meinte, sie könne eventuell aus dem Osten kommen, und weil sie nackt war, wollte ich diese Richtung zumindest gleich mit überprüfen", erklärte Felix.

„Alles klar dann, wir melden uns", sagte Kurt Sulzner.

Felix wollte gerade auflegen, als er Kurt noch etwas sagen hörte. „Ich bin mal gespannt, ob das wieder so ein publicityträchtiger Fall wird wie der letzte, als du meine Hilfe gebraucht hast."

Felix erinnerte sich gut an diesen Fall. Am Ende waren zwei hohe hessische Beamte, ein italienischer Mafiaboss und ein Botschaftsangehöriger aus Kenia hinter Gitter gekommen.

„Kurt, nicht alle unsere Fälle ziehen so große Kreise. Ich hoffe, dass wir den Mörder schneller bekommen als bei dem damaligen Fall. Bis bald." Felix legte auf und ging zu Emilio, der schon auf ihn wartete.

2

Die Siedlung, in der sich ein großes Heim für Asylbewerber aus dem Osten Europas befand, lag im Norden der Stadt. Das Asylantenheim erstreckte sich über fünf dreistöckige Gebäude, eine ehemalige Panzerpionierkaserne, in der noch mehrere Gebäude von der Stadt angemietet waren. Die Bundesvermögensverwaltung, Abteilung Liegenschaften, hatte hier ebenfalls ihre Büros. Angenommene Bewerber mieteten sich zum Teil in weiteren Gebäuden auf dem Gelände ein. Zudem hatte die Stadt hier preiswerte Mietwohnungen errichten lassen. Es entstand dort eine kleine unabhängige Gemeinde, eine Art osteuropäischer Mikrokosmos, abgegrenzt vom Rest Frankfurts.

Felix erblickte sogar zwei kleine Supermärkte, die anscheinend von Einwanderern geführt wurden. Die Preisschilder vor den Läden waren in kyrillischer Schrift. Die Anordnung der Gebäude – alle rechtwinklig zueinander – und die ehemaligen Aufmarschplätze verstärkten die Tristesse dieses Ortes noch weiter. Blumen gab es nur auf wenigen Beeten, der Putz der Häuser bräuchte dringend eine Aufbesserung und überall standen gelangweilte Menschen in Gruppen beieinander. Felix sah, dass die Männer und Frauen sich größtenteils mit ihren Geschlechtsgenossen unterhielten, es schien kaum Vermischung zu geben. Die Männer schauten misstrauisch und zum Teil sogar feindselig auf ihren ActiveE.

„Vielleicht sollten wir unser Blaulicht aufs Dach stellen, damit sie unser Auto in Ruhe lassen, während wir drinnen nach dem Heimleiter suchen?", fragte Emilio. Er hatte zu ihren Autos immer eine besondere Beziehung.

„Ich halte das für keine gute Idee. Sollte irgendjemand hier Angst vor der Polizei haben, dann verschwindet er sofort. Oftmals sind aber gerade das die Leute, die uns wichtige Informationen liefern können. Nein, wir fahren inkognito weiter!", antwortete ihm Felix.

Der Hauptkommissar schaute weiter in die Gesichter der Menschen, an denen sie vorbeifuhren. Es waren viele junge Leute, die maximal fünfundzwanzig Jahre alt waren, und eine Menge sehr alter Menschen. Leute der mittleren Altersgruppe schien es kaum zu geben.

Emilio parkte den Wagen vor dem Eingang des alten Kommandeursgebäudes. Auch jetzt war hier die Leitung untergebracht, manche Dinge würden sich nie ändern. Felix schüttelte leicht amüsiert den Kopf, als er die Treppe – vier Stufen – hinauflief.

Der Heimleiter empfing sie sichtlich genervt. Das änderte sich auch nicht, als Felix und Emilio sich auswiesen.

„Was ist jetzt schon wieder passiert? Und warum müssen es immer die Russen oder Ukrainer sein, wenn in Frankfurt etwas passiert? Alle kommen immer zu uns, ich habe es satt!" Der Heimleiter, ein bulliger Mann mit schwarzem Vollbart, funkelte die beiden Kommissare kampflustig an.

„Wir kommen nicht mit Beschuldigungen, sondern mit der Bitte um Hilfe." Felix versuchte, seine Stimme nicht autoritär, sondern verständnisvoll klingen zu lassen.

„So?" Der Mann schwieg einen Moment. „Wenn das so ist, dann nehmen Sie bitte Platz."

Er deutete auf zwei wackelige Stühle, die vor seinem überfüllten Schreibtisch standen. Felix und Emilio setzten sich.

„So ein Heim macht ziemlich viel Arbeit, oder?" Felix deutete auf die Berge von Papieren und Formularen, die sich vor ihm stapelten.

„Das Heim und die Menschen machen gar nicht so viel Arbeit, es sind diese verdammten Vorschriften und bürokratischen Regeln, die mir und den Asylbewerbern das Leben zur Hölle machen. Manchmal denke ich, dass sie bewusst so gestaltet worden sind, damit die Leute gleich abgeschreckt werden und wieder zurückfahren", antwortete der Heimleiter.

Felix dachte bei sich, dass dieser Gedanke wahrscheinlich gar nicht so abwegig war, wie er sich anhörte.

„Aber Sie sind doch nicht gekommen, um mich lamentieren zu hören. Also was kann ich für Sie tun?" Der Heimleiter klang sehr viel freundlicher, doch Felix hörte aus seiner Stimme auch noch Resignation heraus.

„Wir haben heute Morgen an der A5 in der Nähe des Flughafens eine Frauenleiche gefunden. Unser Rechtsmediziner meinte, dass die junge Frau wahrscheinlich eine Osteuropäerin sei. Wir wollen nur wissen, ob sie diese Frau hier schon einmal gesehen haben." Felix legte das Bild auf den Schreibtisch.

Der Mann nahm es und betrachtete es eine ganze Weile. „Ihr Doktor hat recht, das Mädchen hat in der Tat kaukasische Züge. Ich habe sie jedoch nie vorher gesehen. Junge Frauen, die so hübsch sind wie diese, landen meistens nicht hier, sondern ganz woanders. Wenn Sie verstehen, was ich meine."

Felix sah, dass die Augen des Heimleiters feucht wurden und er sich mit seiner rechten Hand schnell darüber wischte.

„Sie müssen verzeihen, aber als ich im Sozialdienst anfing, hatte ich noch Träume und Illusionen. Das Leben ist allerdings kein Traum, das muss man erst mal lernen."

Felix wurde bewusst, dass sein Gesprächspartner seine Arbeit und Aufgabe nicht nur ernst nahm, sondern liebte; er verstand nun dessen Aggressivität von vorhin.

„Ja, ich kann Sie verstehen und ich bewundere es, wenn Menschen sich in ihre Arbeit voll und mit ganzem Herzen einbringen. Ich bin mir sicher, dass Ihre Schützlinge das auch so sehen."

„Danke!"

Der Heimleiter war inzwischen aufgestanden, hatte Felix' Hand ergriffen und drückte sie nun.

„Ich heiße übrigens Klaus Wyschnovski, meine Großeltern kamen aus dem Osten, wahrscheinlich liegt die Verbundenheit mit diesen Menschen in meinem Blut."

Herr Wyschnovski reichte auch Emilio die Hand.

„Vielleicht können wir Ihnen doch noch helfen. Es gibt so ein paar Leute unter meinen Schafen, die alle kennen und jedes Gerücht hören. Wir können sie suchen und befragen", sagte er.

Der Heimleiter griff in eine Schublade seines Schreibtisches und zog eine alte abgekaute Pfeife hervor sowie einen kleinen Lederbeutel mit Tabak.

„Ich hänge an diesem Teil, sozusagen ein altes Familienerbstück", erklärte Wyschnovski, als er den fragenden Blick von Emilio sah.

Langsam stopfte er seine Pfeife und entzündete den Tabak mit einem Streichholz, dann schmauchte er und grunzte schließlich zufrieden.

„Ich bin bereit, wenn Sie wollen."

Zu dritt traten sie vor die Tür, wo sich inzwischen eine stattliche Anzahl von Menschen versammelt hatte, die zum einen den ActiveE bestaunten, zum anderen einfach auf den Eingang, durch den Felix, Emilio und der Heimleiter gerade kamen, schauten. Sie waren aus Neugier hier und um sich die Langeweile zu vertreiben. Außerdem verbreiteten sich hier Gerüchte noch schneller als alles andere. Klaus Wyschnovski deutete mit seiner Pfeife auf einen durchtrainierten Mann.

„Jannek, sag Olga, Fjedor und Vladek, dass ich mit ihnen sprechen muss. Ich treffe mich mit ihnen in der Halle."

Der Mann flitzte ohne eine Erwiderung davon.

„Halle? Was für eine Halle?", fragte Felix.

„Wir haben hier so eine Art Dorfgemeinschaft und in dem Gebäude dort drüben ist unser Gemeindehaus. Die drei Personen, von denen ich sprach, sind so etwas wie die Dorfoberen hier. Sie wissen alles und haben auch in vielem ihre Finger mit im Spiel. Menschen kann man zwar in andere Länder umsiedeln, aber ändern kann man sie nicht. Zudem ist es eine Art Machtspiel oder Unabhängigkeitserklärung, wenn sie ihr eigenes Gemeindehaus haben. Ein Gegenpol zu der offiziellen deutschen Staatsmacht, die ich immer noch repräsentiere. Sie akzeptieren mich und wissen, dass es schlechtere Leute als mich gibt. Aber ich bin nie einer von ihnen geworden und werde es nie sein."

Herr Wyschnovski stapfte über den alten Kasernenhof, gefolgt von Felix und Emilio, der sich der Eigenart von Einwanderern, eigene Konklaven zu bilden, bewusst war. Seine Eltern waren auch lieber mit Italienern verkehrt als mit Deutschen. Ein klein wenig alte Heimat musste man um sich haben. Emilio selbst fühlte sich, obwohl in Italien geboren, mehr als Deutscher. Hier war er groß geworden, hier waren seine Freunde. Dennoch hatte das Land seiner Ahnen einen Reiz, dem auch er sich nicht entziehen konnte.

Felix' Blick fiel auf den breiten Rücken des Heimleiters und ein seltsames Unbehagen überkam ihn plötzlich. Er konnte das jedoch nicht einordnen und schenkte diesem Gefühl daher keine weitere Beachtung. Die drei wurden von der Menschentraube verfolgt, die eben noch vor dem Haupthaus gewartet hatte. Felix hörte, dass sie leise miteinander redeten, verstehen konnte er jedoch nichts. Sie unterhielten sich auf Russisch oder was sonst auch immer ihre Muttersprache war.

In der Halle angekommen, sah Felix, dass es eigentlich eher ein großer schlichter Raum war, voll mit Stühlen. Diese waren alle zur Mitte ausgerichtet, in der leicht erhöht eine Tischreihe und dahinter zehn einzelne Stühle standen. Der Heimleiter setzte sich hinter den langen Tisch und bedeutete den beiden Kommissaren, es ihm gleichzutun. So warteten sie, während sich der Raum mit Zuschauern füllte, auf die inoffizielle Regierung der russischen Emigranten.

Als die zwei Männer und die Frau den Raum betraten, machte ihnen die Menge respektvoll Platz. So schritten die drei auf Felix, Emilio und den Heimleiter zu.

„Unterschätzen Sie Olga nicht! Sie hat am meisten Einfluss hier, auch wenn es nicht so aussieht", flüsterte dieser Felix zu.

Felix betrachtete die Neuankömmlinge. Der erste war ein Mann, mindestens fünfzig Jahre alt. Er hatte schneeweißes Haar und blitzende tiefblaue Augen. Sein Gesicht war wettergegerbt, sein Gang gerade, und sein Blick verriet eine innere Kraft. Felix konnte sich diesen Mann gut als orthodoxen Priester vorstellen. Seine Kleidung war einfach, wie die aller drei. Der Mann, der ihm folgte, war mindestens zehn Jahre älter, gut einen Kopf größer, ging auf einen Stock gestützt und trug eine typische russische Bauernmütze. Auch seine Augen waren voller Leben und blickten würdevoll im Raum umher, als er durch die Menge ging.

Am unspektakulärsten war jedoch die Frau, die ihnen folgte. Sie ging – vermutlich infolge Osteoporose – stark nach vorne gekrümmt. Das Blumenkleid, das sie trug, hatte schon bessere Zeiten erlebt und war ganz verblichen. Ihre Füße steckten in braunen Samtpantoffeln, aus denen sich braune Wollsocken in die Höhe streckten. Sie gab das Bild eines typischen russischen Mütterleins ab, das jeder vor Augen hatte, der eine alte russische Frau vom Lande beschreiben sollte. Felix merkte jedoch an der Reaktion der

Leute, an denen sie vorüberging, wie respektvoll man ihr begegnete. Klaus Wyschnovski hatte nicht gelogen, was sie betraf.

Als sich die drei gesetzt hatten, begrüßte sie der Heimleiter und stellte Felix und Emilio vor. Er schilderte das Anliegen der Kommissare. Ein Raunen ging durch die Menge der Menschen, als sie hörten, dass eventuell eine aus ihrer Mitte ermordet worden war. Felix gab das Foto der Toten an Olga, die es betrachtete und dann an ihre zwei Begleiter weiterreichte. Als alle drei es genau angeschaut hatten, war Felix gespannt, ob sie ihm helfen konnten.

Der jüngste Mann, Fjedor, schüttelte zuerst den Kopf. „Tut mir leid, aber ich kenne das Mädchen nicht." Seine Stimme klang langgezogen und hatte eine traurige Note.

Der zweite Mann, Vladek, verneinte ebenfalls, das Mädchen zu kennen. Felix wartete gespannt auf Olgas Reaktion, die sich das Foto noch einmal lange ansah, bevor sie sprach.

„Auch ich kann Ihnen leider nicht helfen, tut mir leid, aber ich werde für die Seele des armen Mädchens beten." Olga schwieg, dann steckte sie das Foto in die Seitentasche ihres Kleides. „Wenn wir noch was erfahren, dann melden wir uns bei Ihnen, solange behalte ich das Foto."

Felix wollte erst Einspruch erheben, dann hielt er die Idee für nicht schlecht. Vielleicht würde Olga in der russischen Gemeinde weiter nachforschen. Was konnte es also schaden? Er gab ihr auch noch seine Visitenkarte.

„Falls Sie noch was erfahren, dann können Sie mich hier erreichen."

Olga nickte und stand auf, Felix begriff, dass sie die Versammlung beendete. Als sie an ihm vorbeiging, reichte sie ihm die Hand und blickte ihm lange und tief in die Augen.

„Finden Sie den Mörder. Mein Volk hat lange und genug gelitten. Es wird Zeit, dass es beendet wird."

Dann ging sie, gefolgt von Fjedor und Vladek, hinaus. Herr Wyschnovski zuckte nur mit den Achseln und schaute entschuldigend zu Felix und Emilio.

„Da kann man nichts machen. Aber ich bin mir sicher, dass Sie von ihr hören, wenn sie was erfährt."

Als Felix und Emilio in ihrem Dienstwagen das Gelände verließen, telefonierte Olga von einem der etwas versteckter gelegeneren Telefone im Heim.

„Lass uns noch kurz bei Kevin vorbeifahren, vielleicht hat er schon ein Ergebnis für uns", wies Felix seinen Freund an. Emilio lenkte den Wagen sicher – wenn auch schneller als erlaubt – durch den einsetzenden Berufsverkehr.

Die zwei Polizisten fanden den Rechtsmediziner in der Leichenkammer, er diktierte gerade seinen Bericht in ein kleines Aufnahmegerät. Als er Felix und Emilio bemerkte, unterbrach er die Aufnahme.

„Ich habe schon mit euch gerechnet, es wäre ja auch zu viel verlangt, wenn man mich einmal in Ruhe arbeiten lassen würde", seufzte Kevin Murr.

„Und was hast du für uns?" Felix grinste den Rechtsmediziner frech an. Kevin tat zwar immer noch ungehalten, aber seit er mit Frauke zusammen war, behandelte er ihn und sein Team schon viel zuvorkommender.

„Das Opfer starb an Genickbruch infolge starken Zugs auf den Hals. Ich nehme an, sie wurde mit einem schmalen Ledergürtel gewürgt. Dabei war sie anscheinend gefesselt, hier seht ihr die Abdrücke."

Kevin hob das grüne Leichentuch, das die Tote bedeckte, etwas an und deutete auf ihre Handgelenke. Dann ging er zum Ende des Tisches, um auch hier das Tuch anzuheben. Er zeigte auf ihre Fußgelenke, hier erkannte Felix ebenfalls die dunklen Striemen.

„Sie muss auf einem Stuhl mit hoher Lehne gesessen haben. Einen Holzsplitter habe ich in ihrer linken Wade gefunden. Wahrscheinlich hat sie sich aufgebäumt, als sie erdrosselt wurde, und der Täter hat hinter ihr gestanden und eine schnelle und besonders heftige Zugbewegung gemacht. Da ist dann das Genick gebrochen."

„Also scheidet eine Frau als Täter aus?", fragte Felix.

„Kann ich noch nicht genau sagen, aber ich denke schon. Für so etwas brauchst du extreme Kraft. Ich muss noch ein paar Versuche machen, dann kann ich dir wahrscheinlich die ungefähre Körpergröße des Täters sagen", antwortete der Rechtsmediziner.

„Was du schaffst, erstaunt mich immer wieder." Felix schüttelte den Kopf. Er wusste, dass ihre Ermittlungsarbeit ohne die wissenschaftliche Hilfe der Rechtsmedizin und der kriminaltechnischen Abteilung um einiges schwieriger wäre.

„Ach Felix, das ist eigentlich ganz einfach: Ich kenne die Körpergröße des Opfers und hier sieht man sehr genau den Würgeabdruck." Kevin Murr deutete auf zwei fast schwarze Striemen am Hals des Opfers.

„Hier siehst du auch, dass die Striemen nicht waagerecht verlaufen, sondern im Winkel. Wenn ich das hochrechne, kann ich dir eine ziemlich gute Schätzung geben, wie groß der Täter ist", erklärte er dem Kommissar.

„Okay, das habe ich jetzt verstanden. Ich lerne bei dir immer was Neues. Sonst noch was?", fragte Felix.

„Ja." Kevin nickte. „Das Opfer wurde vergewaltigt, mit hoher Sicherheit post mortem und wahrscheinlich von mehreren Männern. Aber auch hier Genaueres erst nach weiteren Untersuchungen."

„Ich hasse solche Fälle. Wir werden also wieder in die tiefsten perversen Abgründe der menschlichen Seele hinabsteigen müssen." Felix spürte die Wut des Morgens zurückkommen.

„Eins noch Felix: Diese Art des Tötens erinnert mich an die Spanier. Sie haben bis ins letzte Jahrhundert Leute auf Stühle gebunden und langsam erdrosselt. Zwar mit einem eisernen Dorn um den Hals, aber dieser Mord hat schon durchaus Parallelen zu einer Hinrichtung", sagte Kevin.

Felix erbleichte ein wenig. „Du willst jetzt aber doch nicht andeuten, dass es sich hier um einen Ritualmord oder etwas in der Art handelt. Mehrere Männer, die das Opfer, nachdem es tot ist, missbrauchen und dann auch noch eine Art Hinrichtung. Ich glaube, für heute habe ich genug gehört."

Er wandte sich mit Emilio zum Gehen.

„Felix, einen Moment noch, ich habe eine persönliche Frage an dich." Kevin hielt ihn zurück. Emilio ließ die beiden alleine.

„Ich weiß, es ist jetzt eigentlich nicht der richtige Augenblick dafür. Aber wann ist der schon, bei unserem Beruf? Ich wollte dich schon heute früh fragen, aber dann wurden wir ja zu diesem

Fall hier geschickt. Danach auf dem Parkplatz habe ich es auch vergessen. Also kurzum: Ich würde mich freuen, wenn du mein Trauzeuge wärst." Kevin schwieg und blickte etwas unsicher in der Leichenkammer umher.

Felix war in der Tat über dieses Timing erstaunt, aber falls Kevin ihn aus seinen düsteren Gedanken reißen wollte, war es ihm geglückt. Trotz der seltsamen und leicht unheimlichen Umgebung musste er lächeln.

„Klar, es ist mir eine Freude und Ehre zugleich." Er wollte Kevin die Hand geben, aber als er den blutigen Latexhandschuh sah, zog er seine Hand gerade noch rechtzeitig zurück.

Kevin grinst verlegen. „Oh, tut mir leid."

„Ist schon okay." Felix klopfte Kevin auf die Schulter und zwinkerte ihm zu. Dann folgte er Emilio.

„Für heute habe ich genug Elend gesehen und gehört. Kannst du mich nach Hause fahren?", fragte er.

Emilio nickte und fuhr los. Auf der Fahrt schwiegen beide. Felix dachte jedoch mehr an Kevin Murr und die letzte Frage, die dieser ihm gestellt hatte. Ob er wohl auch eine so seltsame Umgebung gewählt hatte, um Frauke den Heiratsantrag zu machen?

Zuhause wurde Felix schon von seinem Kater Django erwartet. Ihn hatte er aufgenommen, nachdem seine vorherige Besitzerin ermordet worden war.

Dem Kater fehlte zwar ein Ohr, aber das verbliebene schien ihm ständig zuzuhören, wenn er seinen Kummer loswerden musste. Felix fütterte Django und beschloss danach, zum Griechen ums Eck zu gehen. Der vierte Ouzo half ihm, die Grausamkeit der Menschen zu vergessen.

3

Auch an diesem Morgen warteten die drei Kommissare während ihres täglichen Teerituals auf Frauke.

„Was sie uns heute wohl zu erzählen hat? Vielleicht bringt sie ja wieder etwas zu essen mit." Arno leckte sich mit der Zunge über die Lippen. Dann rührte er mit dem Löffel seinen Ostfriesentee um. Ein großes Stück Kandiszucker löste sich langsam darin auf.

„Du lässt dich ziemlich gerne bedienen! Macht das deine neue Freundin denn auch?" Emilio pustete über seinen dampfenden „Shalab" – eine orientalische Teemischung – um ihn abzukühlen.

Von den vier Kommissaren hatte er den extravagantesten Geschmack und probierte gerne neue und sehr exotische Teemischungen aus. Felix, der grünen Tee bevorzugte, lehnte sich entspannt zurück und wartete, ob sich wieder ein amüsanter Schlagabtausch zwischen den beiden entwickeln würde. Aber Arno erkannte die Spitzfindigkeit entweder heute nicht oder hatte keine Lust, darauf einzusteigen.

Sein „Nöö" kam ziemlich lang gezogen. „Grit ist schon ein wenig eigen. Ich will das mal so nennen." Arno machte wieder eine lange Pause. „Also eigentlich ist sie sogar ziemlich verrückt. Ich weiß nicht, ob das mit uns gut geht. Sie ist total eifersüchtig und misstrauisch. Selbst wenn ich hier Überstunden mache, glaubt sie gleich, ich habe was mit einer anderen. Die spinnt doch, die olle Kuh!", murmelte Arno mehr zu sich selbst als zu seinen Kollegen.

Felix beugte sein Gesicht tiefer über seine Tasse, damit Arno das breite Grinsen auf seinem Gesicht nicht sah. Die Vorstellung, dass Arno ein Frauenheld sein könnte, war zu abwegig. Jeder, der ihn näher kannte, würde das bestätigen können. Er war ein lieber Kerl, aber doch etwas trocken in seiner Art. Er konnte sehr witzig sein und beim Thema Finanzen machte ihm so schnell keiner etwas vor, aber ein Frauentyp war er sicher nicht. Allein sein Äußeres sprach dagegen. Seine Haare waren rotblond, seine Augen von einem ganz hellen Blau, links und rechts von seiner breiten Nase waren viele Sommersprossen und seine Ohren waren richtige Segelohren. Als kleiner Junge hatte er bestimmt unter der Hänselei seiner Schulkameraden zu leiden gehabt. Vielleicht aber auch nicht, dachte Felix plötzlich. Vielleicht sahen ja in Ostfriesland alle kleinen Jungs so aus wie Arno. Seine Gedanken wurden von Frauke unterbrochen, die gerade ziemlich abgehetzt zur Tür hereinkam.

„Tut mir leid, aber ich hatte von Kevin den Auftrag, diese Lippenstifte hier einzukaufen. Ich habe mich beeilt, aber es ging nicht schneller." Frauke hielt eine kleine Tüte hoch. So wie sie gefüllt war, vermutete Felix, dass mindestens zwölf Lippenstifte darin verstaut waren.

„Nanu, ich dachte, der Doktor wäre normal geworden, seitdem er mit dir zusammen ist. Scheint aber ein Irrtum gewesen zu sein." Arnos trockener Kommentar brachte Emilio und Felix zum Lachen.

Frauke schien nicht zu wissen, ob sie mit lachen oder aufbrausen sollte. „Er hat seine Gründe und euch wird das Lachen vergehen, wenn ich sie euch gleich erzähle", sagte sie.

Frauke setzte sich und Felix goss ihr einen Becher grünen Tee ein. Sie beide hatten den gleichen Geschmack.

„Dann mach es nicht so spannend. Wofür braucht Kevin denn die Lippenstifte?", fragte Felix.

Von Emilio kam ein unterdrücktes Kichern. Felix sah, dass er die Augen verdrehte und in femininer Art die Hände vor den Lippen bewegte. Er imitierte einen Schwulen, was ihm jedoch nicht gut gelang, es wirkte eher lächerlich. Frauke schmiss einen Lippenstift nach ihm.

„Du alter Macho, mach dich nicht über meinen Freund lustig."

Der Lippenstift traf Emilio mitten auf der Stirn und – einen Toten spielend – kippte er auf seinem Stuhl nach hinten. Das brach den Bann und nun lachte auch Frauke. Als die vier sich wieder beruhigt hatten, stellte Felix seine Frage erneut. Fraukes Gesicht wurde ernst.

„Kevin hat gestern noch ein paar seltsame Dinge herausgefunden, jedoch vergessen, sie dir zu erzählen. Das Opfer ist, nachdem es schon tot war, geschminkt, gekämmt und anscheinend noch gewaschen worden. Allerdings hat Kevin keine Spuren von Seife gefunden. Deswegen nimmt er nicht an, dass Spuren verwischt werden sollten, sondern, dass andere Gründe dahinterstecken."

Die Stimmung, eben noch ausgelassen, war umgeschlagen. Die Männer saßen mit versteinerten Mienen da und verarbeiteten das soeben Gehörte.

„Wie sicher ist sich Kevin?" Felix stellte diese eigentlich völlig überflüssige Frage, denn wenn Kevin Murr eines war, dann war es gründlich und absolut zuverlässig, was seine Diagnosen betraf. Er galt als einer der besten Rechtsmediziner in ganz Europa.

„Das habe ich ihn auch gefragt. Er hat mir erklärt, dass die Lippen der Frau durch Schläge aufgesprungen waren und geblutet hatten. Der Lippenstift, den sie trug, wurde über das getrocknete Blut aufgetragen. Außerdem kann man wohl an der Art, wie der Lippenstift auf den Lippen haftet, erkennen, ob die Lippen noch durchblutet waren oder nicht. Hier sind die Lippen schon blutleer gewesen. Laut Kevin war die Frau schon mindestens eine Stunde tot, als sie geschminkt wurde", erklärte Frauke ihren Kollegen.

Felix blickte ins Leere. Er hatte Arno noch nichts von den anderen Erkenntnissen, die Kevin ihm gestern mitgeteilt hatte, erzählt. Das tat er jetzt. Als er von der Hinrichtung berichtete und der Tatsache, dass die junge Frau auch noch post mortem von mehreren Männern missbraucht worden sei, breitete sich fassungsloses Entsetzen im Raum aus.

„Also haben wir es mit mehreren perversen Tätern zu tun. War es so eine Art Ritualmord, oder was haben wir hier?" Emilios Stimme zitterte vor Zorn.

Felix wusste, dass Emilio als ein Mensch, dem seine Familie über alles ging, bei solchen Verbrechen von einer Art unheiliger Wut erfüllt wurde. Vor hunderten von Jahren wäre er als apokalyptischer Racheengel losgezogen und hätte die Täter hart und ohne Gnade bestraft. Die Hitze des Südens brannte in seinen Adern. Felix konnte den Hass auf solche Menschen durchaus verstehen, aber er war im Gegensatz zu Emilio gegen die Todesstrafe, die dieser ausdrücklich für solche Verbrechen forderte. Die zwei Freunde hatten schon so manche Nacht Streitgespräche über dieses Thema geführt. Emilio atmete tief aus und schien sich wieder unter Kontrolle zu haben.

„Wir werden sehen, wohin uns das führt. Wichtig ist, dass die Presse von diesen Tatsachen nichts erfährt, sonst haben wir wieder einen Haufen Spinner, die sich als Täter melden. Sobald wir gesicherte Erkenntnisse haben, werde ich Staatsanwalt Fromm benachrichtigen, und er wird entscheiden, ob wir eine Sonderkommission brauchen oder nur Verstärkung bekommen", entschied Felix ihr weiteres Vorgehen und wandte sich dann an Frauke. „Hat es in letzter Zeit ähnliche Mordfälle bei anderen Mordkommissionen gegeben?"

Frauke schüttelte den Kopf. „Ich habe bisher keine Parallelen gefunden. Tote Frauen, die nackt aufgefunden wurden, oder Tote, die eine ähnliche Physiologie haben, sind hier in der Umgebung in den letzten Jahren nicht aufgetaucht. Wir selbst hatten auch keinen ähnlichen Fall. Ich werde die Anfrage jetzt aber spezifizieren und die neuesten Erkenntnisse mit einarbeiten. Zudem werde ich bundesweit suchen, vielleicht ergibt sich dann was", sagte sie.

Felix nickte. „Okay, tu das! Arno, was machen die Vermisstenanzeigen, ist das was Brauchbares dabei?"

„Nein, keine der Beschreibungen passt auf unsere Tote. Ich werde ihre Beschreibung aber zur Sicherheit an alle Polizeireviere im Umkreis schicken", sagte dieser.

Während die meisten Polizeireviere schon an zentrale Netzwerke angeschlossen waren, um Informationen schnell und sicher auszutauschen, gab es immer noch einige Polizeireviere, die keinen Zugang dazu hatten. Diese benötigten dann noch die Beschreibung des Opfers in schriftlicher Form, damit sie diese mit ihren Vermisstenanzeigen abgleichen konnten. Auf der anderen Seite gab es das Landeskriminalamt, das die Fotos der Opfer elektronisch mit ihrem Datenbestand abglich. Dabei wurden die biometrischen Daten verglichen. Heute waren die verwendeten Algorithmen so komplex und genau, dass der Computer zu 99 Prozent zu richtigen Ergebnissen kam. Eine Wissenschaft für sich, wie der Hauptkommissar sich eingestand.

„Felix, ich weiß nicht, ob du es schon gehört hast, aber das LKA Hessen hat vor Kurzem eine Datenbank eingerichtet, in der die biometrischen Daten von vermissten Personen und solchen, die irgendwie auffällig geworden sind, abgespeichert werden. Ich kann die Fotos, die wir gemacht haben, dort hochladen und dann startet automatisch ein Abgleich mit der Datenbank. Wenn sie da drin ist, dann finden wir sie", sagte Emilio.

„Okay, das ist eine gute Idee. Wie funktioniert das denn genau? Ich meine, Fingerabdrücke und so, das ist mir klar, aber welche anderen biometrischen Merkmale gibt es denn noch?", fragte Felix.

„Das könnte dir Kevin bestimmt viel besser erklären, aber so einen kleinen Überblick kann ich dir auch geben", sagte sein Partner, während er die Fotos auf den Server des LKA hochlud.

„Ja, bitte mach das!"

„Also, ein ganz wichtiges Erkennungsmerkmal ist zum Beispiel das menschliche Auge. Hier kann man zwei Merkmale, die einen Menschen fast unverwechselbar machen, untersuchen. Das ist zum einen die Iris, die sich in Farbe, Pigmentierung und Aufbau unterscheidet. Das Stroma ist der Teil, den du sehen kannst. Diese dünnen Fäden von der Pupille nach außen, die deinem Auge die Farbe verleihen, sind von Mensch zu Mensch ganz unterschiedlich. Genauso unverwechselbar wie ein Fingerabdruck. Zum anderen kann man durch die Pupille ja auch auf die Retina oder Netzhaut blicken. Auch die kann zu biometrischen Abgleichen verwendet werden. Das ist hier anhand von Fotos natürlich nicht möglich. Das wird eher bei der Zugangskontrolle zu hochsensiblen Sicherheitsbereichen verwendet."

„Das klingt ja wie bei James Bond", sagte Felix. „So langsam machst du Kevin Murr ja Konkurrenz. Was du nicht immer alles weißt!"

Emilio startete den Suchlauf und drehte sich zu seinem Freund um. „Das könntest du auch wissen, wenn du regelmäßig unsere internen Newsletter lesen würdest. Gerade über dieses Thema gab es vor zwei Monaten einen langen Bericht." In seiner Stimme klang fast ein wenig Tadel mit.

„Ja, du hast ja recht, aber irgendwie komme ich nie dazu."

„Wir beide wissen, dass das eine ganz faule Ausrede ist", seufzte Emilio. „Aber was soll's – du hast ja mich!"

„Eben!", grinste Felix.

„Das Programm des LKA nutzt allerdings ein anderes Verfahren: Sie untersuchen die Gesichtsgeometrie. Das bedeutet, man misst den Abstand der Augen zueinander, aber auch die Nasenbreite, Augenfarbe, Augenform, Augenstellung, Mundstellung, Lippendicke, Nasenlänge, Abstand von Nasenspitze zu Mund, die Form des Ohres und noch viele andere Merkmale können dazu verwendet werden. Das Ganze ist ein bisschen komplizierter, als es jetzt klingt. Denn da steckt wirkliche Mathematik dahinter. Man normiert das Gesicht auf eine Art von Phantomgesicht. Das musst du dir wie ein verschwommenes und unscharfes Foto eines Gesichtes vorstellen. Dann untersucht man die Abweichungen, die das Foto, das man untersucht, zu diesem Phantomgesicht hat. Diese Werte vergleicht man mit denen, die in der Datenbank gespeichert sind."

Emilio ergänzte seine Ausführungen.

„Es gibt hier zwei- und dreidimensionale Verfahren. Zweidimensionale sind besonders für die frontale Gesichtserkennung geeignet, bei dreidimensionalen Verfahren kannst du auch Gesichtserkennung mit seitlich aufgenommenen Gesichtern durchführen. Hierzu wird ein Streifengitter auf das Gesicht projiziert. Dadurch wird es auch möglich, besondere Mimik wie zum Beispiel Fratzen zu vergleichen. Als Mensch kannst du das automatisch, aber Programme können das nicht. Die müssen das erst lernen. Das LKA ist inzwischen dazu übergegangen, alle Verdächtigen und gefassten Verbrecher dreidimensional zu erfassen und diese Bilder in die Datenbank einzuspeisen. "

„Heißt das, dass wir demnächst automatisch nach Verdächtigen fahnden können, wenn wir ihre biometrischen Daten haben?", fragte Hauptkommissar Büschelberger.

„Das wäre natürlich der Traum eines jeden Ermittlers und der Albtraum jedes Datenschützers. Es gibt bei den automatischen Systemen aber ein Problem. Die Fotos aus den öffentlichen Überwachungskameras müssen sehr hochauflösend sein, damit wir sie verwenden können. Jedes System hat eine sogenannte Falschakzeptanzrate und Falschrückweisungsrate. Das heißt: Mal erkennen wir die Person nicht, obwohl sie es ist, und mal glauben wir eine Person zu erkennen, die es dann doch nicht ist."

„Bei einer Fahndung sollten beide Fehlerraten möglichst klein sein. Ich denke, dass es noch ein paar Jahre dauert, bis wir solche Systeme tatsächlich mit den öffentlichen Kameras verbinden und automatisch nach Zielpersonen fahnden können. Geh aber mal davon aus, dass an solchen Systemen gearbeitet wird."

Der Computer hatte inzwischen gemeldet, dass keine Übereinstimmung mit den Daten gefunden werden konnte. Die Tote blieb unbekannt.

„Tja", sagte Büschelberger, „dann bleibt halt nur die gute alte Komponente Mensch. Wir geben das Foto an die Zeitung weiter, sobald der Staatsanwalt seine Zustimmung dazu gibt."

„Natürlich ist der Mensch diesen Systemen noch überlegen, aber sie werden immer besser. Ich habe mit Kevin gesprochen und er unterstützt diese Idee. Er will sich für sein Labor eine 3D-Kamera anschaffen und damit jede unbekannte Leiche fotografieren. Damit füttern wir dann die Datenbank des LKA.", führte Emilio aus.

„Okay, ich sehe, du hast Kevin inzwischen mit deiner Technikbegeisterung angesteckt", sagte sein Partner.

„Wir haben uns neulich nur über die verschiedenen Identifizierungsmöglichkeiten unterhalten", erklärte Emilio. „Dabei hat er mir übrigens erklärt, dass auch die Handvenenstruktur dafür genutzt werden kann, einen Menschen zu identifizieren."

Felix konnte über das Wissen, das sein alter Freund inzwischen angesammelt hatte, nur noch staunen. Zurück im Besprechungsraum, gab der Hauptkommissar seine Anweisungen.

„Ich gehe jetzt zu Fromm. Ihr macht euch an die Arbeit. Jetzt heißt es, die erste Spur zu finden. Ich will wissen, wer sie ist. Irgendjemand muss sie doch vermissen."

Während Felix die bisherigen Ergebnisse und ihre Aktionen bei Staatsanwalt Fromm vortrug, verfasste Emilio den ersten Bericht und ordnete die bisherigen Erkenntnisse. Er benutzte dazu ihr interaktives Board, das sie seit einem halben Jahr besaßen. Frauke und Arno suchten derweil nach weiteren Informationen im Polizeinetzwerk.

Zum Mittagessen gingen Arno, Frauke und Felix zu einem Schnellimbiss in der Nähe. „Fritten-Conny" machte die besten Pommes in der Stadt. Bedingt durch die Nähe waren viele Polizisten Stammkunden dort. "Fritten-Conny" galt als die sauberste und beste Pommesbude Frankfurts. Emilio ging nur höchst selten mit, er hatte immer Lunchpakete von seiner Frau dabei.

Beim Essen erzählte Felix, dass er und Staatsanwalt Fromm vereinbart hätten, die Fotos und die Beschreibung der Toten an die Presse zu geben, um die Bevölkerung zur Mithilfe bei der Identifizierung aufzurufen.

Felix telefonierte direkt nach dem Essen mit den entsprechenden Zeitungen. Er schickte die Fotos und die Beschreibung per E-Mail an die Redaktionen. Alle Zeitungen hatten zugesagt, dass in der morgigen Ausgabe ein Bericht und ein Aufruf, sich bei Hauptkommissar Büschelberger zu melden, abgedruckt würden. Als Gegenleistung hatte er versprochen, die betreffenden Zeitungen über die Entwicklung auf dem Laufenden zu halten.

Um drei Uhr kam Kevin Murr aufs Revier, um seine neuesten Erkenntnisse zu berichten.

„Also, was ich noch sagen kann ist, dass insgesamt drei Männer die Leiche geschändet haben. Ich habe ihre genetischen Fingerabdrücke sichergestellt. Die Frau wurde vaginal und rektal missbraucht. Das mit dem Schminken und Waschen hat Frauke euch ja schon erzählt. Hast du mir die Lippenstifte besorgt?"

Frauke nickte.

„Gut, dann kann ich euch bald sagen, welche Marke benutzt wurde. Ansonsten kann ich mit Sicherheit sagen, dass die Frau aus dem Osten stammt. Ihre Zahnfüllungen entsprechen keinem westlichen Standard. Es ist mehr Blei in den Füllungen als bei unseren Amalgammischungen. Ich werde noch eine Isotopenanalyse vornehmen, dann kann ich euch genauer sagen, woher sie stammt." Kevin seufzte. „Es ist eine Schande. So ein junges und hübsches Mädchen, und dann so grausam umgebracht."

Alle fünf schwiegen, dann stand Kevin auf. „Ich muss noch arbeiten, wir sehen uns, sobald ich mehr weiß."

Er nahm die Tüte mit den Lippenstiften, gab Frauke einen Kuss und verschwand.

„Drei Männer!" flüsterte Felix. „Was bedeutet das für uns? Ich meine, wenn du so eine Tat aus dem Affekt begehst, dann doch nicht so menschenverachtend und brutal. Die Männer haben nicht das erste Mal getötet, da wette ich drauf." Ihn fröstelte.

Dann rief er bei Kurt Sulzner an, um zu erfragen, ob er schon etwas erreicht habe. Kurt hatte seine Männer befragt, aber keiner kannte die Frau.

„Mist, wieder eine Sackgasse", dachte Felix bei sich. Er ging mit dem deprimierenden Gefühl nach Hause, dass sie heute keine Fortschritte gemacht hatten. Den ganzen Abend über spielte er mit Django, um sich abzulenken.

Viktor Ramischkow erhielt einen Anruf von seinem Boss Igor.

„Viktor, was haben wir für Versager in unserer Organisation! Die Polizei hat die Tote schon gestern gefunden. Ich will, dass du die beiden Idioten bestrafst, die sie verschwinden lassen sollten." Seine Stimme kochte vor Zorn.

„Wie hart soll ich sie bestrafen?" Viktor wusste, dass loyale Männer, die zudem zu allem bereit waren, nicht so schnell zu finden waren. So hoffte er, dass er die beiden nicht würde töten müssen, obwohl sie es verdient hätten.

Igor dachte etwas länger nach, bevor er antwortete. „Ich denke, du kassierst ihren letzten Monatslohn und ihren Wodkavorrat, das sollte reichen." Er klang schon viel beherrschter.

„Wird erledigt, Boss! Sonst noch was?"

„Ja! Pass auf, dass die anderen keine Zicken machen, und dann bringe mir nachher die Einnahmen von gestern und heute." Igor legte auf.

Viktor überlegte, warum sein Boss ihn nicht schon gestern wieder zu sich in sein Versteck beordert hatte. Es war ein großartiges Versteck, dort war er praktisch unauffindbar. Ja, er war wirklich schlau, sein Boss, es war besser zu tun, was er von einem verlangte. Viktor ging zu den anderen Männern, um seine Befehle auszuführen.

4

Als Felix an diesem Morgen im Büro erschien, waren seine drei Kollegen schon anwesend. Sein italienischer Freund allerdings sah völlig übermüdet aus.

„Guten Morgen allerseits. Emilio, du siehst so aus, als ob du die ganze Nacht kein Auge zugemacht hättest. Hat dich unser Fall nicht in Ruhe gelassen?", fragte er.

„Vielleicht war es ja auch seine Frau", kicherte Frauke.

„Deine Frotzelei lässt ja tief blicken, was du mit unserem Pathologen so alles anstellst." Emilio reagierte völlig gelassen, Frauke jedoch errötete, was ihre männlichen Kollegen mit Gelächter quittierten.

„Kevin ist nun mal ein sehr attraktiver Mann", schoss sie zurück.

„Alles in Ordnung, es sei euch ja auch gegönnt." Felix beruhigte Frauke. „Außerdem hast du angefangen, oder?"

„Stimmt!" Ihre Kollegin grinste nun auch. „Manchmal ist Austeilen halt einfacher als Einstecken."

„Zurück zu dir, Emilio. Hast du neue Ideen entwickelt?" Felix kannte Emilio schon so lange, dass er wusste, dass dieser meistens gute Ansätze für das weitere Vorgehen lieferte, wenn er die ganze Nacht gegrübelt hatte.

„Nein. Ich habe gar nicht an unseren Fall gedacht, ich habe mich mit meinem neuen Hobby beschäftigt, um mich abzulenken", entschuldigte sich Emilio.

„Du hast ein neues Hobby, von dem wir noch nichts wissen?" Felix war baff, denn zumindest ihm gegenüber hatte Emilio eigentlich keine Geheimnisse.

„Ja, ich bin unter die Hobbyschatzsucher gegangen."

„Hobbyschatzsucher?" Die Kommissare sprachen das Wort nahezu synchron aus. Ungläubig schauten sie einander an.

„Heißt das, dass du jetzt heimlich mit Spaten und Lampe auf dem Helm über nächtliche Felder und Äcker schleichst und Grabungen vornimmst?", fragte Arno. Seine Augen nahmen einen seltsamen Glanz an.

„Quatsch, ich grabe nicht! Aber du kannst bei Ebay sogenannte Schatzfunde kaufen. Das sind alte römische Münzen, die man zurzeit in Osteuropa findet. Die sind total verdreckt, aber ich reinige sie und versuche, sie zu bestimmen. Dabei lernt man so manches über die Geschichte seiner Vorfahren und wenn man Glück hat, sind sogar gut erhaltene Münzen dabei, die ziemlich wertvoll sind", antwortete Emilio.

Während Felix und Frauke sich entspannt zurücklehnten – das Thema hatte für sie den Reiz verloren – stieg Arno jetzt erst richtig ein. Klar, dachte Felix bei sich, er war ja auch das Finanzgenie in ihrer Truppe.

Arno und Emilio diskutierten über die Preise, die man so bezahlen musste, um an die „Grabungslote" zu kommen. Dieses Wort hatte Felix zwar noch nie gehört, aber Arno nickte begeistert, umso mehr, als Emilio darlegte, welchen Gewinn man machen könne, wenn in der Tat eine seltene Münze dabei wäre. Für Felix interessanter war der Teil, als Emilio die Reinigung der Münzen beschrieb.

Offenbar nahm er dazu Olivenöl. Felix grinste still vor sich hin, als er sich die Diskussion zwischen Emilio und dessen Frau vorstellte, wenn die Olivenölflaschen schon wieder alle leer waren. Sein Freund kaufte nur gute und ziemlich teure Öle, als Italiener hatte er da natürlich seinen Stolz.

„Was ich nicht verstehe, ist, warum jemand die Schatzfunde für wenig Geld verkauft, wenn da richtig teure Exemplare dabei sein können. Wenn ich so was machen würde, dann würde ich die teuren vorher aussortieren und nur den Schrott verkaufen." Fraukes trockener Kommentar brachte ihr verärgerte Blicke von Emilio und Arno ein, die sich inzwischen richtig heißgeredet hatten.

„Und wie soll das gehen? Die Münzen sind doch voller harter, verkrusteter Erde. Ich brauche immer ziemlich lange, um sie zu säubern, das ist schließlich kein neuer Dreck!" Emilio blickte Frauke triumphierend an.

„Ich würde einen starken Magneten nehmen. Die wertvollen Silber- und Goldmünzen bleiben liegen und die nicht so wertvollen Bronzemünzen hängen am Magneten", erwiderte diese.

„Du vergisst, dass ich auch ein geschichtliches Interesse an diesen Sachen habe", grollte Emilio.

Felix lachte laut auf. „Ich merke, das Zusammenleben mit Kevin färbt ab. Gut gekontert, Frauke! Außerdem, Emilio, dass du auf Geschichte stehst, das habe ich während unserer gemeinsamen Schulzeit nicht mitbekommen! Aber egal, jetzt sollten wir vielleicht mal wieder auf unseren Fall zurückkommen. Hat irgendjemand die heutigen Zeitungen gekauft, damit wir die Fotos und die dazugehörigen Berichte lesen können? Wir sollten auf Anrufe vorbereitet sein", sagte er.

Jeder der Kommissare hatte sich heute auf den anderen verlassen. Normalerweise kauften mindestens zwei von ihnen unabhängig voneinander alle Zeitungen, in denen sie Aufrufe zur Mithilfe hatten abdrucken lassen.

„Arno, damit du nicht zu sehr von Gold, Silber und anderen Schätzen träumst, darfst du die Zeitungen besorgen gehen", ordnete Felix an.

Während Arno zum nächsten Kiosk lief, schlürfte der Rest des Teams seinen Tee.

Felix nahm Emilio zur Seite.

„Du, mir ist da was Dummes passiert. Ich hoffe, du kannst mir helfen!"

„Wieso, was ist passiert?", wollte sein Partner und Freund wissen.

„Ob du es glaubst oder nicht, aber heute früh ist mir mein Handy in das Klo gefallen. Gott sei Dank nachdem ich gespült habe, trotzdem scheint es kaputt zu sein. Ich weiß nicht, ob man die Daten retten kann." Felix flüsterte fast, da ihm die ganze Sache wirklich peinlich war.

„Ach Felix, das ist ja der Klassiker schlechthin. War es angeschaltet, als es dir ins Wasser fiel?"

„Logisch, du kennst doch Murphys Gesetz: ‚Alles, was schiefgehen kann, wird auch schiefgehen'."

Emilio nickte mitfühlend und betrachtete Felix' iPhone.

„Hast du wenigstens einmal in der Woche deine Daten innerhalb der iCloud oder mit iTunes synchronisiert? Du weißt, dass ich dich oft genug darauf hingewiesen habe!", wollte er wissen.

„Nein, das letzte Mal habe ich das vor sechs Wochen gemacht."

„Mann Felix, manchmal bist du auch echt von vorgestern. Ich befürchte, ich kann bei diesem Handy nichts mehr machen. Ich habe mir neulich übrigens die KeyWe-App geholt, mit der meine Anrufe und Nachrichten zu anderen Teilnehmern, die auch die App installiert haben, verschlüsselt werden. Solltest du dir auch holen! Funktioniert für Apple- und Android-Geräte."

Emilio holte Luft und wollte das Thema vertiefen, aber sein Chef stoppte ihn, bevor er weitersprechen konnte.

„Emilio, tut mir leid, ich bin gerade nicht in der Stimmung für so eine Debatte. Was soll ich denn jetzt machen?"

„Zur Not kannst du mein altes Gerät bekommen. Das synchronisiere ich mit den Daten, die du vor sechs Wochen gesichert hast. Alles, was jüngeren Datums war, ist jedoch verloren. Ich hoffe, du lernst daraus!"

„Ja sicher, ich bin doch nicht blöd!", knurrte Felix.

„Dann ist ja gut!", grinste Emilio. Einen kleinen Seitenhieb konnte er sich allerdings doch nicht verkneifen „Du, ich habe kürzlich gelesen, dass ein Unternehmen aus Kalifornien anbietet, Smartphones mit Nanopartikeln zu bedampfen. Das machen die in einer Unterdruckkammer und nach einer halben Stunde ist dein Handy wasserabweisend und für eine begrenzte Zeit sogar wasserfest. Wasser kann zwar immer noch eindringen, die elektronischen Bauteile und die Leitungen sind aber versiegelt, so dass nichts passieren kann. Das würde sich vielleicht für dich lohnen!"

Bevor Felix eine geeignete Antwort auf den Lippen hatte, war sein Partner verschwunden, um sein altes Handy zu holen und für ihn die Daten aufzuspielen. Als der Hauptkommissar eine halbe Stunde später wieder ein funktionierendes Mobiltelefon in den Händen hielt, war sein Ärger längst verflogen. Die beiden Freunde gingen ins Besprechungszimmer.

Felix blätterte durch die Zeitungen, die Arno besorgt hatte. Das Foto war gut zu erkennen und sah auch nicht zu schlimm aus. Die Tote wirkte beinahe friedlich. Eine Tageszeitung aus dem Boulevardbereich hatte den Mord zum Anlass genommen, eine Serie über brutale Frauenmorde ins Blatt aufzunehmen. Neben seiner

Telefonnummer war auch ein Bild des Hauptkommissars zu sehen, das ihn bei der Presseerklärung zum Mordfall Kaptaijn und dem daraus resultierenden Umweltskandal in Politik und Wirtschaft zeigte.

Er seufzte. So etwas würde man nie verhindern können. Aber alles in allem waren die vier Polizisten zufrieden mit den Zeitungsberichten. Sie hatten eine Sondertelefonnummer beantragt und geschaltet bekommen, die von nun an ständig mit einem von ihnen besetzt sein würde. In der Nacht würde die Nummer auf den Bereitschaftsdienst des Polizeireviers umgeleitet werden, an das sie angeschlossen waren. Sie konnten jeden Anrufer und dessen Nummer zurückverfolgen, selbst wenn dieser seine Rufnummer unterdrückte.

Felix amüsierte sich immer, wenn er in Filmen sah, dass die Polizei angeblich mindestens neunzig Sekunden brauchte, um einen Anruf zurückzuverfolgen. Die Nummer hatten sie immer sofort, alles andere dauerte meist nicht sehr viel länger. Endlich einmal seien solche Krimis ihnen nützlich, dachte er. Falls es Kriminelle gäbe, die sich auf diese Informationen verließen, dann wäre dies umso besser für die Polizei.

Den Vormittag verbrachten die Kommissare mit Warten auf Anrufe, weiterer Recherche und erneutem Abgleichen ihrer Daten mit denen auf den internen Datenbanken. Es ergaben sich aber keine neuen Hinweise.

Sie hatten bis zum Mittag zwei Anrufer, die behaupteten, die Täter zu sein. Der erste outete sich gleich selbst als Fehlalarm, da er sich mit vollem Namen und Adresse meldete. Es war mal wieder Gregor Großkopf, ein alter Bekannter bei der Frankfurter Polizei. Wann immer es etwas Spektakuläres zu gestehen gab, war Gregor einer der ersten, der anrief und alles gestand.

Er war ein völlig vereinsamter, sechzig Jahre alter Mann, der von Sozialhilfe lebte und keinerlei sozialen Kontakte hatte, da er sich vor lauter Angst vor den Menschen nicht auf die Straße wagte. So beschränkte sich sein Kontakt zu anderen Leuten auf das Telefon. Da er aber niemanden kannte, musste er eben immer mal wieder bei der Polizei anrufen.

„Gut, Herr Großkopf, wir schicken dann einen Wagen, der Sie abholt und gleich ins Gefängnis bringt", sagte Felix in gespielt strengem Tonfall.

„Nein, bitte nicht, ich will niemanden sehen und ins Gefängnis möchte ich auch nicht!" Herr Großkopfs Stimme klang weinerlich.

„Aber Sie haben doch soeben gestanden! Da muss ich Sie verhaften, das sehen Sie doch ein, oder?", fragte Felix.

„Aber ich habe doch gelogen, ich war es nicht, wirklich nicht, Herr Hauptkommissar."

„Na gut, aber dann dürfen Sie nicht immer bei uns anrufen und alles gestehen!" Felix sprach noch drei weitere Minuten mit Gregor Großkopf, der ihm irgendwie leidtat. Danach legte er auf und wedelte mit der Hand vor der Stirn, um den anderen anzudeuten, dass sein Gesprächspartner völlig plemplem war.

Der zweite Anrufer war auch nicht besser. Er gab auf einige gezielte Nachfragen von Emilio völlig unpassende Antworten. Emilio notierte zwar alles, aber auch er wusste, dass solche Anrufe sie nur wertvolle Zeit kosteten. Irgendein armer Beamter der Schutzpolizei würde die Adresse und Identität dieses Anrufers überprüfen müssen. Er tat ihm jetzt schon leid.

Ihre Mittagspause bei „Fritten-Conny" war kurz und die drei Kommissare schwiegen beim Essen. Als sie zurückkamen, saßen Emilio und Kevin Murr im Besprechungsraum.

„Ah, da seid ihr ja endlich! Wie waren die Pommes bei Conny?" Ohne eine Antwort abzuwarten, redete Dr. Murr weiter. „Also, die Tote ist definitiv aus der Ukraine, ihre Zahnfüllungen bestätigen das. Ich habe darin auch radioaktive Isotope nachgewiesen, das heißt, sie muss in der Nähe von Tschernobyl aufgewachsen sein."

„Wie nah?", hakte Felix nach.

„So nah nun auch wieder nicht, aber im Umkreis von 500 Kilometern. Ich weiß, das ist nicht sehr genau, aber besser geht es nicht. Der Lippenstift, der ihr nach dem Tod aufgetragen wurde, ist ein ,Watershine Gloss Nr. 515' von Jade Maybelline. Die Farbe nennt sich ,cheeky pink'. Den bekommt man fast überall, also wahrscheinlich keine heiße Spur. Interessanter ist die Größe des Täters, der unser Opfer von hinten erdrosselt hat."

„Er muss zwischen 178 und 183 Zentimeter groß sein. Außerdem ist er mit 80-prozentiger Sicherheit Linkshänder, die Druckstellen am Hals weisen auf mehr Kraft im linken Arm hin. Das Opfer ist zwischen 23 und 26 Jahre alt, hatte noch keine Kinder. Ihre letzte Mahlzeit bestand aus etwas schwarzem Tee und Zwieback. Den Rest wisst ihr schon." Kevin Murr schwieg und wartete auf die Fragen der Kommissare.

Im Moment hatten sie keine, außer der ziemlich abgedroschenen „Mehr kannst du uns nicht sagen?" Felix klang fast schon bittend.

„Dann würde ich es euch sagen. Leider legen die Mörder keine Visitenkarten neben das Opfer. Aber dann wärt ihr ja auch arbeitslos." Kevin stand brummend auf.

„Ich gehe jetzt wieder. Wir sehen uns." Er strich Frauke über die Wange und verließ den Raum.

Während die Polizisten auf weitere Anrufe warteten, diskutierten sie ihren Fall.

„Wenn es keine Tat aus dem Affekt heraus war, sondern geplant und eventuell sogar eine Art Ritualmord, was soll uns dann die Fundstelle sagen? Ich meine, ich verstehe das alles nicht. Erst wird die junge Frau brutal ermordet, danach von drei Männern vergewaltigt, dann geschminkt und gekämmt und schließlich nackt in eine alte Armeedecke eingewickelt und hier an der Autobahn neben einem großen Parkplatz abgelegt. Selbst nachts ist der noch stark befahren. Das Risiko, gesehen zu werden, ist doch ziemlich hoch. Also, wer von euch hat dazu eine Idee?" Felix blickte ratlos in die Runde.

„Ich finde, wir sollten die Trucker befragen, ob sie etwas gesehen haben. Wir hängen einen Aufruf auf den Parkplatz und bitten die Kollegen von der Autobahnpolizei, in den nächsten Tagen und Nächten die gleichen Aufrufe auch an die Fahrer, die dort pausieren, zu verteilen", sagte Arno.

Felix nickte Arno zu. „Okay, das veranlasst du sofort nach dieser Besprechung. Was sonst noch?"

„Ich muss dir recht geben, es passt einfach nichts zusammen in diesem Fall. Oder wir haben es hier wirklich mit einer Bande von Verrückten zu tun." Frauke schüttelte betrübt den Kopf.

Die vier redeten noch weitere dreißig Minuten, aber es ergaben sich keine neuen Ideen. Arno setzte sich mit den Kollegen der Autobahnpolizei in Verbindung und mailte ihnen den Aufruf mit dem Bild der Toten, damit sie diesen an die Brummifahrer und auf der Raststätte verteilen konnten.

Das Telefon schwieg weiterhin und so mussten sich die Kommissare in Geduld üben. Felix rief bei Kurt Sulzner an und verabredete für den nächsten Tag eine Befragungstour durchs Rotlichtviertel von Frankfurt. Er wollte endlich geklärt haben, ob die Tote mit diesem Milieu zu tun gehabt hatte oder nicht.

Bevor er nach Hause fuhr, teilte der Kommissar Emilio noch mit, dass sie morgen Klinken putzen würden bei den Frankfurter Bordellbesitzern. Emilio war, wie nicht anders zu erwarten gewesen, nicht sehr angetan von dieser Aussicht. Er hatte für diese Menschen nur Verachtung übrig.

Zuhause angekommen, fütterte Felix seinen Kater und gönnte sich eine Flasche französischen Rotwein. Obwohl er eigentlich italienischen bevorzugte, fand er diesen Wein hervorragend. Zum Abendessen bestellte er sich eine Pizza. Fälle, die ihn schwer beschäftigten, wirkten sich negativ auf seine Ernährung aus.

5

Felix und Emilio trafen sich früh am nächsten Morgen mit Kurt Sulzner vor dem Hauptbahnhof. Sie hatten ihren Wagen in der Tiefgarage an der Nordseite geparkt. Kurt begrüßte sie mit Handschlag. „Hallo, da seid ihr ja schon. Lausiges Wetter heute. Wollen wir einen Kaffee trinken, bevor wir uns in die Abgründe der Puffs stürzen?", fragte er.

Felix und Emilio stimmten zu und so liefen sie durch den nasskalten Regen ins nächste Stehcafé, direkt gegenüber dem Bahnhof. Felix wischte sich mit der Hand den Regen aus dem Haar und schüttelte sich.

„Puh, das Wetter ist wirklich scheußlich. Was mich aber interessiert, Kurt: Warum sollten wir uns schon so früh treffen? Ich kann mir vorstellen, dass die meisten Bordellbetreiber noch schlafen", meinte er.

Kurt lächelte still vor sich hin, während er seine klammen Finger an einer Tasse heißem Kaffee wärmte und darauf wartete, dass seine zwei Kollegen ihren Tee bekamen. Ein Wunsch, den der Besitzer des Cafés mit einem Kopfschütteln zur Kenntnis genommen hatte. Nachdem die beiden ihren Tee – ein Beutel billiger Früchtetee in einem Glas mit heißem Wasser – vor sich stehen hatten und die Gefahr, gestört zu werden, gering war, begann er zu sprechen.

„Felix, es ist ein weit verbreiteter Irrtum, dass die Luden bis zum Nachmittag schlafen und dann erst aktiv werden. Im Grunde sind viele ganz normale Geschäftsleute."

Emilio schnaufte laut und verächtlich, was Kurt Sulzner aber nicht aus der Ruhe brachte.

„Doch, so ist das wirklich. Behördengänge, Reparaturen, Getränkelieferungen und so weiter, all dies wird meistens morgens erledigt. Zudem treffen sich viele am Vormittag und erledigen ihre Geschäfte und Absprachen. Wenn ab Mittag das Geschäft brummt, weil viele Geschäftsleute ihre Mittagspause anders nutzen, als ihre Ehefrau denkt, dann haben sie für solche Sachen nicht mehr die Zeit. Schon deswegen stehen viele ganz normal auf."

„Klar gibt es immer noch viele Kriminelle in dem Geschäft und Lug, Betrug, Menschenhandel und oft auch Koks und härtere Drogen, aber so brutal, wie viele glauben, ist das Rotlichtmilieu nicht. War es auch nie. Sicher ist das hier schon ein recht hartes Pflaster, aber die Jungs wissen doch ganz genau: Wenn sie es übertreiben, dann versauen wir ihnen die Geschäfte und das tut ihnen richtig weh. Bevor wir losgehen, erzählt mir bitte noch mal eure Geschichte und was wir heute erreichen wollen", forderte Kurt die beiden Kommissare auf.

Felix fasste die Fakten ihres Falles noch einmal zusammen und erläuterte, was sie vorhätten.

„Also wollt ihr eigentlich nur wissen, ob eure Tote hier als Nutte gearbeitet hat." Kurt überlegte kurz. „Hm, da gibt es zwei Leute, die wir zuerst befragen sollten. Der eine ist ein Lude, der hier schon seit fast dreißig Jahren im Geschäft ist, der weiß fast alles. Sein Name ist Wolfgang Dehnke, aber alle nennen ihn Wolle. Der war mal Bezirksmeister im Boxen und auch jetzt mit fast sechzig soll er noch einen guten Punch schlagen. Erschreckt nicht, wenn ihr ihn seht, er wiegt inzwischen mindestens drei Zentner, ist aber nicht zu unterschätzen. Er spielt in der Ludenfußballmannschaft als Torwart."

„Die haben ihre eigene Fußballmannschaft?" Emilio als Fußballfanatiker war erstaunt.

„Ja!" Kurt nickte. „Die tragen sogar richtige Meisterschaften aus. Jede große Stadt in Deutschland hat so eine Mannschaft, das hilft, Konflikte intern zu regeln, ohne viel Gewalt. Zumindest die meisten westeuropäischen Bordellbetreiber halten sich daran. Kurden, Albaner und Russen sind schon problematischer", erklärte er.

„Was es alles gibt!" Emilio schüttelte den Kopf.

„Das Beste ist der Name dieser Mannschaft. Sie nennen sich ‚1. SC Freistoß'! Als ob es das je geben würde, einen Freistoß bei denen!" Kurt grinste spöttisch.

„Wieso? Haben die andere Regeln oder warum kennen die keinen Freistoß?" Emilio wirkte sichtlich verwirrt.

Kurt lachte und schlug mit der flachen linken Hand mehrmals schnell auf die andere Hand, die er zur Faust geballt hatte.

„Mensch Emilio, ‚Freistoß‘, das heißt, ’ne Nummer im Bordell für lau, ohne zu bezahlen. Verstehst du mich jetzt?“

Emilio nickte. „Klar, ich bin ja nicht blöd. Aber ich sehe schon, Nutten und Luden haben ihre eigene Sprache.“

„Darauf kannst du wetten. Und wenn du als Polizist nicht mal ihre Sprache verstehst, dann nehmen sie dich noch viel weniger ernst, als sie es ohnehin schon tun“, sagte Kurt.

„Deswegen sollst du ja mitkommen, damit sie vielleicht eher reden, als wenn wir alleine durchs Revier streifen.“ Felix schaltete sich ins Gespräch ein. „Wer ist die zweite Person, die wir befragen sollten?“

„Das ist Lara Leonhart. Sie war mal eine der richtig berühmten Huren hier in Frankfurt, die Nitribitt der Siebziger. Hat heute einen Laden, in dem sie Wäsche, Lackzeug, Lederdessous und all solche Sachen verkauft. Wenn die Prostituierten bei ihr kaufen, gibt es immer Rabatt, und zudem bei Problemen Rat und eine warme Suppe. Sie kennt eigentlich alle Mädels hier. Jedenfalls, wenn sie ein bisschen länger in der Stadt sind“, sagte Kurt.

„Klingt gut, dann lass uns losgehen. Wo fangen wir an?“ Felix hatte inzwischen seinen Tee getrunken.

„Ich würde Lara vorschlagen. Zum einen ist ihr Laden hier gleich um die Ecke und zum anderen ist sie ehrlicher. Wenn sie was weiß und Wolle es abstreitet, dann können wir ihn vielleicht in Widersprüche verwickeln.“ Kurt zwinkerte seinen beiden Kollegen verschwörerisch zu und sie verließen das Café.

Der Laden von Lara Leonhart wirkte irgendwie chaotisch auf Felix. Die Regale quollen über vor Reizwäsche und jede Menge Stiefel in allen Farben, Formen und Materialien hingen von der Decke in den Verkaufsraum hinunter.

Die Polizisten mussten sich ständig ducken. Felix stieß sich trotzdem dreimal den Kopf, bevor er zu der Frau hinter der Kasse gelangte. Einmal riss er fast ein Paar pinkfarbene Lackstiefel herunter, das sich mit dem Absatz in seinem Revers verfangen hatte.

Lara lachte heiser. „Nur nicht so schüchtern, Herr Kommissar, die wollen unbedingt zu Ihnen. Ich habe bestimmt auch Ihre Größe.“

Dann nahm Lara einen tiefen Zug von dem Zigarillo, den sie in ihrer Hand hielt. Sie zwinkerte Kurt zu. „Neue Kollegen? Der eine da würde mir gefallen." Sie zeigte auf Emilio und warf ihm einen dicken Kuss zu. Als sie sah, dass dieser, wie sie gehofft hatte, sich ärgerte, lachte sie noch einmal laut los.

„Ach Kurt, warum haben die meisten Bullen so wenig Humor? Du bist anders, deswegen mag ich dich ja auch. Außerdem bist du immer nett zu den Mädchen und verlangst nie Gefälligkeiten."

Sie begrüßte Sulzner mit einem Kuss auf jede Wange.

Kurt zwinkerte zurück. „Lara, du kannst es auch nicht lassen, oder?"

Er deutete auf Felix und Emilio und stellte sie vor. „Hauptkommissar Büschelberger und Kommissar Perfondo. Sie sind von der Mordkommission und haben ein paar Fragen an dich."

„Büschelberger?" Lara betrachtete Felix lange und schwieg.

Felix lief es heiß den Rücken runter. Die Wahrscheinlichkeit, dass seine geschiedene Frau hier Kundin war, war recht hoch. Er hoffte, dass Lara sich nicht verplapperte. Aber sie nickte nur still vor sich hin und zwinkerte ihm dann zu.

„Herr Hauptkommissar, was kann die alte Lara für Sie tun?"

Felix musterte die Frau erst eine längere Zeit. Er hatte das Gefühl, dass sie trotz ihrer frechen Art sehr freundlich war. Sie trug ihr Haar streng nach hinten gekämmt und zu einem Pferdeschwanz gebunden. Es war blond gefärbt, aber am Haaransatz konnte Felix erkennen, dass es bereits grau war. Ihr Gesicht war für seinen Geschmack zu stark geschminkt.

Eine Brille hing an einer dicken goldenen Kette um ihren Hals. Sie hatte einen großen Busen und trug einen schwarzen, eng anliegenden Pullover, eine enge Stretchjeans und darüber schwarze Lederstiefel, die ihr bis zum Knie gingen. Die Absätze waren sicher gut zehn Zentimeter hoch. Trotzdem reichte sie Felix nur bis zum Kinn. Lara hatte immer noch eine schlanke Figur, er schätzte ihre Konfektionsgröße auf 38 bis 40. Sie bemerkte, dass er sie musterte und drehte sich zweimal im Kreis.

„Na, gefällt Ihnen, was Sie sehen?" Lara kicherte wie ein junges Mädchen.

„Ich kann verstehen, dass Sie damals eine Berühmtheit waren", erwiderte Felix.

„Nicht wahr, Sie haben von mir gehört? Ja, damals war ich die Königin der Nacht, Frankfurts Männer lagen mir zu Füßen." Sie strahlte ihn an.

Felix musterte jetzt den Laden. So chaotisch, wie er am Anfang gewirkt hatte, war er gar nicht, man brauchte nur länger, um die Ordnung darin zu erkennen. Was ihm auffiel, waren die Plakate, die entweder zur Benutzung von Kondomen zur Vorbeugung von Aids aufriefen oder für Hydra warben, der Organisation, die von ehemaligen Huren gegründet worden war und jetzt für deren Rechte kämpfte.

Lara rauchte weiter ihren Zigarillo und wartete darauf, dass Felix sie ansprach. Er merkte, dass sie ein hohes Einfühlungsvermögen besaß. Wahrscheinlich hatte das zu ihrem damaligen Erfolg beigetragen. Schönheit alleine nutzte nichts.

Felix besann sich wieder auf den Grund seines Besuches.

„Also, Frau Leonhart, wie mein Kollege hier schon erwähnt hat, sind wir von der Mordkommission. Wir haben vor vier Tagen an der Autobahn eine Tote gefunden. Da sie aus der Ukraine kommt – das wissen wir inzwischen –, sehr hübsch und noch ziemlich jung ist, vermuten wir, dass sie vielleicht etwas mit dem Rotlichtmilieu zu tun hat. Kurt hat uns erzählt, dass Sie fast alle Frauen hier kennen, deswegen würde ich Ihnen gerne das Foto der Toten zeigen."

Er hielt die Fotografie vor Lara Leonharts Nase. Sie setzte ihre Brille auf und ihr Gesicht verlor alle Freundlichkeit.

„Ein Mord im Milieu, das hat es doch schon lange nicht mehr gegeben. Ich hoffe, Sie irren sich. Wir haben hier schon genug Probleme."

Lara betrachtete das Bild lange und dachte dann intensiv nach. „Nein, Herr Kommissar, ich kenne sie nicht und habe sie hier bestimmt noch nicht gesehen. Sie haben aber recht, mit diesem Gesicht könnte sie gut als Prostituierte arbeiten. Sie hat so etwas Verletzliches, fast noch Kindliches an sich. Da stehen eine Menge Freier drauf. Sie sind sich sicher, dass die Tote aus der Ukraine kommt?", fragte sie.

„Ja, das sind wir!" antwortete Felix.

„Tut mir leid, aber die Russen schotten ihre Geschäfte sehr stark ab. Wenn die Mädchen illegal hier sind, lassen die sie meistens auch nicht raus, sondern halten sie hier in kleinen Wohnungspuffs versteckt. Die wechseln auch häufig die Örtlichkeit. Da habe ich keinerlei Kontakt. Vielleicht haben Eddi oder Boris noch ein paar illegale Mädchen im Hinterhaus sitzen, aber das weiß ich nicht genau", sagte Lara.

Felix blickte fragend zu Kurt Sulzner.

„Die kenne ich, die können wir nachher noch überprüfen", antwortete der Kommissar von der Sitte.

Lara wollte Felix das Foto zurückgeben, aber er winkte ab. „Vielleicht behalten Sie es, Sie können es ja einigen Mädchen zeigen. Wenn Sie was hören, rufen Sie mich an."

Sie versprach es. Felix gab ihr noch seine Visitenkarte, dann verabschiedeten sich die Kommissare.

„Wollen Sie die pinkfarbenen Lackstiefel nicht wenigstens mal anprobieren? Die würden Ihnen bestimmt stehen!" Laras heiseres Lachen begleitete die Polizisten bis zur Tür.

„Also, wenn ihr mich fragt, die Alte hat doch einen an der Klatsche." Emilio tippte sich an die Stirn.

„Nein, da irrst du dich, die ist mehr als helle, und wenn sie was hört, dann meldet sie sich auch bei euch. Sie hasst es bis aufs Blut, wenn den Prostituierten Gewalt angetan wird", widersprach ihm Kurt.

Dann führte er sie zur „Harten Nuss", einem kleinen Bordell direkt über einer Tabledance Bar.

„Ist von außen unscheinbar, drinnen aber einer der edelsten Puffs der Stadt. Hier verkehrt zum Teil auch die Hochfinanz und die Politik", erklärte er seinen Kollegen.

Emilio schaute kritisch. „Die Hochfinanz?"

„Ja, ich habe gehört, dass manche Bank hier mit Wolle Sonderkonditionen für ihre Kunden vereinbart hat. Die zahlen pro Abend einen Festbetrag und die Kunden dürfen machen, was sie wollen. Ist in dem Geschäft gar nicht so unüblich, bei Millionendeals hier den Abschluss zu feiern." Kurt drückte auf eine Klingel an der Tür, auf der „Gentlemen" stand.

Er blickte nach oben links in die Ecke, in der eine Video-kamera befestigt war. Er deutete darauf, so dass auch Felix und Emilio hineinblickten. Der Summer brummte und die Tür öffnete sich. Über eine lange schmale Treppe, die mit einem königsblauen Teppich mit goldenen Sternen belegt war, gelangten sie in die erste Etage. Hier öffnete sich eine schwere Eichentür und eine hübsche Brünette mit dunkelbraunen Augen, einem knappen Oberteil und extrem kurzen Shorts lächelte sie an.

„Ich soll die Herren von der Polizei ins Büro von Wolle füh-ren, er erwartet Sie. Oder darf ich Ihnen andere Wünsche erfüllen? Einen Drink, eine Entspannung vielleicht?"

Kurt schüttelte den Kopf. „Bitte bringen Sie uns zu Ihrem Herrn und Meister."

Die junge Frau verbeugte sich tief und in gespielter Unter-würfigkeit führte sie die drei zu einer weiteren schweren Eichen-tür. Der Teppich, über den sie gingen, war dick und schwer, kein Geräusch war zu hören. An der Wand hingen erotische Bilder, die aber weder abstoßend noch billig wirkten. Zwei englische Clubses-sel standen im Flur. Die drei Kommissare kamen am Eingangsbe-reich der Bar vorbei, die im Moment aber verlassen war. Andere Mädchen oder Freier waren nicht zu sehen. Die Frau öffnete die Tür zu Wolfgang Dehnkes Büro, ließ die Kommissare hinein und schloss leise die Tür hinter sich.

Trotz Kurts Vorwarnung war Felix erstaunt. Er schätzte Wolfgang Dehnke auf beinahe schon 200 Kilo. Sein Bauch war geradezu gigantisch. Er saß in einem überdimensionalen Sessel und betrachtete die Kommissare schweigend. Er trug einen dunkelblau-en Anzug mit knallig roter Krawatte. Der Anzug sei wahrschein-lich Maßarbeit, dachte Felix bei sich. Er bezweifelte, dass es solche Größen von der Stange gebe. Das zweite sehr markante Merkmal an Dehnke war seine auf Hochglanz polierte Glatze.

Er deutete auf die Stühle vor seinem Schreibtisch und warte-te darauf, dass die Kommissare sich setzten. Dabei rutschte der Är-mel seines Sakkos nach oben und entblößte eine Rolex Day-Date. Sie war aus Gelbgold und nicht nur das Zifferblatt war mit Brillan-ten versehen, auch die Lünette, die Hornbügel und das Armband trugen in der Mitte eine Reihe Brillanten.

„Was zu trinken?", fragte der Zuhälter.

„Ich nehme ein Wasser mit einem Spritzer Soda, bitte." Kurt lehnte sich entspannt zurück. Er nickte seinen beiden Kollegen zu und bedeutete ihnen dadurch, sich auch etwas zu wünschen. Felix schloss sich Kurt an und Emilio bat um ein Tonic Water.

„Nicole, mach mir bitte einen Whiskey und ein Glas Wasser. Ich nehme meinen Jahrgang." Die Frau, die sie hereingeführt hatte, ging an einen Holzschrank und öffnete eine Tür. Sie hantierte mit einer Flasche Whiskey, dessen Name Felix noch nie gehört hatte, geschweige denn aussprechen konnte. Wolfgang Dehnke sah seinen Blick.

„Sie sollten sich ihre Bestellung noch mal überlegen. Das da ist ein ‚Bruichladdich' von 1948, meinem Geburtsjahr. Es gibt nur noch zehn Flaschen auf der Welt und alle gehören mir. Ich biete sie nur selten an." Seine Augen fixierten Felix.

Dieser musterte den Bordellbesitzer, dann sah er zu Emilio und Kurt hinüber. Die beiden zuckten nur mit den Schultern. Nicole wartete mit der Flasche in der Hand auf Felix' Entscheidung.

„Gut, dann probieren wir alle davon, aber nur eine Winzigkeit."

Der Zuhälter lehnte sich in seinen Sessel zurück und schlug lachend die Hände auf seine Oberschenkel. „Sie gefallen mir! Also Nicole, nicht so geizig mit dem Stoff."

Die Winzigkeit in ihren Gläsern waren mindestens vier Zentiliter. Der Whiskey roch verführerisch. Der Bordellbesitzer prostete ihnen zu, nahm einen ersten Schluck und wartete auf die Reaktion seiner Besucher. Felix kostete als Erster und der Whiskey lief seine Kehle hinunter wie Öl, langsam und stark im Aroma. Torf, Eiche und eine Spur von Meersalz waren zu schmecken. Er wusste sofort, dass er einen so teuren Whiskey noch nie getrunken hatte und wahrscheinlich lange warten musste, bis er es wieder tat.

„Ausgesprochen edel. Wirklich was ganz Feines." Felix brachte es auf den Punkt. Seine beiden Kollegen stimmten ihm zu, wobei Emilio einen etwas unglücklichen Eindruck machte. Er mochte es überhaupt nicht, im Dienst zu trinken, immerhin musste er noch den Dienstwagen zurückfahren.

„So, was kann ich für die Frankfurter Polizei tun, außer sie zu bewirten?", fragte Wolfgang Dehnke.

Nicole hatte sich inzwischen ein Glas Champagner genommen und schmiegte sich an den dicken Bauch ihres Bosses. Dieser legte einen Arm um sie und wartete auf die Antwort der Polizisten. Kurt ergriff das Wort und stellte seine beiden Kollegen wieder vor. Felix wiederholte seine Einleitung und stellte die gleiche Frage wie bei Lara Leonhart. Der Bordellbetreiber sah sich das Foto kurz an und reichte es dann an Nicole weiter.

„Kennst du die Kleine?"

Sie verneinte.

"Tut mir leid, aber ich kenne sie auch nicht, habe sie nie gesehen, obwohl sie zu meinen Mädchen gepasst hätte." Der Zuhälter schwenkte den Whiskeytumbler in seiner Hand und schaute der goldgelben Flüssigkeit versonnen zu, wie sie sich im Glas drehte.

„Es soll aber seit einiger Zeit eine neue Gruppe von russischen Zuhältern und sehr willigen Mädchen in der Stadt geben. Sie machen alles und wenn es genug Geld gibt, darf der Freier machen, was er will. Alles! Sie verstehen, was ich meine?" Er blickte Felix bedeutungsschwer an.

„Sie meinen, er darf die Mädchen auch umbringen?" Der Kommissar war entsetzt.

„Das habe ich gemeint, ja! Es gibt zumindest Gerüchte in der Szene, dass es so ist", erwiderte Wolfgang Dehnke.

Felix wandte sich an Kurt. „Hast du davon gehört?"

Dieser nickte bedächtig mit dem Kopf und war ziemlich bleich geworden.

„Nun, es gab vor Kurzem einen Hinweis durch einen Informanten, Gerüchte, aber wir konnten das nicht verifizieren. Es ist erst das zweite Mal, dass ich davon höre."

„Was können Sie uns noch sagen über diese russische Gruppe?", fragte Felix, sich wieder an Wolfgang Dehnke wendend.

Der Zuhälter schwieg lange, bevor er antwortete.

„Nichts, ich weiß nichts. Sie müssen total verdeckt operieren. Ihre Kunden gewinnen sie nur über Mundpropaganda, es gibt keine festen Räume. Sie bringen die Mädchen entweder zu den Männern ins Hotel oder holen die Kunden in verdunkelten Limousinen ab. Das ist alles, was ich weiß. Glauben Sie mir, ich wäre die Typen noch lieber los als Sie. Sie versauen unseren Ruf und unsere Geschäfte."

Fassungslos nahm Felix einen großen Schluck. Der Whiskey, den er eben noch genossen hatte, schmeckte jetzt bitter. Dann wandte er sich wieder an den Zuhälter.

„Melden Sie sich bei mir, wenn Sie was erfahren?"

„Lassen Sie mir Ihre Karte da und Sie hören von mir, sobald ich was weiß", sagte er.

Felix trank aus und überreichte seine Karte, als sich die drei Beamten verabschiedeten.

Schweigend gingen sie auf die Straße zurück.

„Also, diese Nachricht muss ich erst verdauen. Außerdem brauche ich was zu essen, sonst falle ich nach diesem Whiskey um. Kommt mit, gleich da vorne bei der Deutschen Bank ist der beste Hot Dog-Stand von Frankfurt. Ich gebe einen aus." Kurt führte Felix und Emilio zu einer Würstchenbude ganz in der Nähe.

Selbst Emilio, noch ganz schockiert über die Nachricht, die sie soeben erfahren hatten, vergaß seine Vorurteile und Bedenken gegen Fast Food und nahm auch ein Hot Dog. Die drei hingen ihren Gedanken nach, während sie kauten. Als sie mit dem Essen fertig waren, brach Felix das Schweigen.

„Ich kann es fast nicht glauben, dass es hier in Frankfurt Männer gibt, die dafür zahlen, dass sie eine Frau töten dürfen. Was für Bestien gibt es bloß!"

Kurt kratzte sich bedächtig am Kopf. „Nun, zunächst einmal ist es bloß ein Gerücht und wie gesagt, wir konnten da nichts weiter in Erfahrung bringen. Bewiesen ist auch nicht, dass die Tote, die ihr gefunden habt, auf diese Weise gestorben ist. Ihr wisst immer noch nichts über sie."

„Das stimmt, Kurt, aber denke daran: Sie wurde erdrosselt und war dabei gefesselt, auf einen Holzstuhl. Nach ihrem Tod haben sich drei Männer an ihr vergangen. Wenn das nicht zu solchen perversen Schweinen passt, dann weiß ich auch nicht, was es sonst sein kann." Felix schossen vor Wut Tränen in die Augen.

„Was wäre mit Rache als Motiv?" Kurt ließ sich nicht beirren.

„Haben wir auch schon dran gedacht, aber wie erklärst du es dir dann, dass es gleich drei Kerle waren, die sie geschändet haben? Einer, das wäre perfekt gewesen, die ultimative Erniedrigung auch über den Tod hinaus. Sozusagen der Gegenpol zur perfekten Liebe bis zum Tod und auch noch danach. Drei Männer, die das Opfer so hassen und sich auch noch kennen – das halte ich für sehr unwahrscheinlich", sagte Felix.

„Ich stimme dir zu, aber wie wahrscheinlich ist es, dass sich drei Männer zu so einer Tat verabreden? Ich meine, sind in letzter Zeit drei gefährliche Sexualstraftäter aus irgendeiner Psychiatrie ausgebrochen und wir haben es nicht mitbekommen? Wo lernen sich solche Leute kennen, in der Kneipe vielleicht? Sprechen die sich mit ‚Hallo, wollen wir eine Frau töten und danach vergewaltigen?' an? Selbst im Internet ist die Gefahr doch so groß, dass irgendeiner, der vielleicht am Anfang zustimmt, dich dann doch bei der Polizei verrät. Nein, Felix, ich kann es mir beim besten Willen nicht vorstellen. Vielleicht will ich es mir auch nicht vorstellen." Kurt schüttelte energisch den Kopf, während er weitersprach.

„Allerdings gibt es im Internet sogenannte Freierforen. Dort tauschen sich die Männer, die zu Prostituierten gehen, regelmäßig aus und bewerten die Frauen und deren Dienste und brüsten sich durchaus mit ihren eigenen Taten. Das ist schon ziemlich heftiges und widerliches Zeug, was man da so zu lesen bekommt. Man könnte hier suchen, ob das Opfer irgendwo erwähnt wurde."

Felix dachte lange über die Einwände von Kurt Sulzner nach.

„Das mit den Foren im Internet ist ein guter Hinweis. Solange wir aber nicht wissen, ob unser Opfer überhaupt mit dem Rotlichtmilieu zu tun hatte, sollten wir keine unnötige Energie darauf verwenden!", entschied er dann und blickte zu Emilio.

Der zuckte nur mit den Schultern. „Ich denke, Kurt hat einen guten Punkt gemacht, aber was war das Motiv und wer ist sie?", fragte er.

„Ja, es dreht sich alles immer wieder um ihre Identität. Warum vermisst sie keiner? Das ist doch schon ein Indiz dafür, dass sie illegal hier war, oder?", fragte Felix.

Kurt und Emilio nickten.

„Okay", seufzte Felix. „Wollen wir weitermachen und diese beiden Typen, die Lara erwähnt hat, aufsuchen?"

Kurt schüttelte den Kopf. „Felix, ich würde dich gerne um einen Gefallen bitten. Lass uns die Bordelle der beiden, allerdings nur die legalen Vorderhäuser, aufsuchen und die Huren befragen. Wenn die zwei wieder illegale Prostituierte beschäftigen, will ich dort sehr bald eine Razzia machen und die beiden festnageln. Klopfen wir jetzt zu sehr auf den Busch, vertreiben wir die Vögel und das wäre schade."

„Wann willst du die Razzia denn machen?" Felix zögerte mit seiner Zustimmung.

„Wenn ich die Erlaubnis bis dahin habe, schon am Sonntagabend. Spätestens am Montag", sagte Kurt Sulzner.

„In Ordnung, wir halten uns bis dahin noch zurück. Aber nun los, gehen wir Treppen steigen", erwiderte Felix.

So befragten die drei Beamten bis zum frühen Abend alle Huren und Zuhälter in den Laufhäusern, derer sie habhaft werden konnten. Allerdings kannte niemand die Tote oder gab es zumindest nicht zu. So kam Felix ziemlich genervt und müde daheim an. Er versorgte Django und ging dann zu seinem Griechen ums Eck, wo er sich außer Leber auf Zwiebelgemüse auch eine ganze Flasche Rotwein gönnte. Wieder zuhause angekommen, rief Felix einem Impuls folgend bei Dr. Murr an.

„Ich habe mal eine wissenschaftliche Frage an dich."

Kevin klang sofort interessiert. „Schieß los, ich bin gespannt, was du wissen willst!"

„Nun, ich habe vor Kurzem Erdbeermarmelade gekocht und mich beim Kleinschneiden der Früchte in den Finger geschnitten. Dabei ist ein wenig Blut auch im Topf gelandet und mitgekocht worden. Ich habe mich gefragt, ob du das Blut wohl nach dem Kochen noch nachweisen könntest."

„Hm, interessante Frage", murmelte der Rechtsmediziner. „Es freut mich, dass du mehr wissen willst aus meinem Fachgebiet, das kann nie schaden. Die meisten Bluttests weisen das Hämoglobin, also den roten Farbstoff, nach. Das Hämoglobin macht ein Drittel des Gewichtes der roten Blutkörperchen aus und kommt nur dort vor. Die roten Blutkörperchen werden beim Kochen natürlich zerstört und auch das Hämoglobin zerfällt in seine Aminosäuren. Diese haben jedoch einen relativ hohen Schmelzpunkt zwischen 250 und 300 Grad Celsius. Ich nehme nicht an, dass du deine Marmelade so heiß gekocht hast. Der Rest des Blutes besteht aus dem sogenannten Plasma. Hierbei kommen unterschiedliche Ionenverbindungen vor. Du findest Kalium-, Magnesium-, Calcium-, Chlorid-, Phosphat- und Natriumionen. Alle diese Stoffe findet man aber auch in den Erdbeeren. Natürlich in anderer Zusammensetzung. Wenn du nicht eine beträchtliche Menge Blut vergossen hast, wirst du es nicht über diese Ionen nachweisen können."

„Also könntest du es nicht?", unterbrach Büschelberger den Monolog des Pathologen.

„Das habe ich nicht gesagt. Es gibt inzwischen Tests, die 40 Nanogramm Hämoglobin pro Milliliter Probenflüssigkeit nachweisen können. Andere Nachweise verwenden Kaliumcyanid und oxidieren damit das Hämoglobin. Durch Bestrahlung mit Licht in festgelegten Frequenzbereichen kannst du das Absorptionsmaximum bestimmen. Wenn es bei 546 Nanometern flach ist, hast du den Nachweis erbracht, dass Hämoglobin in der Probe vorlag."

„Also könntest du es doch?", fragte Felix verzweifelt.

„Schwierig, da Hämoglobin nicht nur beim Menschen vorkommt, sondern auch bei Pflanzen zu finden ist", erklärte Dr. Murr.

„Kevin, was denn nun? Außer, dass ich jetzt total verwirrt bin und mein Kopf raucht, hat mir unsere Unterhaltung noch nicht wirklich viel gebracht." Büschelberger rollte mit den Augen.

„Bring doch einfach ein Glas mit und ich sehe, was sich machen lässt. Beim Ötzi, du weißt schon, diese uralten Gletscherleiche, haben sie vor Kurzem noch Hämoglobin in einer Pfeilwunde nachweisen können. Das finde ich total faszinierend!"

„Kevin, ich gebe es auf. Du bekommst dein Glas und danach weiß ich, ob du es geschafft hast oder nicht!" Felix seufzte.

Man durfte Kevin nicht einfach so etwas Wissenschaftliches fragen. Das konnte zu längeren Monologen und Vorträgen führen, die nicht immer verständlich waren.

„Prima, ich hoffe, die Marmelade schmeckt auch!", grinste der Rechtsmediziner breit, bevor er auflegte.

6

Während Felix seine Kollegen Arno und Frauke über die neuesten Erkenntnisse informierte, druckte Emilio seinen Bericht aus, den er am Abend zuvor noch geschrieben hatte. Er hatte, entgegen seiner Gewohnheit, auf den Ratschlag von Kurt hin darauf verzichtet, sofort mitzuschreiben, da die Leute, die sie befragt hatten, sonst geschwiegen hätten.

Arno und Frauke waren genauso entsetzt wie Felix am Tag zuvor. Der Ermittlungsleiter fasste auch noch mal sein gestriges Gespräch mit Kurt Sulzner zusammen, aber weder Frauke noch Arno hatten neue Ideen. So zog sich der Vormittag hin. Gegen Mittag ging Felix zu Staatsanwalt Fromm, um ihm seinen Wochenbericht zu erstatten.

Der Staatsanwalt, inzwischen mehr Freund als Weisungsbefugter, hörte ihm sehr genau zu. „Felix, wenn Sie meinen, dass Sie eine Sonderkommission brauchen oder mehr Beamte aus anderen Abteilungen, dann lassen Sie es mich sofort wissen. Ich denke, dieser Fall wird sehr kompliziert und wir werden wohl mehr Ressourcen auf diesen Fall bündeln müssen."

„Nein, ich finde, wir sollten noch ein wenig warten. Wenn wir in einer Woche noch keinen Durchbruch erzielt haben, dann sollten wir mehr Beamte hinzuziehen", entgegnete der Kommissar.

„Wie Sie meinen, das ist Ihr Fall. Ich werde aber immer wieder darauf drängen, dass ich Ergebnisse will. Wir haben uns verstanden?", fragte Staatsanwalt Fromm.

Felix bejahte.

Kurz darauf rief Kurt bei Felix an und informierte ihn über die bevorstehende Razzia bei den beiden Zuhältern, die Lara Leonhart ihnen genannt hatte. Sie werde am Montagvormittag stattfinden. Felix sagte, dass er eventuell mit Emilio dabei sein wolle, es aber noch nicht definitiv sagen könne.

Der Hauptkommissar kramte auf seinem Schreibtisch, bis er den Zettel mit der Telefonnummer von Klaus Wyschnovski, dem Leiter des russischen Heims, gefunden hatte.

Er wählte. Es dauerte lange, bis sich eine Stimme meldete.

„Ja?"

Felix meinte, die Stimme zu erkennen. „Hallo, spreche ich mit Herrn Klaus Wyschnovski? Hier ist Hauptkommissar Felix Büschelberger."

„Ja, ich bin es. Was kann ich denn für Sie tun?" Seine Stimme klang misstrauisch und wieder etwas feindselig.

Felix überlegte, was er dem Heimleiter nun schon wieder angetan hatte. Er schob es der negativen Grundstimmung zu, die dieser Mann zu haben schien.

„Ich habe nur eine weitere Frage an Sie. Wir haben Gerüchte über eine russische Zuhältergruppe gehört, die ihre Mädchen misshandelt und sogar zum Töten anbietet."

Klaus Wyschnovski schnaubte am anderen Ende der Leitung. „Klar, die Russen, wer sonst, nicht wahr? Wissen Sie, dass die Russen im Allgemeinen sehr familienfreundlich sind? Sie würden die Kinder ihres eigenen Landes nie so brutal verraten. Es ist das Volk der traurigen Poeten. Von wem haben Sie denn so unglaubliche Gerüchte gehört?"

„Tut mir leid, Herr Wyschnovski, aber das darf ich Ihnen nicht sagen. Wenn Sie aber doch noch Gerüchte in diese Richtung hören oder entsprechende Informationen erhalten, geben Sie mir bitte umgehend Bescheid", sagte Felix.

„Sicher! Sonst noch was?", knurrte der Heimleiter.

„Nein, das war es von meiner Seite." Bevor sich der Ermittlungsleiter verabschieden konnte, hatte sein Gesprächspartner schon brummelnd aufgelegt.

Ein seltsamer Zeitgenosse, fand Felix.

Als sich die Kommissare in den Feierabend begaben, hielt Felix seinen Partner Emilio noch kurz zurück.

„Du, Fromm hat mich heute kontaktiert, er braucht mal wieder deine Hilfe. In Hamburg überlegen sie, ob sie nicht so ein behördeninternes Social Intranet aufbauen können. Das ist ja ähnlich wie das, welches wir hier nutzen. Sie wollen von uns hören, was wir haben und wie wir die Cloud für unsere Ermittlungen nutzen. Fromm fragte mich, ob du Zeit und auch Lust hättest, denen das mal zu erklären."

„Felix, im Moment will ich diesen Fall klären und nicht irgendwelchen Bürokraten etwas über Technik erklären", brummte sein Kollege.

„Ich habe Fromm auch gesagt, dass ich dich im Moment einfach nicht entbehren kann. Du kannst nicht mal eben für ein paar Tage nach Hamburg düsen, um denen alles zu erklären!"

Emilio lachte auf.

„Ach Felix, manchmal ist es einfach nett zu sehen, dass du trotz all meiner Mühen ein Technikbanause bleiben wirst. Dafür werde ich doch nicht nach Hamburg müssen. Wir veranstalten einfach ein GoToMeeting. Die sollen in Hamburg einfach den Citrix Client installieren und ich kann denen eine Präsentation und Videokonferenz anbieten, bei der sie alles auf unseren Rechnern sehen können. Das sollte ausreichen, damit sie verstehen, was wir hier so haben."

„'GoToMeeting'?", fragte sein Chef.

„Wie gesagt, die müssen eine Software installieren, die ist kostenlos. Dann machen wir eine Online-Konferenz übers Internet. Auf ihren Rechnern können die dann sehen, was ich auf meinem Bildschirm zeige und wie ich die Programme starte. Nebenher erkläre ich alles während der Telefonkonferenz. Das ist die einfachste und schnellste Art, so was zu bewerkstelligen."

„Gut, dann ist das geklärt. Sobald wir den Fall abgeschlossen haben, meldest du dich dort und bringst denen das bei."

Mit einem Schulterklopfen verabschiedete Büschelberger seinen Partner.

Die vier Kommissare gingen ins Wochenende mit dem unbefriedigten Gefühl, keinen Schritt näher an der Lösung des Falls zu sein als am Anfang. Felix erledigte seine Wochenendeinkäufe und versorgte Django. Er wollte ihm eigentlich danach sein Leid klagen, doch der Kater hatte für die Nacht eigene Pläne.

Am Samstag putzte Felix wie verrückt seine Wohnung, um sich vom Fall abzulenken. Am Sonntag erwachte er und stellte fest, dass Django sich neben ihm eingekuschelt hatte und behaglich schnurrte. Gedankenverloren streichelte er seinen Kater.

„Du hast es gut, mein Alter, du weißt es nur nicht. Oder etwa doch?"

Entschlossen stand Felix auf und entschied sich, eine größere Radtour zu machen. Sein Job bot ihm eindeutig zu wenig Bewegung und seit er sein e-race Bike hatte, machte ihm dieser Sport enorm Spaß.

Vor einigen Monaten hatte er ein verlängertes Wochenende bei einem Weinbauer in Südtirol in der Nähe von Bozen verbracht, der selbst begeisterter Radfahrer war. Nachdem er bei einem gemütlichen Glas Wein von dem elektrifizierten Dienstfahrzeug des Kommissars gehört hatte, hatte der Weinbauer Felix mit dem Geschäftsführer einer kleinen Firma bekannt gemacht, die sich auf zweirädrige Elektrofahrzeuge spezialisiert hatten.

Trotz anfänglicher Zweifel ob die Elektrifizierung des Sports nicht zu weit ginge, war Felix nach einem kurzen Abstecher nach Gargazon nicht mit leeren Händen zurückgekommen. Neben der normalen 27-stufigen Gangschaltung verfügte sein neues Fahrrad über ein sogenanntes BionX-System mit je vier Unterstützungs- und Rückladestufen. Damit konnte er ganz nach seinen Wünschen schalten und walten.

Zu Beginn einer Radtour und auf ebenem Gelände fuhr er meist in der niedrigsten Unterstützungsstufe, um seine Muskelkraft zu trainieren und möglichst wenig Akkuleistung zu verbrauchen. Auch bei kleineren Anstiegen verzichtete er weitgehend auf höhere Stufen, um Muskelaufbau zu betreiben. Erst bei steileren Anstiegen schaltete er mehr Unterstützung durch den Elektromotor zu, um mit möglichst gleichbleibender Trittfrequenz zu fahren und so im aeroben Bereich die meisten Kalorien zu verbrennen. Wenn es bergab ging, wechselte er in die Rückladestufe, um den Akku mit der so entstehenden Motorbremse wieder aufzuladen.

Das am Lenkrad angebrachte Display zeigte ihm während der Fahrt nicht nur die Geschwindigkeit und zurückgelegten Kilometer, sondern auch die aktuell eingeschaltete Stufe des Elektromotors sowie den Ladezustand der Batterie. Ob er allerdings die vom Hersteller angegebene Distanz von 130km bei voll geladener Batterie erreichen würde, hatte er noch nicht ausprobiert. Auch heute genügte ihm seine Runde mit knappen 100 Kilometern durch den Taunus.

Während ihrer morgendlichen Teerunde am Montag berichtete der Hauptkommissar seinen Kollegen von seiner Vereinbarung mit Staatsanwalt Fromm: die Einberufung einer Sonderkommission, wenn sie bis Freitag keinen wesentlichen Durchbruch erzielt hätten. Alle stimmten zu, auch wenn dies gleichbedeutend wäre mit dem eigenen Scheitern. Doch die Klärung des Falls war wichtiger als ihr eigenes Ego.

Emilio war nicht begeistert, als Felix ihm erklärte, dass sie gegen ein Uhr mittags an der Razzia im Rotlichtviertel teilnehmen würden. Die vier diskutierten zudem über eine Stunde darüber, dass sie nicht einen einzigen konkreten Hinweis auf ihren Aufruf in der Zeitung bekommen hatten. Sie kamen zu dem Schluss, dass die Tote entweder illegal hier gewesen oder nur durch Zufall in dieser Gegend abgelegt worden sei. Felix sträubte sich allerdings gegen die zweite Möglichkeit.

Arno und Frauke bekamen den Auftrag, die Personenabfrage jetzt auf europäischer Ebene durchzuführen. Felix rief danach bei der Autobahnpolizei an und wollte wissen, ob deren Aktion schon Ergebnisse erzielt habe. Die Antwort war negativ. Er erfuhr allerdings, dass sich in der Mordnacht auf der A 5 kurz hinter dem Parkplatz, bei dem die Tote gefunden worden war, ein schwerer Lkw-Unfall ereignet habe. Die Autobahn sei deshalb voll gesperrt worden. Der Verkehr sei danach, soweit es möglich gewesen sei, auf den Parkplatz abgeleitet worden, um dem Technischen Hilfswerk und den Rettungssanitätern den Weg frei zu machen.

Diese Information war interessant für Felix, bot sie ihm doch ansatzweise eine Erklärung dafür, warum die Tote dort abgelegt worden war. Waren die Täter durch die Polizei aufgeschreckt worden und plötzlich panisch geworden? Sollte die Leiche am Ende gar nicht dort gefunden werden? Wenn ja, was bedeutete das für ihren Fall? Er würde das mit seinen Kollegen besprechen. Der Kommissar blickte auf seine Uhr. Es war Zeit aufzubrechen, wenn sie pünktlich zur Razzia kommen wollten.

Ihr Wagen hatte gerade den Parkplatz am Revier verlassen, als Felix' Handy klingelte. „Ja, Hauptkommissar Felix Büschelberger am Apparat."

„Hallo Felix, hier ist Christine, ich brauche deine Hilfe!"

Er war total perplex. Seine geschiedene Frau hatte ihn das letzte Mal vor fast zwei Jahren angerufen. Zudem klang jetzt aus ihrer Stimme echte Panik, etwas, das er während ihrer achtjährigen Ehe nie erlebt hatte. Christine war stets beherrscht gewesen und hatte immer die Kontrolle über sich gehabt.

„Christine, du? Ich bin etwas erstaunt, dass du mich anrufst." Felix stotterte und bemerkte, dass sein Kollege ihm einen langen Blick zuwarf.

Emilio hatte Christine gut gekannt und auch seine Frau war mit ihr befreundet gewesen. Felix hatte Emilio nach der Scheidung gebeten, die Beziehung einschlafen zu lassen und seitdem nie mehr mit ihm über Christine gesprochen. Daher wusste sein Kollege auch bis heute nichts über deren neuen Job als Domina.

„Felix, du musst mir helfen!" Christine wiederholte den Satz und die Panik in ihrer Stimme war klar erkennbar.

„Warum, was gibt es denn so Dringendes? Wir müssen zu einer Razzia in den Bordellen im Bahnhofsviertel. Kann deine Angelegenheit nicht warten?", fragte er.

„Nein, Felix, das kann sie nicht! Ich habe einen Toten hier im Studio."

Felix war sprachlos und wusste nicht, was er sagen sollte.

„Bist du noch dran?", fragte seine Exfrau.

„Ja, aber ich bin etwas verwirrt. Einen Toten? Was ist passiert, hast du etwas damit zu tun? Hast du etwa …?" Er konnte den Satz nicht zu Ende sprechen.

„Nein! Er ist mir während einer Sitzung gestorben und da ich ihn alleine gelassen habe, habe ich nichts gemerkt. Er ist prominent und es wäre mir lieb, wenn die Ermittlungen diskret ablaufen könnten", antwortete Christine.

„Diskret?", Felix hätte fast losgelacht. „Wie stellst du dir das vor? Außerdem bin ich nicht alleine."

„Ist Emilio bei dir?" Christines Stimme klang hoffnungsvoll.

„Ja, aber er weiß nichts von dir", stotterte Felix wieder.

„Du hast ihm immer noch nichts erzählt? Ich hätte gedacht, dass du inzwischen nicht mehr so spießig wärst", sagte seine ehemalige Frau.

„Bin ich auch nicht. Aber ich wollte nicht, dass alle Welt erfährt, was du tust", erwiderte er.

„Ach Felix, ich wünschte mir, du könntest mich endlich
akzeptieren."

Beide schwiegen.

„Wer ist denn der Tote?", wollte Felix endlich wissen.

„Der Weihbischof von Mainz." Christines Antwort wirkte
wie ein Erdbeben.

„Was?! Das kann doch nicht wahr sein!" Felix schrie fast in
sein Handy.

Kein Wunder, dass seine Exfrau panisch war. Der Weihbischof von Mainz war überaus beliebt und hoch angesehen. Man
sagte ihm eine steile Karriere innerhalb der Kirche voraus. Jetzt lag
er tot in einem Dominastudio, das zufälligerweise auch noch seiner
Exfrau gehörte. Er ahnte geradezu die Verwicklungen, die auf ihn
zukamen. Vorbei der Traum, dass er die Aktivitäten seiner Exfrau
vor seinen Kollegen verheimlichen könnte. Jetzt würde er zum Ge-
spött der gesamten Frankfurter Polizei.

„Okay, wir kommen", sagte er resigniert. Dann legte er auf.

„Emilio, wir haben einen toten Weihbischof in der Herzogstrasse. Auf geht's! Wir müssen dahin."

Sein Partner trat so heftig auf die Bremse, dass das Auto
hinter ihnen beinahe auffuhr. Er sagte allerdings nichts, sondern
wendete nur den Wagen und brauste in Richtung Rennbahn. Felix
rief bei Kevin Murr an.

„Hallo Kevin, du musst mir bitte einen großen Gefallen
tun. Wir haben einen Toten in der Herzogstrasse 9. Fahre bitte
mit deinen Instrumenten dahin und sieh zu, was du mir über die
Todesursache sagen kannst. Klingle bei ‚Dark Dungeon'. Emilio
und ich sind auch da. Bitte komme erst mal alleine. Wenn du dann
Zweifel hast, ob eine natürliche Todesursache vorliegt, rufen wir
die Kavallerie."

„Ist das wirklich wichtig für dich? Du weißt schon, dass es
gegen alle Vorschriften verstößt, was du von mir verlangst", antwortete Kevin.

„Ja, es ist wichtig für mich. Ich erkläre es dir, wenn du da
bist", sagte Felix.

„Gut, ich nehme mir ein Taxi, ich bin in einer halben Stunde da", lautete die Antwort des Rechtsmediziners.

Felix schlug die Hände vors Gesicht und hoffte, dass dies nur ein Albtraum sei und er bald erwachen würde. Als Emilio vor Hausnummer 9 parkte, wusste Felix, dass dies ein anstrengender Tag werden würde.

„Emilio, bevor wir reingehen, muss ich dir noch was sagen. Ich habe dir nie erzählt, dass Christine nach unserer Scheidung ein Dominastudio aufgemacht hat. Es war mir peinlich und, ach, ich weiß nicht, warum ich es dir nie gesagt habe. Ich konnte es einfach nicht. Tut mir echt leid, ich hätte es dir erzählen müssen."

Emilio legte nur seine Hand auf Felix' Schulter und drückte ihn. Er nickte ihm zu und sagte nichts, aber das war Trost genug.

Sie klingelten und wenig später stand Felix vor Christine. Sie war älter geworden, aber er wusste, dass auch an ihm die Jahre nicht spurlos vorbeigegangen waren.

Um ihre braunen Augen hatten sich kleine Fältchen gebildet, die er aber sehr attraktiv fand. Ihr kastanienbraunes Haar trug sie offen und es war eine leichte Dauerwelle darin. Sie war dezent geschminkt und trug einen weiten Bademantel, aus dem unten hohe schwarze Lacklederstiefel schauten, die vorne zum Schnüren waren. Felix hatte genau die Gleichen letzten Donnerstag im Laden von Lara Leonhart gesehen. Außerdem trug Christine um den Hals ein schwarzes Lederband, auf dem vorne ein großer blutroter Strassstein befestigt war. Sie lächelte Felix an.

„Schön, dass du gekommen bist. Ich danke dir."

Christine drückte ihn an sich. Er konnte dabei ihr Parfüm riechen, teuer und schwer. Als sie sich zu Emilio wandte und diesem die Hand gab, öffnete sich der Bademantel leicht und Felix konnte sehen, dass sie darunter eine Art Ledertop trug. Emilio schaute etwas verlegen drein, als er Christine die Hand schüttelte.

„Ach Emilio, ich habe dich und Sylvia vermisst. Wir waren mal richtig gute Freunde, nicht wahr?"

Emilio nickte nur stumm.

Es trat eine peinliche Stille ein, die Christine unterbrach. „Dann will ich euch den Toten mal zeigen. Folgt mir bitte."

Christine führte sie durch ihr SM-Studio, das elegant einge-richtet war. Die Bilder – meist Fotos – an der Wand zeigten zwar entweder geknebelte Männer oder Frauen oder beides, aber sie wirkten nicht billig. Schon während ihrer Ehe hatte Christine Stil und Eleganz bewiesen. Alles war schwarz und rot dekoriert. Leder und kalter Stahl dominierten die Einrichtung. Schwarze Kunstro-sen steckten in kleinen Vasen an der Wand und künstliche Fackeln flackerten dazu. Die Decke war im Stil eines gotischen Kreuzgangs gestaltet worden, Felix vermutete, aus bemaltem Gips, und vom Flur gingen vier Zimmertüren ab. Vor einer saß auf einem Stuhl eine blonde zierliche Frau, die hohe Lederstiefel und schwarze Reizwäsche trug. Christine deutete auf sie.

„Meine Zofe Stella", stellte sie ihnen die Frau vor.

„Zofe?", fragte Felix ungläubig.

„Ja, so nennt man die Frauen in einem Studio, die den Män-nern richtigen Geschlechtsverkehr anbieten oder sich von diesen ‚erziehen' lassen", erklärte seine Exfrau.

„Schläge gehören auch dazu?", fragte Felix.

„Ja, aber nur in vorher fest abgesprochenem Rahmen. Wenn es einer übertreibt, bekommt er Hausverbot oder gar eine Anzeige. Das ist zum Glück aber noch nie passiert. Stella wacht über den Toten, damit niemand etwas verändert", klärte Christine ihn auf.

„Wieso, ist noch jemand hier? Oder hier gewesen, als es pas-sierte?", fragte Felix.

„Nein, es waren nur Stella, ich und der Weihbischof da", antwortete Christine.

„Na, dann macht ihr Einsatz vor der Tür ja richtig Sinn." Felix musste zum ersten Mal seit Christines Anruf grinsen. Auch seine Exfrau musste lächeln, als ihr auffiel, dass diese Aktion völlig sinnlos war.

„Also, dann lass uns den Weihbischof bitte sehen."

Felix war auf den Anblick, der sich ihm hinter der Tür bot, nicht vorbereitet. Auf dem Boden des Zimmers lag eine Art schwarze Gummimatratze, auf der man jedoch nicht lag, sondern in die man hineinschlüpfte. Es zeichnete sich die Kontur des nack-ten Weihbischofs ab, das Gesicht war freigelegt, neben dem Kopf lag eine Gasmaske mit langem Schlauch.

Ein weiterer Schlauch war anscheinend fest mit dieser Matratze verbunden. Felix erkannte außerdem, dass es in der Mitte, auf Höhe des Schritts, eine Art Futteral auf der Vorderseite gab, das hier auch entsprechend vom Weihbischof gefüllt wurde.

„Was um alles in der Welt ist das?" Felix hatte wirklich keine Ahnung.

Emilio, der katholisch erzogen worden war, erbleichte und wandte sich ab, um sich zu sammeln. Die Vorstellung, dass ein Weihbischof solche Sexpraktiken trieb, war für ihn unerträglich. Er schaute Christine finster an, als ob sie den Toten zu solchen Spielen gezwungen hätte.

„Das nennt sich Vakuumbett. Eine Latexmatratze, die mithilfe eines Staubsaugers luftleer gemacht wird. Dadurch legt sie sich wie eine zweite Haut um den Mann, er kann sich dann nicht mehr rühren. Hier über der eingearbeiteten Gesichtsmaske wird über diesen Schlauch eine Gasmaske befestigt. Je nach Schlauchlänge kann ich das Atmen erschweren", antwortete Christine ganz professionell.

„Und der Bischof hatte einen besonders langen Schlauch?" Felix achtete nicht auf die Doppeldeutigkeit seiner Worte.

„Ja, er wollte den längsten Schlauch, den ich habe", sagte seine Exfrau.

„Wieso macht man so etwas? Das ist doch krank!" Emilio konnte seine Frustration nicht länger kontrollieren. Er funkelte Christine wild an.

„Emilio, ich habe ihn nicht gezwungen, so etwas zu tun. Der Weihbischof war ein erfahrener Kunde und hat sehr oft das Vakuumbett genutzt", antwortete Christine gereizt.

Emilio stöhnte auf. Felix hatte den Eindruck, dass er gleich aus dem Studio rennen würde, aber er fasste sich langsam wieder.

„Ob ihr es mir nun glaubt oder nicht: Du kannst hier wunderbar meditieren. Alle deine Sinne werden ausgeblendet, du hörst kaum noch etwas, du siehst nichts mehr, riechen kannst du auch nichts, du schmeckst nur noch das Latex. Du bist mir völlig ausgeliefert. Du weißt nicht, wann und wo ich dich berühre. Meine Kunden wollen sich total ausliefern. Es liegt an mir, ob ich ihnen eine Erektion und Entspannung verschaffe oder sie sogar sexuell frustriere", sagte Christine.

„Deine Kunden wollen sexuell frustriert werden?" Felix konnte es kaum glauben.

„Ja, manche wollen angemacht, aber nicht befriedigt werden. Es gibt so viele Dinge, die mit bloßem ‚Rein-Raus-Sex' nichts zu tun haben." Christine schaute die beiden Kommissare an und schwieg kurz.

„Aber wie ihr mir so ausseht, wollt ihr das gar nicht so genau wissen", sagte sie.

„Stimmt! Also, wie lief es heute mit dem Weihbischof ab und wieso hast du nichts gemerkt?", fragte Felix kurz angebunden.

„Zu Anfang war alles normal. Ich habe ihn wunschgemäß im Vakuumbett platziert. Dann habe ich ihn durch Berührungen erregt und auch zum Höhepunkt gebracht. Danach wollte er immer noch eine halbe Stunde ganz allein gelassen werden. Das war bislang immer so und auch dieses Mal so verabredet. Also lass ich ihn hier liegen und verlasse das Zimmer. Nach einer halben Stunde komme ich wieder und er liegt ganz ruhig da, ich höre nicht mal seinen Atem. Da habe ich das Vakuum abgelassen und die Maske abgezogen. Er lag da wie jetzt, bleich und starr. Ich habe meine Zofe Stella gerufen und wir haben geschaut, ob wir noch Atmung oder Puls fühlen. Nichts! Da bin ich in Panik geraten und habe dich angerufen. Das war's."

„Warum hast du keinen Arzt oder Rettungswagen gerufen?", fragte Felix sichtlich gereizt.

„Ich habe in meiner Panik nicht daran gedacht und nachdem ich dich angerufen hatte, habe ich überlegt, ob ich das noch tun sollte, aber ich wollte den Skandal vermeiden. Das würden die Spötter der Kirche doch nur zu gerne in allen Medien zerreißen: ‚Der Bischof und die Domina'. Nein, das wollte ich nicht."

Christine schwieg kurz, ehe sie fortfuhr. „Weißt du, dass es hieß, er könne sogar Kardinal in Rom werden?"

Felix erinnerte sich, dass Christine im Gegensatz zu ihm gläubig geblieben war. Sie ging zwar unregelmäßig zum Gottesdienst, war aber in ihrem Herzen immer treu katholisch geblieben. Als kleines Mädchen war sie auf einer Schule gewesen, die von

Nonnen geleitet worden war. Für ihn war ihre Gläubigkeit ein nicht zu lösender Widerspruch zu ihrem jetzigen Beruf.

Das Klingeln an der Tür hinderte Felix daran, diesen Gedanken laut auszusprechen.

„Wartet, ich werde den Gast nur schnell wegschicken, ich kann heute keine Kunden mehr gebrauchen", sagte Christine.

„Es könnte aber auch Dr. Murr, unser Pathologe, sein. Den solltest du schon reinlassen", entgegnete Felix.

Christine nickte und ließ ihn und Emilio mit dem Toten allein.

„Was hältst du von dieser Geschichte?" Felix wandte sich zu Emilio.

„Ich finde es ekelerregend und kann einfach nicht glauben, dass Priester so etwas machen. Christine hat sich aber richtig verhalten. Das hätte den Atheisten doch nur gepasst, diese Schlagzeile morgen früh!" Emilio blickte in die Richtung, in die Christine verschwunden war.

„Ja, eine aufrichtige Tochter ihrer Kirche, und dann so einen Beruf." Felix seufzte. „Ich werde es nie verstehen."

Er bemerkte, dass Emilio scheinbar nicht mehr sauer war auf seine Exfrau. Sie hörten, wie sich Christine wieder näherte und von einem Mann begleitet wurde. Felix erkannte sofort Kevin Murrs Stimme. Der Pathologe betrat den Raum und sein Blick fiel auf das Gesicht des Toten.

„Ach du Scheiße!", entfuhr es ihm.

Felix konnte das Entsetzen und das plötzliche Begreifen in Kevins Stimme hören.

„Der Weihbischof von Mainz liegt tot in einem Vakuumbett. Da laust mich doch der Affe." Kevin blickte auf Felix und Emilio. „Jetzt verstehe ich auch die Diskretion, mit der wir vorgehen sollen."

„Nein, Kevin, es ist keine offiziell verordnete Diskretion. Ich habe persönliche Motive. Darf ich dir Christine, meine Exfrau, vorstellen?" Felix deutete auf Christine, die neben ihm stand. Diese schüttelte dem völlig verdatterten Kevin Murr die Hand.

„Hallo, schön, Sie kennenzulernen", sagte sie.

„Ja, ebenfalls", stotterte Dr. Murr. Sein Blick ging von Felix zu Christine und zurück.

„Also dann werde ich mal sehen, was ich herausfinde", sagte der Rechtsmediziner.

Felix sah zum ersten Mal, dass Kevin Murr nicht wusste, was er sagen sollte. Eigentlich ein Wunder. Er fasste Christines Bericht kurz für ihn zusammen. Kevin nickte nur stumm und untersuchte den Toten dabei.

„Lasst mich doch bitte ein wenig allein mit ihm, ich komme dann zu euch, wenn ich etwas weiß."

Christine führte Felix und Emilio durch die Wohnung zu einem Raum, der in einem normalen Stil eingerichtet war. Dort saß Stella und las in einer Illustrierten. Die Tür zum Nebenzimmer stand offen und so sah Felix, dass es wie das Praxiszimmer eines Frauenarztes eingerichtet war. Der typische Gynäkologenstuhl war in der Mitte des Raumes aufgebaut, die Wände waren alle weiß gestrichen und an einem hellen Holzschrank hing eine weiße Lackuniform für Schwestern. Ein großes rotes Kreuz zierte die Brust und der Rock war ziemlich kurz. Es war eher unwahrscheinlich, dass irgendeine Krankenschwester so herumlaufen würde.

„Männerphantasien, Felix! Alles, was du hier siehst, dreht sich nur um die Phantasien der Männer, die zu mir kommen. Manche möchten sich hier als Frau fühlen, die von ihrem Arzt vergewaltigt wird", sagte Christine.

Felix schüttelte den Kopf. Er hatte genug gehört und wechselte das Thema.

„Was machst du sonst so, außerhalb dieses Studios, meine ich?", fragte er.

„Darüber können wir gleich reden. Wollt ihr was zu trinken? Tee, nehme ich an, oder hat sich da was geändert bei euch beiden?"

Felix und Emilio verneinten.

„Hätte mich auch gewundert, wenn sich euer Geschmack mal ändert. Stella, machst du uns bitte zwei grüne Tee und einen schwarzen?", orderte Christine die Getränke.

Nachdem die Zofe verschwunden war, um Tee zu machen, beantwortete Christine Felix' letzte Frage.

„Nun, eigentlich mache ich nicht viel nebenbei. Ich habe zurzeit keinen Partner, das passt auch nicht zu meinem Beruf. Ich spare viel Geld, das habe ich von dir gelernt, und lerne gerade wieder Italienisch an der Abendschule. Ich habe angefangen, Bilder zu malen, und habe mir gerade eine große Eigentumswohnung gekauft. Das ist mein derzeitiges Leben in Kurzform."

Sie grinste Felix an.

„Und du?"

„Viel Arbeit, immer noch aktiv bei den Umweltschützern. Im Moment lebe ich alleine mit meinem Kater Django", sagte er.

„Django? Auf so einen blöden Namen für einen Kater kann auch nur ein Mann kommen." Christine schüttelte belustigt den Kopf.

„Wie bist du denn zu einem Kater gekommen?", fragte sie.

„Vor knapp zwei Jahren hatte ein Mordopfer diesen Kater hinterlassen. Es war niemand da, der für ihn sorgen wollte. Als ich ihn zum Tierheim gebracht habe, wollten sie ihn gleich einschläfern, das habe ich nicht über das Herz gebracht. Seitdem lebt er halt bei mir", erklärte er.

„Ach Felix, du hattest schon immer ein Herz aus Gold. Eigentlich bist du nicht abgebrüht genug für deinen Job. An was für einem Fall arbeitest du gerade? Du hast was von einer Razzia im Milieu gesagt. Hat das was mit der Toten zu tun, die ihr gefunden habt?", fragte seine Exfrau.

Felix erzählte Christine von ihrem Fall, früher hatte er das auch immer getan. Manchmal war es gut, einen völlig Unbeteiligten einzubeziehen. So konnten neue Ideen und Gedanken ins Spiel kommen. Als er von der russischen Zuhälterbande erzählte und dass Gerüchten zufolge die Mädchen gegen Geld sogar getötet werden dürften, erbleichte Christine.

„Ich habe davon mal gehört, es aber nicht geglaubt. Zudem soll es nur in Russland und Indien möglich sein. So ähnlich wie bei einem Snuffvideo, in dem sie die Leute tatsächlich ermorden. Ich glaube, man bestellt ‚Blonden Kaviar' beim Zuhälter, dann weiß er, was du willst", sagte sie.

„Glaubst du, dass die Gerüchte wirklich wahr sein könnten?" Felix' Entsetzen kam zurück.

Christine zuckte mit den Schultern. „Ich weiß es wirklich nicht. Ich hoffe, es stimmt nicht, aber glaube mir, mit Männerphantasien kenne ich mich aus. Deshalb weiß ich, dass nichts unmöglich ist."

Sie schwiegen und tranken den Tee, den Stella serviert hatte.

„Sag mal, Christine, könntest du dir vorstellen, dass einer deiner Kunden an solchen Praktiken Gefallen finden könnte?", fragte Felix dann. Er sah, wie sich Christines Augen verfinsterten.

„Nur, weil meine Kunden in deinen Augen pervers sind, heißt das noch lange nicht, dass sie zu solchen Sachen fähig sind. Wann kapierst du endlich, dass meine Dienstleistung auch nur eine Spielart der Sexualität ist?", grollte sie.

„Ich wollte gar nichts in diese Richtung andeuten, aber wenn einer deiner Kunden Gefallen daran fände, deine Zofe zu schlagen – vorhin hast du behauptet, das wäre möglich – dann könnte es doch auch sein, dass er irgendwann mehr möchte. Also, kannst du dir das vorstellen?" Felix ließ nicht locker.

Christine ließ sich Zeit, ehe sie antwortete.

„Nein, ich kann es mir nicht vorstellen. Keiner der Männer, die wir als Gäste hier haben, ist so sehr in diese Richtung fixiert, dass er sich in Mordphantasien hineinsteigern würde. Nein, ganz sicher nicht!", sagte sie.

„Einen Versuch war es wert." Felix atmete schwer aus, er merkte, dass er innerlich angespannt war. Und dies lag nicht nur am toten Weihbischof. Christine konnte noch immer Emotionen in ihm hervorrufen.

„Es gibt aber sehr viele sogenannte Freierforen im Internet. Da bewerten die Männer die Prostituierten, erzählen, was für tolle Hechte sie selbst sind und warnen vor in ihren Augen unseriösen Adressen. Für fast jede Stadt und jede Art von Prostitution, egal ob Clubs, Straßenstrich oder Dominastudios, gibt es solche Foren. Wenn eure Tote wirklich in diesem Milieu tätig war, könnt ihr es dort rausfinden", unterbrach Christine seinen Gedankengang.

„Ja, so etwas hat uns die Sitte auch schon erzählt, aber ich wollte da noch nicht weiter ermitteln. Vielleicht sollten wir das aber doch machen. Kannst du uns einige Adressen nennen?", fragte Felix.

Christine schüttelte den Kopf. „Nein, ich kenne keine Adressen, aber wenn du nach ihnen googlest, wirst du sie finden. Felix, du bist manchmal so ahnungslos und hoffnungslos romantisch. Das habe ich schon immer süß gefunden, schon vor unserer Ehe." Bevor sie weiter auf das Thema Ehe eingehen konnte, kam Dr. Murr ins Zimmer. Felix war dankbar, dass das Gespräch jetzt wieder eine andere Richtung nahm.

„Also, Felix, ich kann es nicht beschwören, aber alles sieht nach einem normalen Herzinfarkt aus. Ich muss ihn allerdings noch genauer untersuchen. Ich schlage vor, dass wir ihn im geschlossenen Vakuumbett abtransportieren lassen, dann kann ihn niemand erkennen", sagte Kevin.

„Eine gute Idee", stimmte Felix ihm zu.

„Außerdem kann ich dann gleich das Vakuumbett auf Spuren untersuchen", grinste Kevin Murr.

Felix hätte sich denken können, dass Kevin nicht nur aus Rücksicht auf den Toten so vorgehen wollte. „Gut, und wir werden versuchen, einen Vorgesetzten zu erreichen und den Tod des Weihbischofs zu melden", entschied er.

Kevin Murr rief einen Leichenwagen und nach einer halben Stunde war er zusammen mit dem Toten und dessen Kleidung, die er in eine Sporttasche von Christine gestopft hatte, auf dem Weg ins Rechtsmedizinische Institut. Felix und Emilio gingen ebenfalls. An der Tür hielt Christine Felix noch zurück.

„Es wäre schön, wenn wir uns jetzt wieder öfter sehen könnten."

„Ja, vielleicht." Er lächelte schüchtern zurück.

Christine gab ihm einen Kuss auf die Wange und winkte ihnen, bis sie die Treppe hinuntergegangen waren.

„Als ob unser Leben nicht schon kompliziert genug wäre, muss jetzt auch noch so was passieren." Mit diesen Worten stieg Felix zu Emilio ins Auto, der schweigend zurück ins Büro fuhr.

„Emilio, es wäre nett, wenn wir Arno und Frauke nichts davon erzählen, in Ordnung?", fragte Felix.

„Alles klar, ich werde niemandem davon erzählen, auch Sylvia wird nichts erfahren", antwortete sein Freund.

Felix nickte dankbar.

Kurz darauf rief Hauptkommissar Büschelberger bei Kurt Sulzner an.

„Hallo Kurt, wie lief es bei euch?"

„Eigentlich hatte ich ja damit gerechnet, dass ihr mitkommt, Felix."

„Hatten wir auch vor, aber dann kam was dazwischen." Felix ging nicht näher auf das Thema ein.

„Also, wir haben insgesamt acht illegale Huren festgenommen und die zwei Bordellbesitzer – Eduard Kesselschlag und Boris Riesmann – auch gleich einkassiert. Sie werden gerade befragt. Ich werde ihnen auch das Foto eurer Toten zeigen. Wenn ich was erfahre, melde ich mich wieder."

„Gut, ich danke dir. Viel Erfolg noch!" Felix legte auf.

Ihm war unwohl zumute, wenn er an den nächsten Anruf dachte. Wie sollte er erklären, dass er einen toten Weihbischof in der Pathologie liegen hatte und wo er ihn gefunden hatte?

Er wählte die Nummer, die er über das Internet herausgesucht hatte, und es meldete sich eine wohlklingende männliche Stimme.

„Erzdiözese Mainz, hier spricht Bruder Kurt Flavius, was kann ich für Sie tun?"

„Guten Tag, hier ist Hauptkommissar Felix Büschelberger, ich würde gerne mit Ihrem Chef sprechen."

„Unser verehrter Weihbischof ist außer Haus und nicht zu sprechen."

Felix dachte bei sich, wie recht der Mann habe, ohne es zu ahnen.

„Ich wollte eigentlich auch mit seinem Chef sprechen, wenn das möglich ist."

„Ohne Anmeldung können Sie nicht einfach mit einem Kardinal sprechen! Selbst die Polizei muss sich an die Regeln halten. Aber vielleicht kann ich Ihnen helfen?"

„Ist denn sonst niemand Höheres da? Ich kenne mich leider in der Rangordnung der katholischen Kirche nicht aus", fragte Felix.

„Nun, ich kann Ihnen Bruder Johannes geben, der ist immerhin Bischof. Würde Ihnen das reichen?"

Die Stimme von Herrn Flavius klang inzwischen ziemlich säuerlich.

„Danke, das wäre in Ordnung."

Felix wartete darauf, dass er verbunden wurde. Es dauerte eine Zeit, ehe sich jemand meldete. Wahrscheinlich hatte sich sein erster Gesprächspartner über ihn und seine Art beschwert.

„Hier spricht Bischof Johannes Ahrends. Was kann ich für Sie tun, Herr Hauptkommissar?"

Die Stimme drückte Autorität und keine Spur von Angst oder Sorge aus, wie es meistens der Fall war, wenn die Leute unerwartet einen Anruf von der Polizei bekamen.

„Guten Tag, Herr Bischof, oder muss ich ‚Eure Eminenz' sagen? Es ist lange her, dass ich so was gelernt habe."

„‚Herr Bischof' reicht völlig aus. Aber was kann ich für Sie tun oder wollten Sie mit mir nur die Rangordnung und korrekte Ansprechweise innerhalb der katholischen Kirche diskutieren?", fragte der Bischof.

Dabei lachte der Mann leise. Felix mochte ihn sofort.

„Nein, ich rufe aus einem traurigen Anlass an. Wir haben vor gut zwei Stunden den Weihbischof von Mainz tot aufgefunden."

„Bruder Julius ist tot?" Das Entsetzen des Kirchenmannes war deutlich durch das Telefon zu hören. Felix konnte fast den Schmerz, den diese Nachricht hervorrief, spüren, so präsent war er in der Stimme des Bischofs.

„Ja, tut mir leid, Ihnen das mitteilen zu müssen. Wir haben ihn auch in einer, äh ... sagen wir mal ‚delikaten' Umgebung gefunden. Er ist in einem Dominastudio gestorben. Ich wollte das nicht an die große Glocke hängen und deshalb habe ich es auch nicht Ihrem Kollegen erzählt", sagte er.

„Da haben Sie gut daran getan, mein Sohn. Ich danke Ihnen für Ihre Rücksicht. Wie ist Bruder Julius gestorben?", fragte der Bischof.

„Unser Rechtsmediziner untersucht ihn gerade, deshalb kann ich Ihnen noch nichts dazu sagen. Ich muss erst das Ergebnis abwarten. Er lag jedoch in einem Vakuumbett und wollte meditieren, so hat es mir die Dame, die ihn, äh ... ‚bediente', gesagt. Sie ließ ihn alleine und fand ihn kurz danach tot auf", stotterte Felix.

„Ich verstehe. Sie sind sehr gütig und diskret. Wenn Sie mir Ihre Rufnummer geben, melden wir uns wieder bei Ihnen. Ich muss jetzt meine Oberen über den schrecklichen Vorfall informieren", sagte der Bischof.

Felix gab ihm seine Nummer.

„Der Herr segne Sie." Mit diesen Worten legte Bischof Johannes Ahrends auf.

Felix traf Arno und Frauke auf dem Flur.

„Na, was hat die Razzia gebracht?", wollte Frauke wissen.

„Wir wurden aufgehalten und mussten, äh ... zu einem Informanten", stammelte Felix.

Arno und Frauke warfen sich einen fragenden Blick zu.

„Aber wir haben etwas Neues erfahren. Es soll viele sogenannte Freierforen im Internet geben, in denen Huren beschrieben und wohl auch bewertet werden. Arno, du solltest dieser Spur mal nachgehen. Suche auch nach Zusammenhängen unter dem Stichwort ‚Blonder Kaviar' oder etwas in der Art", ordnete Felix an.

„‚Blonder Kaviar' – was soll das sein?", fragte Arno.

„Angeblich der Ausdruck in der harten Rotlichtszene, wenn du eine Prostituierte bestellst, um sie zu töten", antwortete er.

„Du glaubst wirklich, wir finden im Internet etwas über solche Themen oder gar Berichte darüber?" Frauke wirkte ungläubig.

„Ganz unmöglich ist das nicht. Viele Leute meinen, das Netz sei anonym und sie hinterließen keine Spuren. Deshalb sind sie unvorsichtig. Aber alle Informationen darüber, von wo du dich einloggst und welche Seiten du aufrufst, werden immer auf irgendwelchen Servern gespeichert. Du musst sie nur finden. Also, dann gehe ich mal surfen auf den Sexforen." Arno grinste und verschwand.

„Männer! Ihr denkt alle nur an das Eine." Frauke warf Arno einen leicht abwertenden Blick hinterher.

„Wenn du es sagst, wird es wohl stimmen." Mit diesen Worten verschwand auch Felix, der Angst hatte, dass Frauke ihn nach dem vermeintlichen Informanten fragen könnte.

„Was ist denn heute mit euch allen los?", wunderte sich Frauke und beschloss, erst einmal mit ihrer Tochter zu telefonieren. Männer wollte sie in der nächsten halben Stunde weder sehen noch sprechen.

Kurz vor Feierabend rief Kevin Murr bei Felix an.

„Hallo Felix, ich wollte dir nur mitteilen, dass es mit 99-prozentiger Sicherheit ein Herzinfarkt war und kein Fremdverschulden vorliegt. Die einzigen Hämatome, die von Gewalteinwirkung stammen, können nicht zu seinem Tod geführt haben."

„Gewalteinwirkung? Wo hat er denn die Merkmale?", fragte Felix.

„Du weißt doch, wo er gestorben ist. Er scheint ein paar mittelstarke Schläge auf die Weichteile bekommen zu haben. Ich würde sagen mit einer Art Reitgerte, aber das kannst du ja deine Exfrau fragen, wenn du willst", stichelte der Rechtsmediziner.

„Nein danke, es reicht, wenn du mir das sagst. Ich muss es nicht auch noch von meiner Exfrau hören", knurrte Felix ziemlich gereizt.

„Wie lange brauchst du noch, bis wir den Toten freigeben können?", fragte er dann.

„Ich muss nur noch zwei kleine Untersuchungen machen, das Ergebnis habe ich dann morgen früh. Danach kann der Weihbischof abgeholt werden", sagte Kevin.

„Gut, ich werde die Kirche informieren. Ich kann mir vorstellen, dass sie das gerne selbst organisieren würden", antwortete Felix.

Er wollte gerade sein Büro verlassen, als sein Telefon klingelte. Er meldete sich.

„Guten Tag, Herr Hauptkommissar, mein Name ist Kardinal Horazio Keller. Ich bin der Vorsitzende der Deutschen Bischofskonferenz und Vorgesetzter des verstorbenen Weihbischofs von Mainz. Ich habe gehört, dass Sie für diesen Fall zuständig sind."

Felix bejahte.

„Können Sie mir bitte erzählen, was genau passiert ist?", fragte der Kardinal.

Felix fasste den Ablauf des Geschehens für ihn zusammen, unterließ es jedoch, zwei Punkte zu erwähnen. Der eine waren die Druckstellen, die auf die Schläge auf die Weichteile hindeuteten, und der andere betraf die Bemerkung von Christine, dass der Weihbischof noch einen Orgasmus vor seinem Tod gehabt habe.

Er empfand es als nicht passend, diese beiden Tatsachen einem Kirchenmann gegenüber zu erwähnen.

„Und was genau ist nun ein Vakuumbett?" Der Kardinal wollte es genauer wissen.

Felix erklärte ihm, was er von Christine erfahren hatte.

„Glauben Sie wirklich, dass man darin meditiert?", fragte der Kardinal.

„Ich weiß es nicht, Euer Hochwürden, aber die betreffende Domina hat mir versichert, dass es nicht unüblich sei. Man soll sich dort vollkommen auf sich konzentrieren können. Alle Sinne würden von der äußeren Umgebung getrennt. Ich könnte es mir zumindest vorstellen", sagte Felix.

„Ich verstehe." Der Kardinal schwieg eine Weile. „Wann können wir den Leichnam denn abholen?", fragte er dann.

„Laut Aussage unseres Rechtsmediziners können wir die Leiche morgen früh freigeben, falls nicht noch irgendein Hinweis auf Fremdverschulden auftaucht." Felix gab den Namen und die Telefonnummer von Dr. Kevin Murr durch, damit sich der Kardinal selbst erkundigen konnte.

„Ich danke Ihnen für Ihre Diskretion, Herr Hauptkommissar. Die katholische Kirche schuldet Ihnen etwas."

„Vergessen Sie es, Hochwürden. Es gab auch persönliche Gründe für mich, Ihnen zu helfen."

Der Kardinal lachte leise. „Glauben Sie mir, Herr Hauptkommissar: Die katholische Kirche vergisst nie etwas. Unser Gedächtnis reicht fast bis zur Ewigkeit."

„Gut, Herr Kardinal, ich werde es mir merken", sagte Felix.

„Tun Sie das, mein Sohn, und noch einen gesegneten Tag." Büschelberger lächelte, als er nach Hause fuhr.

7

Am Dienstagmorgen holte Felix nach, was er am Tag zuvor vergessen hatte. Beim Tee erzählte er seinen Kollegen von der Information der Autobahnpolizei, dass sich in der Mordnacht auf der Autobahn ein schwerer Unfall ereignet habe.

„Vielleicht waren unsere Täter also gezwungen, die Tote dort abzulegen, weil sie befürchteten, dass die Polizei, die den Verkehr auf den Parkplatz rausgewunken hat, auch Wagenkontrollen durchführt. Aus Angst, entdeckt zu werden, haben sie die Tote ins Gebüsch getragen und notdürftig mit Reisig und Laub bedeckt", überlegte Felix laut.

Seine Kollegen ließen sich diesen Gedanken lange durch den Kopf gehen.

„Wenn das stimmt, dann könnte unsere Theorie, dass die Tote von hier ist, völlig falsch sein." Emilio grummelte vor sich hin.

„Das glaube ich nicht, denn wie weit fährst du mit einer Leiche im Auto durch die Gegend? Bestimmt keine 300 Kilometer. Aber vielleicht sollten wir doch überlegen, ob wir die Suchaktion in den Medien ausdehnen, um ein größeres Gebiet abzudecken." Frauke schenkte sich noch einen Tee ein.

„Vielleicht, das entscheiden wir später. Frauke und Emilio, ihr zwei werdet euch mit der Autobahnpolizei in Verbindung setzen. Findet raus, wer in jener Nacht auf dem Parkplatz war und ob sie irgendwas bemerkt haben. Jede Kleinigkeit zählt. Sie sollen euch jedes Auto, an das sie sich erinnern können, beschreiben. Du, Arno, suchst weiter im Internet und ich werde heute in mich gehen. Ich muss entscheiden, ob wir alleine weitermachen oder nicht. Vielleicht ist unser ganzer Ansatz falsch. Ich brauche Ruhe, um darüber nachdenken zu können. Ihr erreicht mich auf dem Handy", fasste Felix zusammen.

Der Hauptkommissar verließ das Revier. Dann rief er kurz bei Kevin Murr an.

„Noch was Neues rausbekommen?", fragte er.

„Hallo Felix, nein, es bleibt bei meinem Befund. Der gute Mann wäre nicht zu retten gewesen. Es hat bestimmt Anzeichen gegeben, aber ob er sie bewusst oder unbewusst ignoriert hat, kann ich dir nicht sagen. Deine Exfrau hat auf jeden Fall nichts damit zu tun. Vielleicht wäre es ohne den Besuch bei ihr erst eine Woche später passiert, aber sonst besteht keine Verbindung", erklärte Kevin.

„Gut, ich danke dir", sagte Felix.

„Keine Ursache. Übrigens, die Leute von der Kirche sind gerade da und holen den Leichnam ab."

„Okay. Wenn noch was ist, ich bin heute nur auf dem Handy zu erreichen." Felix verabschiedete sich.

Sein Weg führte ihn, bewusst oder unbewusst, in die Herzogstrasse. Er stand vor der Klingel und überlegte, was er hier eigentlich wollte. Es war erst zehn Uhr früh und er wusste nicht einmal, ob Christine schon da war. Er klingelte und nach kurzer Zeit ging der Türsummer. Felix wurde von Stella begrüßt.

„Die Herrin Christine hat momentan zu tun, sie empfängt gerade einen Gast", sagte sie.

„Oh!" Felix wusste weder, was er sagen sollte, noch was er fühlte.

Er war über sich selbst erstaunt. Er war schon lange über ihre Trennung hinweg und doch konnte er es nicht ertragen, dass seine Exfrau gerade im Nebenzimmer einen fremden Mann befriedigte. Stella führte ihn in einen Aufenthaltsraum und leistete ihm Gesellschaft. Sie versuchte, ihn in ein Gespräch zu verwickeln, aber er blieb wortkarg. Felix wartete fast eine Stunde, bis er hörte, dass sich ein Mann von Christine verabschiedete. Stella stand auf, um ihn bei Christine anzumelden.

Kurz darauf betrat seine Exfrau das Zimmer. Sie trug fast die gleichen Sachen wie am Tag zuvor. Wieder die hohen Lackstiefel zum Schnüren, einen Lederstring und das Oberteil, das am Rücken offen war. Außerdem trug sie lange schwarze Handschuhe, die bis über die Ellenbogen gingen und eine Ledermütze, die sie schief auf den Kopf gesetzt hatte. In der Hand hielt sie eine Reitgerte. So baute sie sich direkt vor Felix auf und strich mit der Gerte über seine Oberschenkel.

„Kommst du privat oder willst du die andere Seite deiner Sexualität kennenlernen?", fragte sie spielerisch.

„Äh, also ... ich bin privat hier." Felix spürte, wie ihm das Blut ins Gesicht schoss und er feuerrot anlief.

Christine zog die Mütze ab und schüttelte ihr Haar, so dass es offen über ihre Schultern fiel.

„Ist auch besser so. Ich würde dich als Kunden nämlich nicht akzeptieren!", grinste sie Felix frech an.

„Wieso nicht?", fragte er.

„Weil ich keine Kunden will, für die ich etwas empfinde", antwortete Christine.

„Du empfindest noch etwas für mich?" Felix war verdutzt.

„Klar! Oder bin ich dir völlig gleichgültig? Ich habe ja nicht gesagt, dass ich dich noch liebe. Ich mag dich und irgendwie war es auch ein komisches Gefühl, dich gestern hier zu sehen."

Sie schwiegen beide.

„Warum bist du denn hier?", unterbrach Christine das Schweigen.

„Ich wollte dir nur sagen, dass du keine Schuld am Tod des Weihbischofs hast. Er hatte einen Herzinfarkt", stotterte Felix.

„Und du wolltest nicht telefonieren?" Christine lächelte ihren Exmann an.

„Nein, ich dachte, es würde dich freuen, wenn ich es dir persönlich sage", sagte er.

„Stimmt, es freut mich! Wann bekomme ich denn mein Vakuumbett zurück?"

„Uh, daran habe ich gar nicht gedacht. Wenn Kevin es nicht mehr braucht, kann ich es dir morgen bringen."

„Na ja, wenn dein Pathologe es mit seiner Freundin ausprobieren möchte, kann er es gerne noch zwei Tage länger behalten." Christine blitzte der Schalk aus den Augen. Sie genoss es zusehends, ihren Exmann zu verunsichern.

„So meinte ich das nun auch nicht. Ich werde es dir so schnell wie möglich bringen, zusammen mit der Sporttasche", sagte Felix.

Christine hatte sich inzwischen ihm gegenüber in einen Sessel gesetzt. Ihre Beine hatte sie übereinandergeschlagen und mit der Spitze ihres rechten Stiefels berührte sie gerade noch sein

Hosenbein. Sie wippte mit dem Stiefel auf und ab, so dass er sie jedes Mal spürte.

„Du spielst gerne mit Männern!" Felix' Aussage war eine Feststellung und keine Frage. Christine lächelte und ließ sich Zeit, ehe sie antwortete.

„Das ist auch der Grund, warum ich diesen Beruf ergriffen habe. Ich spiele mit den Männern. Sie glauben alle, sie könnten mich benutzen, aber in Wirklichkeit lasse ich nur die Phantasien zu, die auch mir gefallen. Ich habe die Macht und spiele meine Spiele, nicht deren."

„So langsam verstehe ich das auch. Ich muss jetzt allerdings wieder gehen. Wir sehen uns, wenn ich dir deine Sachen wiederbringe", beendete Felix diese Unterhaltung.

Er bekam von Christine noch einen Kuss auf die Wange und danach schloss sie die Tür hinter ihm.

Felix schlenderte durch die Frankfurter Innenstadt und ließ sich von der Menschenmenge treiben. Er setzte sich in ein Café und trank einen ayurvedischen Tee – eine Mischung aus grünem Rooibos, Gewürzen und Früchten.

Der Tee wirkte erfrischend und sehr belebend auf ihn. Er beschloss, sich die Sorte zu merken. Wenn er mal wieder an der Reihe sei, einen neuen Tee in ihrer Runde einzuführen, würde er diesen nehmen. Einmal im Monat stellte einer der Kommissare seinen Kollegen einen neuen Tee vor. So wollten sie ihren Horizont erweitern.

Felix brütete über dem Fall, es kamen ihm aber keine neuen Ideen. Er musste sich eingestehen, dass sie keinen Schritt weiterkamen. Er nahm sich vor, am Donnerstag bei Staatsanwalt Fromm die Bildung einer Sonderkommission zu beantragen.

Auf dem Weg nach Hause fuhr der Hauptkommissar im Rechtsmedizinischen Institut vorbei. Er holte Christines Sachen ab, was Kevin zu einigen spöttischen Bemerkungen veranlasste. Felix nahm sie heute widerspruchslos hin, ein Zeichen dafür, wie kraftlos und ausgelaugt er im Moment war.

Zuhause betrachtete und befühlte er das Vakuumbett genauer. Es fühlte sich kalt an. Er überlegte, ob es ihn erregen würde, in so einem Teil eingesperrt zu sein. Er kam zu dem Schluss, dass dies nicht so wäre. Es würde ihm nichts geben. Deshalb packte er es wieder ordentlich ein.

Am Abend hielt er seinem Kater einen philosophischen Vortrag über Frauen. Django schien ihm wohlwollend zuzustimmen, sein Ohr zuckte im Rhythmus zu Felix' Stimme. Allerdings war sein Interesse an den Sorgen seines Herrchens nach kurzer Zeit vorbei und er wollte rausgelassen werden, um in der Nacht zu jagen.

8

Während der Mittagspause des nächsten Tages brachte Felix die Sachen zu Christine.

„Wird das jetzt zur Gewohnheit, dass du mich jeden Tag besuchen kommst?", zog sie ihn auf.

„Keine Angst, morgen komme ich nicht", antwortete er gereizt.

„Mensch Felix, sei nicht immer so schnell beleidigt, ich wollte dich nur etwas aufziehen."

„Das ist dir auch gelungen", brummte Felix mürrisch.

„Ich würde mich freuen, dich öfter zu sehen. Vielleicht nicht jeden Tag, aber ein- bis zweimal im Monat, das wäre schön. Ich habe heute früh im Radio gehört, dass am Sonntag in der St. Stephan Kirche in Mainz die Aussegnung des Weihbischofs ist. Ich würde gerne hingehen, begleitest du mich?", fragte seine Exfrau.

Er überlegte, was dieses Angebot zu bedeuten habe. Dann nickte er.

„Klar, ich komme mit. Soll ich dich von zuhause abholen?"

„Das würde mich freuen. Meine neue Adresse ist ...", setzte Christine an.

„Die habe ich schon längst! Vergiss nicht, dass ich Polizist bin." Frech grinsend unterbrach Felix die Rede seiner Exfrau.

Er fuhr zurück ins Revier, wo eine große Überraschung auf ihn wartete.

Er fand seine drei Kollegen im Besprechungsraum zusammen mit Staatsanwalt Fromm und einer blonden jungen Frau vor. Die Unbekannte war schlank, circa 1,60 Meter groß und hatte hellgrüne Augen, die ihn musterten, als er zur Tür hereinkam. Sie trug eine ausländische Uniform und auf ihren Knien lag eine Fellmütze mit einem Abzeichen darauf.

„Guten Tag, Herr Hauptkommissar! Ich darf Ihnen Major Irena Sowetschkakow vorstellen. Major Sowetschkakow kommt aus der Ukraine und ist auf der Jagd nach einer brutalen Zuhälterbande, die sich aus Russen und Ukrainern zusammensetzt. Ihren

Informationen zufolge soll die Bande hier in Frankfurt operieren. Ich wollte sie erst zu Kurt Sulzner schicken, aber als sie zufällig das Foto unseres Opfers sah, hat sie die Tote sofort identifiziert. Deshalb kommen wir zu Ihnen", stellte Staatsanwalt Fromm die Frau vor.

Der Major stand auf und begrüßte Felix mit einem festen Händedruck.

„Guten Tag, Herr Hauptkommissar, es freut mich, Sie kennenzulernen." Das „a" und das „u" dehnte sie und vor fast jedes „h" setzte sie ein „c", ansonsten war ihr Deutsch gut und verständlich.

Der Major hatte blonde, schulterlange Haare und Felix schätzte, dass sie knapp fünfzig Kilo wog. Quer durch ihr Gesicht verlief eine große Narbe. Sie fing unten auf der rechten Wange an und zog sich bis hinter das rechte Auge hoch. Es sah nicht so aus, als sei die Wunde damals professionell versorgt worden. Abgesehen von dieser Narbe war ihr Gesicht sehr hübsch.

Felix schüttelte die angebotene Hand. „Es freut mich, Sie hier in Deutschland begrüßen zu dürfen. Sie haben uns schon sehr damit geholfen, dass Sie unsere Tote identifizieren konnten. Wer ist sie?"

„Ihr Name ist Mariola. Mariola Sudnatschow, geboren am 26. November 1988 in der damaligen Sowjetunion. Heute liegt ihr Geburtsort in der Ukraine, es ist ein kleines Dorf namens Goncharicha. Das Dorf wurde von deutschen Einwanderern vor über zweihundert Jahren gegründet. Heute leben ungefähr achttausend Menschen dort und in der Umgebung siedeln noch mal knapp dreitausend Menschen, die sich mehr schlecht als recht von der Landwirtschaft ernähren."

Der Major schwieg und ihr Gesicht nahm einen abwesenden Ausdruck an, so als wäre sie im Moment in diesem Dorf und nicht in Frankfurt.

Felix ließ den russischen Polizeioffizier in ihren Gedanken.

Als sie wieder sprach, entschuldigte sie sich. „Es tut mir leid. Aber diese Landschaft dort hat etwas so Schönes und die Menschen sind alle so sanft. Und jetzt diese grausame Tat – das hat mich schwer getroffen. Wir Ukrainer neigen alle zur Sentimentalität", erklärte sie.

Er nickte nur. „Ja, wir haben schon davon gehört, dass viele Russen sehr gefühlvoll sind."

„Wir sind keine Russen, Herr Hauptkommissar, wir sind Ukrainer und stolz darauf." Die Augen des Majors glänzten, während sie sprach.

Nun war es an Felix, sich zu entschuldigen. „Tut mir leid, Frau Major, aber wir Deutschen machen da in der Umgangssprache keinen Unterschied. Ich werde mich in Zukunft bemühen, es richtig zu machen."

„Ist schon gut, ich verstehe Sie." Irena Sowetschkakow schwieg wieder.

„Wie sicher sind Sie sich bei der Identifizierung der Toten?"

„Ganz sicher!" Die Stimme des Majors rollte. „Sie ist die Tochter eines hohen Polizeioffiziers und ihr Fall hat natürlich großes Aufsehen erregt."

„Was ist denn passiert?" Felix setzte sich nun endlich und Frauke reichte ihm eine Tasse Tee.

„Igor Bramkolysch, der Chef der Zuhälterbande, kommt ebenfalls aus dieser Region und war ein ehemaliger Elitesoldat des alten sowjetischen Systems. Er kam völlig abgestumpft und innerlich ausgebrannt aus dem Afghanistankrieg zurück. Wir wissen nicht genau, was er danach gemacht hat, jedoch ist er zwei Jahre später aus der Armee entlassen worden und hat eine Laufbahn als Großdealer und Mädchenhändler begonnen. Seine Leute rekrutiert er innerhalb seiner ehemaligen Kameraden. Sie halten zu ihm und befolgen jeden Befehl." Der Major hielt inne und fuhr nach einer kurzen Pause fort.

„Er hatte zudem Beziehungen zu den Sicherheitsorganen unseres Landes und war praktisch unantastbar. Zehn Prozent seiner Einnahmen hat er immer unter der Polizei und anderen Behörden verteilt. Daher ließ man ihn in Ruhe. Dann machte er jedoch Dummheiten und vergriff sich an den falschen Frauen. Er verschleppte unter anderem die Tochter eines hohen Verwaltungsbeamten. Darum musste er das Land verlassen, denn seine Beziehungen konnten ihn nicht mehr schützen. Ich verfolge ihn schon seit über drei Jahren, aber wir hatten seine Spur verloren. Durch Zufall haben wir erfahren, dass er jetzt hier in Frankfurt aktiv ist."

„Seine ehemaligen Kollegen führen ihm immer noch Mädchen zu, doch auch sie haben sich die Falsche gegriffen. Mariola ist die Tochter eines ehemaligen Obersts der Polizei. Er hat natürlich Himmel und Hölle in Bewegung gesetzt, um sie zu befreien. Leider komme ich anscheinend zu spät." Der Major verfiel wieder in Schweigen.

„Dieser Igor Bramkolysch ist also ein gefährlicher Bursche?", fragte Felix.

Die ukrainische Polizistin nickte zustimmend. „Ja, ein ganz gewalttätiger und äußerst brutaler Typ. Wenn wir ihn stellen wollen, müssen wir mit entschiedenem Widerstand von seiner Seite rechnen."

„Wir vermuten, dass eventuell perverse Freier Mariola umgebracht haben. Oder könnte es gar ihr Zuhälter gewesen sein?" Felix hatte die Frage nicht direkt an Major Irena gestellt, doch diese reagierte prompt.

„Sie meinen, jemand hat ‚Blonden Kaviar‘ bestellt?" Alle Farbe war aus ihrem Gesicht gewichen.

„Sie kennen den Ausdruck auch?" Der Kommissar war erstaunt.

„Wir haben davon schon öfter gehört, es klang für uns aber wie ein böses Märchen. In der Region, aus der ich komme, können wir uns so etwas nicht vorstellen, aber wir haben davon gerüchteweise gehört, ja." Nachdenklich schwieg die Polizistin.

Felix schwieg ebenfalls, dann fragte er: „Haben Sie ein Foto von diesem Igor Bramkolysch dabei, damit wir eine Fahndung nach ihm einleiten können?"

„Nein, laut unseren Informationen hat er sich in Kiew, bevor er endgültig in den Westen abgetaucht ist, einer radikalen gesichtsverändernden Operation unterzogen. Um die Wahrheit zu sagen, wir haben nicht die geringste Ahnung, wie er jetzt aussieht", sagte Irena.

„Mist, es wäre ja auch zu schön gewesen, wenn mal etwas klappt." Felix fluchte leise vor sich hin.

„Würden Sie bei uns arbeiten, würde Sie das nicht aufregen. Bei uns muss man immer improvisieren. Das Fax mit der Bitte um Unterstützung durch Ihre Behörde, das meine Vorgesetzten schicken wollten, ist anscheinend nie bei Ihnen angekommen. Jedenfalls war Ihr Staatsanwalt ziemlich überrascht, als ich vor ihm stand", tröstete Irena den Hauptkommissar.

„Das stimmt, aber Sie hatten ja eine Kopie des Briefes dabei. Sollen wir Ihre Vorgesetzten anrufen, um ihnen mitzuteilen, dass Sie gut angekommen sind?" Fromm wandte sich an den Major.

„Danke, aber ich habe sie schon vom Flughafen aus angerufen. Ich brauche mich erst mal nicht mehr zu melden", antwortete Irena Sowetschkakow .

„Haben Sie denn schon ein Hotel?", fragte Fromm wieder. Sie verneinte.

„Dann wird sich Hauptkommissar Büschelberger darum kümmern. Ich werde Sie jetzt bei diesen Herren hier lassen. Es sind meine besten Beamten! Gemeinsam werden Sie den Fall schon lösen." Mit diesen Worten verabschiedete sich Staatsanwalt Fromm.

Felix lief ihm hinterher. „Sie wissen schon, dass wir überprüfen müssen, ob dieser Polizeimajor aus der Ukraine echt ist?", fragte er.

„Klar! Ich habe meine Assistentin gebeten, sich darum zu kümmern. Sie hat, bevor wir hierhergekommen sind, dort angerufen und man hat ihr die Identität des Majors bestätigt", nickte dieser.

„Ihre Assistentin kann Russisch?"

„Nein, aber die dort konnten ein bisschen Englisch, und ,Major Irena Sowetschkakow, da da' verstehe selbst ich. Sie sehen, auch ich mache meinen Job. Viel Spaß also mit Ihrem neuen Partner!"

Zurück in seinem Büro kratzte sich Felix am Kopf. Einerseits liebte er es gar nicht, Kindermädchen für fremde Beamte zu spielen, andererseits hatte ihnen dieser Major schon weitergeholfen. Er beschloss, das Beste aus dieser Situation zu machen.

„Dann werden wir Ihnen mal ein Hotel suchen, das nicht so weit weg ist. Irgendwelche Präferenzen?"

Irena schaute etwas hilflos drein.

„Entschuldigen Sie, ich habe dieses Wort nicht verstanden. Was sind ‚Präferenzen'?", fragte sie.

„Tut mir leid, mein Fehler. Ich habe vergessen, dass unsere Sprache fremd für Sie ist. Sie sprechen so gut Deutsch, dass ich gerade nicht daran gedacht habe. Ich meinte, ob Sie irgendwelche Hotels bevorzugen?", wiederholte Felix seine Frage.

„Nein, es sollte nur billig sein, meine Behörde muss sparen." Der Major blickte auf den Fußboden, als würde sie sich für diese Tatsache schämen.

„Das ist überall dasselbe. Wir werden schon was Gutes für Sie finden. Übrigens duzen wir uns hier alle. Also – ich bin Felix." Er grinste den Major an.

„Gut! So machen wir das auch bei uns, zumindest in den unteren Diensträngen. Ich bin Irena", antwortete die zierliche Frau lächelnd.

Nun stellten sich alle vor und es gab noch einmal ein herzliches Händeschütteln.

Felix fuhr Irena nach Dienstende ins Hotel Krusel, für das sie sich entschieden hatte. Es lag in der Nähe des Hauptbahnhofs. Die ukrainische Polizistin hatte darauf bestanden. Felix hatte ihr zunächst davon abgeraten und vor allem hatte er sie ausdrücklich davor gewarnt, alleine Ermittlungen im nahen Rotlichtviertel durchzuführen.

Erst als Irena ihm fest versprochen hatte, nichts ohne ihn oder einen seiner Kollegen zu unternehmen, trug er ihre Koffer in dieses Hotel. Es war billig und nicht gerade das, worin Felix gerne übernachtet hätte, aber die Rezeption wirkte sauber. Auch das Zimmer war ordentlich, allerdings sehr spartanisch eingerichtet. Felix stellte den Koffer ab.

„Ich hoffe, du fühlst dich hier wohl, ansonsten können wir dir gerne etwas anderes suchen."

Irena winkte ab. „Nein, das ist perfekt. Ich brauche keinen Luxus."

„Gut, dann soll es so sein. Hast du eigentlich auch zivile Kleidung dabei? Du erregst in deiner Uniform zu viel Aufsehen. Wir wollen doch unsere schweren Jungs nicht vorzeitig verscheuchen oder nervös machen", sagte Felix.

„Keine Angst, ab morgen trage ich Jeans." Irena gähnte herzhaft. „Jetzt bin ich allerdings furchtbar müde. Wenn du nichts dagegen hast, würde ich gerne schlafen gehen."

„Ich dachte eigentlich, dass ich dich noch zum Essen einlade", sagte der Kommissar.

„Danke Towarischtsch, das ist sehr lieb, aber heute nicht mehr. Die russischen Airlines sind zwar moderner geworden, aber es war doch ziemlich unbequem und anstrengend, hierherzukommen. Morgen Abend können wir gerne essen gehen", sagte Irena.

„Gut, dann lasse ich dich jetzt alleine. Morgen früh wirst du abgeholt. Bis dann." Felix verabschiedete sich.

Draußen vor dem Hotel überlegte der Kommissar kurz, ob er noch eine Weile bleiben sollte, nur um zu sehen, ob Irena Sowetschkakow nicht doch auf Erkundungstour durch die Frankfurter Bordelle gehen würde. Etwas, das für eine Frau ziemlich gefährlich werden könnte. Aber er entschied sich dagegen, da Irena ziemlich müde gewirkt hatte. Außerdem wollte er ihr glauben und nicht gleich zu Anfang ihre Zusammenarbeit durch Misstrauen gefährden.

Büschelberger ging mit Django zum Griechen um die Ecke und ließ den Tag Revue passieren. Der Wirt stellte wie üblich seinem Kater eine kleine Schüssel voll rohem Fleisch und eine Schüssel Wasser hin. Felix verzichtete auf den Wein, den er gerne getrunken hätte, und schlief dennoch schnell ein, als er wieder zuhause war.

9

Irena stand schon vor dem Hotel und wartete auf Felix, als dieser am nächsten Morgen kam, um sie abzuholen. Sie trug einen langen dunkelgrünen Mantel, der offen war und den eng sitzenden, beigen Pullover und die ausgewaschene Jeans darunter zeigte.

Felix war dieses Outfit schon wesentlich lieber als ihre Polizeiuniform. Irena stieg zu ihm ins Auto und gab ihm die Hand.

„Hallo Felix, hast du gut geschlafen?" Ihr russischer Akzent gefiel ihm immer besser, je öfter er ihn hörte.

„Ja klar, bei mir ist alles in Ordnung und bei dir?", fragte er.

„Auch gut, ich habe prächtig geschlafen. Das Hotel gefällt mir."

Als sie im Büro ankamen, war Frauke noch nicht da, aber Emilio und Arno saßen schon in ihrem Besprechungszimmer. Arno reichte Irena eine Tasse schwarzen Tee, die diese dankend annahm.

„Ihr trinkt alle nur Tee?", fragte sie.

„Ja, und dafür sind wir innerhalb der gesamten Frankfurter Polizei bekannt. Wir sind das einzige Ermittlungsteam der Stadt, das überhaupt keinen Kaffee trinkt. Es werden häufig Witze über uns gemacht." Arno strahlte sie an. Er war der Meinung, dass es besser war, als spleenig verschrien zu sein, als gar keine persönliche Note zu haben.

„Vielleicht habt ihr ja alle russische Vorfahren? Wir in der Ukraine trinken auch fast nur Tee. Bei uns wärt ihr alle normal", sagte Irena.

„Na ja, alle wohl nicht!" Arno schaute bedeutungsvoll zu Felix.

„Wieso? Was hat Felix denn für ein Geheimnis?" Irenas Stimme klang etwas verwirrt.

„Er hat seltsame Hobbies und Vorlieben", flüsterte Arno verschwörerisch.

„Welche denn?", fragte sie verwirrt.

Bevor Arno darauf antworten konnte, unterbrach ihn Felix.

„Wir sollten vielleicht lieber überlegen, was wir Frauke und Kevin zu ihrer Hochzeit schenken. Es bleibt nicht mehr viel Zeit, etwas zu besorgen."

Felix' Ablenkungsmanöver wirkte. Seine zwei Kollegen vergaßen die Anspielungen auf seine Aktivitäten bei den Umweltschützern.

„Mensch, das wird in der Tat Zeit, dass wir uns etwas für die Hochzeit überlegen." Arno kratzte sich verlegen am Hinterkopf. „Da habe ich überhaupt nicht mehr dran gedacht."

„Hast du denn schon eine Idee?" Emilio blickte fragend zu Felix.

„Nein, ich habe gehofft, dass einer von euch etwas weiß. Aber wenn keiner eine Idee hat, überlegen wir uns bis morgen früh etwas. Frauke kann ja jeden Moment zur Tür hereinplatzen." Felix hatte den Satz gerade beendet, als ihre Kollegin abgehetzt durch die Tür schoss.

„Sorry, bin mal wieder zu spät."

„Ist schon okay, wir haben noch nichts Wichtiges besprochen."

Als Frauke sich endlich zu ihnen gesetzt hatte, sprach der Ermittlungsleiter wieder über den Fall.

„Also ich denke, ich werde zusammen mit Irena und Emilio zu Kurt Sulzner fahren. Irena kann ihm erzählen, was sie über diesen Igor weiß. Vielleicht hat er schon etwas über diese Russen rausgefunden. Wir haben ja letzte Woche von Wolfgang Dehnke etwas über diese Gruppe erfahren. Ihn könnten wir auch noch mal besuchen."

Felix fasste für Irena zusammen, was sie bisher über diese Gruppe gehört hatten.

„Das klingt jedenfalls ganz nach der Gruppe, die wir jagen", sagte sie.

Er nickte Irena zu, dann wandte er sich an Frauke.

„Hast du inzwischen schon neue Erkenntnisse bei den Kollegen der Autobahnpolizei gewonnen?"

Frauke schüttelte den Kopf. „Wir haben vorgestern mit dem Revierleiter gesprochen. Die Beamten, die in jener Nacht Dienst hatten, sind erst heute wieder da", antwortete sie.

„Dann wird es höchste Zeit, dass du mit Arno zu ihnen aufs Revier fährst. Seht zu, dass ihr die Beamten findet und mit ihnen sprecht. Eigentlich hätten wir das schon längst erledigen sollen", sagte Felix leicht gereizt.

„Ich denke, dass sich die Kollegen doch schon bei uns gemeldet hätten, wenn ihnen was aufgefallen wäre", erwiderte Arno.

„Nicht unbedingt! Es gab vor ein paar Jahren mal einen Test mit Polizeibeamten in den USA. Dort wurden Verbrechen beziehungsweise verdächtige Szenen nachgestellt und zwar immer dann, wenn Streifenpolizisten in der Nähe waren. Die Polizisten wussten nicht, dass es ein Test war. Wenn die Sache aus dem Ruder lief oder die Polizisten überhaupt nicht reagierten, wurde der Test unterbrochen, durch die Vorgesetzten und einen Oberaufseher. Danach sollten genaue Zeugenaussagen gemacht werden. Obwohl alle ausgebildete und zum Teil langgediente Beamte waren, war der Ergebnis nur unwesentlich besser als bei normalen Bürgern. Auch Polizisten übersehen eine ganze Menge, leider!", erklärte Felix ihm.

Arno und Frauke machten sich auf den Weg. Kurze Zeit später fuhren Emilio, Felix und Irena zu ihren Kollegen von der Sitte. Dort stellte Felix Irena vor.

Kurt Sulzner führte den Polizeimajor durch seine Abteilung und zeigte ihr alles. Danach erzählte sie ihm von ihren Informationen über die Bande von Igor Bramkolysch. Kurt Sulzner hörte aufmerksam zu und stellte nur wenige Zwischenfragen. Als der Major aus der Ukraine ihre Geschichte fertig erzählt hatte, schaute Kurt Felix bedeutsam an.

„Scheint so, als ob der Pate vom Bahnhof doch recht hatte. Es gibt eine neue Gruppe in der Rotlichtszene und sie ist äußerst brutal."

„Welcher Pate?" Irenas Augen schienen zu Eis zu erstarren, während sie Kurt Sulzner musterte.

„Wolfgang Dehnke, einer der größten und mächtigsten Zuhälter dieser Stadt. Felix und ich waren schon bei ihm und haben ihn befragt, aber er konnte uns keine handfesten Informationen liefern, nur Gerüchte", sagte der Kommissar von der Sitte.

„Diesen Namen hat Felix heute auch schon erwähnt. Ich würde trotzdem gerne mit ihm sprechen, vielleicht kann ich ihm mehr entlocken als ihr", sagte Irena.

„Und wie wollen Sie das schaffen?" Kurts Stimme hatte einen leicht spöttischen Unterton, der ihr nicht entging.

„Vielleicht setze ich meinen weiblichen Charme ein", antwortete sie ihm.

„Das kann bei Wolle in der Tat helfen." Kurt Sulzner nickte ihr aufmunternd zu und zeigte Irena danach noch Fotos von stadtbekannten Zuhältern und von Personen aus deren Umfeld. Es waren jedoch offenbar keine Fotos von irgendjemandem aus Igors Gruppe dabei.

Felix, Emilio und Irena gingen danach zu einem kleinen italienischen Restaurant. Felix zahlte und nahm sich vor, die Quittung einzureichen. Schließlich hatten sie einen Gast zu bewirten. Manchmal hatte Kindermädchen zu spielen auch seine positiven Seiten, dachte er bei sich.

Der Hauptkommissar klingelte und die Tür zur „Harten Nuss" öffnete sich vor ihnen. Die drei Polizisten wurden dieses Mal direkt zur Wolfgang Dehnke geführt. Er trug an diesem Tag nur einen überdimensionalen, schwarzen Seidenkimono und seine auffällige Rolex. Seine Blicke fixierten Irena und er wartete darauf, dass Felix den Grund seines erneuten Besuches vortrug.

„Guten Tag, Herr Dehnke, ich bin heute mit einer Kollegin aus der Ukraine hier, die hinter der russischen Zuhältergruppe her ist, die Sie bei unserem letzten Besuch erwähnt haben!"

Major Irena Sowetschkakow stellte sich dem Zuhälter vor, der sie leicht amüsiert betrachtete, wie Felix etwas irritiert bemerkte.

„Frau Major, Entschuldigung, ich kann Ihren Namen unmöglich korrekt aussprechen. Darf ich Sie deshalb ‚Irena' nennen?", fragte der Zuhälter, wobei er dreist grinste.

„Ich denke, wir bleiben bei ‚Frau Major', das sollte genügen!" erwiderte Irena kühl. „ Sie sollten allerdings bedenken, dass, falls es mir gelingt, Igor Bramkolysch, den Kopf dieser Bande, unschädlich zu machen, Ihre Geschäfte bestimmt wieder besser laufen!"

„Um meine Geschäfte machen Sie sich mal keine Sorgen, die laufen bestens. Aber man kann ja nie genug verdienen. Deshalb bin ich bereit – und natürlich weil ich ein treuer Bürger dieses Landes bin – Ihnen zu helfen." Der Zuhälter zwinkerte den beiden Polizisten verschwörerisch zu.

Irena stellte Dehnke einige Fragen, aber er konnte ihr nichts Wichtiges oder Neues erzählen. Alles, was er wusste, waren Gerüchte. Er versprach aber, sich ganz diskret umzuhören.

Zurück auf dem Revier, parkte Emilio ihren Dienstwagen an der Ladesäule.

„Felix, ist dir überhaupt schon aufgefallen, dass unser neuer Dienstwagen eine wesentlich stabilere Batterie hat als der alte?", fragte er seinen Kollegen.

„Ja, ist mir auch schon aufgefallen. Woran liegt das?", wollte dieser wissen.

„Das liegt an der Weiterentwicklung der Lithium-Ionen-Batterien. Da wurde in letzter Zeit ziemlich viel geforscht und verbessert. Du weißt doch, dass die Batterien der teuerste Teil beim Elektroauto sind. Deshalb müssen sie sehr stabil sein, viele Lade- und Entladezyklen überleben und eine hohe Energiedichte und Zellspannung erreichen. Gerade bei den Lithium-Ionen-Batterien gibt es -zig Möglichkeiten. Man kann Mangan-, Kobalt-, Eisenphosphat-, Nickel- und Aluminiumoxid verwenden. Es gibt sogar Mischungen dieser Oxide, die in Schichten übereinander auf der Kathode oder Anode liegen. Dadurch kannst du unterschiedliche Mengen von Lithium-Ionen einlagern. Je nachdem, für was sich der jeweilige Hersteller entscheidet, ändern sich die Lade- und Entladezeiten der Batterien", erklärte sein technikbegeisterter Freund.

„Warum nehmen dann nicht alle Hersteller die gleichen Batterien?", wunderte sich Felix.

„Das ist wie üblich eine reine Kostenfrage. Das günstigste Material ist Manganoxid, das degeneriert aber auch am schnellsten. Besonders, wenn man es auf ein höheres Spannungsniveau auflädt. Also sollte man diese Batterien nicht auf so ein hohes Potential aufladen, sonst gehen sie schnell kaputt. Ein kleines Spannungsniveau bedeutet aber wiederum eine kürzere Reichweite."

„Ja ja, die Kosten, was sonst", seufzte Felix.

„Es gibt bei den Lithium-Ionen-Batterien aber auch noch Unterschiede im Sicherheitsverhalten. Bei manchem System kann es zu kritischen Momenten kommen bei Überladung oder sogar zu einem Kurzschlussverhalten."

„Das ist bestimmt interessant, das kannst du mir später mal erklären. Ich muss jetzt wirklich was anderes erledigen!"

Felix winkte zum Abschied und war froh, den technischen Vorträgen seines Freundes entkommen zu sein.

„Schade", sagte Emilio, der sich gerade warmgeredet hatte. Er hätte gerne noch etwas von der brandneuen Keramiktechnologie erzählt, die gerade in der Batterietechnik Einzug nahm.

Am Abend ging der Kommissar mit Irena essen und danach noch auf zwei Absacker in eine Cocktailbar direkt im Frankfurter Stadtteil Bornheim, den Felix für viel interessanter hielt als das allgemein bekanntere Sachsenhausen.

10

Am nächsten Morgen sorgte Arno für den Lacher des Tages, wenn auch unfreiwillig. Er erschien zu spät und mit hochrotem Kopf. Frauke sah es zuerst: An seiner geliebten Jeansjacke fehlten alle Knöpfe. Sie waren mitsamt dem umgebenden Stoff herausgeschnitten worden.

Arnos neue Freundin hatte ihn dabei ertappt, wie er in Internetforen von Freiern und Huren gelesen hatte, um etwas über die Tote zu erfahren. Da sein vorgebrachter, dienstlicher Grund nicht glaubhaft für sie gewesen war, hatte sie ihm eine furchtbare Szene gemacht und am Ende seine Lieblingsjacke zerstört. Felix versprach – nachdem er sich von seinem Lachanfall erholt hatte – dass er am Abend bei Grit anrufen werde und versuchen wolle, alles zu erklären.

Frauke kicherte am längsten. „Arno, du hast aber auch Pech! Obwohl ich deine Grit auch ein bisschen verstehen kann. Ich glaube, ich würde Kevin auch eine Szene machen, wenn ich ihn auf solchen Seiten im Web erwischen würde!"

Nach der Besprechung beschloss Felix, mit Irena und Emilio noch einmal in die Siedlung der russischen Asylanten zu fahren. Er hoffte, dass die Leute dort vielleicht Irena eher etwas erzählen würden, da sie ihre Sprache sprach.

Während sie den ActiveE vor dem Hauptgebäude, das Felix insgeheim „Kommandantur" getauft hatte, parkten, glaubte Emilio einen Schatten und eine Bewegung im Büro des Heimleiters zu sehen.

Als die drei Polizisten allerdings im Büro von Klaus Wyschnovski standen, war es leer und verlassen. Ein vorbeischlurfender alter Russe erklärte ihnen, dass der Heimleiter heute wohl nicht mehr zu erreichen sei. Irena ließ sich den Weg zu den drei Quasioligarchen erklären. Doch sie konnten nur Olga finden.

Die alte Frau und Irena begrüßten sich auf Russisch und führten mit Felix' Einverständnis ihre Unterhaltung auch auf Russisch weiter. Irena meinte, dass Olga dann vielleicht genauer und detaillierter Auskunft geben könne. Die beiden Frauen redeten leise fast dreißig Minuten miteinander. Schließlich berührte Olga sanft die Narbe auf Irenas Wange und ein warmherziges Lächeln huschte über ihr Gesicht.

Sie wandte sich langsam an Felix. „Bitte schön, Herr Kommissar, passen Sie gut auf Ihre Kollegin auf. Sie ist das Beste, was Mütterchen Russland hervorgebracht hat. Frauen wie sie sind die Seele unseres Vaterlandes und seine Zukunft."

Felix versprach es, ziemlich verdattert über diese Bemerkung. Irena ging nicht darauf ein, sie schwieg auf dem Weg zurück zum Auto. Felix musste dreimal fragen, was Olga ihr erzählt habe, bevor sie ihm antwortete.

„Ach, sie hat mit mir über ihre Sehnsucht nach der Heimat gesprochen. Sie kommt aus einem Dorf ganz in der Nähe von meinem. Sie ist dankbar, dass sie hier Asyl bekommen hat, aber die Heimat lässt meine Leute nie los. Verstehst du das?" Fragend schaute Irena Felix an.

„Ich glaube schon. Mehr hat sie dir nicht erzählt?", fragte er.

Irena schwieg länger, bevor sie antwortete „Sie hat ein komisches Gefühl, was den Leiter dieses Asylantenheimes angeht. Dieser Klaus Wyschnovski leitet die Einrichtung erst seit ein paar Jahren. Seitdem tauchen offenbar immer mal wieder spät nachts verdächtige Typen auf. Das habe es zu Zeiten seines Vorgängers nicht gegeben. Den hat Olga nämlich noch kennengelernt. Der war wohl ein typischer deutscher Beamter: pedantisch, penibel, aber immer korrekt. Den hätten die Leute respektiert, sagt sie. Vor Klaus Wyschnovski hätten sie eine Angst, die sie nicht begründen könnten."

„Ich halte das für das Geschwätz einer alten Frau. Mir kam der Heimleiter kompetent vor. Sicherlich ist er ein brummiger Kerl, der wahrscheinlich seinen Leuten ordentlich die Meinung geigen kann, aber er scheint seine Arbeit zu mögen und sich um seine Schutzbefohlenen zu kümmern."

Irenas Blick ruhte lange auf Felix, bevor sie sprach. „Ich habe eigentlich geglaubt, dass du über mehr Einfühlungsvermögen verfügst. Ich vertraue Olga. Während ihr im Westen immer verächtlich von einer ‚alten Frau' sprecht, reden wir oft von einer ‚weisen Frau', von der man viel lernen kann."

Felix war leicht verärgert, dass Irena seine Sozialkompetenz anzweifelte, aber er schluckte seinen Ärger runter.

„Wenn du willst, ermitteln wir in diese Richtung. Sollen wir den Heimleiter suchen und ihn direkt mit den Vorwürfen konfrontieren?"

Irena legte ihre Hand sanft auf seine. „Das ist das, was ich meine. Ich sehe in deinen Augen, dass du gekränkt bist von meinen Worten. Jetzt willst du gleich losstürmen. Felix, diese Menschen, wir Ukrainer und Russen, wir sind da anders. Die Staatsmacht ist uns einfachen Menschen seit den Zeiten des Zarenreiches suspekt. Ich bin selbst Polizistin, aber ich weiß, dass die Menschen uns nur selten trauen. Wir haben daher andere Mittel und Wege gefunden, um etwas herauszubekommen und zu erreichen. Olga will sich heimlich umhören und weiter nachforschen. Sie hat meine Handynummer und wird sich melden, wenn sie etwas weiß."

„Na gut, aber wir können ja zumindest mal im Polizeicomputer suchen, ob wir Einträge zu Klaus Wyschnovski finden. Also lass uns fahren!"

Galant hielt Felix Irena die Tür ihres Elektromobils auf. Während die drei Polizisten den Hof verließen, folgte ihnen ein hasserfüllter Blick aus dunkelbraunen Augen.

Auf der Fahrt ins Revier diskutierten Felix und Emilio über ein passendes Geschenk für Dr. Murr und ihre Kollegin Frauke. Als die beiden über ein Geldgeschenk nachdachten, weil ihnen keine andere Idee kam, schaltete sich ihr Gast aus der Ukraine in das Gespräch ein.

„Wenn ich einen Rat geben darf: Es gibt nichts Unpersönlicheres und Langweiligeres als ein Geldgeschenk. Damit beweist ihr nur, dass ihr eure Freunde nicht richtig kennt. Ihr trinkt doch alle Tee, nicht wahr? Warum legt ihr nicht zusammen und schenkt den beiden einen Samowar? Falls euer Pathologe noch nicht auf den Geschmack gekommen ist, wird er es dann bestimmt."

Felix musste lächeln. Dieses Geschenk war ideal und so naheliegend. Es war beschämend, dass weder er noch seine Kollegen darauf gekommen waren.

„Deine Idee gefällt mir sehr gut! Bleibt nur noch die Frage, wie wir an ein schönes Stück rankommen", sagte er.

„Die schönsten und besten Samoware werden auch heute noch in Tula in Russland hergestellt. Während ihr Westeuropäer ‚Eulen nach Athen tragt', wenn man etwas Sinnloses tut, so sagt man bei uns in Osteuropa, dass man ‚mit seinem eigenen Samowar nach Tula fährt'. Wann ist die Hochzeit noch mal?", fragte die ukrainische Polizistin.

„In knapp zwei Wochen", antwortete Felix.

„Gut, das ist genug Zeit. Da kann ich bei meinem Onkel anrufen, der handelt mit alten Samowaren. Das sind wirklich schöne und antike Stücke. Damit habt ihr ein besonderes Geschenk für eure Kollegin."

„Ja, das wäre schön. Oder was meinst du, Emilio?"

„Das ist eine tolle Idee", sagte dieser, während er ihren ActiveE sicher durch den Verkehr lenkte.

Die restliche Fahrt über telefonierte Irena mit ihrem Onkel. Sie nannte ihm Emilios E-Mail-Adresse, damit er ihnen drei Vorschläge mit Foto und Preis zuschicken konnte. Noch bevor die drei den Besprechungsraum betraten, piepste Emilios Diensthandy und zeigte den Empfang einer E-Mail an. Es war die versprochene Nachricht von Irenas Onkel.

Während Irena mit Frauke unter einem Vorwand aus dem Zimmer ging, betrachteten Felix, Emilio und der schnell hinzugeholte Arno die Angebote. Es waren drei wunderschön gearbeitete und aus Silber hergestellte alte Samoware. Die Kommissare entschieden sich für den filigransten, obwohl der auch der teuerste war. Dennoch sollte er nur 300 Euro kosten – ein Preis, der Felix für ein fast 150 Jahre altes, voll funktionsfähiges Gerät lächerlich gering vorkam.

Irenas Onkel hatte offenbar Wort gehalten und ihnen einen Sonderpreis gemacht. Die drei Kommissare beschlossen, dass Irena sich um die Bestellung kümmern solle. Das Geld würden sie schon zusammenbekommen. Felix war sich sicher, dass sich auch Staatsanwalt Fromm daran beteiligen werde.

Den restlichen Nachmittag verbrachten die Kommissare damit, an ihrem Smartboard die neuesten Erkenntnisse zu ordnen. Staatsanwalt Fromm war mit ihnen vernetzt, so dass er ihre Ergebnisse online nachvollziehen konnte.

Felix brachte Irena ins Hotel und verabredete sich mit ihr für den nächsten Tag. Er wollte ihr seine Heimatstadt näher zeigen.

Als er wieder in seiner Wohnung war und auf seinen Kater wartete, rief seine Exfrau an. Felix versprach ihr, dass er sie am Sonntag von zuhause abholen würde, damit sie gemeinsam zum Trauergottesdienst für den verstorbenen Weihbischof fahren konnten.

11

Nachdem Felix gefrühstückt hatte, kaufte er ein. Danach fuhr er mit seinem Auto ins Büro, um den Dienstwagen für die Tour mit Irena zu nutzen.

Er sah nicht ein, dass er bei den hohen Spritpreisen sein eigenes Benzin verbrauchte. Er überlegte schon seit ein paar Monaten, ob er seinen Benziner nicht verkaufen und auch privat auf ein Elektroauto umsteigen sollte. Da er sich an diesem Tag um einen Gastkommissar kümmerte, hatte dieser Ausflug einen dienstlichen Bezug und somit ging es für Felix in Ordnung, den ActiveE zu nehmen. Er klemmte ihn von der Ladesäule ab und fuhr zum Hotel.

Irena lächelte, als sie den Elektrowagen sah.

„Felix, für dieses Auto würde man dich in meiner Heimat belächeln, nicht für deine Vorliebe für Tee! Obwohl sich auch in Russland diese Elektroautos allmählich durchsetzen. Der russische Milliardär und Besitzer der Oneksim Gruppe hat erst vor Kurzem umgerechnet etwa hundertfünfzig Millionen Euro in die Produktion des ersten russischen Elektroautos investiert. Das Auto soll ‚Yo' heißen. In Moskau baut man inzwischen Ladesäulen und bis 2015 will die Stadtverwaltung erreichen, dass im öffentlichen Nahverkehr zu achtzig Prozent elektrische Fahrzeugen laufen. Außerdem gibt es nun die ersten Busse, die als Hybridfahrzeuge entweder mit komprimiertem Erdgas oder mit Elektromotor fahren. Daher wärst du wohl auch bei uns ein Vorreiter!", erklärte Irena.

„Oh, erdgasbetriebene Autos! Da hat eine Bekannte von mir kürzlich eine blöde Geschichte erlebt. Sie fährt so ein Auto und manchmal nimmt der Motor den Kraftstoff nicht richtig auf. Als es dies mal wieder so war, tritt sie voll aufs Gaspedal, um den Totpunkt zu überwinden. Vor ihr bremsen allerdings schon wieder alle ab. Also tritt sie auch auf die Bremse. Aber in diesem Moment macht das Auto einen Sprung nach vorne, da der Motor endlich die volle Leistung entwickelt, und es rummst. Sie fährt voll in den Wagen vor ihr. Ich glaube allerdings, dass das daran liegt, dass ihr Auto nachgerüstet wurde. Ich kann mir nicht vorstellen, dass alle Erdgasautos dieses Problem haben."

„Das ist wirklich blöd gelaufen! Ich würde mich wahrscheinlich sehr darüber ärgern und mir überlegen, ob ich so ein Auto nicht verkaufe!", sagte Irena und klopfte bestärkend auf das Armaturenbrett des ActiveE.

„Ja, das wäre wohl eine natürliche Reaktion auf so ein Erlebnis. Ich verlasse mich auch lieber auf Strom als Energiequelle. Übrigens hat mir Emilio erzählt, dass die ‚Planet Solar‘, ein Katamaran, der nur mit Solarenergie betrieben werde, in neunzehn Monaten die Welt umsegelt habe. Auf der Fahrt hätten die einige Rekorde gebrochen. So hätten sie zum Beispiel die schnellste Überquerung des Atlantiks mittels Solarkraft geschafft. Gäbe es noch das ‚Blaue Band‘, würden sie es bestimmt bekommen."

„Was ist das ‚Blaue Band‘?", fragte Irena.

„Das war früher eine begehrte Auszeichnung. Damit wurde die schnellste Atlantiküberquerung mit einem Passagierschiff geehrt. Deswegen war die Titanic auch so schnell unterwegs – sie wollte diese Trophäe gewinnen", erklärte Felix.

„Was du nicht alles weißt!" Seine ukrainische Kollegin gab sich beeindruckt.

„Das meiste bläut mir Emilio ein, ohne ihn würde ich das nicht wissen!", gab Felix zu. „Was ich auch richtig super finde, ist, dass dieses Solarschiff in Kiel gebaut wurde. Man sieht, wenn wir wollen, können wir hier immer noch mit Asien konkurrieren." Er hatte den Eindruck, dass seinen Gast das Thema Elektroauto und das ganze Drumherum wirklich interessierte.

Nachdem Felix Irena die berühmte „Fressgasse" und andere Sehenswürdigkeiten Frankfurts gezeigt hatte, wollte sie eine Burg oder etwas Ähnliches sehen. Er entschied sich dafür, mit ihr nach Dreieichenhain zu fahren, das circa zwanzig Kilometer entfernt lag. Dort gab es eine alte Burgruine und nette Gasthäuser gleich nebenan. In einem kehrten sie ein. Während der Polizeimajor aus der Ukraine eine Wiener Melange zu ihrem Kuchen bestellte, blieb Felix bei seinem Tee.

„Weißt du, Irena, eines geht mir nicht aus dem Kopf: Warum fliehen die Mädchen nicht, wenn sie hier in Deutschland sind? Wir würden sie doch vor ihren Zuhältern beschützen und hätten endlich mal eine Handhabe gegen diese brutalen Menschenhändler."

Sie verzog ihren Mund zu einem zynischen Lächeln. „Felix, nur ein Polizist aus sicheren westlichen Verhältnissen kann so denken wie du. Kein Mädchen, das flieht, ist jemals sicher. Sie hat keinen Pass mehr, keine Ausweispapiere. Wer würde ihr glauben? Was macht der deutsche Staat mit solchen Flüchtlingen? Kommt sie in ein Heim, dann ist sie tot. Die Zuhälter würden sie sofort finden. Selbst wenn ihr sie schützt – wer schützt ihre Familie zuhause in der Ukraine, in Russland oder woher auch immer diese arme Seele kommt? Nein! Ein Mädchen, das flieht, muss riesiges Glück haben, um zu überleben."

Irena schwieg länger, bevor sie fortfuhr. „Weißt du, Mariola war ein stolzes Mädchen, eine Kämpfernatur. Vielleicht hat sie sogar versucht, zu fliehen. Und nun siehst du, was es ihr gebracht hat. Die beste Hoffnung ist und bleibt für diese Mädchen, dass sie von der Polizei befreit werden. Dann können sie wenigstens heimfahren."

Felix war erschüttert über die resignierte Einstellung seiner ukrainischen Kollegin. Auch sein Gerechtigkeitssinn sperrte sich dagegen. Doch er gab ihr innerlich recht, was ihre Ansicht anging. Er saß in einem kulturellen Schneckenhaus und wusste von der großen Welt nicht viel.

„Wie können wir diese Gruppe um Igor Bramkolysch nur finden?", dachte er laut nach.

„Die beste Idee ist es, nach Freiern zu suchen. Es muss jede Menge von denen geben. Vielleicht sollten wir eine Zeitungsanzeige aufgeben?", fragte Irena hoffnungsvoll.

Nun lächelte Felix etwas zynisch. „Wenn alle Mädchen, die für Igor arbeiten, illegal hier sind und gezwungen werden, dann wird sich keiner von denen melden. Prostitution ist zwar legal in Deutschland, Zwangsprostitution allerdings strafbar. Die Freier machen sich mitschuldig, wenn sie so etwas nicht zur Anzeige bringen, und können dafür auch vor deutschen Gerichten belangt werden! Nein, ich glaube, dieses Mal hast du keine Ahnung, wie solche Männer ticken."

Während er sprach, sah Felix in den Augen seiner Kollegin tiefe Traurigkeit und gleichzeitig Verachtung aufsteigen. Er konnte dies nicht deuten. Gerade als er sie fragen wollte, was los sei, stand sie auf und entschuldigte sich.

Als sie sich wieder setzte, hatte sie sich wieder gefasst. „Mir gehen diese Schicksale immer viel zu nah. Manchmal frage ich mich, ob ich die nötige Professionalität besitze, um ein guter Polizist zu sein."

„Das ist für mich völlig in Ordnung, du musst sogar empathisch veranlagt sein, wenn du ein guter Polizist sein willst. Sich in das Leid der Opfer hineinzuversetzen, ist für mich und meine Kollegen immer eine gute Motivation. Als Emilio und ich Mariolas Leiche sahen, haben wir uns angesehen und einen stillen Schwur geleistet: ‚Wir kriegen dich, du Schwein'. Das haben wir beide gedacht", sagte Büschelberger ernst.

Irena drückte wortlos seine Hand.

„Wenn wir keine Freier finden, die persönlich mit uns reden, müssen wir es in einem anonymen Rahmen versuchen. So sehr es mich anwidert, aber wir müssen die richtigen Foren im Internet finden und mit ihnen reden, als seien wir Ihresgleichen, also quasi von Freier zu Freier. Ich sehe keine andere Möglichkeit." Irenas Blick ging durch das Fenster ins Leere, während sie sprach. Sie hatte Felix' Hand nicht losgelassen.

„Ja, das klingt nach einer guten Strategie. Dafür müssen wir aber zusätzliche Rechner bekommen. Ich glaube nicht, dass solche Internetadressen auf unserer Whitelist stehen. Auf unseren Dienst-PCs ist der Zugang zu solchen Seiten bestimmt gesperrt. Allein schon aus Angst vor Viren, Würmern und Trojanern. Ich werde am Montag früh gleich mit Emilio reden, dass er sich darum kümmert, sobald Staatsanwalt Fromm zugestimmt hat."

Auf dem Weg zurück ins Hotel fragte der Hauptkommissar seine ukrainische Kollegin, ob sie zum Trauergottesdienst in der Mainzer St. Stephan Kirche mitkommen wolle. Sie sagte sofort zu.

Als Felix am Sonntag Christine abholte, stockte ihm bei ihrem Anblick der Atem. Sie trug ein schwarzes Kostüm und hatte keck einen großen schwarzen Hut aufgesetzt. Ihre langen Beine endeten in schwarzen Pumps mit ziemlich hohen Absätzen. Während seine Exfrau in den Wagen stieg, sah er, dass die Sohle knallrot war.

„Meinst du, dass dieser Aufzug nicht etwas zu gewagt ist für einen Trauergottesdienst, vor allem unter diesen besonderen Umständen? Man könnte die rote Sohle auch als subtile Anspielung auf das Fegefeuer und apokalyptische Zustände verstehen. Oder siehst du das anders?" Felix sah seine Ex fragend an.

Ihre Augen blitzten und sie lachte kurz auf, bevor sie mit ihrem Finger über seine Lippen fuhr.

„Du darfst mich ruhig ‚Purgatory' nennen, so hat mich Seine Exzellenz auch immer genannt. Außerdem mochte er meine hohen Schuhe. Ihm hätte dieser Anblick gefallen. Er war nicht so verklemmt wie viele andere. Deswegen habe ich ihn sehr verehrt und gemocht. Er war ein Mann mit hohem Verstand, feinem Humor und sehr viel Verständnis für die Menschen und ihre Bedürfnisse."

Als Felix statt zur Autobahn in Richtung Innenstadt abbog, lächelte seine Exfrau ihn an und sagte in ihrer verführerischsten Stimme: „Mache ich dich so nervös, dass du nicht mal mehr den Weg zur Autobahn findest?"

Ihre Stimme klang in diesem Moment wieder wie Schokolade fürs Ohr. In diese Stimme hatte er sich damals verliebt und auch heute noch hatte sie durchaus Wirkung auf ihn.

„Nein", sagte er. „Wir müssen noch eine Kollegin aus der Ukraine mitnehmen. Sie hilft uns bei dem Fall, von dem ich dir erzählt habe."

Brüsk wandte sich Christine ab. „Na, wenn du meinst, dass ich dir nicht reiche, musst du eben noch eine Frau mitnehmen."

Felix seufzte innerlich. Er konnte sich bemühen, so sehr er wollte, er würde Frauen und ihre Emotionen niemals verstehen.

Seine Exfrau begrüßte Irena nur kurz und schwieg dann während der gesamten Fahrt nach Mainz. Felix rollte innerlich mit den Augen, aber er wusste, dass er Christine nicht darauf ansprechen durfte. Jetzt darüber zu diskutieren, würde alles noch schlimmer machen. Soviel hatte er in all seinen Beziehungen inzwischen gelernt.

Irena merkte, dass die Stimmung frostig war, und genoss mit Blick aus dem Fenster die Fahrt. Sie trug einen dunkle Jacke, einen schwarzen, dünnen Wollpullover, eine dunkelblaue Jeans und schwarze Pumps, die eine ähnliche Höhe wie Christines hatten.

Felix selbst trug zum ersten Mal seinen neuen schwarzen Anzug, den er mit Emilio gekauft hatte. Sein Freund hatte eindeutig mehr Stil als er. Emilios Worte waren gewesen: ‚Felix, mit einem schwarzen Anzug siehst du immer gut angezogen aus‘. Dazu trug er ein italienisches weißes Hemd mit großem Kragen und eine schmale schwarze Krawatte. Nur bei den Schuhen, die Emilio für ihn ausgesucht hatte, war er in Streik getreten. Er wollte normale Schuhe tragen und nicht die typisch italienischen, die so lang und spitz waren, dass der Fuß um zwei bis drei Schuhnummern größer erschien. Emilio war zwar leicht enttäuscht gewesen, aber Felix war hart geblieben.

Die drei parkten fast einen Kilometer von der St. Stephan Pfarrkirche entfernt, die an diesem Tag deutlich mehr Besucher anlockte als sonst. Berühmt war diese uralte Kirche wegen der tiefblauen Marc Chagall-Fenster, die das letzte Kunstwerk des berühmten französischen Malers waren. In dieser Kirche hatte der Verstorbene seine Priesterkarriere begonnen. Zudem war er Zeit seines Lebens für die deutsch-jüdische Versöhnung eingetreten. Genau dies war auch das bestimmende Motiv in Chagalls Kirchenfenstern. Aus diesem Grund fand die Aussegnung dort statt und nicht im wesentlich größeren Dom, wie es der Hauptkommissar eigentlich erwartet hätte.

Irena, Christine und Felix ergatterten noch einen Stehplatz in der Kirche, bevor die Tore für die noch immer zahlreich herbeiströmenden Menschen geschlossen wurden.

Felix wurde von den uralten Ritualen der Trauerfeier und von den blauen Fenstern magisch in den Bann gezogen. Zum ersten Mal seit Jahren empfand er Trost in einer Kirche. Ein wenig konnte er Emilio und seine Exfrau verstehen, die Halt, Trost und Hoffnung in ihrem Glauben fanden.

Als nach der feierlichen Zeremonie die Massen aus der Kirche strömten, verloren Irena und Felix Christine aus den Augen. Er wusste, dass dies ihren Ärger noch vergrößern würde. Er sollte recht behalten.

An diesem Abend war er froh, alleine zuhause zu sein. Er streichelte seinen grauen Kater und klagte ihm sein Leid. Django lag neben ihm auf dem Sofa, drehte sich auf den Rücken, streckte ihm seine Vorderpfoten entgegen und gähnte herzhaft.

„Was willst du mir damit denn sagen?", fragte er schmunzelnd.

„Vielleicht, dass letztlich alles völlig egal ist? Dass ich einfach mein Ding machen soll und fertig?"

Der Kater zwinkerte ihm zu und Felix verstand die Botschaft.

„Dann gehe ich mal ins Bett, morgen wird ein harter Tag. Soll ich dich noch rauslassen?"

Django schaute gelangweilt nach draußen und rollte sich dann eng auf dem Sofa zusammen. Er würde rausgehen, wenn er selbst es wollte und nicht, wenn es seinem Herrchen passte.

12

Am Montag früh nahm Felix als erstes seinen Freund und Kollegen zur Seite.

„Emilio, ich möchte dich bitten, dass du dir in den nächsten zwei Stunden überlegst, was wir benötigen, um hier ein paar Rechner aufzubauen, mit denen wir im Internet in den Freierforen nach Informationen über diese illegalen Bordelle von Igor Bramkolysch suchen können. Ich nehme mal an, dass wir das nicht von unseren normalen Polizeirechnern aus dürfen!"

Die Augen seines italienischen Freundes glänzten.

„Dafür benötige ich keine zwei Stunden, das kann ich dir gleich sagen. Zuerst brauchen wir einen Router mit eingebauter Firewall und NAT beziehungsweise IP Masquerading sowie …"

Der Hauptkommissar unterbrach ihn.

„Was zur Hölle ist ‚NAT' und dieses komische ‚IP Dingsda'?"

„Felix, wenn du nur ab und zu mal eine Computerzeitschrift lesen würdest, dann wäre alles viel einfacher. Du hast doch eine feste Wohnadresse, damit dich die Post findet, und alles, was korrekt adressiert ist, wird auch an dich geliefert. Jeder Computer benötigt ebenfalls eine solche Adresse, das ist die IP-Adresse oder korrekt als Internet-Protokoll-Adresse bezeichnet. Jede Adresse darf es logischerweise nur einmal geben, sonst könnten die Pakete – also die Daten – nicht richtig zu deinem Rechner geschickt werden. Sie würden im weltweiten Netz verloren gehen."

Emilio erklärte weiter.

„Nun gibt es aber mehr Geräte als frei verfügbare Adressen – nach der alten Internet-Protokoll-Version 4 – deswegen kann man sogenannte Subnetzwerke aufbauen, die nach außen hin als eine Adresse auftreten. Du kannst dir das wie ein Hochhaus vorstellen. Hier wohnen auch viele Leute und trotzdem bekommt jeder die richtigen Briefe oder Nachrichten zugestellt. Die haben alle die gleiche Adresse, aber zudem eine Unteradresse wie ‚6. Etage Wohnung 3' beziehungsweise ihren Namen. In unserem Fall wollen wir natürlich unsere IP-Adresse verbergen, da niemand mitbekommen soll, dass wir aus dem Polizeinetzwerk heraus agieren."

„Jeder Administrator solcher Foren sieht nämlich eine Liste mit allen IP-Zugriffen. Mit dem IP Masquerading können wir dem Router eine Adresse zuordnen, die nach außen sichtbar ist, aber nicht verrät, dass sich unser Polizeinetzwerk dahinter verbirgt. Wir nehmen sozusagen das Leuchtschild ‚Polizei‘ von unserem Büro ab und haben zum Beispiel den Namen einer Kneipe. Das macht uns in den Foren unverdächtig. Dabei hilft uns das NAT, das heißt übrigens Network Address Translation, also die ‚Netzwerkadressen-Übersetzung‘. Hier kannst du wieder zwischen vielen Unterarten unterscheiden, aber ich empfehle mindestens den Port-Restricted Cone NAT Standard.“

„Entschuldige, Emilio, mir raucht der Kopf! Jetzt verstehe ich gar nichts mehr. Was ist das denn schon wieder?“ Felix schüttelte verzweifelt den Kopf.

„Da kann ich dich beruhigen, das wissen die wenigsten Leute, obwohl auch das super einfach zu erklären ist: Du gehst doch gerne zu ‚Fritten-Conny‘ zum Mittagessen. Stell dir vor, dass direkt daneben ein neuer Imbiss aufmacht. Der will dich jetzt als Kunde gewinnen, deswegen möchte er dir eine Werbebroschüre schicken. Aber da er deine Adresse nicht kennt, kann er das nicht. Das Restricted Cone NAT sorgt dafür, dass nur die Leute dir was schicken können, die du zuvor besucht hast, und außerdem können sie das nur über den gleichen Weg machen, den du vorher zurückgelegt hast.“

Er deutete auf den Eingang. „Nachdem du also durch die Haupttür unseres Büros zu ‚Fritten-Conny‘ gegangen bist, kann er auch dich besuchen und dir etwas vorbeibringen. Allerdings muss er die Haupttür benutzen. Versucht er, durch den Hintereingang reinzukommen, schafft er das nicht. Sein neuer Konkurrent kann uns gar nichts schicken, solange wir ihn nicht besucht haben.“ Emilio strahlte, dass er sein Wissen mal wieder an den Mann bringen konnte.

„„Was würde ich ohne dich bloß machen, Emilio? Warum geben die Leute diesen technischen Verfahren immer so komplizierte Namen? Sie sollten das gleich ‚Einbahnstraßenregelung‘ nennen, dann würde ich das auch verstehen!“

„Na ja, ganz so ist das nicht, aber es kommt dem Prinzip schon ziemlich nahe!" Emilio grinste seinen Chef freundlich an.

„Benötigen wir sonst noch etwas?", fragte dieser.

„Ja! Die Rechner, die wir benutzen, müssen neu installiert werden, da darf keine Datei drauf sein, die uns verraten könnte. Vielmehr sollten wir uns ein paar Pornobilder runterladen und auf dem Rechner speichern – falls uns doch einmal jemand hackt und schaut, was wir so auf dem Rechner haben. Eine neue Virensoftware mit täglichem Update und eine strikte Trennung zum Polizeinetzwerk, das sollte genügen", antwortete Emilio.

„Müssen wir neue Rechner kaufen? Das dürfte schwer werden", sagte Felix.

„Nein, ich denke, die haben in der Netzwerkverwaltung unserer Behörde ein paar Rechner übrig. Für unsere Zwecke müssen das keine großartigen und neuen Geräte sein. Nur der Browser, um ins Internet zu gelangen, muss darauf installiert werden können und wie gesagt, der Virenscanner. Den Router kann ich heute noch im Elektrofachhandel besorgen. Wenn du mit Staatsanwalt Fromm sprichst und wir die Rechner gleich bekommen, dann baue ich unser Netzwerk noch heute auf und ab morgen sind wir einsatzbereit."

„Gut. So machen wir das." Felix klopfte seinem Kollegen aufmunternd auf die Schulter.

Nachdem der Hauptkommissar die Erlaubnis des Staatsanwalts erhalten hatte, schickte er Arno los, die Rechner aus der IT-Abteilung der Polizei zu besorgen. Während Emilio mit seinem privaten Auto losfuhr, um den Router zu kaufen, klemmte Felix ihren Dienstwagen von der Ladesäule ab und nahm Irena mit zu Kurt Sulzner. Er wollte von dem Kommissar der Sitte erfahren, was er über die Freierforen im Internet wusste und welche Internetadressen er als mögliche Einstiegsseiten in die Szene empfahl.

Kurt nannte ihm drei Seiten mit den größten Zahlen an Mitgliedern und Besuchern.

„Felix, eines noch: Solche Foren haben ihre eigenen Regeln und Ausdrücke. Ihr werdet euch darauf einlassen müssen, sonst fallt ihr sofort auf. Regel Nummer eins lautet, dass du immer abfällig von den Huren sprechen musst. ‚Nutte' und ‚Schlampe' sind da noch die harmlosesten Begriffe. Je übler du die Damen beschimpfst, desto eher wird man dich akzeptieren. Regel Nummer zwei: Sei von dir und deiner sexuellen Leistungsfähigkeit überzeugt. Du bist der Hengst aller Hengste. Die meisten dieser Typen sind ziemlich verklemmt und brüsten sich mit vermeintlichen Heldentaten." Kurt verzog das Gesicht, bevor er fortfuhr.

„Für diese Art von Freiern ist klar, dass die Huren ihnen eigentlich dankbar sein müssten, dass sie ihre Triebe an ihnen ausleben. Regel Nummer drei: Erzähle ab und zu etwas in der Art, dass eine der Nutten versucht hat, dich abzuzocken und du ihr klargemacht hast, dass du so etwas nicht duldest. Entweder hast du sie bestraft, indem du ihr nicht den ausgehandelten Lohn gegeben hast, oder du hast sie zur Strafe gezwungen, dich ungeschützt mit dem Mund zu befriedigen."

Er schüttelte kurz den Kopf. „Mit dieser Marschrichtung wirst du schnell in die höheren Ränge aufsteigen. In den meisten Foren gibt es einen VIP-Raum. Da darfst du erst rein, wenn du eine gewisse Anzahl an sogenannten ‚Fickberichten' geschrieben hast. Dort wirst du am ehesten die Leute finden, die etwas über illegale Bordelle wissen, beziehungsweise herausbekommen, wie du Leute findest, die etwas darüber wissen. Da dieser Marsch durch die Instanzen in manchen Foren sehr lange dauert, kannst du drei Pseudonyme von uns haben. In zwei dieser Foren sind wir als VIP dabei, um über die Trends im Rotlichtviertel auf dem Laufenden zu bleiben. Der eine Name ist ziemlich hoch angesehen. Ich möchte dich daher bitten, diese Nutzernamen sorgsam zu verwenden, da wir sie auch zukünftig noch nutzen möchten und nicht auffliegen wollen!"

Kurt schwieg und gab Felix damit Zeit, über das Gesagte nachzudenken. Der Hauptkommissar ließ sich die Namen der Internetseiten aufschreiben und notierte sich auch die Pseudonyme und die entsprechenden Passwörter. Bei der Wahl der Nutzernamen hatte das Team von Kurt Sulzner offenbar Humor walten lassen: „Lady Chatterleys Sklave; Caligulas Hammer; Hellsucker".

„Wahrscheinlich wäre es eine gute Idee, wenn jemand aus meiner Abteilung zu Anfang dabei ist und euch unterstützt. Diese Konten sind einfach zu wertvoll, um sie durch einen dummen Anfängerfehler zu beschädigen oder zu verlieren", sagte Kurt.

„In Ordnung. An wen hast du dabei gedacht?", fragte Felix.

„Ich könnte das selbst machen!"

„Gut, danke! Dann komm morgen vorbei, wenn wir anfangen, in diesen Foren aktiv zu werden."

Irena war während dieser Unterhaltung still geblieben und auch während der Rückfahrt schwieg sie und blickte gedankenversunken aus dem Fenster. Der kühle Regen, der aus dicken grauen Wolken fiel, passte zur Stimmung, und auch Felix hing seinen Gedanken nach.

Auf dem Parkplatz klemmte der Hauptkommissar den Dienstwagen wieder an die Ladesäule. Er betätigte zunächst den kleinen Hebel neben dem Fahrersitz, der den Tankdeckel öffnete. Aus dem Kofferraum nahm er das Starkstromladekabel, schloss es an den ActiveE an und mithilfe des RFID-Chips an seinem Schlüsselbund öffnete er die Abdeckplatte an der Ladesäule. Dort steckte er – trotz des inzwischen heftigen Regens – das Kabel ein. Dann schloss er die Klappe und lief schnell mit Irena ins Trockene.

„Ich hatte irgendwie ein ungutes Gefühl, als du bei dem Regen eben mit dem Kabel an der Steckdose hantiert hast. Vor Strom habe ich ziemlich viel Respekt", bemerkte Irena, als sie im Treppenhaus angekommen waren.

„Um ehrlich zu sein, ging mir das am Anfang auch so. Aber ein Techniker der Ladesäulen-Firma hat uns das sehr gut erklärt und mir diese Sorge genommen. Erstens hat das Auto viele Sensoren und wenn zum Beispiel die Fahrertür oder die Kofferraumklappe offen ist, wird die Batterie nicht aufgeladen. Deswegen habe ich immer, wenn ich unseren Dienstwagen anschließe, erst mal den Kofferraum geöffnet. Zweitens haben die Kabel für den Hausgebrauch eine eingebaute Sicherung, da benötigt man auch wesentlich länger, um das Auto aufzuladen."

Felix deutete auf die Starkstromladesäule. „Hier soll man das in Zukunft in einer halben Stunde hinbekommen. Also, gegen Kurzschluss oder gar einen Lichtbogen ist das System wohl perfekt gesichert. Was allerdings demnächst spannend wird, ist die Tatsache, dass die Akkus eine Mindesttemperatur haben müssen, damit man sie laden kann. Die liegt bei etwa 14 Grad Celsius. Wenn die Akkus kälter sind, werden sie zunächst über den Strom aus der

Ladesäule erwärmt und dann erst geladen. Ich hoffe mal, dass unsere Einsatzbereitschaft dadurch nicht eingeschränkt wird." Felix zwinkerte Irena zu.

„Wie ist das eigentlich – so ganz ohne Kupplung zu fahren?", fragte sie.

„Das ist cool! Bei einem Verbrennungsmotor kannst du schon wieder Gas geben, während du noch auf der Kupplung stehst. Bei einem Elektromotor mit Kupplung hättest du damit ein Problem, denn durch das hohe Drehmoment selbst bei kleinster Drehzahl kommt sofort eine sehr hohe Leistung auf das Getriebe und infolgedessen eine starke Erwärmung. Dadurch würde das Getriebe ziemlich schnell verschleißen. Wir mussten uns auch zuerst an den etwas anderen Fahrstil gewöhnen. Aber nach einer Woche hatte niemand mehr Probleme damit. Falls dich die Technik dahinter noch genauer interessiert, musst du allerdings Emilio befragen, der kennt sich da eindeutig besser aus."

In ihrem Besprechungsraum war sein Freund inzwischen damit beschäftigt, das neue Netzwerk aufzubauen. Arno half ihm dabei.

„Wenn ihr fertig seid, gebt mir bitte Bescheid, dann besprechen wir unser Vorgehen für morgen beziehungsweise wann wir mit den Undercover-Ermittlungen starten", rief Felix seinen Kollegen zu.

Kurz vor Dienstende rief Felix sein Team noch einmal zu sich. Er fasste zusammen, was er von Kurt Sulzner erfahren hatte. Allgemeine Heiterkeit erzeugten die Decknamen, die sich das Team der Sitte auf den Forumsseiten gegeben hatte. Nachdem Emilio noch eine kurze Einweisung in das neue Netzwerk gegeben hatte, entließ Felix seine Kollegen in den Feierabend.

„Bevor ihr geht, gebe ich euch noch eine Hausaufgabe mit auf den Weg. Jeder überlegt sich ein Pseudonym, das er ab morgen benutzen will, wenn wir diese Freierforen durchforsten."

„Soll ich das auch machen?", fragte Frauke.

„Klar, warum nicht?", antwortete ihr Chef.

„Na, dann bin ich ja mal gespannt, welche Abgründe der männlichen Seele ich ab morgen kennenlerne", grinste sie.

Ein trauriger Blick von Irena, den aber keiner der Anwesenden bemerkte, folgte Frauke, als sie das Revier verließ.

13

Als Felix am nächsten Morgen Irena vom Hotel abholte, erzählte er ihr von der „Tradition" in seinem Ermittlungsteam, dass einmal im Monat einer von ihnen entweder seinen aktuellen Lieblingstee oder eine besondere neue Sorte präsentierte.

An diesem Tag würde Frauke ihnen etwas Neues vorstellen. Seitdem sie mit Kevin Murr zusammen war, hatte sich ihr Geschmackshorizont beträchtlich erweitert und sie wagte sich inzwischen an ziemlich exotische Sorten. Felix war daher gespannt und erfreut zugleich.

In ihrem Besprechungsraum wurden die beiden schon erwartet. Felix nahm einen vertrauten Duft wahr, den er aber nicht sofort zuordnen konnte. Frauke lächelte ihn verschmitzt an und wartete darauf, dass er etwas sagen würde.

„Kakao! Das riecht nach Kakao. Du hast geschummelt, du servierst gar keinen Tee heute."

Felix lachte und deutete dabei auf die Tüte Sojamilch, die mitten auf dem Tisch stand.

„Nicht ganz richtig. Es gibt heute Kakaoschalentee und der schmeckt mit einem kleinen Löffel Sojamilch verfeinert richtig gut", antwortete ihm Kevin Murr, der an ihrer heutigen Teezeremonie teilnahm.

„Klar! Seitdem du deine Nikotinsucht mit Schokolade bekämpfst, konnte Kakaoschalentee ja nur von dir kommen. Da hätte ich bei genauem Nachdenken auch von alleine draufkommen können", feixte der Hauptkommissar den Rechtsmediziner an.

„Da du aber leider niemals über die kombinatorische Intelligenz eines Sherlock Holmes verfügen wirst, bist du auch in Zukunft auf meine Hilfe und die deines Teams angewiesen."

Kevin reichte Felix einen Becher heißen Tee, in den er ungefragt einen kleinen Löffel Sojamilch gegeben hatte.

„Alles klar, Dr. Watson!"

Felix nahm seinen Becher, während der Rest des Teams schallend lachte.

Nachdem er probiert hatte, schaute er Frauke an.

„Mensch, der schmeckt wirklich gut, fast wie eine heiße Schokolade! Ich habe sowas noch nie getrunken – wie wird der denn zubereitet? Sind da Kakaobohnen drin?"

„Nein, bei der Ernte wird die Kakaobohne geschält. Die dabei anfallenden Kakaoschalen werden getrocknet und gereinigt. Sie enthalten die gleichen Nährstoffe wie die Kakaobohne, sind aber wesentlich kalorienärmer. Du kannst die Schalensplitter lose kaufen und je nach Geschmack in kaltes Wasser geben. Auf einen Liter habe ich vier Esslöffel Kakaoschalen getan. Danach bringst du das Wasser zum Kochen und lässt den Tee noch fünfzehn Minuten ziehen. Das ist alles", beantwortete die Kommissarin seine Frage.

„Stark!", brachte Felix seine Gefühle auf den Punkt.

Dann lehnte er sich etwas zurück und entspannte sich. Er wusste, dass die nächste Zeit für alle eine Belastung werden würde. Es mussten mindestens zwei von ihnen auch bis spät in die Nacht hinein in den Internetforen präsent sein. Außerdem wusste er, dass ihre Ermittlungen sie in den nächsten Tagen oder gar Wochen wieder einmal zu den dunkelsten Seiten der menschlichen Seele führen würden. Dies war etwas, das ihn immer noch verstörte und ihm manchmal sogar Albträume bereitete. Doch darüber sprach er nicht einmal mit seinem besten Freund, der ihm gerade gegenüber saß und sich mit Irena über die russischen Teebräuche und -rituale unterhielt. Felix lenkte das Gespräch sanft zurück auf ihren Fall.

„Welche Namen habt ihr euch denn nun überlegt?", fragte er sein Team.

„'Der Spaten'!" Arnos trockene Antwort kam als erste.

„'Der Spaten'?" Felix prustete beinahe seinen Tee heraus. Emilio verschluckte sich und Frauke und Kevin lachten laut los. Der Rechtsmediziner schlug sich die lachend Hände vors Gesicht. „Mein Gott, wo bin ich hier bloß gelandet?"

Der Einzige, der sich nicht von der Heiterkeit anstecken ließ, war Arno selbst.

„Ich weiß gar nicht, was ihr alle habt. Ein Spaten ist hart, scharf und ein sehr männliches Werkzeug. Damit dringt man in die feuchte Erde ein und arbeitet sich immer tiefer hinein. Ich halte das für einen guten Namen!"

„Okay, dann bist du ab heute ‚Der Spaten'." Der Teamchef schüttelte belustigt den Kopf und schaute Emilio auffordernd an.

„Ich nenne mich ‚Giacomo'", sagte dieser.

„Emilio, ich weiß, dass du ein stolzer Italiener und hoffnungsloser Romantiker bist, aber ich denke, dass dieser Name nicht passt. Damit bist du zu sehr Gefühlsmensch und nicht hart genug!", schüttelte sein Chef den Kopf.

„Wie wäre es denn mit ‚Sizilianischer Rammler'?" Frauke blinzelte Emilio schelmisch an.

Dieser funkelte erbost zurück.

Felix aber gefiel dieser Name. „Ich weiß wie du gerne zeigst, dass du anständiger bist als viele andere Menschen. Doch dieses Mal musst du einen triebgesteuerten Mann spielen, der keinen Respekt vor Frauen hat und sie nur als Objekt seiner Begierde ansieht. Ich finde, du solltest diesen Namen benutzen!" Damit beendete er kurzerhand jede Diskussion.

„Ich nenne mich ‚Vengeance'", sagte Frauke nach einer kleinen Pause.

Felix lächelte, als ihm Kevin diesen Begriff ins Deutsche übersetzte, denn er bedeutete „Rache". Das fand er passend.

„Mein Forumsname ist ‚Sadisticus'. Damit hoffe ich, die Aufmerksamkeit der gewaltveranlagten Freier zu gewinnen. Vielleicht brüstet sich ja einer mit seinen Taten und führt uns zum Täter oder zumindest zu den illegalen Bordellen", erklärte er selbst schließlich.

Kevin verabschiedete sich und nahm seine Nussschokolade an sich, nachdem er Frauke zum Abschied geküsst hatte.

„Und wie willst du dich nennen?", fragte Felix ihren Gast aus der Ukraine.

„Ich glaube, ich halte mich im Hintergrund und arbeite als Springer. Wir werden ja sicher sehr lange online sein müssen. Ich kann mir nicht vorstellen, dass die Freier nur tagsüber in diesen Foren sind", sagte Irena.

Der Hauptkommissar pflichtete ihr bei und besprach das mit seinem Team. Am Ende bestimmte er, dass Arno und er die meisten Spätdienste übernehmen würden, Emilio und Frauke dagegen nur wenige Male.

Arno war ganz froh, dadurch seiner extrem eifersüchtigen Freundin zu entkommen. Emilio protestierte über diese Aufteilung. Felix wusste, dass er ihn sowieso nicht daran hindern konnte, länger im Büro zu bleiben.

Kurt Sulzner erschien in ihrem Besprechungsraum. Sie fuhren ihre Rechner hoch und stöberten erst einmal in dem Forum, für das sie keine Anmeldung benötigten.

Das Team hatte einen Zeitplan aufgestellt. Danach sollte sich an diesem Tag jeder von ihnen in allen Foren anmelden und zwar mit einem Abstand von jeweils mindestens zwei Stunden, um nicht aufzufallen. Kurze Zeit, nachdem die Polizisten im ersten Forum gelesen hatten, verflog die heitere Stimmung, die bis dahin geherrscht hatte. Obwohl dieses Forum öffentlich und laut Kurt Sulzner noch das harmloseste war, herrschte hier ein rüder Ton. Sie fanden einige extrem erniedrigende Berichte über Frankfurter Huren.

„Kaum zu glauben, dass diese Schreiber nach außen hin normale Männer sind, die eine Familie und ein geregeltes Berufsleben haben", ereiferte sich Frauke. Auch Emilio war ziemlich zornig über das, was er las.

Zur Mittagszeit hatten sie im frei zugänglichen Forum die Namen von acht Frauen gefunden sowie sogenannte Erfahrungsberichte über sie. Diese wollten sie am Nachmittag umschreiben, um sich damit in den beiden noch gesperrten Foren anzumelden.

Zum Essen lud Felix sein Team zu „Fritten-Conny" ein und dieses Mal ging sogar Emilio mit, weil er nach dem Lesen dieser Berichte nicht alleine mit seinem mitgebrachten Essen bleiben wollte. Die meiste Zeit schwiegen sie und betrachteten die anderen Gäste. Sie fragten sich, ob einer von denen vielleicht auch schon einmal so einen menschenverachtenden Bericht in einem dieser Foren geschrieben habe.

Es erwies sich für das Ermittlungsteam als viel schwieriger als gedacht, die Erfahrungsberichte zu schreiben, vor allem, weil in zwei Foren nach sehr genauen Details gefragt wurde. Schließlich diktierte Irena ihnen die Berichte. In ihrer Stimme lag tiefe Verachtung und eine bittere Kälte, die Felix nicht zuordnen konnte. Zuerst wollte er seine Kollegin aus der Ukraine danach fragen, aber dann schwieg er doch. Manchmal war es besser, etwas nicht zu verstehen.

Die Berichte waren so gut geschrieben, dass „Sadisticus" und „Der Spaten" schon nach zwei Stunden von den Forenbetreibern als neue Mitglieder willkommen geheißen wurden. Aus diesem Grund blieben Felix, Arno und Irena für die erste Spätschicht im Büro. Sie kommunizierten mit anderen Forumsmitgliedern und versuchten, ein Gefühl für die Sprache und die Denkweise der Männer zu bekommen, die sich dort tummelten. Der Abend brachte jedoch nur Frust und keine Ermittlungsdurchbrüche.

Als sich die Polizisten am nächsten Morgen wieder in ihrem Büro versammelten, waren „Vengeance" und der „Sizilianische Rammler" ebenfalls im Forum willkommen.

Noch nie war Felix und seinem Team die Ermittlungsarbeit so schwergefallen wie bei dieser Aktion im Internet. Emilio musste ab und zu aufspringen und das Büro verlassen. Einmal folgte ihm sein Freund auf den Flur.

„Na, alles klar bei dir?", erkundigte sich der Hauptkommissar.

„Wenn ich ehrlich bin, nicht. Ich finde es zum Kotzen, was ich da alles lesen muss. Ich sage ja nicht, dass ich etwas Besonderes bin, aber ..." Emilio schüttelte den Kopf, bevor er mit stolzem Blick weitersprach. „... also wenn ich so etwas lese, dann weiß ich, dass ich besser bin als solche Dreckschweine. Jetzt hätte ich echt Lust, eine Zigarette zu rauchen und mir draußen vor der Tür vom Wind alle abartigen Bilder aus dem Hirn pusten zu lassen."

Felix knuffte ihn in die Seite. „Ich verstehe, was du meinst, und mir fällt das auch nicht leicht, aber wenn es der einzige Weg ist, die Täter zu fangen, dann werde ich ihn gehen. Und du bist genauso, das weiß ich."

Es dauerte eine Weile, bis Emilio etwas erwiderte.

„Über eine Sache mache ich mir auch noch Gedanken: Finden wir hier auch Geschichten über Christine? Du weißt, dass ich sie immer sehr gemocht habe. Ich könnte es nicht ertragen, solche Sachen über sie zu lesen."

Felix blickte erschrocken über seine Schulter, um sich zu vergewissern, dass niemand zuhörte.

„Den gleichen Gedanken hatte ich auch schon. Schlimmer noch, wenn es Fotos von ihr gäbe! Ich denke zwar, dass Frauke und Arno sie nicht gut genug kennen, um sie auf solchen Fotos zu erkennen. Aber ich habe trotzdem panische Angst davor."

Die beiden schwiegen, bevor der Hauptkommissar seinen Kollegen anlächelte.

„Was soll's, lass uns wieder hinabsteigen in die dunkelsten Ecken menschlicher Triebe und die Mörder suchen. Je eher wir sie haben, desto schneller ist dieser Albtraum vorbei."

Um sein Team abzulenken und wieder auf andere Gedanken zu bringen, ordnete Büschelberger an, dass sie alle pro Stunde für fünf Minuten ihre Arbeit unterbrechen sollten. Sie verließen dabei immer alle zusammen den Raum und alberten auf dem Flur oder in einem ihrer Büros herum. Hilfreich war auch, wenn sie sich über eher harmlose Freier und deren angebliche Heldentaten lustig machten. Am besten konnte das Irena. Sie verstellte ihre Stimme und sprach einige der Passagen aus dem Gedächtnis nach. Die anderen Kommissare bogen sich vor Lachen, wenn sie dazu auch noch eindeutige Gesten machte.

„Irena, du bist wirklich der geborene Schauspieler. Danke, dass du uns hierbei so gut unterstützt."

Die ukrainische Kollegin freute sich aufrichtig über das Kompliment.

Der Donnerstag brachte die Ermittler kaum weiter. Sie fanden nur erste Hinweise auf sehr gewaltfixierte Freier und deren bevorzugte Praktiken.

Jeder der Polizisten stellte einen weiteren Bericht online. Felix ließ sich dabei von Irena helfen, da sein Beitrag ziemlich gewalttätige Phantasien enthalten sollte. Irena schien die Männerphantasien durchaus zu kennen. Der Hauptkommissar traute sich nicht, sie darauf anzusprechen, fragte sich jedoch, ob ihre Narbe in irgendeinem Zusammenhang mit dieser Kenntnis stand.

An diesem Tag übernahmen Frauke, Felix und Irena die Spätschicht.

Am Freitag war Frauke während ihrer morgendlichen Teerunde sehr schweigsam.

„Was ist mit dir, Frauke? Du siehst ziemlich geknickt aus", erkundigte sich ihr Chef. Er musste ein weiteres Mal fragen, bevor sie ihm antwortete.

„Ich habe mich gestern, als ich nach Hause kam, furchtbar mit Kevin gestritten. Ich habe ihm vorgeworfen, dass alle Männer Schweine seien. Ich war so getroffen von all diesem Mist, den wir seit Tagen lesen müssen. Ich konnte mich einfach nicht beherrschen."

„Ich verstehe dich. Keinem von uns fällt diese Arbeit leicht. Aber wenn du willst, werde ich eine andere Aufgabe für dich finden. Dann musst du das nicht mehr lesen."

„Mensch, Felix, ich will keine bevorzugte Behandlung, ist das klar? Ich komme mit diesem Dreck zurecht!" Wütend krachte ihre Faust auf den Tisch, dabei stieß sie ihre Teetasse um.

„Scheiße!", fluchte sie. Als Emilio und Arno ihr zu Hilfe kommen wollten, rannte sie schluchzend aus dem Zimmer.

„Hoffentlich steckt da nicht Ernsteres dahinter." Der Teamchef wollte ihr hinterhergehen, um sie zu trösten.

„Lass mich das machen, Felix, ich glaube, jetzt ist es Zeit für ein Gespräch von Frau zu Frau", hielt Irena ihn zurück.

„Aber ..."

„Kein ‚Aber'! Vertrau mir." Sanft drückte ihn die Frau aus der Ukraine in den Stuhl zurück und verließ ebenfalls den Raum.

Die anderen Polizisten hingen ihren Gedanken nach, bis sie entschlossener denn je wieder an ihre Rechner gingen, um endlich eine erste Spur zu finden.

Erst nach der Mittagspause erschienen die beiden Frauen wieder im Büro. Frauke lächelte sogar. Sie gab das Zeichen „thumbs up", um zu zeigen, dass alles wieder in Ordnung war.

Das Team beendete den Tag mit einer Besprechung. Felix wollte auch am Wochenende mit seinem Benutzernamen und den VIP-Benutzerkonten weiterarbeiten, um endlich eine Spur zu finden. Irena bot an, ihm dabei zu helfen, was er gerne annahm. Dem restlichen Team verordnete er ein arbeitsfreies Wochenende.

14

Am Sonntagnachmittag erhielt Irena einen Anruf von Olga. Sie habe ihr etwas Wichtiges mitzuteilen. Allerdings könne sie dies nicht am Telefon besprechen. Irena versprach, dass sie sofort zu ihr ins Asylantenheim kommen würden.

Felix streckte sich und rieb sich seine roten Augen. Ihn belastete die Arbeit am Bildschirm sehr und er freute sich, aus dem Revier herauszukommen, nachdem er und Irena schon das halbe Wochenende zusammen vor den Rechnern gesessen hatten.

Das Einzige, das sie dabei erreicht hatten, war, dass sie drei Freier gefunden hatten, die extrem gewaltfixiert waren und ihre Berichte nur in den geschlossenen VIP-Bereichen veröffentlichten. In diese Foren waren sie mit den Pseudonymen der Kollegen von der Sitte gegangen. Mit ihren eigenen Profilen hatten sie darauf noch keinen Zugriff, aber Felix' Pseudonym war den Forenmitgliedern durch seine Berichte schon aufgefallen. Jedenfalls hatten sie auf seine Geschichten reagiert und ihre Zustimmung bekundet. Auf diese Personen wollte er die Ermittlungen konzentrieren, wenn sie am Montag alle wieder im Büro wären.

Gemeinsam fuhren Irena und Felix zum russischen Heim. Dort suchten sie eine halbe Stunde lang nach Olga, konnten sie jedoch nirgends finden. Enttäuscht hinterließen sie eine Nachricht bei Fjedor. Dieser versprach, sie weiterzugeben, sobald die alte Frau wieder auftauchen würde.

„Ich verstehe nicht, dass sie nicht hier ist. Sie wusste doch, dass wir gleich kommen wollten. Es klang so dringend, als wir vorhin telefoniert haben."

Felix zuckte mit den Schultern. Sorgen, wie seine Kollegin aus der Ukraine, machte er sich jedoch nicht. Er lud sie zum Abendessen bei seinem Stammgriechen ein und brachte sie danach ins Hotel.

Als die Polizisten am Montag bei ihrer Teerunde diskutierten, wie die Ermittlungen weitergeführt werden sollten, sprach Irena ihre Sorge über Olgas Verschwinden erneut an.

Kevin, der wieder bei ihrer Besprechung dabei war, meinte: „Ich hoffe, dass die Tote von gestern nicht mit eurer Gesuchten übereinstimmt. Sie wurde erst spät abends eingeliefert, offenbar ertrunken im Steinbach. Mein Assistent hat sie gestern noch untersucht und nach erstem Befund liegt kein Fremdverschulden vor."

Irena war das Grauen ins Gesicht geschrieben. „Kannst du mir die Tote genauer beschreiben?"

Kevin schüttelte den Kopf. „Tut mir leid, ich kann noch nichts sagen. Ich habe nur heute früh mit meinem Assistenten telefoniert. Laut seiner Beschreibung handelt es sich um eine ältere Frau, die außer starker Osteoporose keine Auffälligkeiten habe. Er beschrieb sie als ein Mütterchen aus dem Osten, mit Kittelschürze und langen braunen Wollsocken."

Die ukrainische Polizistin schlug ihre Hand vor den Mund und blickte gequält zu Felix. Diesem sträubten sich die Nackenhaare. Er hoffte, dass es jemand anderes sei, aber seine innere Stimme flüsterte ihm eindringlich ins Ohr, dass die Tote tatsächlich Olga sei. Mit einem großen Schluck stürzte er den Rest seines Tees hinunter.

„Kevin, lass uns sofort in die Rechtsmedizin fahren und die Tote in Augenschein nehmen. Wenn es sich um Olga handelt, müssen wir von einem Verbrechen ausgehen!"

Zu dritt verließen sie das Polizeirevier und fuhren mit dem Elektroauto zur Rechtsmedizinischen Abteilung.

Als Kevin Murr das grüne Laken zurückschlug, wurden Irenas Befürchtungen bestätigt. Bei der Toten aus dem Kanal handelte es sich um Olga. Sie sah friedlich aus, fast so, als ob sie schliefe. Irena lief schluchzend aus der Leichenhalle. Felix wusste, dass er ihr jetzt nachlaufen sollte, aber der Hauptkommissar in ihm musste erst ein paar Fragen klären.

„Kevin, ich brauche Gewissheit. Diese Frau hat sich gestern bei uns gemeldet, weil sie uns etwas Wichtiges mitteilen wollte. Am Telefon wollte sie sich uns nicht offenbaren, aber als wir eine halbe Stunde später im Asylantenheim eintrafen, war sie verschwunden. Ich habe mir gestern keine Gedanken darüber gemacht, aber jetzt ist das extrem verdächtig. Ich muss wissen, ob du Fremdeinwirkung absolut ausschließen kannst. Vor allem will ich wissen, wann sie ertrunken ist. Je genauer du mir den Todeszeitpunkt nennen kannst, desto besser für unsere Ermittlungen."

Im Kopf ging Felix den Stadtplan von Frankfurt durch. Wie weit war der Steinbach vom Heim entfernt? Wie wahrscheinlich war es, dass Olga nach ihrem Telefonat mit Irena noch spazieren gegangen, dabei ausgerutscht und ertrunken war?

„Wer hat sie gefunden, welche Dienststelle hat sich darum gekümmert?"

Dr. Murr, der gerade in den Untersuchungsberichten seines Assistenten gelesen hatte, wandte sich Felix zu.

„Alles, was ich weiß, ist, dass ein Spaziergänger die Tote gefunden hat. Sein Hund – ein Hovawart – hat sie bemerkt und ihn auf sie aufmerksam gemacht. Der herbeigerufene Notarzt konnte nur noch ihren Tod feststellen. Für ihn ergaben sich keine Verdachtsmomente. Die Polizisten, die alle Daten aufgenommen haben, kommen aus dem 3. Revier. In den Untersuchungsunterlagen sehe ich auch nichts Verdächtiges, aber ich werde mich jetzt persönlich um alles kümmern. Ich werde sie sehr genau untersuchen, das Wasser analysieren und versuchen, dann alle deine Fragen zu beantworten. Jetzt solltest du aber besser gehen!" Er nickte in Richtung Ausgang, durch den Irena gerade verschwunden war.

Der Hauptkommissar notierte nur noch schnell die Namen der Schutzpolizisten und ging dann schnell seiner Kollegin hinterher. Auf dem Flur kam sie ihm schon entgegen. Sie hatte sich wieder gefasst.

„Felix, es tut mir leid, dass ich mich derart habe gehen lassen! Aber ich war so schockiert über Olgas Tod, dass ich meine Professionalität vergessen habe. Du musst mich jetzt für eine ziemlich schlechte Polizistin halten."

„Schon gut, wir haben alle unsere schwachen Momente. Das zeigt nur, dass dieser Job dir noch nicht dein Mitgefühl und deine Menschlichkeit geraubt hat. Erst wenn das so ist, wirst du ein schlechter Polizist sein." Er nahm Irena fest in den Arm und sie erwiderte seine Umarmung.

Als sie zu ihm aufblickte und ihn trotz all ihrer Trauer anlächelte, überkam ihn ein heftiges Verlangen, sie zu küssen. Er riss sich los.

„Komm, wir müssen zurück! Ich will unsere Ermittlungen neu organisieren. Solange Kevin mir nicht eindeutig das Gegenteil beweist, gehe ich von einem Zusammenhang mit unserem jetzigen Fall aus."

Entschlossen, den Fall zu lösen, verließen die beiden Polizisten die Rechtsmedizin.

Gerade als Felix den ActiveE auf dem Hof parkte, klingelte sein Handy. Am Apparat war Klaus Wyschnovski, der Leiter des russischen Asylantenheims.

„Hallo Herr Hauptkommissar! Es ist gut, dass ich Sie gleich erwische. Hier bei uns herrscht gerade ziemliche Aufregung. Olga ist verschwunden und zwar schon seit gestern Nachmittag. Sie erinnern sich doch bestimmt an sie. Sie war die alte Frau, die der inoffiziellen Heimleitung angehörte."

Felix entging nicht, dass Klaus Wyschnovski die Vergangenheitsform benutzte.

„Herr Wyschnovski, warum sprechen Sie von Olga in der Vergangenheitsform? Vielleicht hat sie sich ja nur verlaufen", entgegnete er.

Ein verächtliches Schnaufen entfuhr dem Heimleiter. „Herr Hauptkommissar, halten Sie weder mich noch meine Schäfchen für dumm. Olga war zwar eine alte Frau, aber sehr gewissenhaft und weder dement noch sonst irgendwie labil. Wenn sie seit gestern verschwunden ist, dann ist ihr auch etwas passiert. Es kann leider keine andere Erklärung geben."

Felix seufzte und dachte bei sich, dass es aber dennoch einen Versuch wert gewesen sei. Dann antwortete er dem Heimleiter: „Leider muss ich Ihnen mitteilen, dass Sie recht haben mit Ihrer Befürchtung. Gestern wurde Olga tot im Steinbach in der Nähe Ihres Heims aufgefunden. Sie scheint darin ertrunken zu sein, wir untersuchen gerade die näheren Umstände."

Klaus Wyschnovski schwieg betroffen am anderen Ende der Leitung.

„Wir müssen auch Sie heute noch befragen. Ich denke, dass ich mit ein paar Kollegen in circa einer Stunde bei Ihnen bin." Damit legte Felix auf.

Sein Blick fiel auf Irena, die angestrengt in Richtung Straße schaute.

„Was ist los mit dir?", fragte er.

„Ich dachte, ich hätte jemanden gesehen, der uns zu beobachten schien. Ich kann ihn aber nicht mehr sehen." Nachdenklich schüttelte die Polizistin aus der Ukraine ihren Kopf. „Ich habe mich wohl geirrt!"

Bevor die beiden durch die Tür ins Kommissariat verschwanden, ließ auch Felix seinen Blick noch einmal über die Straße gleiten. Er konnte jedoch nichts Verdächtiges feststellen.

Als die Tür ins Schloss fiel, erhob sich Viktor Ramischkow langsam wieder aus seiner Deckung, die er hinter einem Auto gesucht hatte. Ein fieses Grinsen lag auf seinen Lippen. Diese verweichlichten Polizisten aus dem Westen hatten keine Chance gegen ihn. Seine militärische Ausbildung leistete ihm auch heute noch gute Dienste.

Die Frau hatte ihn fast gesehen, aber eben nur fast. Zu gerne würde er sie nachts in ihrem Hotel besuchen. Gestern Nacht hatte er schon vor ihrer Zimmertür gestanden, die Sicherheitsmaßnahmen dort waren ein Witz. Er hatte sich die Tür genau betrachtet. Er wusste, dass er sie in zehn Sekunden geöffnet hätte und sie sich dann wünschen würde, sie hätte ihm und seinem Boss nie Ärger gemacht.

Doch Viktor hatte von Igor klare Anweisungen bekommen. Er sollte die beiden nur beschatten und über jede Aktion Meldung machen. Die Frau war tabu. Noch! Igor hatte andere Pläne mit ihr. Während Viktor sich unauffällig einen neuen Beobachtungsplatz suchte, telefonierte er kurz mit seinem Chef. Dessen Anweisungen kamen kurz und präzise.

Felix berichtete seinen Kollegen von der traurigen Tatsache, dass sich Irenas Befürchtungen bestätigt hätten. Dann ordnete er sein Team neu. Arno musste erst einmal alleine weiter im Internet in den Foren nach Informationen suchen. Frauke, Emilio, Irena und er würden zum Heim fahren und alle Leute befragen, die mit Olga zu tun gehabt hatten.

Der Hauptkommissar wusste, dass das eigentlich alle Bewohner waren. Er unterrichtete noch schnell den Staatsanwalt von seinem Verdacht auf Mord in diesem Fall und dann quetschten sich die vier Polizisten in den Dienstwagen und fuhren zum Heim für russische Asylbewerber. Zu ihrer Unterstützung hatte Felix noch zwei Streifenwagen dorthin beordert.

Vor der alten „Kommandantur" teilten sie sich auf. Irena und Frauke gingen Fjedor und Vladek suchen, während Emilio und Felix sich auf den Weg zu Herrn Wyschnovski machten. Wie schon bei ihrem letzten Besuch war der Heimleiter nicht in seinem Büro anzutreffen. Nur der Duft seines Pfeifentabaks hing schwer im Zimmer.

„Vielleicht ist er bei den Bewohnern und spricht schon mit ihnen", meinte Emilio.

„Das kann sein, also lass uns zu den Mädels gehen und sehen, ob wir ihn dort finden", nickte sein Freund.

Draußen sahen sie, dass die Menschen, die hier lebten, in ihre Versammlungshalle strömten. Frauke stand davor und winkte ihre beiden Kollegen zu sich.

„Irena hat über Fjedor und Vladek eine Versammlung einberufen. Sie will die traurige Nachricht allen auf einmal mitteilen und dann hier eine Befragung starten."

„Keine schlechte Idee", meinte der Hauptkommissar und folgte den Leuten in die Halle.

Die ukrainische Polizistin hatte am Tisch in der Mitte Platz genommen, ebenso Fjedor und Vladek. Beide Männer wirkten niedergeschlagen, ihre Mienen versteinert. Sie hatten die Nachricht also schon erhalten, vermutete der Hauptkommissar. Er setzte sich zu ihnen.

Emilio und Frauke hatte er an den Außenseiten postiert, so dass sie die Leute in der Versammlungshalle von beiden Seiten im Auge hatten. Sie sollten darauf achten, ob sich jemand verdächtig benahm oder eine starke Reaktion auf die Nachricht von Olgas Tod zeigte. Solche Personen wollten sie danach genauer befragen.

Der Ermittlungsleiter ließ seinen Blick über die Menge schweifen, er suchte Klaus Wyschnovski. Der jedoch war nicht zu sehen.

Komisch, dachte Felix bei sich. Da aber schon alle Stühle besetzt waren und die Leute allmählich unruhig wurden, wollte er nicht länger warten und gab Irena das Zeichen, zu beginnen. Daraufhin legte seine Kollegin ihre Hand auf Vladeks und überließ es ihm, seiner Gemeinde die traurige Mitteilung zu machen. Felix hielt dies für eine Geste des Respekts. Er bewunderte das Feingefühl, das seine Kollegin bewies.

Vladek erhob sich und blickte mit seinen tiefblauen Augen in die Menge. War bis eben noch leises Gemurmel zu hören gewesen, so wurde es jetzt ganz still. Alle Augen richteten sich auf den inoffiziellen Vorstand dieser Gemeinschaft. Der alte Mann wartete noch einige Sekunden, bis er sich ganz sicher war, dass alle ihm zuhören würden. Dann sprach er mit getragener Stimme.

„Freunde, ich habe euch eine schlimme Mitteilung zu machen. Olga, unsere gute Freundin, die wir alle so geliebt haben, ist gestern tot aufgefunden worden."

Einige Schluchzer aus dem Publikum – vorwiegend von alten Frauen – unterbrachen seine Rede. Vladek nickte ihnen zu.

„Ja, sie ist anscheinend ertrunken, bei einem Spaziergang. Doch diese Polizisten hier befürchten, dass ihr Tod kein Unfall gewesen sei, sondern, dass er mit ihren Ermittlungen in einem anderen Fall zu tun habe." Er deutete auf Hauptkommissar Büschelberger und seine Mitarbeiter.

„Ihr erinnert euch, sie haben uns vor Kurzem ein Foto einer jungen Frau gezeigt und Olga hat viele von uns später auch noch befragt. Wenn ihr Tod damit in Zusammenhang steht, muss der Täter von hier sein. Ja, hier von uns!" Sein Gesicht neigte sich traurig nach vorne.

Aus dem Publikum drangen einige laute „Nein"- und erschrockene „Das kann nicht sein"-Rufe. Der alte Mann richtete seinen Blick wieder in die Menge, die allmählich verstummte.

„Wenn jemand etwas weiß, muss er es den Polizisten sagen. Jeder, der etwas weiß und es verschweigt, gefährdet uns alle und unser neues Leben hier. Ich will, dass ihr alle diesen Polizisten helft. Ihr alle!" Dabei schwenkte er seinen Zeigerfinger von links nach rechts und wieder zurück, so dass er schließlich auf jeden Einzelnen gezeigt hatte.

Der alte Gemeindevorstand setzte sich wieder, nickte Felix zu und schloss dann schweigend die Augen.

Der Ermittlungsleiter erhob sich und bedankte sich bei seinem Vorredner.

„Leider ist es wahr, dass wir hier einen Zusammenhang sehen mit dem Mord an einer jungen Frau namens Mariola Sudnatschow. Sie stammt aus dem Dorf Goncharicha in der Ukraine. Major Irena Sowetschkakow hier – ebenfalls aus der Ukraine – hilft uns bei den Untersuchungen. Wenn Sie also lieber auf Russisch sprechen möchten, können Sie mit ihr reden." Er deutete auf seine Kollegin.

„Gestern Nachmittag erhielten wir einen Anruf von Olga, sie habe uns etwas Wichtiges zu sagen. Wir sind nur eine halbe Stunde später hier gewesen, doch es war leider zu spät. Die Fragen, die wir nun zuerst klären müssen, sind die folgenden: Hat jemand von Ihnen etwas gesehen? Mit wem hat Olga noch gesprochen? Ging sie öfter alleine spazieren? Von wo aus hat sie uns angerufen? Und schlussendlich: Was wollte sie uns sagen, was hatte sie herausgefunden?"

Während die Menge das soeben Gesagte verarbeitete, neigte Felix flüsternd seinen Kopf zu Vladek hinüber. „Haben Sie eigentlich eine Ahnung, wo der Heimleiter ist? Wir haben ihn nicht gefunden."

Der alte Mann verneinte. „Der Herr kommt und geht, wie es ihm beliebt. Ich habe ihn noch vor einer Stunde gesehen. Ich habe keine Ahnung, wo er hin ist. Vielleicht muss er ja seine Chefs vom Tod einer Bewohnerin hier unterrichten?"

Der Polizist schüttelte energisch den Kopf. „Nein, seine allererste Pflicht wäre es gewesen, zu warten und uns hier als Zeuge und Helfer zur Verfügung zu stehen."

Plötzlich fiel ihm ein, dass auch Irena schon Misstrauen gegenüber Klaus Wyschnovski geäußert hatte. Er hatte ihn überprüfen lassen wollen, es aber dann vergessen. Nun, dies könne geändert werden, dachte er bei sich und wählte Arnos Handynummer.

Beim dritten Klingeln hob sein Kollege ab.

„Arno, ich möchte, dass du in unserem Polizeicomputer einen Klaus Wyschnovski überprüfst. Das ist der Leiter des Asylantenheims hier. Eigentlich wollte ich ihn befragen, aber er ist verschwunden und das finde ich verdächtig."

„Kann ich machen, aber der Herr sitzt gerade direkt vor mir und macht seine Zeugenaussage!"

Der Hauptkommissar war irritiert. „Was? Dann gib ihn mir bitte mal kurz!"

Als sich der Heimleiter meldete, sagte Felix: „Hallo Herr Wyschnovski! Warum sind Sie denn nicht im Heim geblieben und haben auf uns gewartet, so wie ich es Ihnen gesagt habe?"

„Das tut mir leid, da muss ich Sie falsch verstanden haben. Ich habe geglaubt, ich solle innerhalb der nächsten Stunde zu Ihnen kommen. Ich hoffe, es ist okay für Sie, wenn ich meine Zeugenaussage bei Ihrem Kollegen mache?"

„Ja, das ist schon in Ordnung, aber wir zwei werden uns trotzdem demnächst noch einmal persönlich unterhalten müssen."

Er ließ sich noch einmal seinen Kollegen geben. „Arno, ich will dennoch, dass du schaust, was wir an Daten über ihn haben." Dann wandte er sich wieder der Aufgabe vor Ort zu.

Der Hauptkommissar teilte sein Team in zwei Gruppen auf: Emilio und Frauke bildeten die Gruppe, bei der die Migranten ihre Aussage machen sollten, die sehr gut Deutsch sprechen konnten. Irena und er selbst bildeten die Gruppe, die den nur Russisch sprechenden Asylbewerbern zur Verfügung stehen sollte.

Anhand der in den Gesprächen gewonnenen Informationen erstellten die Polizisten ein Bewegungsprotokoll von Olgas letztem Lebenstag. Eigentlich gab es dabei keine Überraschungen: Sie hatte mit ein paar Freunden gefrühstückt. Danach hatte sie einen Streit geschlichtet, bei dem es um historische Ereignisse gegangen war und der mit Sicherheit keinen Mord begründet hatte. Mittags hatte sie eine kleine Portion Borschtsch zu sich genommen, die ihr Freund Jannek gekocht hatte. Danach hatte sie niemand mehr gesehen.

Telefonieren konnte sie nur von zwei Apparaten im Heim. Emilio notierte sich die Nummern dieser Geräte und veranlasste eine Auflistung der letzten angerufenen Telefonnummern. Der Netzbetreiber versprach, die Liste innerhalb eines Tages zu ihnen aufs Revier zu schicken.

Als die Kommissare alle Befragungen durchgeführt hatten, gingen sie noch einmal ins Büro von Klaus Wyschnovski. Sie hofften, ihn jetzt dort anzutreffen. Das Büro war leer, der Tabakrauch jedoch noch schwach wahrnehmbar. Als Irena ihn roch, blieb sie wie angewurzelt stehen. Ihre Kiefer knirschten und ihr Blick verlor sich. Felix musste sie dreimal ansprechen, bevor sie reagierte.

„Alles klar bei dir? Du siehst aus, als hättest du ein Gespenst gesehen."

„Ja, alles klar bei mir." Irena zwang sich zu lächeln. „Dieser Tabakgeruch hat nur unangenehme Erinnerungen in mir ausgelöst. Erinnerungen, die ich lieber vergessen würde. Das ist alles. Komm, lass uns gehen."

Vor Dienstschluss fuhren die Polizisten noch einmal gemeinsam zum Fundort von Olgas Leiche. Der Steinbach war ein schmaler und kurzer Fluss, der bei Frankfurt-Praunheim in den alten Nebenarm der Nidda mündete. Etwas oberhalb der Mündung lag die Fundstelle, deutlich erkennbar am Absperrband der Polizei.

Das Ufer war in diesem Bereich rutschig, es war also durchaus möglich, dass eine alte Frau hier ausgerutscht und ertrunken war. Die Kommissare schauten sich um. Nicht weit entfernt standen einige Wohnhäuser. Emilio zeigte Felix einen Stadtplan, den er auf seinem Tablet-PC online aufgerufen hatte. Der Hauptkommissar sah, dass sein Team folgende Straßen abklappern musste, da man von dort teilweise freie Sicht auf den Steinbach hatte: „Augustenburgstraße", „Am Alten Schloß", „Im Burgfeld" und Teile der „Haingrabenstraße".

Die Kollegen diskutierten darüber, ob sie an diesem Tag schon mit der Befragung der entsprechenden Bewohner anfangen sollten oder ob sie mehr Gewissheit benötigten, bevor sie sich diese Extraarbeit machten. Felix war innerlich zerrissen, aber am Ende entschied er sich dazu, noch zu warten.

Obwohl ihm Olgas Tod sehr verdächtig vorkam, konnte er sich nicht vorstellen, dass die alte Frau an dieser Stelle ungesehen umgebracht worden sein konnte. Und der Steinbach hatte zwar eine gewisse Strömung, aber ob diese ausreichen würde, um einen Körper fortzubewegen, wenn dieser weiter stromaufwärts in den Fluss geworfen worden war, das musste er mit Kevin besprechen.

Viktor grinste, als er die Polizisten aus der Ferne beobachtete.

„Schaut euch nur ruhig um", dachte er, „finden werdet ihr hier nichts!"

Nachdem das Team zurück auf dem Polizeirevier war, begann für Hauptkommissar Büschelberger eine weitere Nachtschicht, die er in den Freierforen im Internet verbrachte. Als er gegen Mitternacht endlich zuhause war, wurde er von einem ausgehungerten und ungnädigen Kater empfangen.

15

Der erste Weg an diesem Tag führte den Hauptkommissar und seine Kollegin aus der Ukraine ins Institut von Dr. Kevin Murr. Sie wollten die neuesten Erkenntnisse Olga betreffend direkt von ihm bekommen.

„Hallo Kevin, was kannst du uns inzwischen sagen?", eröffnete Felix das Gespräch.

„Hallo ihr zwei! Ich wollte eben zu euch ins Revier kommen, aber so spare ich mir etwas Zeit. Du weißt ja, dass ich nächstes Wochenende heirate. Frauke und ich haben ab Mittwoch zwei Tage frei, damit wir alles vorbereiten können. Vorher hätte ich hier gerne alles abgearbeitet." Er räusperte sich, bevor er fortfuhr.

„Der Steinbach ist als feinmaterialreicher, karbonatischer Mittelgebirgsbach kategorisiert, das heißt, es befinden sich viele kleine Schwebeteilchen und eben die Salze der Kohlensäure im Wasser. Daher kann man ziemlich leicht bestimmen, ob das Wasser in Olgas Lunge mit dem Wasser des Flusses übereinstimmt."

„Und", fragte der Hauptkommissar, „stimmt es überein?"

„Leider ja, kein Irrtum möglich."

„Also war es möglicherweise doch ein Unfall?", hakte er nach.

„Nein, das schließe ich aus!" Energisch schüttelte der Rechtsmediziner den Kopf.

„Was veranlasst dich dazu?"

„Wenn du in einen Bach stürzt, was machst du dann automatisch?", stellte Kevin eine Gegenfrage.

„Keine Ahnung, worauf du hinauswillst!", entgegnete Felix leicht gereizt.

„Nun, du hältst dich irgendwo fest und versuchst zumindest, nach oben zu krabbeln. Dabei würde Dreck unter die Fingernägel gelangen oder die Nägel würden durch die Steine am Ufer und im Flussbett zerkratzt werden oder abbrechen. Aber Olgas Fingernägel weisen keine solchen Spuren auf. Das bedeutet, dass sie entweder schon tot war, als sie ins Flussbett gelangte, oder dass sie ohnmächtig war", erklärte der Pathologe.

„Letzteres wäre eine Erklärung", fuhr er fort, „für den fehlenden Dreck oder die intakten Fingernägel. Wäre sie aber ohnmächtig geworden und nur durch einen blöden Zufall in den Bach gestürzt, dann hätte ich Grasflecken oder anderen Schmutz auf ihrer Kleidung sowie Hämatome auf den Knien, an den Ellenbogen, Händen oder sonst wo finden müssen. Eben genau da, wo sie mit dem Körper aufgeschlagen wäre. Das habe ich aber nicht und ich habe sehr genau geschaut. Das bedeutet, dass sie nicht in den Bach gestürzt sein kann."

„Meinst du, dass sie vielleicht im Bach festgehalten und ertränkt wurde?", fragte Irena.

„Das ist eine gute Frage und ich habe noch keine endgültige Antwort darauf. Hätte man sie festgehalten, müssten das mehrere Männer gewesen sein. Jeder hätte höchstens einen Arm oder ein Bein festhalten können. Nur wenn man das so macht."

Dr. Murr umfasste ein Handgelenk von Irena und hielt es sanft, aber dennoch sehr energisch, fest. Sie versuchte sich zu lösen, aber es gelang ihr nicht. Sein Handgriff wirkte wie ein Spezialgriff der asiatischen Kampfkunst. „Nur wenn man einen Menschen so anfasst, hat man so viel Kontrolle über ihn, dass er wehrlos ist und man trotzdem keine Hämatome hinterlässt. Diese Technik wird inzwischen bei vielen Spezialkräften und Armeen gelehrt. So kann man Gefangene verhören, ohne Spuren zu hinterlassen. Die Amerikaner nennen das ‚robuste Verhörmethodik'."

„Sind Igor und seine Helfer nicht ehemalige Elitesoldaten?", wandte sich der Hauptkommissar an seine Kollegin.

Sie nickte nur.

„Hast du sonst noch etwas für uns?", fragte Felix den Pathologen.

„Ja, einige Punkte sind nicht stimmig! Aus zwei Gründen neige ich zu der Annahme, dass sie schon tot war. Zum einen habe ich mir die Gegend genau angeschaut, als ich gestern Wasserproben genommen habe. Ich bin in hohen Gummistiefeln fast einen Kilometer weit durch den Steinbach gewatet. Wäre Olga dort ertränkt worden – von mindestens drei Männern – dann wäre das irgendjemandem aufgefallen."

„Ist die Strömung denn stark genug, dass sie Olga von weiter flussaufwärts an die Fundstelle hätte schwemmen können? Diese Frage ist mir gestern durch den Kopf geschossen", unterbrach ihn Felix.

„Nein, das habe ich nachgemessen: Der Fluss transportiert im Moment 28 Liter Wasser pro Sekunde. Der Bach ist an der Fundstelle 1,30 Meter breit. Die Wasserhöhe beträgt dort siebzig Zentimeter. Der Auftrieb des Wassers reicht nicht aus, um eine Frau, die 72 Kilogramm wiegt, weit fortzubewegen. Zum anderen ist die Wasserprobe selbst ein weiterer Grund, der mich glauben lässt, dass sie nicht mehr lebte: Im Flusswasser gibt es pro Liter im Durchschnitt 22 Larven der grabenden Eintagsfliege ‚Ephemera danica', elf Larven der Schlammfliege ‚Sialis fuliginosa' und 40 Larven der Köcherfliegengattung ‚Chaetopteryx villosa'. Ich habe zehn Proben genommen, um das zu überprüfen. In der Lunge des Opfers befanden sich aber deutlich mehr Larven. Da die Larvenpopulation direkt durch die Temperatur des Wassers beeinflusst wird, kann eine höhere Anzahl an Larven nur durch eine höhere Temperatur des Wassers erklärt werden, in dem Olga ertrunken ist."

Felix schwirrte der Kopf. Er war nur froh, dass Dr. Murr auf der richtigen Seite des Gesetzes stand und ihm alles erklären konnte.

„Kevin, ich höre wohl, was du sagst, aber ich verstehe es nicht so ganz. Was willst du mir damit sagen?"

„Ich glaube, es hat sich jemand große Mühe gegeben, um uns glauben zu machen, dass es sich hier um einen Unfall handelt. Die Täter haben anscheinend Wasser aus dem Steinbach geschöpft und in einem Gefäß, das groß genug ist, um einen Menschen darin zu ertränken, aufbewahrt. Ich habe einen Experten um Rat gefragt, der sich ausschließlich mit der Familie der Brachycera befasst. Dr. Grunwald lehrt an der Universität Cambridge und weiß alles, was man so über Fliegen wissen kann. Ich will von ihm wissen, welche Vermehrungsrate die Larven der einzelnen Fliegenarten haben, wenn das Wasser sich erwärmt. Wenn wir dann noch das Gefäß finden – ich tippe übrigens auf eine Badewanne – dann kann ich euch ausrechnen, wie lange das Wasser sich in der Wanne befunden hat."

Eine Vermutung hatte der Pathologe allerdings.

„Mein Tipp ist: zwei bis drei Tage. Ich werde außerdem noch einmal mit einem Hautscanner nach Minihämatomen suchen. Dabei wird die Haut eingeölt, mit polarisiertem Licht bestrahlt und mit einer sehr genauen Kamera optisch abgetastet. Normalerweise reflektiert die Oberhaut ja alles sichtbare Licht, mit dem sie bestrahlt wird, aber durch das polarisierte Licht kann man bis zu drei Millimeter tief bis zur sogenannten Lederhaut sehen. Das Öl und das Licht erhöhen den Brechungsindex auf den Faktor zwei. Die dabei entstehenden Bilder werden mit einer riesigen Datenbank verglichen. Hier wird jede Veränderung der Haut erkannt. Selbst kleinste Veränderungen und Minihämatome, die man mit bloßem Auge nicht erkennen kann, können so gefunden werden. Normalerweise sucht man damit nach Melanomen. In der Universitätsklinik hier in Frankfurt befindet sich so ein System. Ich habe schon angerufen und wir können Olga noch heute untersuchen lassen."

Kevin schwieg und deutete Felix damit an, dass er alles gesagt habe, was er wisse.

Nach einer kleinen Pause, in der sich der Hauptkommissar die gehörten Informationen noch einmal durch den Kopf gehen ließ, wandte er sich an den Rechtsmediziner. „Wenn ich alles zusammenzähle, was du mir eben erzählt hast, dann kann Olga nur im Wohnheim ertränkt worden sein. Wozu aber warteten die Täter so lange, um sich Olga zu schnappen? Selbst wenn sie eine günstige Gelegenheit abwarten wollten, hätten sie Olga die ganze Zeit überwachen müssen. Das können sie nur getan haben, wenn sie aus ihrem nahen Umfeld kommen, sonst wären sie früher oder später irgendjemandem aufgefallen. Eine letzte Frage habe ich noch: Kannst du mir was Genaues zum Todeszeitpunkt sagen?"

„Wann hat Olga euch angerufen?", fragte Kevin zurück.

Felix blickte fragend zu Irena.

Diese checkte die Anrufliste auf ihrem Handy. „Es war genau um drei Uhr siebzehn."

„Und wenn ich mich richtig erinnere, wart ihr dreißig Minuten später dort, oder?", hakte der Pathologe nach.

Felix nickte. „Maximal fünfunddreißig Minuten später sind wir im Asylantenheim angekommen."

„Das Problem bei der Ermittlung des Todeszeitpunktes ist, dass die Temperaturmethode ziemlich ungenau ist. Vor allem, da das Opfer im Wasser lag, denn dort kühlt der menschliche Körper schneller aus. Die Temperatur des Wassers in der Lunge erschwert die Bestimmung zusätzlich. Damit kommen wir nicht weiter", stellte der Dr. Murr fest.

„Der chemische Zerfall auf Zellebene ist wesentlich aussagekräftiger. Dazu muss ich aber die Ergebnisse einiger Tests abwarten, die ich schon angefangen habe. Gerade im Gehirn eines Menschen beginnen die Verwesungsprozesse am schnellsten. Das Gewebe ist dort am instabilsten. Ich gehe davon aus, dass Olga zwischen halb vier und zwanzig Minuten vor vier gestorben ist. Ihr dürftet die Täter nur ganz knapp verpasst haben, als ihr auf den Hof des Asylantenheims gefahren seid. Ist euch irgendein Wagen aufgefallen, der euch entgegengekommen ist?", fragte er.

Beide Polizisten schüttelten den Kopf.

„Gut, dann werden wir heute noch mit einem großen Aufgebot das Heim durchsuchen. Ich informiere den Staatsanwalt und sobald wir die Genehmigung haben, hauen wir dort auf den Putz", entschied Büschelberger.

Vor dem Institut wählte der Hauptkommissar Fromm's Nummer auf seinem Handy.

„Wir benötigen einen Durchsuchungsbefehl für das russische Asylantenheim im Norden der Stadt. Ich erkläre es Ihnen genauer, sobald ich bei Ihnen bin. Wir gehen davon aus, dass die Frau aus dem Steinbach dort getötet wurde."

Der Staatsanwalt stellte eine kurze Zwischenfrage.

„Ja, Dr. Murr ist sich ziemlich sicher, dass sie ermordet wurde, und ich befürchte, je länger wir warten, desto schwieriger wird es, den Tatort zu finden."

Felix gab Irena ein Zeichen, dass der Staatsanwalt sein „Okay" gegeben hatte. Er werde den Durchsuchungsbefehl sofort bei einem Richter beantragen.

Als die beiden losfuhren, klappte Viktor Ramischkow die Parabolantenne des Richtfunkgerätes ein, das er benutzt hatte, um sie zu belauschen, als sie aus dem Gebäude der Rechtsmedizin getreten

waren. Er hatte zwar versucht, auch das Gespräch in der Leichenhalle mitzubekommen, aber es war ihm nicht gelungen, sich näher
heranzuschleichen.

Er rief kurz bei seinem Chef an, um Meldung zu machen,
dann folgte er Felix' Wagen.

Als die beiden Polizisten im Revier ankamen, wartete der
Staatsanwalt schon mit den beantragten Papieren auf den Hauptkommissar. Dieser wies sein Team ein. Er ließ Frauke im Kommissariat zurück, weil er unbedingt Irena dabeihaben wollte.

Ein letztes Telefonat veranlasste die KTU, ein großes Team
zu schicken, und noch einmal zwanzig Schutzpolizisten, sich ebenfalls auf den Weg zum russischen Asylantenheim zu machen.

Keiner der Kommissare bemerkte den Schatten, der ihnen
nach wie vor folgte.

Im Heim hatte der Hauptkommissar ein starkes Déjà-vu: Klaus
Wyschnovski war wieder einmal nicht anzutreffen. Felix riss der
Geduldsfaden. Er rief seine Kollegin an.

„Frauke, erkundige dich bitte sofort bei der Ausländerbehörde nach Klaus Wyschnovski. Da müsste sein Vorgesetzter zu
finden sein. Der Heimleiter ist schon wieder nicht hier. Da ist was
faul. Rufe mich bitte sofort an, wenn du etwas erfährst."

Dann erklärte der Ermittlungsleiter den Männern der KTU,
wonach sie Ausschau halten sollten. Die Polizisten schwärmten aus
und suchten nach passenden Wannen oder entsprechenden Gefä-
ßen, in denen ein Mensch ertränkt werden könnte. Sie hatten gerade eine Wanne gefunden, als sich Frauke meldete.

„Felix, ich habe gerade mit dem Chef der Ausländerbehörde geredet. Klaus Wyschnovski habe sich vor circa einer Stunde
krankgemeldet. Das ärztliche Attest habe er ihm schon gefaxt."

„Ein seltsamer Zufall, aber für den Moment lassen wir es
dabei bewenden." Felix beendete das Gespräch.

Während die Polizei das Heim durchsuchte, bekam Emilio
per Email vom Netzbetreiber die versprochene Anrufliste der öffentlich zugänglichen Telefone des Heims. Von einem dieser Telefone war Olgas letztes Gespräch geführt worden. Der Polizist
informierte seinen Freund davon und führte ihn zu dem entspre-

chenden Telefon. Es lag nicht weit entfernt von Olgas kleinem Zimmer. Ansonsten entdeckten die Kommissare nichts Auffälliges.

Nach drei Stunden intensiver Suche hatten sie insgesamt sieben verdächtige Wannen gefunden, die die Männer von der KTU nach Spuren von Wasserrändern und Faserresten von Olgas Kleidung untersuchten. Felix ließ jedes Team von zwei Schutzpolizisten bewachen und zog den Rest ab. Er und sein Team fuhren zurück auf das Revier. Im Heim konnten sie im Moment nichts mehr ausrichten.

Als sie wieder im Kommissariat ankamen, erwartete sie Frauke. Sie hatte die neuesten Erkenntnisse schon auf ihrem Smartboard erfasst. In der rechten Ecke prangte das Foto eines Mannes, den der Hauptkommissar nicht kannte. Der Mann hatte schütteres blondes Haar, einen kleinen Spitzbart und trug eine dünne Nickelbrille.

Büschelberger zeigte auf das Foto. „Wer ist das?"

„Was heißt, wer ist das? Das ist Klaus Wyschnovski! Das Foto habe ich von der Internetseite seiner Behörde", lautete die Antwort.

„Was? Das ist der Heimleiter? Das ist doch nicht möglich!" Felix war fassungslos. Dann keimte in ihm ein schlimmer Verdacht. Er drehte sich zu Emilio um.

„Wir müssen sofort ein Phantombild anfertigen, bestelle einen Zeichner hierher!"

Zwanzig Minuten später hatten sie mithilfe des Zeichners ein Bild des Mannes erstellt, der sich bei ihnen bisher als Heimleiter ausgegeben hatte. Irena war blass geworden und bestätigte den Verdacht des Hauptkommissars: Auf dem Blatt prangte das Gesicht von Igor Bramkolysch.

„Wie sicher bist du dir? Ich dachte, der Mann habe sich einer gesichtsverändernden Operation unterzogen?", fragte Felix.

Ein Blick auf die Frau aus der Ukraine war Antwort genug. Der Hauptkommissar benötigte ein paar Sekunden, um sich zu sammeln, dann blickte er fest entschlossen von Teammitglied zu Teammitglied.

„Wir brechen sofort auf. Ich will volle Schutzausrüstung und Bewaffnung, wenn wir in die Wohnung des echten Wyschnovski gehen. Vielleicht ist Igor Bramkolysch so dreist, sich auch dort einzunisten. Meinst du, wir benötigen das SEK, wenn wir die Wohnung stürmen?"

Irena zuckte auf die Frage mit den Schultern. „Vernünftiger wäre es wahrscheinlich, aber ich habe keine Ahnung, in welcher Zeit ihr das Team bereitstellen könnt. Wenn Igor eines ist, dann schnell im Verschwinden und Abtauchen. Hier zählt jede Minute!"

„Okay, dann ist es entschieden: Wir gehen alleine rein. Arno, du besorgst die Maschinenpistolen und Schutzwesten, dann brechen wir auf. Wir nehmen den A6, da passt unsere Ausrüstung rein. Frauke, du bleibst hier und wir vier sind in spätestens fünf Minuten auf dem Weg!"

Während Arno und Emilio losstürmten, um alle Sachen zu besorgen, funkelte Frauke ihren Chef böse an. „Warum soll ich schon wieder hier bleiben?"

„Weil du in vier Tagen heiratest! Ich werde Kevin bestimmt nicht mitteilen, dass dir etwas passiert ist!"

„Ich denke nicht daran, hier zu bleiben! Du wirst jede Hand und so viele Augen wie möglich brauchen, wenn ihr in die Wohnung geht. Ich will keine Extrabehandlung, ist das klar?" Ihre Stimme duldete keinen Widerspruch und weil das Team mitsamt Ausrüstung bereit war zum Aufbruch, willigte Felix notgedrungen ein.

Emilio donnerte mit Blaulicht und Martinshorn vom Hof. Im Kofferraum lagen zwei Maschinenpistolen und fünf Schutzwesten. Keine viertel Stunde später kam der Audi mit quietschenden Reifen vor der Wohnung von Klaus Wyschnovski zum Stehen. Es war ein normales Reihenhaus mit kleinem Garten davor.

Die Polizisten zogen ihre Schutzwesten an. Emilio und Arno nahmen jeweils eine Maschinenpistole an sich. Irena fragte Felix, ob sie Emilios Pistole bekommen könne. Erst lehnte der Hauptkommissar das ab, aber sie überzeugte ihn dann doch. Die Polizisten stürmten durch den Vorgarten auf das Haus zu, dabei bemerkten sie, wie aus einigen Fenstern in der Nachbarschaft neugierige Menschen sie beobachteten.

Arno und Frauke hielten etwas Abstand zur Haustür und zielten mit ihren Waffen auf die Fenster, um ihren Kollegen im Notfall Feuerschutz geben zu können. Während Irena mit ihrer Waffe auf den Eingang zielte, zählte Felix bis drei, dann trat er die

Tür ein. Emilio stürmte als Erster hinein, dann ging sein Chef als Zweiter durch die Tür, Irena folgte ihnen direkt. Sich gegenseitig Deckung gebend arbeiteten sich die drei Polizisten von Raum zu Raum. Das Erdgeschoss wirkte so, als sei hier schon lange niemand mehr gewesen.

Im ersten Stock machten die Kommissare dann einen grausigen Fund. Im Bett lag ein Toter. Felix brauchte nicht viel Phantasie, um zu erraten, dass es sich hierbei um den echten Herrn Wyschnovski handelte. Der Leichnam war mumifiziert und wies ein großes Einschussloch in der Stirn auf.

Der Hauptkommissar beendete den bewaffneten Einsatz und verständigte erneut die KTU und Kevin Murr. Während er und Irena im Haus auf das Untersuchungsteam warteten, schwärmte der Rest der Polizisten aus und befragte die Nachbarn. Sie wollten herausfinden, wann der Hausbesitzer zuletzt gesehen worden war und warum ihn niemand vermisst hatte.

Wäre Irena in diesem Moment vor die Tür getreten und hätte auf die Straße geblickt, dann hätte sie vielleicht gesehen, wie Viktor in einem Taxi langsam an dem Haus vorbeifuhr und aufmerksam beobachtete, was das Ermittlungsteam tat. Doch „Wenn", „Hätte" und „Wäre" interessierte das Schicksal nicht und so nahm es unerbittlich seinen Lauf.

Nachdem der Russe den Kommissaren zum Haus des echten Heimleiters gefolgt war, hatte er seinen Wagen hundert Meter entfernt geparkt und sich den Einsatz der Polizisten angeschaut. Sein militärisch geschulter Blick hatte ihm sofort verraten, dass die Beamten keine richtige Kampfausbildung besaßen, wie man sie für eine solche Stürmungsaktion eigentlich benötigte. Falls es jemals zu einem Kampf kommen sollte, würden sie den Kürzeren ziehen.

Als alle Polizisten im Haus verschwunden waren, startete er den Wagen, drehte auf der Straße und parkte in einer Parallelstraße. Dort rief er per Handy ein Taxi und ließ sich darin langsam an Wyschnovskis Haus vorbeifahren. Dabei telefonierte er mit seinem Chef und erstattete ihm auf Russisch Bericht.

Entgegen seiner Befürchtungen nahm Igor es gelassen hin, dass seine Tarnung aufgeflogen war. Seine Rolle als Heimleiter hatte ihn in letzter Zeit zunehmend genervt und so manchem seiner Anvertrauten hätte er am liebsten die Kehle durchgeschnitten.

„Lass gut sein, Viktor, du kannst die Beschattung jetzt abbrechen. Neue Erkenntnisse sind nicht mehr zu erwarten. Das Risiko, entdeckt zu werden, ist dagegen zu groß. Ich will, dass du zurückkommst. Wir sind schon in unser neues Versteck umgezogen. Ich treffe dich dort."

Igor legte auf. Er grinste boshaft. Welch ein Vorteil eine militärische Spezialausbildung doch mit sich brachte. Er war darin geschult worden, strategisch zu denken und verdeckt zu operieren. So hatte er die letzten drei Jahre des Afghanistaneinsatzes der Sowjetunion bei den Speznas hinter den Linien der Mudschaheddin gekämpft. Ebenso wie alle seiner Männer war er noch ein paar Jahre im Kampf in Tschetschenien durch eine harte Schule gegangen. Gnade kannte er nicht, für ihn galt das Motto aller Mitglieder der „Spezial'noje naznačenije", wie die Speznas eigentlich hießen: Der Sieg kennt und hinterfragt keine Moral.

Zufrieden betrachtete Igor sein Spiegelbild: Sein schwarzer Vollbart war verschwunden, ebenso seine langen schwarzen Haare. Jetzt trug er kurze rotbraune Haare, eine farblich passende Hornbrille und eine künstliche Narbe auf dem Kinn. Im Gegensatz zu vielen Undercover-Agenten war er der Meinung, dass man ruhig durch ein Detail wie eben eine Narbe auffallen konnte.

So würden sich Zeugen umso weniger an andere Details erinnern und darauf käme es letztendlich an, wenn man als Jäger hinter feindlichen Linien operierte. Und nichts anderes war es, was er hier tat. Er führte seinen persönlichen Krieg und sein Ziel hieß: Reich werden und sich irgendwann an der Schwarzmeerküste in einer großen Villa zur Ruhe setzen.

Kevin Murr betrachtete den Toten. „Nun, hier brauchst du wahrscheinlich keine Auskunft von mir, woran er gestorben ist, oder?"

Felix schüttelte verneinend den Kopf. „Mich würde vielmehr interessieren, ob du mir sagen kannst, wie lange er wohl schon hier liegt."

„Auf den ersten Blick schwer zu sagen, die Mumifizierung ist ein selten vorkommendes Phänomen und erschwert die augenscheinliche Begutachtung ungemein. Der Grad der Mumifizierung deutet allerdings darauf hin, dass er hier schon mehrere Jahre liegt. Er ist völlig ausgedörrt."

Fasziniert und abgestoßen zugleich betrachtete der Hauptkommissar den Toten.

„Ich dachte, Mumien gebe es nur bei den alten Ägyptern. Die haben dafür doch spezielle Techniken entwickelt. Wurde das hier auch so gemacht?"

„Es sieht nicht so aus. Es gibt aber auch eine natürliche Art der Mumifizierung. Dabei muss die Leiche schneller austrocknen als verwesen. Das ist zwar selten, hier aber scheinbar eingetreten. Das Schlafzimmer geht zur Südseite. Wenn der Mord im Hochsommer geschehen ist, kann es heiß werden. Außerdem stehen hier jede Menge Salzkristalle rum. Der Tote war wohl esoterisch veranlagt. Das Salz bindet die Feuchtigkeit in der Luft und trocknet diese dadurch aus. Wenn es zudem keine Fliegen gibt, die ihre Larven in den Leichnam legen, ist eine Mumifizierung möglich."

Er deutete auf zwei große Kübel mit vertrockneten Pflanzen.

„Wenn das da ‚Aloysia citriodora' sind – also Zitronensträucher – dann gibt es hier weniger Fliegen als gewöhnlich. Sie werden nämlich vom Duft des Strauches vertrieben. Also Felix, ich muss schon sagen, dieser Fall ist extrem interessant. Jeder Todesfall bisher war ungewöhnlich, aber alle zusammen zeigen klar, dass du es mit einem Gegner zu tun hast, der rücksichtslos und sehr strategisch vorgeht. Ich glaube, dass ihr mit starker und gewaltsamer Gegenwehr rechnen müsst, wenn ihr ihn stellt. Also passt auf euch auf."

Dr. Murr gab den Leichenträgern das Zeichen, dass sie den Toten abtransportieren konnten.

„Ich werde dann mal eine Nachtschicht einlegen, damit ihr noch vor meinem Urlaub Ergebnisse bekommt." Mit diesen Worten verabschiedete er sich.

Felix und Irena verließen das Haus, um die Untersuchung der KTU nicht zu behindern.

„Ist so etwas hier üblich, dass ein Mensch tot ist und niemand ihn vermisst? Ich verstehe nicht, wieso man ihn nicht früher gefunden hat. Bei uns in meinem kleinen Dorf würde es sofort auffallen, wenn jemand mal länger nicht zu sehen ist. Seid ihr Deutschen so hartherzig?" fragte sie ihn.

„Leider passiert das in Großstädten öfter, aber ich habe noch nie gehört, dass ein Mensch, der noch im Berufsleben steht, nicht vermisst wird. Wie das passieren konnte, werden wir noch genauer untersuchen müssen." Er deutete auf den Briefkasten, der neben der Tür angebracht war und schräg in den Flur zeigte.

„Für mehrere Jahre hat der Tote aber erstaunlich wenig Post bekommen. Hier auf der Vorderseite des Briefkastens siehst du einen Aufkleber, der besagt, dass Werbung und Zeitungen nicht erwünscht seien. Wenn unser Toter dann auch noch auf sogenannten Robinsonlisten eingetragen war, darf ihm auch keine Firma Werbung schicken. Das würde erklären, warum hier nur Post von seiner Bank und der Telekom sowie seine Gehaltsabrechnungen und anscheinend ein paar Rechnungen zu finden sind."

Der Hauptkommissar, der noch immer seine Schutzweste trug, auf deren Rücken dick das Wort „Polizei" prangte, schaute über den Vorgarten zur Straße und zu den gegenüberliegenden Häusern.

„Trotzdem ist das sehr seltsam. Selbst wenn Herr Wyschnovski ein Leben als Einsiedler geführt hat, so hätte es über diese lange Zeit auffallen müssen, dass er nicht mehr lebt."

Er seufzte. Manchmal stellte er sich auch insgeheim die Frage, ob die Menschen nicht immer hartherziger und egoistischer würden. Für ihn gab es einen direkten Zusammenhang zwischen materiellem Wohlstand und Egoismus. Je mehr man hatte, desto mehr schienen einem die anderen Menschen egal zu werden.

Die beiden warteten bei ihrem Audi, bis ihre Kollegen von der ersten Befragung zurückkamen.

Auf der Fahrt zurück ins Kommissariat tauschten sie ihre Informationen aus. Der Tote wohnte schon über zwanzig Jahre in diesem Haus und galt als sehr verschroben und menschenscheu. Er mied seine Nachbarn und jedes soziale Umfeld, deshalb war sein Verschwinden auch niemandem aufgefallen.

Die Gartenarbeit überließ er einem Gärtner, der sich nun schon über zwölf Jahre darum gekümmert hatte. Der Hauptkommissar blätterte durch die Briefe, die er mitgenommen hatte.

Darunter befanden sich auch drei Jahresrechnungen dieses Gärtners. Felix öffnete eine und sah, dass der jeweilige Betrag per Einzugsermächtigung eingezogen wurde. Er nahm an, dass dies bei allen Rechnungen so war. Nach kurzer Überprüfung der anderen Post bestätigte sich seine Vermutung.

Emilio fragte ihn, ob sie noch kurz bei der Ausländerbehörde, die nicht weit von ihrem Büro entfernt lag, vorbeischauen sollten, um den Amtsleiter zu befragen. Nach einem Blick auf seine Uhr entschied sich Felix dagegen.

„Das machen wir morgen früh als allererstes. Jetzt müssen wir Igor Bramkolysch zur internationalen Fahndung per Interpol ausschreiben. Dann werde ich den Staatsanwalt über unsere neuesten Ergebnisse informieren. Wenn ihr die Daten noch kurz aufbereitet habt, könnt ihr Feierabend machen. Ich bin irgendwie völlig ausgebrannt und möchte einfach nur noch schlafen. Der heutige Tag war zu viel für mich."

Staatsanwalt Fromm machte ein besorgtes Gesicht, als er dem Bericht des Hauptkommissars lauschte.

„Wenn Sie das nächste Mal den Verdächtigen stellen wollen, nehmen Sie auf jeden Fall das SEK mit. Ich teile die Vermutung unseres Rechtsmediziners: Dieser Typ ist brandgefährlich. Habe ich mich klar genug ausgedrückt?"

Felix nickte und versprach, sich daran zu halten.

Eigentlich wollte er noch einkaufen, aber er fühlte sich zu kaputt dazu, deswegen bestellte er nur eine Pizza und döste dann vor dem Fernseher ein. Sein Kater lag schnurrend auf seinem Schoß.

16

Der Hauptkommissar schaute sein Gegenüber ernst an.

„Also, wieso haben Sie nicht bemerkt, dass Ihr Mitarbeiter seit fast drei Jahren tot ist und jemand anders seinen Platz eingenommen hat?"

Er hatte heute Morgen die Nachricht von Kevin Murr bekommen, dass Klaus Wyschnovski seit 35 Monaten tot in seinem Bett gelegen habe.

Matthias Lindner, der Amtsleiter der Ausländerbehörde, räusperte sich nervös.

„Nun, das ist mir furchtbar unangenehm. Das Ganze ist einfach nicht zu entschuldigen!"

Dem musste Felix zustimmen.

„Aber ich muss Ihnen erklären, dass Herr Wyschnovski schon immer sehr seltsam war. Ein fähiger, aber sehr schüchterner Mitarbeiter. Um ihn zu fördern, habe ich ihn nach dem Ausscheiden des Vorgängers zum Leiter des Heimes für russische Migranten gemacht. Er konnte als einziger unserer Mitarbeiter Russisch sprechen. Ich habe ihn nicht darum gebeten, sondern ihm direkt befohlen, diese Stelle anzunehmen. Ich hatte gehofft, dass er sich dort weiterentwickeln würde, wenn er sich nicht nur theoretisch mit den Problemen der Migranten befassen müsste. Die spätere Entwicklung schien mir ja auch recht zu geben. Kurz nachdem er die Stelle angetreten hatte, bekam ich optimistisch stimmende Berichte von ihm. Gab es vorher Probleme im Heim, so endeten diese abrupt, nachdem er die Leitung übernommen hatte. Ich war so froh darüber, dass ich mich ab da nicht mehr groß um ihn gekümmert habe. Ich hatte genug Probleme mit anderen Mitarbeitern und Heimen."

„Im Ansatz kann ich das verstehen, aber wenigstens einmal im Jahr muss man doch seine Mitarbeiter zu einem persönlichen Gespräch treffen und deren weitere Entwicklung planen. Wieso ist das hier unterblieben? Haben Sie denn nie mehr mit ihm telefoniert oder das Heim besucht? Ich sehe das als groben Verstoß gegen jede Dienstvorschrift", insistierte Felix.

Herr Lindner schwieg betreten, er hatte zu seiner Verteidigung nichts mehr zu sagen.

„Wenn Sie weiter schweigen, kann ich auch nichts mehr für Sie tun. Ich gehe davon aus, dass man gegen Sie wegen Verletzung der Aufsichtspflicht ermitteln wird. Das werden dann aber andere Beamte tun, ich bin dafür nicht zuständig." Nach kurzer Pause fuhr Büschelberger fort. „Haben Sie noch irgendetwas zu sagen?"

Der Amtsleiter schwieg, deshalb verließ der Hauptkommissar dessen Büro.

Als er die Wache betrat, übergab ihm ein Beamter der Schutzpolizei eine Nachricht: Es lag ein Paket aus der Ukraine für ihn beim Zoll.

Sein Team erwartete ihn im Besprechungszimmer. Die Rechner, an denen sie in der letzten Woche im Internet nach Informationen über die illegalen Bordelle gefahndet hatten, blieben ausgeschaltet. Während der Besprechung benutzten sie nur ihr Smartboard, auf dem nun vier Fotos zu sehen waren. Sie zeigten die drei Todesopfer sowie das Phantombild von Igor Bramkolysch. Der Ermittlungsleiter fasste seine Gedanken zusammen.

„Also, wir wissen, dass Mariola – unser erstes Opfer – von Igor und seinen Männern zur Prostitution gezwungen worden war. Was wir nicht wissen, ist, ob sie von perversen Freiern ermordet wurde oder ob ihr Zuhälter hinter dieser Tat steht. Ich persönlich vermute, dass sie das Opfer von Igors Truppe ist. Außerdem wissen wir immer noch nicht, wo sie ermordet wurde. Die KTU untersucht in diesem Moment das Büro des Leiters des Asylantenheims, ob dort Spuren zu finden sind, die mit den genetischen Fingerabdrücken übereinstimmen, die Kevin bei Mariola sichergestellt hat."

„Die zweite Tote geht mit Sicherheit auf das Konto der russischen Zuhälterbande", fuhr der Kommissar fort. „Olga hat wahrscheinlich herausbekommen, dass der Heimleiter in Wirklichkeit Igor Bramkolysch war und nicht Klaus Wyschnovski. Die Frage ist: Wie haben diese Leute das rausgefunden und was hat Olga erfahren und von wem? Wer war ihre Quelle oder was hat sie gesehen?"

Felix deutete auf das nächste Foto.

„Das dritte Opfer ist der echte Klaus Wyschnovski. Er wurde laut Kevin vor 35 Monaten ermordet, seitdem nicht vermisst. Igor hat seinen Platz im Asylantenheim eingenommen und sich unter dieser Tarnung dort eingenistet. Ich denke, so konnte er unauffällig Informationen aus der russisch-ukrainischen Gemeinde abschöpfen. Ich vermute jedoch, dass er unter den Heimbewohnern noch mindestens einen Helfer hatte. Es muss dort einen Maulwurf geben. Nur: Wer ist es und wie können wir ihn identifizieren? Sehr wahrscheinlich hat dieser Helfer Igor auch vor Olga gewarnt."

Jetzt zog Felix einen Verbindungspfeil von Olga zu Wyschnovski.

„Hier besteht eine Verbindung. Ich bin mir sicher, dass unser russischer Zuhälter den Tipp, dass eine Tarnung als Leiter des russischen Asylantenheimes sehr vorteilhaft für ihn wäre, von demselben Informanten bekommen hat, der ihm auch verraten hat, dass Olga auf seine Spur gekommen ist. Es muss also jemand sein, der seit über drei Jahren im Heim wohnt. Ich denke, dass das die Zahl der Verdächtigen deutlich reduziert. Zudem würde nur ein langjähriger Bewohner dort Olgas Vertrauen gewinnen können."

„Könnte es sich um Vladek oder Fjedor handeln? Die beiden gehören immerhin zur inoffiziellen ‚Regierung' im Migrantenheim. Ich finde, dass so ein Schachzug zu diesem russischen Zuhälter passen würde. Was meint ihr?", warf Emilio ein.

„Passen würde es zu ihm, aber ich bezweifle es. Soweit wir wissen, traut Igor nur Männern, die wie er in einer Eliteeinheit gedient haben. Bei den beiden habe ich da so meine Zweifel. Ich denke, wir suchen nach einem jungen Mann, der körperlich topfit und außerdem geistig hellwach ist. Auch wenn er das nicht offen zeigt, um sich zu tarnen", antwortete Irena.

„Guter Einwand! Wenn ich mir die Heimbewohner so vorstelle, fällt mir sofort Jannek ein. Deine Beschreibung passt absolut auf ihn. Wir werden nachher unsere Kollegen der Schutzpolizei bitten, ihn zu einer Vernehmung auf die Wache zu bringen. Was sind die nächsten Schritte, die ihr für nötig haltet?", fragte Felix sein Team.

„Wir müssen herausbekommen, wo Igor sein illegales Bordell hat. Trotz des Fahndungsdrucks, den wir auf ihn ausüben, wird er seine Geschäfte aufrechterhalten. Ich habe mir vorhin die Berichte im Internet und in diesen Foren noch einmal durchgelesen", sagte Irena.

„Ich glaube, dass unser Profil ‚Sadisticus‘ das größte Potenzial hat, Zugang zu diesen Kreisen zu bekommen. Ich würde gerne die nächsten Tage dazu benutzen, weitere Berichte zu schreiben. Eure bisherigen sind einfach nicht hart und pervers genug. Ich nehme das in die Hand, wir müssen endlich Zugang bekommen und die Mädchen, die er weiter zur Prostitution zwingt, befreien. Wenn wir die Mädchen finden, dann finden wir auch Igor und seine Bande“, war der Polizeimajor aus der Ukraine überzeugt.

„Wenn du meinst, dass du das hinbekommst, dann mach das!“, stimmte der Teamleiter zu.

„Ich werde mir die Unterlagen des echten Herrn Wyschnovski vornehmen und sehen, ob ich Unregelmäßigkeiten oder einen Hinweis finde“, meldete sich Arno zu Wort.

„Okay, dann werden Emilio und ich uns um das russische Asylantenheim kümmern.“ Der Hauptkommissar wollte die Runde gerade aufheben, als Kevin Murr den Raum betrat.

Der Rechtsmediziner sah ziemlich übermüdet aus, dennoch grüßte er freundlich in die Runde und gab seiner zukünftigen Frau einen Kuss.

„Hallo zusammen, ich wollte euch nur kurz meine neuesten Untersuchungsergebnisse mitteilen. Ich habe heute Nacht die Spuren untersucht, die wir an den Badewannen im Heim gesichert haben. Auf der Wanne direkt neben dem Büro des Heimleiters haben wir zwei Faserreste von Olgas Kleid sowie Dreckwasserablagerungen gefunden. Es war zwar schwierig, da die Wanne geputzt worden war, dennoch ist es uns gelungen. Sie stimmen mit dem Wasser in Olgas Lunge überein. Damit haben wir also den Tatort gefunden. Eigentlich logisch, weil wir jetzt wissen, dass der angebliche Heimleiter der Chef der Zuhältergruppe ist.“

„Dieser Klaus Wyschnovski wurde übrigens erschossen, mit einer russischen Armeepistole. Das Kaliber entspricht keinem westlichen Standard. Dieses Format wird normalerweise bei der ‚Makarow PM‘ verwendet. Was mich ein wenig verwundert, ist die Tatsache, dass diese Waffe eigentlich veraltet ist. Soweit ich informiert bin, wird seit elf Jahren die ‚Jarygin PJa‘ bei der russischen Armee und Polizei eingeführt.“

Kevins fragender Blick fiel auf Irena.

„Stimmt, und zwar, weil Schutzwesten eine recht gute Wirkung gegen die ‚Makarow' erzielen. Aber wie man sieht, ist die Waffe immer noch tödlich!"

Arno kicherte. „So trockene Kommentare ist Kevin sonst nur von mir gewohnt!"

„Arno, mir ist heute nicht nach Scherzen zumute!", unterband sein Chef die aufkeimende Heiterkeit.

Er wusste, dass solche Sprüche in dieser Runde sonst schnell in alberne Diskussionen ausarten würden. Normalerweise genoss er diese kurzen Entspannungsphasen, aber im Moment hatte er böse Vorahnungen. Sein Gefühl sagte ihm, dass ihre Zeit ablaufe und Igor zu noch größeren Verbrechen fähig sei, wenn sie ihn nicht bald schnappen würden.

Der Hauptkommissar beendete die Besprechung. Während Frauke sich noch einmal die gesammelten Ergebnisse vornahm und ordnete, Arno Wyschnovskis Bankkonten überprüfte und Irena sich als „Sadisticus" im Freierforum anmeldete, telefonierte er mit den Schutzpolizisten, die gerade im Heim waren.

Er ordnete an, dass die Beamten Jannek zur Befragung aufs Revier bringen sollten. Dann überlegte er, ob er mit Emilio kurz zum Zoll fahren sollte, um das Hochzeitsgeschenk für Frauke und Kevin abzuholen. Bis Jannek hergebracht wurde, würde mit Sicherheit noch mindestens eine Stunde vergehen. Außerdem mochte er es, wenn Leute, die er befragen wollte, auf ihn in der Wache warteten. Da wurde so mancher nervös und verriet sich allein durch sein Verhalten.

Die beiden Freunde starteten daher zum Zollamt im Osthafen von Frankfurt, in der Wächtersbacher Straße.

Polizeiobermeister Bock schaute zu den Technikern der KTU, die immer noch Spuren sicherten in allen Räumen, die der falsche Heimleiter benutzt hatte. Auch der Keller war für sie von großem Interesse, denn es handelte sich bei dem Gebäude um eine ehemalige Kaserne.

Daher gab es schwere Luftschutztüren und große Räume im Untergeschoss. Dort konnte man mit Sicherheit einiges im Verborgenen veranstalten, wenn man wollte. Zu Beginn der Untersuchungen waren die Beamten daher voller Adrenalin gewesen und in höchster Alarmbereitschaft. Jetzt jedoch waren alle wieder entspannt. Die Untersuchung hatte gezeigt, dass weder der Zuhälter noch seine Männer mehr dort waren. Selbst wenn dem so wäre, dachte Bock, würde er schnell mit denen fertig. Schließlich hatte er den schwarzen Gürtel in Karate und galt als einer der besten Schützen der Frankfurter Polizei. Letztes Jahr hatte er die Landesmeisterschaft von Hessen gewonnen.

„Jungs, kommt ihr einen Moment ohne uns klar?", fragte Bock die Techniker. „Ich muss mit meinen Kollegen einen gewissen Jannek zur Befragung zur Kripo bringen. Die können den wohl alleine nicht finden."

Der Cheftechniker gab ein Handzeichen, dass dies für ihn in Ordnung sei.

Daraufhin schnappte sich der Polizeiobermeister seine beiden Kollegen, die vor der Tür des Zimmers Posten bezogen hatten.

„Die Kripo benötigt mal wieder unsere Hilfe. Alleine kriegen die ja nix gebacken!", feixte er.

Vor der Eingangstür traf das Trio auf Fjedor, der von dort aus die Untersuchung der Polizei neugierig verfolgte. Bock wusste, dass dieser alte Mann anscheinend im Heim etwas zu sagen hatte und sich auskannte.

„Sag mal Opa, wir suchen einen gewissen Jannek, der soll befragt werden. Kannst du uns den zeigen?"

„Sicher!", nickte Fjedor und zeigte mit dem Finger durch das Fenster in der Tür auf den Vorhof.

„Dieser da, der dort ein bisschen Dreck wegfegt. Das ist Jannek."

Der Polizist grinste seine Kollegen an. „Das ist ja noch einfacher, als ich gedacht habe. Wenn die Kripo ihre Leute nicht findet, müssen wir denen mal zeigen, wie es geht."

„Aber Vorsicht, Herr Polizist. Jannek ist sich manchmal aggressiv und ist sich ein starker Mann."

„Kein Sorge, Opa, das sind wir auch!"

Bock zwinkerte den anderen Polizisten grinsend zu und vergewisserte sich, dass sie alle bereit waren. Als die drei Beamten durch die Tür auf den Vorhof traten, schaute Bock etwas verdutzt. Wo Jannek eben noch gefegt hatte, war niemand mehr zu sehen.

„Verdammt, wo war der Kerl?", fragte er sich. Dann sah er gerade noch, wie der Russe um die Ecke des gegenüberliegenden Gebäudes schlurfte.

Die drei Polizisten rannten hinter dem Russen her. Etwas außer Atem holten sie ihn auf der Rückseite des Gebäudes ein.

„Hey Mann, bleib doch mal stehen, wir haben ein paar Fragen an dich!"

Jannek schaute die Polizisten verwirrt an, als würde er sie nicht verstehen. Dann drehte er sich langsam wieder um und schlurfte weiter. PO Bock knurrte verächtlich. Dass dieser Idiot sie nicht verstand, ärgerte ihn. Nun, sobald sie ihn auf der Wache abgeliefert hätten, würden sich diese Kripoheinis mit ihm abgeben dürfen.

Er gab seinen Kollegen ein Zeichen, dass sie Jannek einholen sollten. Die beiden erreichten ihn, wobei einer links und einer rechts von ihm zum Stehen kam. Der Polizeiobermeister hielt einen Sicherheitsabstand von vier Metern, um seinen Kollegen Deckung zu geben. Der Russe blickte über seine Schulter und wirkte noch immer geistesabwesend.

Bock entspannte sich, der Kerl war keine Gefahr. Als seine Kollegen jedoch ihre Hände auf Janneks Schultern legten, blitzte in seinen Augen das Raubtier auf, das er in Wirklichkeit war. In einer fließenden Bewegung schlug er mit seiner rechten flachen Hand an die Nasenwurzel des rechts von ihm stehenden Polizisten, dem sofort Blut aus dem Gesicht spritzte. Er fiel bewusstlos nach hinten um.

Dem links von ihm stehenden Beamten rammte Jannek zeitgleich seinen linken Ellenbogen mit voller Wucht in den Solarplexus. Während sich der Polizist vor Schmerz nach vorne krümmte, wirbelte der ehemalige russische Elitesoldat herum, versetzte ihm mit seinem rechten Ellenbogen einen harten Stoß auf den Hinterkopf und machte ihn dadurch kampfunfähig.

Bock war vor Schreck wie gelähmt und benötigte genau die zwei Sekunden, die sein Gegner gebraucht hatte, um die zwei Polizisten zu erledigen, um aus dieser Schockstarre zu erwachen.

„Mistkerl, jetzt bist du dran", war sein Gedanke, als der Russe wie aus der Pistole geschossen auf ihn zustürmte.

Instinktiv griff seine Hand zur Dienstwaffe, dann aber registrierte er, dass er sie niemals rechtzeitig würde ziehen und benutzen können, bevor sein Gegner ihn erreichte. Trotz der Griffschalensicherung, die ein extrem schnelles Entsichern seiner P9 ermöglichte, würde er es nicht schaffen. Der Karatekämpfer in ihm übernahm die Kontrolle. Bock schaffte es gerade noch rechtzeitig, eine Verteidigungshaltung einzunehmen, als ihn der Angriff des Russen mit voller Wucht traf. Durch seine Abwehr hindurch erreichte ihn die halbe Kraft dieses Angriffs. Bock stolperte nach hinten, konnte sich jedoch auf den Beinen halten.

Der Russe lächelte ihn verächtlich an und streckte ihm seine linke Hand entgegen. Er bewegte seine vier Finger zu sich her, als wolle er den Polizisten auffordern, ihm zu zeigen, was er könne. Der Polizeiobermeister ahnte, dass dieser Kampf der wichtigste seines Lebens werden würde. Hier ging es um Alles oder Nichts. Sein Herz raste und das Adrenalin in seinen Adern ließ ihn schnell werden. Er griff an und wählte dabei den „Gyaku Zuki", einen Faustangriff, der ihm einen sicheren Stand ermöglichte und bei dem er seine gesamte Körpermasse in diesen Stoß legen konnte. Traf er den Russen damit, konnte der Kampf schon entschieden sein.

Jannek aber blockte den Stoß ab und versuchte seinerseits, einen Treffer im Gesicht des Polizisten zu landen. Bock drehte sich weg und der Angriff lief ins Leere. Mit einem Bein stieß er den Russen von sich fort. Er wusste, dass er diesen Gegner nicht zu nahe an sich rankommen lassen durfte, sonst wäre er erledigt. Für einen kurzen Moment schoss Bock die Möglichkeit durch den Kopf, dass er um Hilfe rufen könnte. Das aber ließ sein Ego nicht zu.

Er versuchte, einen „Shuto Uchi" bei dem Russen zu landen. Dabei handelte es sich um einen peitschenähnlichen Handkantenschlag, der auf die Halsschlagader des Gegners zielte. Mit einer fließenden Handbewegung leitete Jannek diesen Angriff ins Leere und versetzte dem Polizisten einen Treffer mit seinem Ellenbogen direkt aufs Schulterblatt. Bock stolperte nach vorne, konnte seinen Kopf jedoch gerade noch rechtzeitig in Sicherheit bringen. Dort, wo er noch vor einer halben Sekunde gewesen war, zischte jetzt das gestreckte Bein des Russen durch die Luft. Der Polizist atmete schwer.

„Abstand, du brauchst Abstand!", raste ein Gedanke durch sein Hirn. Er drehte sich seitlich weg und versuchte, mit seiner Paradedisziplin den Gegner ein für alle Mal zu stoppen. Bock federte mit seinem Standbein, um mehr Schwung zu bekommen, und legte dann all sein Können, seine Kraft und seine Geschwindigkeit in den „Yoko Geri Kekomi". Das war ein extrem wirkungsvoller Fußtritt, mit dem er schon viele Kämpfe beendet hatte.

Doch Jannek schaffte es, sich unter dem Angriff wegzuducken. Nun hatte der Polizeiobermeister keine Deckung mehr. In derselben Sekunde, als sein Bein mit voller Wucht dahin trat, wo sich der Kopf des Russen eben noch befunden hatte, schlug dieser einen geraden Schlag in die Weichteile des Polizisten.

Bock verlor vor Schmerz fast das Bewusstsein und wimmerte um Hilfe. Als er langsam in die Knie sank, sah er noch, wie sich der Fuß des Russen mit der Geschwindigkeit eines ICEs seinem Gesicht näherte. Dann wurde es schwarz um Polizeiobermeister Bock. Ihm brachen einige Knochen im Gesicht, bevor er nach hinten gewirbelt wurde.

Enttäuscht entspannte sich Jannek. Der Kampf hatte gerade einmal dreißig Sekunden gedauert und er hatte gehofft, dass sein letzter Gegner besser sein würde. Aber so war das mit diesen Karateka. Sie hatten ihre Regeln und waren dadurch so berechenbar. Die Speznas dagegen hatten nur eine Regel: Gewinnen – um jeden Preis. Schnell schaute sich der Russe um, um zu kontrollieren, ob jemand den Kampf bemerkt und eventuell weitere Polizisten alarmiert hatte.

Das war nicht der Fall. So entschied der ehemalige Elitesoldat, dass es Zeit war, zu verschwinden. Er fiel in einen leichten Trab und sobald er das Gelände verlassen hatte, rannte er wie besessen, bis er die nahegelegene U-Bahnstation erreicht hatte. Sein Zimmer im Heim brauchte er nicht mehr zu evakuieren. Das hatte er erledigt, als die Polizisten nach Olgas Tod wieder ins Heim gekommen waren. Ein paar Fingerabdrücke hatte er bestimmt hinterlassen, mehr allerdings nicht.

Felix ärgerte sich gerade mit den Zollformalitäten herum, als sein Handy klingelte.

„Was gibt es denn?", rief er genervt in den Apparat. Gerade hatte er die letzte Unterschrift geleistet und wartete nun darauf, dass der Zöllner ihm endlich das Geschenk für Frauke und Kevin überreichte.

„Wie bitte?!" Felix schrie fast, als er die Meldung hörte. Fassungslos schaute er Emilio an. Ohne ein weiteres Wort beendete er das Gespräch am Telefon und rannte los in Richtung Ausgang.

„Komm Emilio, wir müssen sofort ins Asylantenheim!"

„Warten Sie, Herr Hauptkommissar! Ihr Paket!", rief der Zöllner.

Emilio griff es und spurtete dann seinem Freund hinterher. Mit einem Kavalierstart donnerten sie los. Jeder Hobbyrennfahrer hätte darauf gewettet, dass man so einen Start in einem Elektroauto nicht hinbekommt, aber Emilio schaffte es an diesem Tag.

Mit Blaulicht und Sirene jagten sie durch die Stadt. Im Auto fluchte Felix in einer Tour. Er machte sich Vorwürfe, dass er bei der Aktion nicht dabei gewesen war. Vielleicht hätte er es verhindern können. Er war so aufgebracht, dass er seinem Kollegen kaum schildern konnte, was soeben vorgefallen war. Er konnte nur mit der Hand immer wieder auf das Armaturenbrett schlagen und dabei unkontrolliert schreien. „Verdammte Scheiße, verfluchter Bockmist, warum haben wir das nicht kommen sehen?"

Mit quietschenden Bremsen kam Emilio vor der Eingangstreppe des Asylantenheimes zum Stehen. Es wimmelte von Polizisten und Rettungssanitätern. Felix hatte sich inzwischen etwas gesammelt. Er sprang aus dem Auto und sah seinen alten Freund, Hauptwachtmeister Müller, der gerade ein paar Kollegen einwies.

Die Polizisten trugen schusssichere Westen und hatten ihre Maschinenpistolen dabei. Nicht weit entfernt hob gerade ein Rettungshubschrauber ab. Die ganze Szenerie hatte etwas Gespenstisches an sich. Der Hauptkommissar hatte das Gefühl, in einem amerikanischen Krimi zu sein und nicht in der Realität in Frankfurt.

„Wie geht es unseren Kollegen und was genau ist passiert?", bestürzte er Müller mit seinen Fragen.

„Unsere Kollegen haben versucht, diesen Russen zur Befragung aufs Revier zu bringen, so wie du es gewünscht hast. Dabei hat er sie angegriffen und überwältigt. Sie hatten anscheinend keine Chance gegen ihn. Das kann ich kaum glauben, denn Polizeiobermeister Bock war ein extrem guter Polizist, hatte mehrere schwarze Gürtel in Karate und war unser bester Schütze."

„'War' sagst du?" Felix wurde schlecht bei dem Gedanken, was die Vergangenheitsform implizieren könnte.

„Entschuldige", sagte Müller, „er 'ist' ein extrem guter Polizist. Er lebt noch, obwohl er ein schweres Hirntrauma hat. Sie haben ihn eben mit dem Rettungshubschrauber rausgeflogen. Der Notarzt meinte, dass er es wohl schaffen werde. Ob er allerdings bleibende Schäden davontragen werde, könne noch nicht gesagt werden."

„Und was ist mit den anderen Kollegen? Wie schlimm steht es da?", erkundigte sich der Hauptkommissar.

„Eine leichte Gehirnerschütterung und ein Nasenbeinbruch. Das sollte alles in vier bis sechs Wochen verheilt sein. Mann, Felix, wer konnte mit so etwas rechnen?" Müller legte tröstend seine Hand auf die Schulter von Hauptkommissar Büschelberger. Er wusste, dass dieser sich jetzt Vorwürfe machte. „Du hättest es nicht verhindern können. Wer ahnt schon, dass ein einzelner Mann innerhalb von Sekunden mit drei erfahrenen Schutzpolizisten fertig wird. Du bist nicht schuld!"

„Danke!", sagte Felix. „Ich fühle mich trotzdem schlecht. Ist die Fahndung schon raus?"

Der Hauptwachtmeister nickte.

In der Ferne konnten sie mehrere Martinshörner hören, außerdem drehte der Polizeihubschrauber über ihnen seine Runden auf der Suche nach dem flüchtigen Verbrecher.

„Wir bieten also alles auf, was wir haben, um ihn zu kriegen. Das ist gut so!" Grimmig musterte der Ermittlungsleiter die Szene.

„Ja, das tun wir, und alle Kollegen wissen, dass sie null Risiko eingehen dürfen, falls sie ihn stellen. Dieser alte Mann dort", Müller zeigte auf Fjedor, „hat uns eine ziemlich brauchbare Beschreibung des Täters gegeben. Es wäre trotzdem schön, wenn wir so schnell wie möglich eine exakte Beschreibung auch von dir und deinem Team bekommen könnten. Das würde uns bei der Fahndung nach diesem Irren sehr helfen."

Büschelberger nickte. „Klar! Emilio und ich werden dir alles sagen, woran wir uns erinnern. Danach schauen wir uns den Tatort an. Sobald wir wieder auf der Wache sind, werden wir ein Phantombild anfertigen lassen und es über den Verteiler jagen!"

Mit viel Wut im Bauch stapften die beiden Kommissare zum Mannschaftswagen der Schutzpolizei, der als Einsatzzentrale diente.

Zurück auf der Wache, platzte der Staatanwalt in Felix' Büro, als dieser gerade zusammen mit Emilio ein Phantombild anfertigen ließ.

„Meine Güte, Felix, was ist das für ein Fall! Der nimmt ja Dimensionen an, das darf einfach nicht wahr sein." Fromm war sichtlich erschüttert. „Benötigen Sie mehr Männer, sollen wir eine Sonderkommission bilden? Ich will, dass wir alles tun, was nötig ist, um diesen Fall so schnell wie möglich zu lösen! Ist das klar?"

Felix bejahte dies entschlossen.

„Wir erstellen gerade ein Phantombild des Täters und werden das morgen zusammen mit dem Phantombild von Igor in der Presse veröffentlichen. Wir setzen alles in Bewegung, was wir haben, um sie zu bekommen. Das verspreche ich Ihnen."

„Gut, ich will ab sofort laufend informiert werden. Die Presse wird uns in der Luft zerreißen, wenn wir nicht bald etwas liefern. Vor allem, wenn sie erst mitbekommt, wie groß dieser Fall wirklich ist. Die Zusammenhänge dürfen nicht nach außen gelangen. Außerdem ordne ich hiermit an, dass ab sofort bei jedem Einsatz, der mit diesem Fall zu tun hat, das SEK hinzugezogen wird. Ich muss jetzt meinen Chef von diesem ganzen Schlamassel unterrichten. Viel Erfolg bei der Jagd!" Ohne weiteren Gruß stürmte der Staatsanwalt aus dem Zimmer.

Felix wusste, dass Igor und seine Männer ihm nicht ewig entkommen konnten. Er hoffte nur, dass bis zu ihrer Festnahme keine weiteren Opfer zu beklagen sein würden.

Gegen Abend kam Kevin Murr vorbei. Er hatte die beiden letzten Nächte fast komplett durchgearbeitet und alle seine Fälle geordnet.

Müde kaute er auf seiner Nussschokolade und wartete auf Frauke. Die beiden wollten noch an diesem Abend nach Marburg aufbrechen, um die Vorbereitungen für ihre Hochzeit zu treffen. Während Frauke ihre Sachen ordnete, unterhielt sich der Rechtsmediziner mit dem Hauptkommissar.

„Felix, dieser Fall wird ja immer gefährlicher. Manchmal bin ich echt froh, dass ich nicht so wie ihr diesen Menschen gegenübertreten muss, solange sie leben. Ich sollte das vielleicht nicht sagen, aber solche Kerle sind mir auf meinem Tisch wesentlich sympathischer als mit einer Waffe in der Hand auf der Straße."

Der Kommissar musste lachen, obwohl der ganze Tag eher nicht zum Lachen geeignet war.

„Kevin, ganz ehrlich, ich habe vor solch gewalttätigen Menschen auch Angst. Und ich hasse es, meine Waffe zu ziehen und sie womöglich auch noch zu benutzen. Das wäre echt schlimm für mich! Ich mache mir echte Vorwürfe, dass ich die Männer der Schutzpolizei da hingeschickt habe. Aber auf der anderen Seite bin ich froh, dass keiner aus meinem Team dabei war. Ich glaube, keiner von uns hätte den Hauch einer Chance gehabt. Mein Horror wäre es gewesen, wenn Frauke etwas passiert wäre. Wie hätte ich das ihrer Tochter und dir beibringen können?"

In den Augen des Polizisten konnte Dr. Murr den Albtraum aufblitzen sehen, den dieser allein schon bei dem Gedanken daran bekam.

„Daher bin ich echt froh, dass sie jetzt mit dir Urlaub macht und wenigstens die nächsten paar Tage aus der Schusslinie ist. Wir sehen uns dann am Samstag um elf Uhr vor dem Standesamt in Marburg. Ich freue mich darauf."

Während des letzten Satzes hatte Frauke sich neben die beiden gestellt.

Sie blickte ihren Chef an. „Wir freuen uns auch, dass ihr alle kommt. Allerdings habe ich ein schlechtes Gewissen. Wie kann ich gerade jetzt ein paar Tage Urlaub nehmen, wo ihr alle Hilfe brauchen könnt, die verfügbar ist? Vielleicht sollte ich Kevin alleine nach Marburg schicken?"

Bevor ihr Verlobter etwas sagen konnte, schaltete sich der Teamleiter energisch ein.

„Schluss damit, Frauke, das werde ich nicht zulassen. Du wirst deinen Urlaub nehmen und ich erwarte, am Samstag eine strahlende Braut zu sehen. Ich glaube, für unsere Moral ist es wichtig, dass wir auch wieder etwas Fröhliches erleben. Das Leben darf nicht nur aus Verbrechen und Schmerz bestehen. Also los, ab mit euch zwei Turteltauben!"

Er zwinkerte den beiden zu. Kevin und Frauke gingen händchenhaltend in Richtung Ausgang, als sich der Pathologe noch einmal umdrehte und zu ihm zurückkam. Verschwörerisch gab er ihm eine kleine Schachtel.

„Dass du auch ja pünktlich erscheinst am Samstag!", sagte er. Dann eilte er davon.

Der Hauptkommissar blickte in die Schachtel. Darin lagen die Eheringe.

Auf dem Weg nach Hause fuhr Felix noch zu dem Krankenhaus, in dem seine verletzten Kollegen behandelt wurden. Vor der Intensivstation, stand der Polizeipräsident von Frankfurt und sprach tröstend auf eine junge Frau ein. Wahrscheinlich die Freundin oder sogar Ehefrau des jungen Polizisten.

Diese Momente, wenn er Angehörigen gegenübertreten musste, hasste Hauptkommissar Büschelberger ganz besonders. Vor allem, wenn er sich wie in diesem Fall irgendwie schuldig fühlte. Der Polizeichef deutete dem Felix an, dass er kurz mit ihm sprechen wolle.

„Das ist ja eine üble Angelegenheit. Ich will diese Verbrecher so schnell wie möglich fassen. Was immer Sie an Hilfe und Unterstützung benötigen, wird Ihnen gewährt. Es hat allerhöchste Priorität, dass wir diese Bande fassen und dass nicht noch mehr Menschen dabei zu Schaden kommen. Haben Sie mich verstanden?"

Der Ermittlungsleiter bejahte die Frage und erkundigte sich dann nach dem Gesundheitszustand des Polizisten. Er erfuhr, dass Bock außer Lebensgefahr sei, dass keine Knochensplitter ins Gehirn gelangt seien und dass die Ärzte seine Heilungschancen als gut beurteilten - dank seiner hervorragenden körperlichen Verfassung.

Felix versprach der Freundin des Polizisten mit ein paar tröstenden Worten, dass er den Täter schnappen würde. Da lächelte die Frau zum ersten Mal, seit sie ins Krankenhaus gekommen war.

17

Die Geschichte über die „Schlacht am Asylantenheim", wie eine Boulevardzeitung es nannte, war die Titelstory auf allen Tageszeitungen in der Region. Daneben prangten die Phantombilder von Igor und Jannek zusammen mit der Information der Polizei, dass der Hinweis, der zur Ergreifung der Täter führe, mit zehntausend Euro belohnt werde. Diese Summe hatte die Staatsanwaltschaft ausgesetzt.

Die KTU brachte am nächsten Morgen die ersten Ergebnisse der Untersuchungen in den Räumen von Jannek und im Büro des angeblichen Amtsleiters. Sie hatten mehrere DNA-Spuren gefunden, aber keine entsprach der, die Kevin bei Mariola gesichert hatte. Dr. Murr hatte die Tests noch gestartet, bevor er in den Urlaub gefahren war, und sein Assistent musste nun die Auswertung vornehmen. Die Räume, die Jannek bewohnt hatte, waren so sauber, als wären sie unbewohnt gewesen oder aber, wie es in dem Bericht hieß, so gründlich gereinigt worden, als habe jemand seine Flucht schon lange vorab geplant und vorbereitet.

Dies hielt Felix auch für die wahrscheinlichste Option. Die KTU hatte noch ein paar Fingerabdrücke sichergestellt und verglich sie nun mit allen zugänglichen Datenbanken. Auf Druck der höchsten Polizeiführung wurde sofort der große Abgleich gemacht, was bedeutete, dass auch Anfragen an das FBI und andere befreundete Dienste geschickt wurden. Bisher war allerdings noch kein Treffer erzielt worden. Der gesamte Polizeiapparat lief auf Hochtouren.

Mittags trafen sich die Ermittler zu einer Besprechung. Irena hatte einige Berichte verfasst, aber noch keine direkte Reaktion darauf erhalten. Sie war allerdings zuversichtlich, dass es nicht mehr lange dauern könne, bis die richtigen Leute auf den User „Sadisticus" aufmerksam würden. Arno hingegen konnte nun erklären, wieso Herr Wyschnovski so lange unbemerkt tot in seiner Wohnung hatte liegen können. Das Opfer hatte schon vor über zehn Jahren für alle Dienstleistungen, Gebühren und Rechnungen Abbuchungsermächtigungen erteilt.

Da sein Gehalt weiterhin regelmäßig auf sein Konto einge-
zahlt worden war, ging alles seinen geregelten Gang. Es war kaum
zu glauben, aber so hatte zum Beispiel der Gärtner klare Anweisungen, wie der Garten zu bestellen war, und zwar für das gesamte
Jahr hindurch. Das Gleiche galt für den Schornsteinfeger.

Dieser hatte einen Schlüssel zum Heizungskeller und auf
das Dach konnte er über eine Außenleiter. So brauchte auch er
keinen direkten Kontakt zum Hausbesitzer zu haben. Dass allerdings die Nachbarn ebenfalls nichts bemerkt hatten, konnte Arno
nicht zufriedenstellend erklären. Felix und Emilio konnten außer
den Ergebnissen der KTU nichts Neues berichten. So verstrich der
Donnerstag ohne weitere Ereignisse.

Freitag früh wurden Hauptkommissar Büschelberger und Kommissar Perfondo zur Zeugenaussage der beiden leicht verletzten
Schutzpolizisten ins Krankenhaus gebeten. Auch wenn die beiden
nicht viel über den Kampf erzählen konnten, bekamen die zwei
Ermittler doch eine Ahnung davon, wie gefährlich ihr Gegner war.

Zurück auf der Wache, rief der Ermittlungsleiter den Ka-
ratelehrer von Polizeiobermeister Bock an. Er wollte sich ein Bild
von dessen Kampfkunst machen.

„Herr Hauptkommissar, ich kann Ihnen versichern, dass Mi-
chael Bock einer meiner besten Schüler ist. Überaus schnell und
sehr kampfstark. Wer auch immer ihn besiegt hat, muss über mehr-
jährige Nahkampfausbildung verfügen und sehr viele schmutzige
Tricks kennen. Anders kann ich mir das nicht erklären.“

Eine Meldung am Nachmittag ließ ihr Adrenalin steigen.
Eine glaubwürdige Zeugenaussage meldete die Sichtung des flüchtigen Jannek. Er sei in einem Kleinbus in der Nähe des Flughafens
unterwegs. Sofort wurden das SEK und mehrere Streifenwagen in
Marsch gesetzt. Als Felix und Emilio am Ort des Geschehens ankamen, war klar, dass es sich um einen Fehlalarm gehandelt hatte.
Das SEK hatte den Kleinbus auf der Autobahn in einer spektaku-
lären Aktion ausgebremst und den Fahrer überwältigt. Der Einsatz
endete mit einem zerstörten Kleinbus, frustrierten Polizeibeamten
und einem völlig schockierten Touristen aus Australien.

Felix gab Arno und Emilio rechtzeitig frei, damit sie am
morgigen Tag rechtzeitig nach Marburg aufbrechen konnten. Der

Teamchef freute sich richtig auf die Hochzeit und eine fröhliche Feier. Irena und er blieben noch bis neun Uhr abends im Büro und arbeiteten an einem weiteren Bericht, den „Sadisticus" ins Netz stellen sollte.

Hauptkommissar Büschelberger war entsetzt über die Gewaltphantasien, die aus diesem Bericht sprachen. Er war dankbar, dass Irena ihm diese Arbeit abnahm, er selbst hätte so einen Bericht niemals verfassen können.

Da er es schon wieder nicht geschafft hatte, einzukaufen, musste der Hauptkommissar essen gehen. Er lud seine Kollegin aus der Ukraine ein, mitzukommen.

„Vorher müssen wir aber noch kurz in meine Wohnung fahren, ich muss mich um Django kümmern", erklärte er.

„Wer ist Django?", wunderte sich Irena.

„Das ist mein grauer Kater. Ich habe ihn in letzter Zeit ziemlich vernachlässigt. Das nimmt er mir übel, da ist er ziemlich eigen!"

Irena kicherte. „Männer! Django ist doch kein Name für einen Kater. Ich habe einen Moment lang geglaubt, dass du zuhause eine Klapperschlange hast, die du mit weißen Mäusen füttern musst. Los, auf geht's, wir müssen einen einsamen Kater retten!"

Auf der Fahrt machte sie Felix einen Vorschlag. „Wenn du deinen Kater so lange schon vernachlässigt hast, sollten wir vielleicht bei dir bleiben und dort etwas kochen?"

„Ich habe fast nichts mehr da, ich glaube nicht, dass das klappt!"

„Ach Felix, du bist einfach zu verwöhnt! Bei uns sind wir echt gut im Improvisieren. Für eine Soljanka wird es immer reichen!"

„Was ist denn eine ‚Soljanka'?"

„Das ist eine Suppe. Ursprünglich eine ländliche Suppe. Man kann sie mit Kohl und allem Möglichen machen. Im Zuge der Mangelwirtschaft bei uns im Osten hat sie sich allerdings zu einer Resteverwertungssuppe entwickelt. Wenn man es richtig macht, schmeckt sie aber sehr gut."

„‚Mangelwirtschaft', das trifft auf meine Vorräte allerdings zu. Das Einzige, das ich noch im Überfluss habe, ist Katzenfutter!"

Irena gluckste vor Lachen. „Na, das werde ich dann lieber doch nicht verwenden. Wir schauen einfach mal, was wir finden."

In Felix' Wohnung schaute sich sein Gast neugierig um. Als sie den vor Hunger maunzenden Kater erblickte, war sie ganz verzückt.

„Ist der niedlich!! Und ihm fehlt ein Ohr!"

Sie nahm Django auf den Arm und hielt ihn so, dass sich sein Kopf vor ihrem Gesicht befand. Beide schauten Felix an. Django, der so etwas nur selten mit sich machen ließ, schien es heute zu gefallen.

„Eindeutig! Ich habe ihn vernachlässigt, er braucht mehr menschliche Zuneigung!", schoss es Felix durch den Kopf.

„Schau mal, wir beide sind vom Leben gezeichnet", sagte Irena.

„Und beide wunderschön!", antwortete er, ohne groß nachzudenken.

Ihre Antwort war ein Lächeln.

„Komm mein Hübscher, wir gehen jetzt in die Küche und werden erst einmal dich versorgen. Du kannst ja nichts dafür, dass die Menschen so böse sind und wir so lange arbeiten müssen."

Sie blickte Felix an. „Und Sie, Herr Hauptkommissar, dürfen mir folgen und assistieren!"

Felix zeigte seinem Gast den Weg in die Küche. Nachdem der Kater versorgt war, öffnete Irena prustend den Kühlschrank.

„Na, bei dir herrscht ja wirklich Mangel! Wer hätte das gedacht, dass im reichen Westen die Bullen so arm dran sind."

Nach einer kurzen Suche, die sich auch auf den Vorratsschrank ausdehnte, stapelten sich folgende Zutaten auf dem Küchentisch: Tomatenmark, ein Stück hart gewordene Salami, zwei Zwiebeln, ein Glas saure Gurken, ein hartes Brot, eine Knoblauchzehe und ein halber Spitzkohl, dessen äußere Blätter schon welk waren.

„Und daraus willst du etwas Leckeres kochen?" Verwundert rieb sich Felix die Augen.

„Warte nur ab! Du wirst schon sehen." Irenas Augen funkelten Felix an. „Wir machen einen Deal. Wenn es dir schmeckt, habe ich einen Wunsch frei. Abgemacht?"

Felix grinste, er ahnte, um welchen Wunsch es sich handeln könnte und sein Herzschlag beschleunigte sich ein wenig.

„Abgemacht!"

Zufrieden nickte sein Gast. „Gut, dann lerne, dass man immer etwas Gutes hinbekommt, wenn man genug Phantasie hat."

Während sie zusammen die Zutaten zerkleinerten, tranken sie eine Flasche Rotwein, den Felix geöffnet hatte. Es war, wie bei ihm üblich, ein italienischer Wein, beerig, samtig und tiefrot. Beim Zwiebelschneiden liefen ihm die Tränen.

„Also, ich finde unser Essen bisher ziemlich traurig!", witzelte er.

„So ist das nun mal. Vor die Freude hat Gott die Tränen gesetzt. Da musst du jetzt durch!" Ohne aufzuschauen, schnitt Irena weiter die Salami in kleine Würfel.

Django, der auf einem Küchenhocker saß und die beiden beobachtete, schien das Knistern zwischen ihnen zu spüren. Er blickte von einem zum anderen und hoffte, dass ein paar Leckerbissen für ihn abfielen.

Als alles fertig geschnitten war, röstete Irena zuerst die Zwiebeln mit der Salami im Topf an und löschte sie danach mit einem Schuss Essigwasser aus dem Glas mit sauren Gurken ab. Sie gab das Tomatenmark dazu, etwas Zucker, Pfeffer und Salz. Es folgten Gurkenscheiben und am Ende der Kohl.

Während die Suppe köchelte, schnitt Irena zwei dicke Scheiben vom Brot ab, erhitzte etwas Olivenöl in der Pfanne und strich mit der aufgeschnittenen Knoblauchzehe durch das heiße Öl. Als es das Knoblaucharoma angenommen hatte, wurden die Brotscheiben darin goldbraun geröstet.

„Fertig", sagte sie und servierte jedem einen Teller dampfende Suppe mit einer Scheibe Brot.

„Ich muss schon sagen", lobte Felix, „das schmeckt wirklich gut!"

„Das heißt, du schuldest mir einen Gefallen!" Irenas Augen funkelten.

„Ja! Alles, was du willst!"

„Das ist aber ein sehr großes Versprechen, Herr Hauptkommissar, wenn du das mal nicht bereust!"

„Ich glaube nicht", sagte er.

„Gut." Sie gähnte. „Also dann: Kann ich dich mit dem Abwasch alleine lassen? Ich würde jetzt gerne in mein Hotel fahren. Wenn du so lieb bist und mir ein Taxi rufst, dann brauchst du mich nicht zu fahren."

„Äh, uh, wie?", stotterte Felix.

Sie lächelte ihn verschmitzt an. „Was hast du denn gedacht?" Ihre hellgrünen Augen blitzten.

„Wenn ich dich will, dann bekomme ich dich. Auch ohne, dass ich vorher eine Suppe kochen muss. Morgen musst du in Form sein, ich will nämlich wissen, wie gut du tanzen kannst. Oder tanzt ihr nicht auf euren Hochzeiten?"

„Doch, klar tun wir das!" Er merkte, dass er feuerrot angelaufen war. Schnell wählte er den Taxiservice und bestellte einen Wagen für seinen Gast.

„Ach Django, verstehe einer die Frauen!", seufzte er. „Na gut, dann lass uns den Abwasch erledigen."

Doch sein Kater hatte keine Lust auf Abwasch und forderte stattdessen Ausgang ein. So blieb Felix alleine mit der angebrochenen Flasche Rotwein in der Küche und spülte ab.

18

Am nächsten Morgen ging es nach Marburg. Während Emilio, dessen Frau Sylvia, Arno und dessen Freundin Grit alle zusammen fuhren, da sie am Abend zurück in Frankfurt sein wollten, würde er in Marburg übernachten. Er hatte jeweils ein Zimmer für sich und seinen Gast gebucht.

Django hatte ursprünglich bei der Nachbarstochter bleiben sollen. Da diese aber kurzfristig weggefahren war, entschloss sich der Hauptkommissar, seinen Kater mitzunehmen. Er hatte für genau solche Notfälle eine Leine und ein kleines Geschirr für ihn gekauft. So konnten sie gemeinsam losziehen. Django schnurrte zufrieden, als sein Herrchen ihn vor der Fahrt noch bürstete, bis sein Fell ganz seidig glänzte.

„Es ist ganz gut, dass du mitkommst, Kumpel. Vielleicht zeigst du mir heute Nacht ja mal, wie man Frauenherzen erobert."

Django schaute ihn an. Es mochte an der Flasche Rotwein liegen, die der Hauptkommissar gestern noch geleert hatte, aber er glaubte, in den bernsteinfarbenen Augen, die ihn betrachteten, Zustimmung zu erkennen.

Da er Trauzeuge war, zog Felix seinen besten Anzug an, den er auch schon zur Trauerfeier für den Weihbischof getragen hatte.

„Hm, brauche ich eine Krawatte oder nicht?", überlegte er. „Emilio wird garantiert eine tragen, Arno auf keinen Fall. Also, was mache ich?"

Schließlich band er sich die Krawatte um. Zum lässigeren Look – ohne Krawatte und mit dem Hemd offen getragen – konnte er dann immer noch wechseln.

Als der Polizist mit seinem Kater die Wohnung verließ, bemerkte er gerade noch rechtzeitig, dass die Trauringe noch auf dem Wohnzimmertisch lagen. Er nannte sich selbst „Idiot" und rannte zurück, um sie zu holen.

Irena freute sich aufrichtig, die beiden wiederzusehen.

„Du hast Django mitgebracht, das finde ich toll!" Sie trug ein eng anliegendes, kornblumenblaues Kleid mit passenden Wildlederpumps und ein sandfarbenes Bolerojäckchen dazu. Ihr blondes

Haar hatte sie hochgesteckt. Um den Hals trug sie eine schlichte Silberkette.

Auf der Fahrt wurde Irena neugierig. „Sag mal, Felix, wenn wir jetzt auf dem Weg nach Marburg unseren Wagen aufladen, wie geht das mit dem Bezahlen und wo finden wir Ladesäulen? Es hat ja wohl nicht jede Tankstelle eine Ladestation, oder?"

„Nein, solche Ladesäulen gibt es nicht so oft. Das ist in der Tat ein großes Problem. Aber es gibt da ein paar Möglichkeiten. Du kannst vor Fahrtbeginn im Internet recherchieren. Unser Auto hat sogar eingebautes Internet, das heißt, du kannst auch unterwegs nach einer geeigneten Ladestation suchen. Es gibt zudem Apps für das Handy, die dir die nächstgelegene Möglichkeit zum Aufladen des Elektroautos anzeigen."

Felix hupte, da ein alter, klappriger Golf mit Tempo 100 die linke Spur der Autobahn blockierte.

„Männer ändern sich nie, oder? Selbst in einem Elektroauto müssen sie rasen." Irena schüttelte den Kopf.

„Na, so schlimm bin ich aber nicht, du hast doch schon öfter Emilios Fahrstil miterlebt", grinste er sie an.

Sie rollte nur mit den Augen. Was sollte sie zu dieser Männerlogik auch sagen?

„Um auf deine Frage zurückzukommen: Das mit dem Bezahlen ist so eine Sache. Es gibt da verschiedene Varianten. Du kannst das zum einen mit deinem Mobiltelefon erledigen. Das nennt sich ‚sms&charge'. Dazu gibst du vor dem Aufladen deine Mobiltelefonnummer an, der Netzbetreiber schickt dir dann eine SMS mit einem Bestätigungscode, den tippst du dann an der Ladesäule ein und bekommst den Strom. Dieses System gibt es ja auch schon länger bei öffentlichen Parkuhren. Zum anderen kannst du das Bezahlen auch über eine App erledigen, dann benötigst du keine SMS. Da viele Handybenutzer eine Datenflatrate haben, ist das komfortabler und günstiger. Aber der neueste Trend ist wohl, dass du online Ladezeiten reservieren kannst. Das hat mir Emilio erst vor Kurzem erzählt."

Irena lachte. „Das ist wieder mal typisch deutsch! Ladezeiten reservieren, das klingt sehr nach den Touristen, die schon frühmorgens am Pool ihre Handtücher auf die Liegestühle legen."

Belustigt schüttelte sie ihren Kopf.

„Da könnte etwas dran sein", sagte er.

In Marburg hielt Felix kurz in der Nähe des Rathauses an. Er hatte im Internet gesehen, dass es dort eine Ladestation für sein Elektroauto gab. Er war heute bereit, seinen Status als Polizist auszunutzen, und wollte den Dienstwagen zu Ehren von Frauke und Kevin mit eingeschaltetem Blaulicht vor dem „Steinernen Haus" parken. Dabei handelte es sich um das älteste Steinhaus Marburgs. Erbaut im Jahre 1323, fanden im heutigen Wohnhaus im Untergeschoss fast täglich Trauungen statt.

Während Felix den Wagen etwas auflud, ging Irena mit Django in ein kleines Café direkt nebenan, um noch einen Kaffee zu trinken, bevor der Trubel begann. Nach zwanzig Minuten beendete der Hauptkommissar den Ladevorgang und fuhr mit seiner Begleitung zum Ort der Trauung. Dort warteten schon seine zwei Kollegen zusammen mit ihrer Partnerinnen. Während Felix seinen ActiveE – eigentlich verkehrswidrig – direkt vor dem alten Haus parkte, das Schild „Kriminalpolizei" auf das Armaturenbrett legte und das Blaulicht einschaltete, wurde seine Begleitung von den beiden Frauen neugierig betrachtet. Vor allem Sylvia, Emilios Frau, machte sich so ihre Gedanken, als sie sah, wie vertraut Irena mit Django umging. Seine beiden Kollegen grinsten nur.

„Eine nette Idee, mit dem Elektroauto hierherzufahren. Ich bin mir sicher, dass sich dieser Trend immer mehr durchsetzen wird. Selbst die Lufthansa testet inzwischen Elektromotoren", begrüßte Emilio seinen Chef.

„Wie, du willst mir doch nicht ernsthaft erklären, dass irgendwann auch Flugzeuge elektrisch fliegen werden?", entgegnete dieser.

„Nein, das kann ich mir auch nicht vorstellen. Aber Tatsache ist, dass die Lufthansa auf dem Frankfurter Flughafen einen modifizierten Airbus getestet hat, der mit Elektromotoren zur Startbahn gerollt ist. Du hast bestimmt gelesen, dass auch die Fluggesellschaften in Europa bis zum Jahr 2050 den Kohlendioxidausstoß pro Passagier um fünfundsiebzig Prozent senken müssen. Um dieses ehrgeizige Ziel zu erreichen, müssen die ganz neue Konzepte entwickeln und jeden Liter Treibstoff einsparen, der möglich ist."

„Knapp drei Prozent des Treibstoffs werden schon dadurch verbraucht, dass der Flieger mit seinen Triebwerken zur Startbahn rollt. Deswegen setzen die Fluggesellschaften hier auf elektrische Antriebe. Das verbessert deren gesamte Ökobilanz", sagte Emilio. „Was es nicht alles gibt!", schüttelte Felix den Kopf.

Das Brautpaar erschien getrennt voneinander. Kevin wirkte nervös und fahrig, als er im Stresemann die Straße hochlief, aber er lächelte, als er das Blaulicht sah. Begleitet wurde er von seinem Assistenten und ein paar alten Freunden –alles Mediziner wie er, wie sich später herausstellte.

Der Bräutigam nestelte angespannt an seiner Weste. Den Hut hatte er keck schräg aufgesetzt und am Revers trug er eine gelbe Rose, deren Blätter feuerrot gezeichnet waren. Der Hauptkommissar vermutete hier Fraukes Werk.

„Mensch, Felix, was bin ich froh, dass du da bist! Du kannst dir nicht vorstellen, wie nervös ich bin. Ich habe echt Angst, das Ding hier zu verpatzen." Er schwieg länger, bevor er hinzufügte: „Du hast die Ringe doch dabei, oder?"

„Klar, was denkst du denn?"

„Gott sei Dank! Ich hatte schon Albträume! Jetzt muss ich eine rauchen."

Der Pathologe wühlte in den Taschen seines Anzugs und zog seine Zigaretten heraus.

„Ich dachte, du hast das ganz aufgegeben und bist jetzt nur noch ein Schokojunkie!", sagte sein Trauzeuge.

„Nein, ganz aufgegeben habe ich es leider nicht. Wenn ich nervös oder furchtbar gestresst bin, brauche ich noch eine von diesen Babies hier."

Hastig inhalierte er das Nikotin. Es schien ihn in der Tat zu beruhigen, wie Felix feststellte. Der Bräutigam selbst hätte ihm erklärt, dass Nikotin eines der wenigen Gifte sei, welche die Blut-Hirn-Schranke problemlos überwinde, und im Großhirn schon nach wenigen Sekunden dazu führe, dass verschiedene Neurotransmitter wie Dopamin, Serotonin, Noradrenalin und Endorphine ausgeschüttet würden. Es passiere dann das, was das sogenannte dopaminergene Belohnungssystem im Kopf tue, wenn der Mensch existentielle Dinge erledige: Es vermittle ihm ein Glücksgefühl, wodurch er sich entspanne. Das sei es auch, was so schnell zur Nikotinsucht führe und die Leute abhängig mache.

„Du stehst doch Schmiere, ja? Sobald Frauke auftaucht, warnst du mich!", meinte Kevin zwischen zwei Zügen.

„Klar doch!" Allerdings konnte sich Felix nicht vorstellen, dass sich Frauke darüber aufregen würde. Sie hatte Kevin als einen der größten Kettenraucher aller Zeiten kennengelernt. Damals hatte er sogar in der Leichenhalle während der Obduktion geraucht.

Ein tiefes Brummen kündigte die Braut an. Sie war früher aktives Mitglied in einer Motorradgruppe gewesen und diese fuhr sie nun in einer Ehrenkolonne zum Standesamt. Frauke saß in einem knallgelben Beiwagen, der an einer schweren, verchromten Harley Davidson hing. Eigentlich ein Verbrechen an dieser Marke, fand Felix, aber er war sich sicher, dass der Beiwagen nur zu diesem Anlass an dieses spezielle Motorrad angehängt worden war.

Er hatte seine Mitarbeiterin noch niemals so strahlen gesehen wie jetzt. Sie trug ein hellbeiges Kleid, ein kleines Diadem im hochtoupierten Haar, und winkte lachend in die kleine Menge, die sie erwartete. Natürlich trug sie keinen Helm, der nur ihre Frisur ruiniert hätte. Ihre Tochter Nina saß bei dem Biker, der dem Motorradgespann direkt folgte, auf der Maschine. Zumindest sie hatte einen Helm auf. Da hatte sich ihre Mutter offenbar durchgesetzt.

Die Brautleute betraten gemeinsam den Trauungsraum, gefolgt von Nina und den beiden Trauzeugen. Felix schaute sich um. Der Raum sah neu renoviert aus. Auf hellem Ahornparkett standen rote Lederstühle und das dunkle Gebälk sowie die dunklen Fensterläden bildeten einen interessanten Kontrast zur weißen Stuckdecke. Der Raum gefiel ihm sehr. Wer auch immer diesen Ort ausgesucht hatte, hatte Geschmack bewiesen. Er tippte darauf, dass es seine Mitarbeiterin gewesen war. Dass er damit Kevin unterschätzte, sollte er nie erfahren.

Die Trauung selbst war kurz und schmerzlos. Lustig war der Moment, als Kevin sein „Ja, ich will" vor lauter Aufregung nur stotternd hinbekam. Das Brautpaar hatte zwar darum gebeten, dass kein Reis vor dem Standesamt geworfen werden solle, aber ein paar Gäste hatten sich nicht daran gehalten.

Felix hatte, wie gewünscht, stattdessen eine kleine Spende an „Brot für die Welt" geleistet.

Die Braut drückte ihren Chef. „Es ist so schön, dass du Kevins Trauzeuge warst, er mag dich nämlich sehr!"

„Ist das so? Das hat der alte Brummbär früher aber ziemlich gut verborgen!"

„Holzkopf!" Frauke umarmte ihn noch einmal.

„Schön auch, dass du Django mitgebracht hast, das freut Nina sehr, sie mag doch Katzen so gerne! Und ich finde, du hast eine bezaubernde Begleitung gewählt. Ihr wärt auch ein schönes Paar!" Dabei knuffte sie ihn in die Seite.

„Doofe Nuss!" Felix zuckte mit den Schultern.

„Ich muss mich erst daran gewöhnen, dass du jetzt ‚Murr' heißt." Er grinste verlegen in die Gegend.

Nachdem die Hochzeitsgesellschaft mit Sekt angestoßen hatte, mussten die Frischvermählten die üblichen Spielchen über sich ergehen lassen. Unter anderem schnitten sie ein Herz aus einem Bettlaken mit Nagelscheren heraus und Kevin musste seine Ehefrau durch die Öffnung im Laken tragen. Danach fuhren alle in das Restaurant.

Über das Geschenk der Polizisten – den Samowar, den Emilio im Namen aller Kollegen übergab – freute sich das Paar sehr. Kevin hatte eine Band organisiert, es gab ein riesiges Buffet und die Stimmung war fröhlich und ausgelassen.

Nach dem Essen setzte sich Kevin zu Felix und legte ihm seine Hand auf die Schulter.

„Danke, dass du mein Trauzeuge warst, ich fand das sehr schön."

„Ich habe das sehr gerne gemacht!", antwortete der Hauptkommissar.

„Das freut mich. Ich habe übrigens eine Neuigkeit, die dich oder zumindest Emilio freuen wird. Nächsten Monat bekomme ich eine 3D-Kamera geliefert. Dann können wir von den Toten, die wir nicht sofort identifizieren können, dreidimensionale Bilder erstellen und mit den Datenbanken der einzelnen Landeskriminalämter abgleichen", sagte der Bräutigam.

„Emilio hat mir schon erzählt, dass er sich mit dir über so etwas unterhalten habe. Ich habe ja schon Kinofilme in 3D gesehen, aber wie geht das mit einer normalen Kamera?", fragte Felix.

„Die 3D-Kamera braucht, um richtig zu funktionieren, zwei Objektive, die ähnlich wie die Augen beim Menschen in einem Abstand von 65 Millimetern fest zueinander angebracht sein müssen. Diesen Abstand nennt man den Stereoabstand. Man kann aber auch zwei Kameras fest miteinander verbinden oder eine Kamera auf einen arretierbaren Schiebeschlitten montieren, um 3D-Fotos herzustellen. Das Einfachste ist jedoch eine Kamera mit zwei Objektiven und so eine bekomme ich demnächst geliefert", sagte Kevin mit glänzenden Augen.

„Ich sehe, Emilio und du, ihr werdet noch richtig dicke Freunde. Aber wie funktioniert das dann mit dem dreidimensionalen Sehen?", hakte Felix nach.

„Nun, ähnlich wie beim Film, da hast du ja auch Bilder, die nebeneinander stehen. Die sind unterschiedlich polarisiert und über deine 3D-Brille sieht jedes Auge ein unterschiedlich polarisiertes Bild. Im Kopf setzt du dann die beiden Bilder zusammen und es entsteht der dreidimensionale Effekt. Das ist bei der Kamera nicht so, denn man braucht hier beim Betrachten keine Brille. Es gibt aber ein paar Regeln, die man einhalten muss, sonst funktioniert das Prinzip nicht."

Kevin nahm eine Serviette und begann darauf zu zeichnen.

„Zuallererst muss man die Abstandsregel beachten. Das menschliche Gehirn kann nämlich die Tiefeninformation nicht unbegrenzt auf- und wahrnehmen. Deshalb können Stereofotos – so nennt man die dreidimensionalen Fotos auch – in zwei Fotos zerfallen und dein Gehirn kann beim Betrachten des Fotos die beiden Bilder nicht mehr zu einem Gesamtbild zusammensetzen. Durch die zwei Objektive erzeugt man einen seitlichen Versatz. Nahe Objekte haben einen großen Versatz und weit entfernte einen ganz kleinen. Das kannst du auch bei dir selbst überprüfen, wenn du ein Objekt, das ganz nah ist, erst mit dem linken und dann mit dem rechten Auge betrachtest. Dabei musst du das jeweils andere Auge zuhalten."

Während Felix das ausprobierte, fuhr der Pathologe fort.

„Du erkennst, dass das nahe Objekt immer aus einem anderen Winkel erscheint, erst beide Augen überlagern das Bild im Kopf. Diesen Versatz bezeichnet man als Deviation. Fotografiert man, wie in unserem Fall, menschliche Gesichter und versucht, das Foto damit komplett auszufüllen, muss man dabei beachten, dass die Brennweite, multipliziert mit dem Stereoabstand, den minimal zulässigen Abstand ergibt. Näher darf ich nicht rangehen."

„Sorry, Kevin, das ist mir jetzt zu hoch. Was meinst du damit?", fragte Felix und nippte an seinem Weinglas.

„Also, bei einer Brennweite von 50 Millimetern darf ich höchstens 3250 Millimeter rangehen, sonst kann dein Gehirn mit dem Foto nichts anfangen." Kevin wartete gespannt, ob sein Trauzeuge dazu etwas sagen würde.

„Aber das sind ja über drei Meter, wie willst du das denn machen?", fragte Büschelberger nach einer kleinen Denkpause.

„Genau, das sind drei Meter und 25 Zentimeter. Deshalb verwenden wir eine kleinere Brennweite, was das Objektiv allerdings teurer macht, denn die normalen Objektive für Digitalkameras haben ja eine Brennweite von 50 Millimetern. Ich habe ein Weitwinkelobjektiv mit 24 Millimetern bestellt. Da wir dann immer noch über einen Meter Entfernung reden, baut Emilio mit mir zusammen an irgendeinem Wochenende ein Gerüst, das wir über den Leichentisch schieben können", grinste der Bräutigam den Hauptkommissar an.

„Wenn ich sehe, welchen Elan ihr so an den Tag legt, bekomme ich fast ein schlechtes Gewissen", murmelte Felix.

„Das ist Unsinn und das weißt du auch. Die anderen Regeln betreffen übrigens mehr die Wiedergabe der Fotos. Da wir aber die Fotos mit dem Computer weiterbearbeiten, sind die für uns nicht interessant." Kevin wollte gerade die nötige Software näher erläutern, als seine frischgebackene Ehefrau erschien.

„Hier seid ihr!", sagte Frauke, die Irena im Schlepptau hatte. „Jetzt habt ihr genug von der Arbeit geredet, heute wird gefeiert!"

Die beiden Damen schnappten sich ihre Partner und zogen sie hinter sich her auf die Tanzfläche. Gegen elf Uhr abends verabschiedeten sich Emilio, Arno und ihre Begleiterinnen und fuhren zurück nach Frankfurt.

Irena nahm Frauke zur Seite. „Ich muss dich mal etwas fragen. Wie hast du eigentlich gemerkt, dass Kevin dich wirklich liebt?"

„Das ist eine lustige Geschichte: Ich habe ihm auf der Goethestraße eine Krawatte gekauft. An dem Tag muss ich von allen guten Geistern verlassen gewesen sein, denn die Krawatte ist so hässlich!" Die Braut schüttelte ungläubig den Kopf.

„Jedenfalls hat Kevin tapfer diese Krawatte getragen. Als mir irgendwann klar wurde, wie hässlich sie ist, wusste ich auch, dass er mich wirklich lieben muss, wenn er dieses Ding trägt!" Sie lächelte ihrem Ehemann zu.

Felix tanzte noch bis zwei Uhr morgens mit Irena auf der Party, sie waren mit Django die letzten Gäste, die bei dem Brautpaar blieben. Zum Hotel nahmen die beiden Polizisten mit dem Kater ein Taxi. Vor ihrem Hotelzimmer umarmte Irena Felix.

„Ich danke dir, Towarischtsch, für einen wunderschönen Abend."

Ihr Körper presste sich an seinen.

„Ich habe dir zu danken! Es war mir eine große Ehre, mit dir zu tanzen, und ich fand, es hat viel Spaß gemacht."

Irena schaute ihm tief in die Augen.

„Du bist ein sehr liebenswerter und toller Mann. Ich wünschte, ich würde so jemanden wie dich in meiner Heimat kennenlernen."

Er gab ihr einen sanften Kuss, den sie erwiderte. Als er ihr aber einen Zungenkuss geben wollte, stieß sie ihn sanft von sich fort.

„Mach es dir und mir nicht schwerer, als es sowieso schon ist. Wir beide – das hat einfach keine Zukunft."

Felix ließ seine Arme sinken und blickte betrübt zu Boden. Er nahm Django auf den Arm und ging langsam zu seinem Zimmer, das zwei Zimmer entfernt von Irenas lag. Vor seiner Tür blickte er wehmütig in Richtung seiner Tanzpartnerin. Sie stand noch immer vor ihrer Tür. Ihr Kopf ruhte auf ihrer Hand, die auf dem Türrahmen lag. Sie blickte ihn tiefsinnig an, dann schlug sie zweimal leicht mit ihrem Kopf auf ihre Hand.

„Felix?"

„Ja?"

„Warte mal."

Sie ging zu ihm, legte ihre Hand um seinen Nacken und zog seinen Mund auf ihren. Sie küsste ihn intensiv und lang.

„Weißt du, manchmal müssen Männer Machos sein und nicht immer so verständnisvoll und rücksichtsvoll. Wir wollen, dass die Männer wissen, was sie wollen und es sich ruhig auch von Zeit zu Zeit nehmen."

Sie nahm ihn an der Hand. „Komm!"

Als Felix erwachte, sah er zuerst Irenas blonden Haarschopf neben sich auf dem Kopfkissen. Er küsste sie in den Nacken, was ihr ein wohliges Brummen entlockte. Dann bemerkte er, dass sein Kater am Fußende lag und gerade herzhaft gähnte.

Felix schmunzelte, kuschelte sich fest an seine Bettnachbarin und schlief noch einmal ein. Als sie eine Weile später beide erwachten, liebten sie sich erneut und duschten dann zusammen. Irena neckte Felix damit, dass sie am Ende ihrer gemeinsamen Dusche das Wasser auf eiskalt drehte. Er – bekennender Warmduscher – kreischte vor Protest.

„Weichei!", zog Irena ihn auf.

„Na warte!", rief er und klatschte ihr mit seinem feuchten Handtuch auf den nackten Hintern.

Lachend liefen sie wieder ins Schlafzimmer. Nach dem Frühstück fuhren sie zurück nach Frankfurt.

Vor der Wache wandte sich Irena an ihren deutschen Kollegen. „Sollen wir kurz im Internet schauen, ob es irgendeine Reaktion auf meine letzten Berichte gibt?"

Felix versuchte sie zu küssen. „Ich könnte mir schönere Dinge vorstellen."

„Nicht! Eine Affäre unter Kollegen ist ein absolutes No-Go. Ich glaube nicht, dass wir das weiterführen sollten!"

„Schade. Aber leider hast du wahrscheinlich recht!"

„Klar, ich habe immer recht, du kannst mir ruhig glauben. Manchmal ist es ein Fluch, wenn man immer weiß, was richtig ist."

Der Hauptkommissar musste den bitteren Geschmack der Zurückweisung schlucken.

Es dauerte etwas, bis er antwortete. „Okay, wenn du meinst. Dann lass uns schauen, ob es Neuigkeiten gibt!"

Als die Rechner hochgefahren waren, schaltete Felix wieder auf Profimodus um. „Schau mal, ich habe eine Private Nachricht von einem User mit Namen ‚Black Widow' bekommen."

Die beiden lasen die Nachricht.

„Hallo Sadisticus, ich muss schon sagen, mir imponieren deine Berichte und Phantasien. Ich würde dich gerne einladen, in unserem Spezialforum Mitglied zu werden. Hier berichten wir nur über die besten Huren der Stadt, mit denen du alles machen kannst. Bei Interesse antworte auf diese PN, dann schicke ich dir die Zugangsdaten. Black Widow."

„Klasse! Das klingt nach einem echten Durchbruch. Komm, lass uns gleich antworten", sagte Hauptkommissar Büschelberger.

Der ukrainische Polizeimajor schrieb eine Antwort.

„Hallo Black Widow, ich bin sehr gespannt auf euer Forum und fühle mich geehrt, dass du mich für würdig erachtest, bei euch Mitglied zu werden."

Sie schickten die Nachricht ab.

19

Gespannt fuhren die Kommissare am Montagmorgen die Rechner hoch. Hatte „Black Widow" schon geantwortet? Und richtig: Eine neue Nachricht wurde im Posteingang angezeigt. Sie enthielt die Webadresse und ein Passwort zum einmaligen Login für ein Forum, das nicht auf einer World Wide Web-Seite, sondern auf einem SILC-Server lag.

„Davon habe ich noch nie gehört, keine Ahnung, was das bedeutet, aber das bekomme ich noch raus", sagte Emilio.

Er loggte sich ein und ließ gleichzeitig einen IP-Tracker laufen, um die IP-Adresse zu ermitteln und dann daraus auf die geografische Adresse zu schließen.

„Anscheinend verwendet der Betreiber auf seinem Server eine Software, welche die verschickten Datenpakete über viele verschiedene Server verteilt. Da jeder Server nur die Server kennt, von denen er Datenpakete erhält und an die er welche sendet, kann der komplette Weg nur sehr schwer ermittelt werden", sagte der Kommissar.

„Bedeutet das, wir können den Ort, an dem der Server steht, nicht ermitteln?", fragte sein Chef.

„Das habe ich nicht gesagt, es wird nur schwieriger. Niemand kann seine Spuren im Internet komplett löschen, nur verwischen. Als Erstes können wir eine Anfrage an das RIPE Network Coordination Centre stellen. Die haben von allen IP-Adressen die dazugehörigen Geokoordinaten. Das für Europa zuständige Center liegt in Amsterdam. Der große Vorteil ist, dass wir dazu keine offizielle Anfrage stellen müssen. Wir können einfach auf bestimmten Webseiten die jeweilige IP-Adresse eingeben und erhalten dann die Koordinaten."

„Aber als wir diese Rechner extra aufgestellt haben, um anonym im Internet zu surfen, hast du doch erzählt, dass wir unsere IP-Adressen maskieren würden, damit man nicht erkennen könne, dass wir Polizisten sind", entgegnete Hauptkommissar Büschelberger.

„Richtig, das habe ich gesagt. Aber wir konnten nicht verbergen, über welchen Provider wir ins Netz gehen und in welcher Region der Netzwerkknoten liegt, über den wir uns einloggen. Unsere IP-Adresse entsprach nur nicht der IP-Adresse der normalen Polizeicomputer."

„Also findest du den Ort, an dem die Betreiber sitzen?"

„Früher oder später bekommen wir das hin. Das Problem ist nur, dass die Server auch im Ausland stehen können, und da haben wir schlecht Zugriff. Ich glaube allerdings, dass die Betreiber hier in Frankfurt sitzen, schließlich reden sie über Frauen, die in unserer Stadt zur Prostitution gezwungen werden. Es würde wenig Sinn machen, wenn die Leute, die das Forum betreiben, nicht hier leben würden."

„Da hast du recht! Wie lange benötigst du, bis du uns eine Adresse nennen kannst, an der wir zugreifen können?"

„Schwer zu sagen, ich muss mich noch etwas mehr einarbeiten in diese Materie, das ist nicht ganz so einfach. Ich werde mich mal mit den Kollegen aus der Fachabteilung ‚Virtuelle Kriminalität' unterhalten, die haben da mehr Ahnung als ich!"

Felix fand es schwer zu glauben, dass irgendjemand mehr Ahnung von solchen Sachen haben konnte als Emilio, aber wenn dieser das sagte, würde es schon stimmen. Während sich die beiden Polizisten unterhielten, trudelte eine weitere Nachricht ein.

„Hallo Sadisticus, ich freue mich, dass du meine Einladung angenommen hast. Du hast jetzt einen Probeaccount und musst dich als würdiges Mitglied unserer verschworenen Gemeinschaft beweisen. Bevor wir dir alle Funktionen freischalten, musst du hier drei neue Berichte posten. Erst wenn diese die Zustimmung von mindestens zwei Administratoren finden, wirst du ein vollwertiges Forumsmitglied. PS: Lesen kannst du schon die Berichte, die älter sind als sechs Monate. LG Black Widow"

„Irena, das ist dein Job. Ich weiß zwar nicht, wie du das hinbekommst, dich so in die wirren Phantasien dieser Männer hineinzuversetzen, aber du kannst es. Schau mal, wie schnell du diese drei Berichte schreiben kannst, damit wir vollwertiges Mitglied werden."

„Gut, mache ich. Wir dürfen es nur nicht übertreiben. Niemand wird uns glauben, wenn wir mehr als einen Bericht pro Tag schreiben, vielleicht sollten wir sogar nur jeden zweiten Tag etwas online stellen", gab sie zu bedenken.

„Wahrscheinlich hast du recht. Aber ich habe Angst, dass uns die Zeit davonläuft. Dass irgendetwas passiert, während wir zu vorsichtig sind. Igor und seine Truppe sind zu allem bereit und vor allem auch fähig, großen Schaden anzurichten. Ich hatte es noch nie mit solch skrupellosen Gangstern zu tun." Der Hauptkommissar blickte aus dem Fenster, als könnte er dort im trüben Grau eine Antwort finden.

„Felix, das ist deine Entscheidung, ich habe dir nur meine Einschätzung gegeben", sagte Irena.

„Das habe ich verstanden. Schreib erst einmal den ersten Post, ich überlege in der Zwischenzeit, wie schnell wir vorgehen sollten. Emilio, ich will, dass du unsere IT-Heinis aufsuchst. Nimm dir, wen du willst. Der Polizeipräsident hat mir gesagt, dass wir haben können, wen oder was wir wollen. Ich will wissen, wer dieser ‚Black Widow' ist und das am besten schon gestern!"

Mit seinem Becher Tee in der Hand, verzog sich der Ermittlungsleiter in sein Büro. Er grübelte, dann hob er entschlossen den Telefonhörer ab und wählte die Nummer seiner Exfrau.

„Hallo Christine, hier ist Felix!"

„Ich sehe es an deiner Nummer", antwortete sie kühl.

„Bist du sauer? Warum denn? Das verstehe ich wirklich nicht!", entgegnete er.

„Ich weiß auch nicht. Mein Verstand sagt mir, dass ich weder das Recht noch irgendeinen Grund habe, auf dich sauer zu sein oder gar eifersüchtig. Wir sind geschieden. Aber irgendwie hatte ich mich letztes Wochenende darauf gefreut, mal wieder alleine mit dir zu sein."

Er musste lächeln. „Ja, ich fand es auch schön, dich wiederzusehen. Wer sagt schon, dass Gefühl und Verstand immer dasselbe wollen?"

Ihr Lachen tat Felix gut.

„Da hast du recht. Ich weiß aber, dass du zumindest immer versuchst, dass dein Verstand dein Gefühl im Zaum hält."

„Glaube mir, das gelingt mir viel zu selten!", sagte er.

„Manchmal solltest du auch einfach auf deine Gefühle hören! Der Verstand bremst uns öfter aus, als wir denken. Manchmal weiß es dein Herz besser. Du kannst mir glauben, denn ich habe recht!"

Büschelberger schüttelte belustigt den Kopf. Innerhalb von zwei Tagen hatten ihm zwei Frauen dasselbe gesagt.

„Ich werde es mir merken und versuchen, danach zu handeln."

„Schön", sagte seine Exfrau, „doch was kann ich für dich tun? Ist das hier ein privater oder ein dienstlicher Anruf?"

„Leider rein dienstlich!"

„Okay, schieß los! Was willst du von mir wissen?"

Felix atmete tief aus.

„Ich habe dir doch von dem brutalen Mord an der jungen Frau aus der Ukraine erzählt. Nun haben wir endlich Zugang bekommen zu einem geheimen Forum, in dem sich Freier mit hohem Gewaltpotenzial rumtreiben. Wir haben aber nur einen vorläufigen Zugang. Wir müssen uns erst noch bewähren und als würdig beweisen. Meine Kollegin aus der Ukraine scheint deren Nerv gut zu treffen und nun überlegen wir, wie schnell wir drei Berichte online stellen können, ohne uns unglaubwürdig zu machen."

„Hm, diese Frau aus der Ukraine kann solche Erfahrungsberichte besser und treffender formulieren als ihr Kerle?"

„Ja!"

„Interessant!"

„Wieso?"

Nach einer kleinen Pause sagte Christine: „Ach, nur so. Ihr Männer habt halt doch ein kleineres Gehirn als wir Frauen. Wir haben mehr Phantasie und wissen, was ihr hören wollt!"

Felix bildete sich ein, dass er seine Exfrau dabei lächelte.

„Ja ja, das mag schon sein, doch nun bitte zurück zu meinem Problem: Kannst du mir sagen, wie oft Freier zu einer Hure gehen, wenn sie sowas regelmäßig machen? Vor allem, wenn sie dabei extreme Phantasien ausleben wollen?"

Christine überlegte.

„Ich kann natürlich nur aus meiner Erfahrung sprechen, aber es gibt schon Freier, die täglich kommen, das sind aber nur ganz wenige. Dafür müssen sie aber genug Geld haben, um uns Frauen zu bezahlen. Meist verlieben sie sich übrigens dann in uns und werden zu einer lukrativen Melkkuh."

„Und", unterbrach sie Felix, „ist es dir auch schon passiert, dass du dich in einen deiner Freier verliebt hast?"

Ein helles Lachen ertönte.

„Höre ich da jetzt etwa Eifersucht bei dir heraus? Nein, ich kann dich beruhigen, ich habe mich noch nie in einen meiner Kunden verliebt. Die meisten sind auch keine richtigen Männer, sondern tun nur so. Aber um deine erste Frage noch fertig zu beantworten: Der durchschnittliche Freier geht ein- bis zweimal im Monat zu einer Hure, circa zehn Prozent gehen vier- bis sechsmal im Monat und nur ganz wenige öfter. Wie gesagt, sie müssen es sich leisten können."

„Ich danke dir für deine Information, du hast mir sehr geholfen."

„Das freut mich. Vielleicht sehen wir uns ja bald mal wieder?"

„Ja, vielleicht!"

Felix legte auf. Es machte ihn fertig, dass er solche Informationen von seiner Exfrau bekam. Irgendwie rebellierte etwas in ihm dagegen. Er wollte lieber nicht darüber nachdenken.

„Wie war das noch? Verstand und Gefühl, Gefühl und Verstand. Nein, hier passten sie wirklich nicht zusammen!", dachte er.

Er schüttelte energisch den Kopf, um ihn freizubekommen. Als das nicht half, schnappte er sich seine Jacke, stapfte aus dem Gebäude und lief durch den grauen und regnerischen Tag.

Als er nach der Mittagspause zurückkam, saß ein Kollege aus der IT-Abteilung zusammen mit Emilio vor den Rechnern. Die beiden debattierten leidenschaftlich über die richtige Vorgehensweise. Nebenbei installierte der IT-Spezialist weitere Software auf dem Rechner, an dem er und Emilio saßen.

Hauptkommissar Büschelberger sah seinen Kollegen fragend an, dieser zeigte mit dem Daumen nach oben. Hier schien alles klar zu sein.

Felix suchte nach Irena und fand sie bei Arno. Sie las ihm gerade ihren neuesten Bericht für das Forum vor.

„So", sagte der Ermittlungsleiter, „ich will, dass wir bis Donnerstagnacht alle drei Posts online haben. Du kannst den ersten heute Abend hochladen. Ich denke, je mehr wir einen besessenen und solventen Freier spielen, desto eher kommen wir für Igor als Kunden für seine Mädchen infrage."

„Du bist der Chef!", sagte seine Kollegin.

„Gut, ich mache mich dann mal auf den Weg nach Hause. Für heute ist bei mir die Luft raus und ich brauche ein wenig Ruhe, um wieder klar denken zu können. Wir sehen uns morgen!"

Mit diesen Worten verließ Büschelberger das Gebäude. Ihm folgte ein melancholischer Blick aus hellgrünen Augen.

Am Dienstag kamen Frauke und Kevin aus ihrem Kurzurlaub zurück. Die richtigen Flitterwochen würden sie später nachholen, wenn Fraukes Tochter Nina Schulferien hatte. Die Kommissarin freute sich sehr, dass ihr neuer Name an ihrem Platz stand. Felix hatte sich schon darum gekümmert. Sie strahlte, wie es nur frisch Verliebte können.

Der Tag zog sich aus ermittlungstechnischer Sicht zäh wie Kaugummi dahin. Am Nachmittag überflog Frauke die Geschichte, die Irena als nächste im Freierforum veröffentlichen wollte. Sie hatte vorher schon die Antworten der anderen Forumsmitglieder auf die Story, die sie am Tag vorher veröffentlicht hatten, gelesen.

„Mir wird ganz schlecht, wenn ich so etwas lese! Vor allem, wenn ich daran denke, dass irgendwo da draußen junge Frauen gefangengehalten werden und dazu gezwungen werden, solch erniedrigende Praktiken über sich ergehen zu lassen. Wir müssen sie schnell finden und endlich aus dieser Hölle befreien!"

Irena antwortete nicht, sondern feilte weiter konzentriert an ihrer Wortwahl.

„Wie schaffst du das nur?", fragte die deutsche Kommissarin. „Du kannst dich so gut in diese Bastarde hineinversetzen und bleibst äußerlich doch so ruhig dabei. Ich könnte das nicht!"

Frauke sah, wie sich in Irenas Augen plötzlich Schmerz und Wut mischten.

Mit bebender Stimme antwortete ihr die Ukrainerin.

„Siehst du die Narbe in meinem Gesicht? Die habe ich nicht im Dienst als Polizistin bekommen. Das war ein Mann, der genau solche Phantasien hatte und sie brutal ausgelebt hat! Ich weiß, wie solche Schweine", dieses Wort spuckte sie voller Verachtung fast aus, „ticken und was sie anmacht. Ich weiß es leider viel zu genau."

Voller Mitgefühl drückte Frauke die Hand ihrer Kollegin. In diesem Moment trafen die beiden eine stille Übereinkunft. Irenas Geschichte würde ihr Geheimnis bleiben. Manches mussten selbst ihre Kollegen nicht erfahren.

20

Mittwoch um elf Uhr und dreiundvierzig Minuten ballte Emilio triumphierend er seine Faust. „Ja, wir haben den Bastard!" Er eilte zu Felix ins Büro.

„Du wirst es nicht glauben, aber wir haben ihn festgenagelt!"

„Wen", fragte sein Chef, „Igor oder den Betreiber des Forums?"

„Nein, nicht den Zuhälter, aber den Betreiber und den Server, auf dem dieser perverse Mist liegt. Ich hatte ja befürchtet, dass die Daten auf irgendeinem Rechner im Pazifikraum liegen könnten. Viele dieser Seiten befinden sich auf Servern in Samoa, auf den Fidschi Inseln oder Tonga. Den Besitzern da unten ist es egal, welchen Schrott sie hosten. Hauptsache, sie verdienen ein paar Dollar damit", erklärte der technikbegeisterte Kommissar seinem Freund.

„Und wo liegen unsere Daten?"

„Hier in Frankfurt!"

„Was? Das ist ja stark! Das heißt, wir können los und uns diesen Typ schnappen?"

„Ja! Hier ist die Adresse der Firma und der Name des Benutzers, der den SILC-Server verwaltet. Ich wette, dass dieser Typ ,Black Widow' ist!"

Hauptkommissar Büschelberger las den Zettel, den ihm sein Kollege gereicht hatte. Ein gewisser Josten Sørensen hatte den SILC-Server vor drei Jahren bei einer kleinen Firma namens „Bleiben Sie Sauber GmbH" eingerichtet. Die bittere Ironie verschlug Felix den Atem. Bei dem Unternehmen handelte es sich um einen Großhandel, der Alten- und Pflegeheime sowie Krankenhäuser mit Hygieneartikeln belieferte. Das Unternehmen hatte seinen Sitz unweit des Flughafens.

„Zufall?", schoss es Felix durch den Kopf.

„Lass uns mit Irena sofort aufbrechen und diesen Sørensen vernehmen! Auf der Fahrt dorthin kannst du mir erzählen, wie ihr den Typen gefunden habt."

„Kann ich gerne machen und ich kann dir versichern, dass es nicht leicht war. Dieser Kerl ist mit allen Wassern gewaschen, ohne die Hilfe der IT wäre es nicht so schnell gegangen. Kurz gesagt, wir haben ihm einen Honeypot des BKA untergejubelt. Der Link dazu war in einem Foto versteckt, das Irena nachträglich zum letzten Bericht hochgeladen hat."

„Wie bist du denn auf diese Idee gekommen?"

„Nun, unser Kollege aus der IT hat bei der Entwicklung dieser Lösung ein wenig geholfen und da unser Polizeipräsident uns alle Mittel zugesagt hatte, haben wir das ausprobiert." Emilio grinste breit.

„Super gemacht!" Hauptkommissar Büschelberger schlug seinem Freund anerkennend auf die Schulter.

„Und woher hatte Irena das Foto?"

„Hat sie nicht gesagt!"

„Ist vielleicht auch besser so, manches wollen wir gar nicht wissen, glaube ich."

„Sollen wir das SEK informieren?", fragte der Kommissar.

„Nein, ich glaube nicht, dass ‚Black Widow' gefährlich ist. Das ist ein Däne und damit bestimmt keiner von Igors Männern."

Die drei Polizisten donnerten vom Hof.

Auf der Fahrt schilderte Emilio den beiden anderen Polizisten, wie er Josten Sørensen auf die Schliche gekommen war.

„Also, dieser Administrator hat echt Ahnung von der Materie!", sagte Emilio. „Das Forum liegt auf einem Secure Internet Live Conferencing- Server. Der verwendet ein Netzwerkprotokoll, das selbst auf unsicheren Netzwerken eine gesicherte Kommunikation ermöglicht. Der gesamte Übertragungsweg kann über eine End-to-End-Verschlüsselung anonymisiert werden. Dabei wird eine asymmetrische Kryptographie verwendet. Das heißt, der Schlüssel, der von den Clients und dem Server zur Kommunikation verwendet wird, wird nur vom Server erstellt und verschickt. Der Serveradministrator kontrolliert also alles und jede Kommunikation. Dadurch war es sehr schwer, ihn aufzuspüren. Wir mussten ihn dazu bringen, unvorsichtig zu sein."

„Und das hat mit diesem ‚Honeypot' zu tun?", fragte Büschelberger.

„Ein Honeypot ist, wie der Name sagt, eine Honigfalle. Dazu haben wir das Foto, das Irena hochgeladen hat, mit einem Link versehen, der zu einem von uns kontrollierten Server führte. Darauf befanden sich angeblich noch mehr Fotos von jungen und willigen Prostituierten. Auf der Webseite lief dann ein Java-Applet, das sich Informationen über die Rechner beschafft hat. Wir haben quasi den Fingerabdruck oder ‚Fingerprint‘, wie die IT-Fachleute sagen würden, der Rechner ermittelt“, erklärte sein Kollege.

„Willst du damit andeuten, dass jeder PC eine unverwechselbare Identität hat?“, fragte Felix.

„So ähnlich. Wenn du im Internet einen Server ansteuerst, fragt dieser jede Menge Informationen über dich ab. Fast alle versuchen, dir ein sogenanntes Cookie auf deinen Rechner zu legen. Das ist eine kleine Information, die dich identifizieren soll, wenn du das nächste Mal vorbeikommst. Gerade zu Werbezwecken und zur statistischen Erhebung ist das sehr gebräuchlich. Viele Leute wissen das und löschen regelmäßig ihre Cookies, damit sie anonymer bleiben. Was viele jedoch nicht wissen, ist, dass es auch sogenannte Supercookies gibt. Die werden über den Flashplayer – also den Videospieler des PCs– aktiviert.“ Emilio hielt kurz inne und wartete, ob eine Frage kam. Dann fuhr er fort.

„Diese Supercookies können eine riesige Menge an Informationen enthalten. Sie sind relativ gefährlich, weil du nicht mitbekommst, was sie alles über dich speichern. Das kann bis zu deinem gesamten Verlauf im Internetbrowser gehen. Das heißt, andere Webseiten fragen ab, was du dir sonst noch so angeschaut hast. Diese Supercookies kannst du nur auf der Herstellerseite des Videoprogramms abstellen. Fast alle User machen das nicht. Der Administrator dieses Forums hat das leider gemacht. Andere User, die auf unseren Honeypot geklickt haben, allerdings nicht. Wir konnten also nachverfolgen, wo sie sonst noch waren. Die dritte Stufe wird, wie gesagt, durch das Java-Programm erreicht. Es fragt ab, welchen Browser du benutzt, welche Windows Version, welche Plug Ins, welches Servicepack, welche Videocodecs und noch viele andere Informationen. Die Schnittmenge all dieser Informationen macht fast jeden Rechner einmalig auf dieser Welt.“ Zufrieden nickte Emilio.

„Aber wie hat uns das auf die Spur dieses Josten Sørensen gebracht? Du hast doch erzählt, dass er seine Informationen über mehrere Server leitet, um seine Spuren zu verwischen", fragte sein Chef.

„Stimmt, aber das hat ihn nur noch einfacher zu erkennen gemacht. Je exotischer deine Sicherheitssoftware ist, desto heller leuchtest du in der Dunkelheit. Einer der Rechner war extrem gut gesichert. Er befindet sich im Firmennetzwerk des Unternehmens, zu dem wir jetzt fahren. Das konnten wir schon über die IP-Adresse des Gateways durch Geolokalisation mithilfe der RIPE-Webseite in Amsterdam erfahren. Dann hat ein ähnlich gut gesicherter Rechner letzte Nacht auf all unsere Verzeichnisse auf diesem Server zugegriffen", sagte Emilio und fuhr fort.

„Er hat sich reingehackt, das konnten wir über unseren Gateway nachverfolgen. Dieser Hackerangriff ging von einem PC aus, der über einen normalen Provider läuft. Eine Nachfrage bei diesem und wir wussten, dass der PC und der Internetzugang wieder auf die Firma ‚Bleiben Sie Sauber GmbH' zugelassen war. Deren ganzes Netzwerk wird von diesem Josten Sørensen betrieben. Er ist deren Administrator. Damit hatten wir ihn. Ein wenig technische Finesse und Kombinationsvermögen und so sind wir ihm auf die Schliche gekommen."

Die Kommissare parkten ihren ActiveE direkt vor dem Eingang des Unternehmens und stürmten in das Gebäude der „Bleiben Sie Sauber GmbH". Der Mann hinter dem Empfangstresen war geschockt, als er ihre Dienstausweise sah und sie ihn nach dem Weg zu Sørensen fragten.

Nachdem die Kommissare den Weg beschrieben bekommen hatten, eilten sie dorthin. Das Büro des Verdächtigen lag im ersten Stock, er teilte sich den Raum mit zwei Kollegen aus der Auftragsannahme. Ein Platz war unbesetzt, der Schreibtisch pedantisch aufgeräumt, die Stifte parallel zueinander ausgerichtet. Der PC war eingeschaltet und auf dem Bildschirm liefen irgendwelche Analyseprogramme ab. Direkt vor dem Monitor stand eine weiße Rose in einer kleinen Glasvase.

Felix wandte sich an den Mitarbeiter, der dem leeren Schreibtisch gegenüber saß.

„Wo ist denn Herr Sørensen? Ist das sein Schreibtisch? Wir sind auf der Suche nach ihm."

„Josten müsste gleich wieder da sein, warten Sie doch einfach hier auf ihn." Neugierig musterten die beiden Mitarbeiter die drei Beamten, die sich nicht als Polzisten ausgewiesen hatten.

Emilio deutete auf die weiße Rose. „Hat Herr Sørensen eine Verehrerin oder ist er gar verheiratet?"

„Der?", platzte es aus dem zweiten Mitarbeiter heraus, „der doch nicht, das ist ein ganz stiller und schüchterner Typ. Der hat keine Freundin, noch nie gehabt. Nee, die Rose schenkt er jede Woche seinem PC. Meint, dass Computer die einzigen Frauen seien, die ihn verstehen und lieben würden. Was für ein Spinner!"

Der Mann tippte weiter auf seiner Tastatur, während sich die Kommissare anschauten. So ein Verhalten passte vielleicht sogar perfekt in das Profil eines Menschen, der sich an extremer Gewalt berauschen konnte.

„Wo könnte er denn stecken? Es ist sehr wichtig, dass wir ihn sofort sprechen!", insistierte Hauptkommissar Büschelberger.

„Na, der wird in unserem Serverraum sein. Hat eben gemurmelt, dass etwas nicht stimmen könne und wir irgendein Datenleck hätten."

Felix zog nun seinen Dienstausweis: „Führen Sie uns bitte sofort zu Ihrem Serverraum, jetzt!"

Eingeschüchtert gehorchte der Mitarbeiter. An der Tür des Serverraumes schickte Felix ihn zurück zu seinem Arbeitsplatz und die drei Polizisten betraten den Raum.

In der Mitte des Raumes standen drei Server und ein schmächtiger Mann, etwa 1,70 Meter groß, mit einem dünnen Spitzbart, einem blonden, schon lichten Haarkranz und einer dicken schwarzen Hornbrille. Er blickte auf.

„Wer sind Sie und was ...", dann verstummte er und ließ die Schultern hängen. „Polizei, ich verstehe. Das erklärt dann auch den unautorisierten Datenverkehr vom Server nach draußen."

„Stimmt!", sagte Emilio, während er und Felix sich auswiesen. „Sie betreiben von diesen Servern aus ein Forum, in dem sich Freier über perverse Sexpraktiken austauschen und dadurch die illegale Prostitution fördern. Sie sind ‚Black Widow', der

Administrator dieses Forums!" Der Kommissar stellte keine Frage, sondern formulierte diese Punkte wie erwiesene Tatsachen.

„Ja, das stimmt", flüsterte der Verdächtige.

„Dann müssen wir Sie jetzt auffordern, mit uns aufs Revier zu kommen, wir haben einige Fragen an Sie!", ordnete der Hauptkommissar an.

Emilio zückte die Handschellen, um sie dem Forumsadministrator anzulegen.

„Bitte nicht! Muss das sein?", winselte Josten Sørensen.

Felix wurde übel. Er kannte einige Berichte, die dieser Mensch verfasst hatte und jetzt fing der fast zu weinen an, nur weil er selbst Handschellen angelegt bekommen sollte. Aber er fand, dass dieser Wurm eine Lektion verdient hatte. Er blickte zu Irena. Auch ihr Blick ließ keine Gnade erkennen. So war es also entschieden. Felix gab Emilio ihr internes Zeichen. Mit seinem nach oben gerichteten Zeigefinger schlug er einen schnellen Doppelkreis in der Luft. Das bedeutete bei ihnen: „Leg ihm die silberne Acht an" – so nannten sie die Handschellen.

Als die vier durch das Büro zurück zum Auto gingen, lösten sie großes Getuschel aus. Aber niemand fragte, ob sie das Recht dazu hatten, einen ihrer Mitarbeiter in Handschellen abzuführen. Keiner fragte Josten, ob er Hilfe benötige. Das war etwas, das der Hauptkommissar sehr bezeichnend fand. Es war so, als ob alle früher oder später genau so etwas erwartet hatten. „Spinner!" – so hatte ihn sein Kollege genannt.

Als der Verdächtige das Elektroauto sah, lächelte er schüchtern. „Ach, Sie sind das. Von Ihrem Team und dem Elektroauto habe ich mal was gelesen."

Keiner der Polizisten reagierte auf diese Aussage. Falls sich Herr Sørensen einschmeicheln wollte, so hatte er das ziemlich ungeschickt angestellt. ‚Black Widow' musste sich auf die Rückbank setzen, Felix setzte sich neben ihn, Emilio fuhr und Irena saß vorne rechts.

Während der Fahrt schwieg der Forumsadministrator, Felix ertappte ihn allerdings öfter dabei, dass er den russischen Polizeimajor nachdenklich betrachtete. Einen Reim konnte er sich aber nicht darauf machen.

Im Verhörzimmer stellte Felix sich noch einmal offiziell vor.

„Nun, Herr Sørensen, Sie haben ja schon meinen Dienstausweis und den meines Kollegen hier gesehen. Ich bin Hauptkommissar Büschelberger, das hier ist Kommissar Perfondo und die Dame ist Polizeimajor Sowetschkakow aus der Ukraine. Sie hilft uns bei unseren Ermittlungen. Wir ermitteln inzwischen in drei Mordfällen, mehreren Fällen von Körperverletzung sowie illegaler Zwangsprostitution und deren Begünstigung. Welche Rolle Sie in all dem spielen, ist noch nicht ganz klar, aber das wollen wir hier und jetzt klären. Ich muss Sie also darauf hinweisen, dass Sie das Recht haben, einen Anwalt hinzuzuziehen, bevor wir beginnen. Außerdem kann alles, was Sie hier aussagen, gegen Sie vor Gericht verwendet werden, falls es zu einem Prozess kommt. Haben Sie mich verstanden?“

War ‚Black Widow' bis eben nur etwas eingeschüchtert, so wurde er jetzt kreidebleich. „Mord? Ich? Aber ich habe … also damit habe ich gar nichts zu tun!“

„Das werden wir sehen. Also, wollen Sie einen Anwalt anrufen oder sollen wir Ihnen einen stellen? Ich rate Ihnen aber in jedem Fall, eng mit uns zu kooperieren, das wirkt sich immer positiv aus!“

Schüchtern blickte der Forumsbetreiber von einem zum anderen, dabei blieb sein Blick länger bei Irena hängen. Er öffnete den Mund. Bevor er allerdings etwas sagen konnte, packte die ukrainische Frau ihn am Kragen und fauchte ihn an.

„Und ich rate dir, dass du hier keine Scheiße erzählst oder irgendwelche Märchen verbreitest, sonst sorge ich persönlich dafür, dass dein kleiner Arsch ins finsterste Sibirien verbannt wird. Du wirst diese Reise übrigens ohne Rückfahrschein antreten, hast du mich verstanden?“ Ihr wutverzerrtes Gesicht berührte fast seines und ihre hellgrünen Augen funkelten böse.

Völlig verängstigt und hilfesuchend blickte Sørensen zu Hauptkommissar Büschelberger.

„Darf sie das, kann sie das einfach so tun? Ich meine, ich habe doch auch Rechte, oder?“

„Sehen Sie, Herr Sørensen, natürlich haben Sie auch Rechte, aber ich würde es an Ihrer Stelle nicht darauf ankommen lassen, ob und was dieser Polizeimajor alles erreichen kann. Arbeiten Sie einfach mit uns zusammen, erzählen Sie alles, was Sie wissen, dann passiert Ihnen auch nichts."

Zitternd nickte ‚Black Widow'. Zum ersten Mal in seinem Leben hatte Felix in diesem Moment eine Ahnung davon, welchen Reiz es haben könnte, absolute Macht über einen anderen Menschen zu erlangen. Er kämpfte diesen Impuls nieder und wurde wieder professioneller Polizist. Er nickte Emilio zu, dass er die Videoaufnahme starten könne.

„Ich kann also zu Protokoll nehmen, dass Sie, Herr Josten Sørensen, im Moment auf Rechtsbeistand verzichten. Ist das richtig?"

„Ja", antwortete er zaghaft.

„Gut, dann können wir beginnen." Felix trug die Daten von sich und Emilio vor und dann Namen, Geburtsdatum und Geburtsort des Befragten. Nachdem er den formellen Teil abgehandelt hatte, stellte er seine Fragen.

„Kennen Sie diese Frau?" Der Ermittlungsleiter legte ein Foto von Mariola Sudnatschow auf den Tisch.

Der Befragte schluckte vernehmlich und schwieg, deshalb wiederholte Hauptkommissar Büschelberger seine Frage. „Sie sollten besser mit uns kooperieren! Oder war das vorhin so missverständlich von mir ausgedrückt?"

„Nein!"

„Nein, was?"

„Ich meinte: Nein, es war nicht missverständlich ausgedrückt. Und, ja, ich kenne sie." Zaghaft und sehr leise kam die Antwort.

„Aha, und woher kennen Sie diese junge Frau?"

„Sie war eine Nutte, die man bestellen konnte, wenn man die richtigen Kontakte hatte."

In diesem Moment rastete Irena aus.

„Hör mal zu, du dreckiges kleines feiges Arschloch, sie war keine Nutte, man hat sie zur Prostitution gezwungen. Gezwungen, verstehst du das! Immer wieder verprügelt und bedroht, damit so verdammte Schweine und Perverse wie du über sie rüber rutschen und ihre krankhaften Phantasien an ihr stillen konnten. Männer wie du, die sonst niemals eine Frau bekommen würden, also pass auf, wie du von diesen Frauen redest, sonst vergesse ich mich!" Ihr Gesicht brannte vor Zorn und Hass auf den Verdächtigen.

Felix schwieg einige Zeit. Zum einem wollte er Irenas Worte auf ‚Black Widow' wirken lassen, zum anderen war er selbst etwas schockiert über ihren Ausbruch und hoffte, dass sie sich schnell wieder in den Griff bekommen würde. Sonst müsste er sie aus dem Verhörraum schicken.

„Nun, Herr Sørensen, mäßigen Sie sich und sprechen Sie bitte respektvoll von den Damen, über die wir hier noch reden werden. Hier herrscht garantiert ein anderer Ton als in Ihrem Forum", wies er den Verdächtigen in seine Schranken.

„Haben Sie mit dieser Frau schon mal sexuellen Kontakt gepflegt?"

„Nein, das habe ich nicht!"

„Woher kennen Sie diese Frau denn dann?"

„In unserem Forum haben viele der ...", Josten schluckte, bevor er weitersprach, „... also viele der Damen sind mit Foto abgebildet, das ihre Freier mit dem Handy aufnehmen."

„Wissen die Frauen davon, dass ihre Fotos im Internet auftauchen?"

„Ich nehme an, dass die meisten es nicht wissen."

„Und das hat Sie nie gestört?"

„Nein, ich habe mir nie darüber Gedanken gemacht."

„Wissen Sie denn, dass die Frau tot ist? Dass sie ermordet wurde?"

Betreten nickte der Zeuge.

„Bitte geben Sie ihre Antwort laut und klar, ein Nicken reicht mir nicht", erteilte Hauptkommissar Büschelberger seine Anweisungen.

„Ich habe davon gelesen, dass diese Frau ermordet wurde."

„Wo haben Sie davon gelesen, auch wieder in Ihrem Forum?"

„Nein, so etwas würde ich dort nicht dulden."

„Wollen Sie uns jetzt weismachen, dass Sie ein Gewissen und Anstand haben?", giftete Irena Josten an.

„Nein, aber ich meine, also, ich will so etwas bei uns nicht im Forum haben, das mag ich nicht!"

„Okay, ich wiederhole meine Frage", sagte Felix, „wo haben Sie davon gelesen?"

„In der Presse!"

„Und warum melden Sie sich nicht bei uns? Ihnen sollte doch klar sein, dass Sie dadurch sofort verdächtig werden."

„Genau davor hatte ich Angst! Ich dachte, ich werde als Betreiber meines Forums sofort verdächtigt."

„Tja, hat ja nicht viel genutzt!", meinte Emilio trocken. „Wir haben Sie doch gefunden."

„Stimmt, wobei mich echt interessieren würde, wie Sie das geschafft haben. Meine Sicherheitsvorkehrungen sind sehr, sehr hoch."

„Das lassen Sie mal unsere Sorge sein", meinte der Hauptkommissar. „Was steht denn in Ihrem Forum über Mariola – so heißt die Ermordete nämlich – drin?", lenkte er das Gespräch wieder in die Richtung, die er haben wollte.

„Das können Sie lesen, sobald Sie den dritten Bericht gepostet haben und freigeschaltet sind."

Hauptkommissar Büschelberger schnappte nach Luft. War dieser Sørensen so dreist oder einfach nur dumm?

„Wieso sollten wir noch einen Bericht schreiben? Sie können uns doch sofort freischalten oder wir nehmen einfach Ihre Passwörter und loggen uns gleich von hier ein!"

„Nein, das geht nicht!"

So langsam wurde auch Felix richtig sauer: „Ich zeige Ihnen gleich, was geht und was nicht!", knurrte er.

„Nein, Sie haben mich falsch verstanden. Wenn ich Sie freischalte, ohne dass Sie drei Berichte geschrieben haben, dann merken die anderen sofort, dass da etwas nicht stimmt. In diesem Milieu ist man von Natur aus sehr vorsichtig. Dann nutzt es Ihnen gar nichts mehr. Mein Passwort nutzt Ihnen auch nichts, da ich einen Algorithmus eingebaut habe, der mittels IP-Adressen-Synchronisierung und zweier weiterer Kennzahlen aus den Gerätenummern ermittelt, ob jemand versucht, sich von einem anderen Rechner aus einzuloggen. Nur von meinem Firmen-PC und dem Rechner zuhause kann ich mich einloggen, sonst sperrt der Server den Zugang für 48 Stunden und man kommt gar nicht mehr rein."

„Schreiben Sie einfach noch einen Bericht und ich schalte Sie sofort frei, dann fällt niemandem etwas auf", fügte er hinzu.

„Wenn das nur ein billiger Trick ist, dann wird es Ihnen leid tun, dass Sie unsere Zeit hier verschwenden!", antwortete Felix gereizt.

„Sie haben eben ausgesagt, dass man mit den richtigen Kontakten Mariola als Prostituierte buchen konnte. Haben Sie diese Kontakte?"

„Ja, ihr Zuhälter ist auch im Forum, er begutachtet die Freier und wenn sie ihm als gut situiert und vor allem als nicht verdächtig erscheinen, bietet er ihnen seine Mädchen an."

„Wie viele Mädchen hat denn dieser Zuhälter so am Laufen?"

„Ich glaube, es sind sechs bis sieben Frauen."

„Und hatten Sie sexuellen Kontakt zu einer dieser Frauen?"

„Nein!"

„Nein? Wollen Sie uns weismachen, Sie seien doch ein Heiliger?", zischte Felix den Zeugen zynisch an.

„Nein, das bin ich nicht, aber ich leide an einer stark ausgeprägten Agaraphobie, in Verbindung mit einer schweren Aphenphosmophobie", antwortete er.

„Würden Sie uns bitte aufklären, was für Phobien das sein sollen? Unser Mediziner ist gerade nicht anwesend." Noch immer war Hauptkommissar Büschelberger gereizt.

„Eine Agaraphobie beschreibt die Angst davor, berührt zu werden. Mir ist es sehr unangenehm, wenn ich von anderen Menschen berührt werde. Da bekomme ich geradezu panische Angst, deswegen wollte ich auch nicht, dass Sie mir Handschellen anlegen. Die Aphenphosmophobie äußert sich dahingehend, dass ich Angst habe, mir bei körperlichen Kontakten ansteckende Krankheiten zu holen oder mich schmutzig zu machen. Deswegen kann ich unmöglich mit einer dieser Frauen sexuellen Kontakt haben."

Was für ein armseliges Würstchen saß ihm da gegenüber, dachte der Ermittlungsleiter bei sich.

„Wenn Sie überhaupt keine körperliche Nähe ertragen können, warum betreiben Sie dann dieses Forum?", wollte er wissen.

„Weil ich mich, wenn ich diese Geschichten lese, abends selbst befriedigen kann!", stotterte Josten Sørensen verlegen.

„Ich brauche jetzt erst mal was zu trinken. Wollen Sie auch etwas? Kaffee oder Tee?", fragte Felix.

„Wenn es keine Umstände macht, dann bitte einen grünen Tee, ich trinke nichts anderes!"

So ein Miststück, dachte der Hauptkommissar, falls der sich hier gerade einschleimen wollte, dann gelang ihm das garantiert nicht! Aber er sagte nichts.

Nach der Teepause, die sie schweigend verbrachten, führte Felix die Befragung weiter durch.

„Sobald wir also freigeschaltet sind, können wir den Zuhälter kontaktieren beziehungsweise Sie können uns doch seine IP-Adresse geben. Stimmt's?"

„Nicht ganz. Dieser Zuhälter ist wirklich vorsichtig. Er loggt sich immer von einem Smartphone ein und wechselt dabei anscheinend öfter die SIM-Karte und den Netzanbieter. Und er kontaktiert Sie. Allerdings kann man jemanden empfehlen, das könnte ich machen!"

Hauptkommissar Büschelberger wandte sich an seinen Kollegen: „Wenn man die IP-Adresse eines Smartphones kennt, bekommt man darüber auch die Handynummer raus?"

„Eine gute Frage, ich check das gleich mal", sagte Emilio.

„Nein, das geht nicht. Wenn Sie sich mit einem Handy oder Smartphone im Internet anmelden, teilt Ihnen Ihr Netzbetreiber eine IP-Adresse zu. Diese ändert sich immer wieder, da kein Netzbetreiber Ihnen ständig eine feste IP-Adresse zuteilen kann. Was Sie aber zu sehen bekommen, ist, mit welchem Netzanbieter sich der Betreffende bei Ihnen auf dem Server einloggt. Dann müssten Sie über den jeweiligen Netzbetreiber herausfinden können, welcher Handynummer er zu dem jeweiligen Zeitpunkt diese IP-Adresse zugeteilt hat. Anders ist es nicht möglich!", erklärte Josten Sørensen.

„Schade!", meinte der Hauptkommissar. „Wie lange dauert es, bis Sie uns bei diesem Zuhälter empfehlen können, wenn wir freigeschaltet sind?"

„Das kann ich noch am gleichen Tag erledigen. Allerdings kann ich nicht garantieren, dass er sich sofort bei Ihnen meldet."

„Gut, lassen wir es darauf ankommen. Ich denke, wir sind fertig miteinander. Wir drucken jetzt unser Gesprächsprotokoll aus, Sie unterschreiben es. Dann schalten Sie uns heute noch frei, sobald wir den dritten Bericht online haben." Felix nickte dem Polizeimajor zu.

„Ja, das mache ich noch heute!"

„Dann muss ich Sie noch darauf hinweisen, dass die Staatsanwaltschaft prüfen wird, ob gegen Sie Anklage erhoben wird wegen Behinderung der Justiz und oder Förderung der Zwangsprostitution. Außerdem gehe ich davon aus, dass Sie Ärger mit Ihrem Arbeitgeber bekommen."

„Das kann schon sein, wäre mir aber egal, dann muss ich da wenigstens nicht mehr hin!"

„Das wäre im Moment aber kontraproduktiv!", meinte Emilio. „Wenn Sie dort nicht mehr arbeiten, wird irgendwann jemand das Forum auf dem Firmenserver bemerken und löschen!"

„Nein, das bemerkt dort niemand, außerdem habe ich vollen Zugang auf den Server von zuhause aus, dafür habe ich gesorgt. Außerdem sind die Daten im Netz auf weiteren Deep Hidden Ghost Servern gespiegelt, für alle Fälle."

„Gut, dann werden wir Sie jetzt nach Hause begleiten lassen. Sie stehen ab sofort unter Polizeibeobachtung. Ein Beamter wird sich bei Ihnen in der Wohnung aufhalten und Sie bewachen."

„Muss das sein?"

„Wie gesagt, es ist sehr wahrscheinlich, dass gegen Sie Anklage erhoben wird. Schließlich ist das kein Kavaliersdelikt, was Sie da mit Ihrem Forum treiben. Mein letzter Rat an Sie wäre, dass Sie, sobald wir den Fall gelöst haben, Ihr Forum für immer schließen."

Josten Sørensen verließ das Gebäude in Begleitung von zwei Schutzpolizisten. Alle Kommissare hatten es vermieden, ihm die Hand zu geben.

„Können wir diesen Drecksack nicht gleich einsperren?", fragte Frauke. „Das ist doch nicht okay, dass er nach Hause geht!"

„Können wir leider nicht, aber er steht ja unter ständiger Überwachung und sobald er versucht, die Stadt zu verlassen oder sich nicht an unsere Abmachung hält, werden wir ihn hopsnehmen. Im Moment benötigen wir seine Hilfe. Danach werden wir sehen, was wir mit diesem Dänen machen! Dieser perverse Nerd entkommt uns und seiner gerechten Strafe nicht."

„Ich habe mich übrigens gerade eben ein wenig schlaugemacht. Es stimmt zwar, dass die IP-Adresse nichts über die betreffende Handynummer aussagt, aber jedes Gerät sendet auch die International Mobile Equipment Identity oder kurz die IMEI, die es eindeutig definiert. So kann man gestohlene Handys sperren lassen. Falls dieser Igor immer dasselbe Handy benutzt und nur die SIM-Karte wechselt, dann könnten wir eventuell doch orten", bemerkte Emilio.

„Dann lass uns das versuchen!", erwiderte Felix.

„Das ist leider nicht ganz so einfach. Wir müssen erst einmal die IP-Nummer von diesem Josten bekommen. Dann fragen wir bei dem Provider an, welche IMEI-Nummer zu diesem Zeitpunkt dieser IP zugeordnet war. Sobald wir diese Information haben, können wir alle Netzbetreiber informieren, damit sie für uns diese IMEI-Nummer orten."

„Das heißt, das dauert ziemlich lange, oder?"

Emilio nickte. „Das Orten geht dann fast in Echtzeit, aber wir benötigen einiges an Vorlauf für den ganzen bürokratischen Aufwand: Eine richterliche Verfügung, die Netzbetreiber müssen die IMEI in ihr System als ‚gesucht' einpflegen und so weiter. Das dauert halt alles etwas länger. Aber falls er jedes Mal ein anderes Handy benutzt, nutzt uns die IMEI auch nichts!"

„Lass uns das als Möglichkeit aber weiterhin im Kopf behalten. Sobald wir die ersten IP-Nummern haben, entscheiden wir, ob es einen Versuch wert ist", sagte der Ermittlungsleiter.

21

Josten hielt Wort. Fünf Minuten, nachdem Irena den letzten Bericht hochgeladen hatte, waren sie vollwertige Mitglieder des Forums. Sie hatten schon jede Menge in anderen Foren gelesen, aber nichts, was sie dort gelesen hatten, hätte sie vorbereiten können auf das, was sie jetzt zu lesen bekamen.

„Ich glaube, ich werde mit diesem Josten noch einmal reden müssen, sobald wir Igor geschnappt haben. Wir sollten das ganze perverse Zeug dem Staatsanwalt vorlegen. Vielleicht können wir wenigstens den einen oder anderen aus dem Verkehr ziehen", bemerkte Felix frustriert.

Sie erhielten auch eine Private Message, dass Josten den User „Sadisticus" an den Zuhälter empfohlen habe. Von nun an hieß es abwarten.

Der Donnerstag war ein verlorener Tag für das Ermittlungsteam. Die IP-Adressen, die der Zuhälter bisher benutzt hatte, waren allesamt Prepaid-Karten. Keine ließ sich zurückverfolgen. Selbst das Bewegungsprofil darüber, wo die jeweiligen Karten gekauft worden waren, ergab kein schlüssiges Bild. In jedem Laden waren maximal drei Karten gekauft worden. Danach tauchten Igor oder seine Helfer nie mehr auf, um eine neue Prepaid-Karte zu besorgen.

Die Anspannung wuchs den ganzen Freitag hinüber; fast minütlich checkten die Kommissare in ihrer Mailbox, ob Igor sich bei ihnen gemeldet hatte. Kurz vor Feierabend dann die Erlösung in Form einer Nachricht. Der russische Zuhälter hatte den Köder geschluckt und angebissen.

„Sadisticus, ich habe deine Berichte mit großem Interesse gelesen. Ich weiß, dass du auf der Suche nach dem Besonderen bist. Meine Mädchen können dir deine geheimsten Träume erfüllen. Wenn du es dir leisten kannst, gibt es keine Grenzen. Schreib, wenn du mehr wissen willst."

Der Absender nannte sich „Russian Dreams".

Es kam sofort Bewegung in die Truppe, an Feierabend dachte niemand mehr. Der Ermittlungsleiter tippte seine Antwort kurz und knapp.

„Verlockend! Wenn ich wirklich meine geheimsten Träume verwirklichen kann, spielt Geld für mich keine Rolle. Wie kann ich dich erreichen?"

Als er die Nachricht abgesendet hatte, rief Hauptkommissar Büschelberger Staatsanwalt Fromm an.

„Herr Staatsanwalt, wir haben sehr wahrscheinlich Kontakt zu Igor Bramkolysch aufgebaut."

„Alles klar, ich komme sofort rüber zu Ihnen. Verständigen Sie bitte den Einsatzleiter des SEK. Von jetzt an herrscht 24 Stunden-Einsatzbereitschaft." Fromm legte auf.

Felix meldete sich beim Einsatzleiter des SEK. Auch dieser versprach, innerhalb weniger Minuten bei ihm im Büro zu sein. Der Hauptkommissar blickte sein Team an.

„Ich denke, dass keiner von uns mehr in den Feierabend will, also sollten wir uns auf eine lange Nacht einrichten. Frauke, sieh bitte zu, dass du Kaffee besorgst für unsere Gäste. Emilio, bestell du uns bitte genug Pizza und ein paar Salate. Wir haben das Schwein am Haken und ich will es dieses Mal bekommen."

Die Ersten, die bei der Ermittlungsgruppe aufschlugen, waren der Einsatzleiter des SEK, Dietrich Schwarz, und sein Stellvertreter. Schwarz war knapp 1,90 Meter groß, hatte eine Glatze und stahlblaue Augen. Deshalb lautete sein Spitzname bei der Polizei auch „Franco Nero". Trotz seiner 42 Jahre war er topfit. Sein Stellvertreter, Matthias Strugel, war etwas kleiner, aber genauso drahtig. Sein braunes Haar war kurzgeschoren und seine braunen Augen musterten aufmerksam alle Teammitglieder, als er sich vorstellte.

„So, haben wir den Fisch am Haken?", fragte Dietrich Schwarz.

„Ich gehe davon aus, dass es sich bei ‚Russian Dreams' um Igor und seine Truppe handelt. Er hat sich bei uns gemeldet und bietet uns seine Frauen an. Wir haben geantwortet, dass wir Interesse hätten und nun heißt es abwarten", sagte Büschelberger, froh, dieses Mal die Spezialkräfte an seiner Seite zu haben.

„Ich habe gehört, dass diese Typen ziemlich tough und verdammt gut ausgebildet seien. Was können Sie mir darüber sagen?"

„Der Anführer hat bei den Speznas gedient und wir gehen davon aus, dass alle seine Männer eine ähnliche Ausbildung durchlaufen haben!", schaltete sich der Polizeimajor aus der Ukraine in das Gespräch ein.

„Das heißt also, neben exzellenter Nahkampfausbildung, perfektem Umgang mit allen Waffen auch Sabotage- und Terrorausbildung! Das macht das Ganze nicht einfacher!"

Der SEK-Leiter wandte sich an seinen Stellvertreter. „Dafür benötigen wir unsere besten Männer. Ich will, dass Team Alpha in den Status Zwölf Romeo versetzt wird. Team Bravo und Team Charlie gehen auf Sechzig!"

Strugel nickte und erteilte über Handy die Anweisungen. „Status Zwölf Romeo" bedeutete, dass die Männer des Team Alpha in weniger als zwölf Minuten in voller Ausrüstung im Auto zu sitzen hatten und dem Zielort entgegeneilen mussten. Es würde jetzt eine Ausgangssperre für jeden geben und schlafen konnten sie nur in der Polizeikaserne, in Uniform auf dem Bett liegend. Das Einzige, was die SEK-Beamten dabei ausziehen durften, waren ihre Stiefel und die Weste. Waffe, Helm und der Rest der Ausrüstung hatten griffbereit neben dem Bett zu liegen. Beim „Status Sechzig" galten nicht ganz so strenge Regeln und die Beamten mussten innerhalb von sechzig Minuten volle Einsatzbereitschaft hergestellt haben.

Staatsanwalt Fromm erschien in Begleitung des Polizeipräsidenten. Die Augen des altgedienten Polizisten mit dem schneeweißem Haar hatten schon viel gesehen und dennoch blitzten sie voller Feuer und Leidenschaft für die Gerechtigkeit.

„Sehr gut, das SEK ist schon da. Herr Hauptkommissar, wenn Sie mich bitte kurz in die aktuelle Lage einweisen würden?"

Felix kam der Aufforderung nach und berichtete, was sich bisher ereignet hatte.

„Ein guter Schachzug von Ihnen. Nach dem, was mit Polizeiobermeister Bock passiert ist und diese Leute mindestens drei unschuldige Menschen ermordet haben, will ich, dass keine weiteren Zivilisten mehr zu Schaden kommen."

Der Polizeipräsident blickte zum Leiter des SEK. „Ich genehmige hiermit ausdrücklich jedes Mittel, um diese Leute zu stoppen und daran zu hindern, dass weitere Unbeteiligte ums Leben oder zu Schaden kommen. Das Leben Unschuldiger hat oberste Priorität, haben Sie mich verstanden, Herr Schwarz?"

Dieser salutierte vor seinem Chef: „Jawohl, ich habe Sie verstanden!"

„Sehr gut, ich weiß, Sie werden jede Situation meistern. Ich muss jetzt zu einem Empfang mit dem Stadtrat, ich will aber umgehend informiert werden, sobald die Lage sich ändert. Meine Herren, ich wünsche Ihnen eine erfolgreiche Jagd!"

Mit diesen Worten verabschiedete sich der Polizeichef.

„Wie ist nun Ihr weiterer Plan, was wollen Sie erreichen und wie sollen wir zuschlagen?", fragte der Staatsanwalt.

„Nun, ich denke, wir werden einen Lockvogel stellen, der sich dann mit einem von Igors Mädchen trifft. Im Idealfall in der Wohnung, in der alle Frauen sind. Sobald der Lockvogel das Signal gibt, dass alle Verdächtigen drin sind, schlägt das SEK zu!", entgegnete Felix.

Dietrich Schwarz schnaufte. „Entschuldigung, wenn ich das so knallhart sage, aber dieser Plan ist Bullshit. Nicht nur, weil die Gangster dann auch noch einen Polizeibeamten als weitere Geisel nehmen können! Sondern auch, weil es ein Blutbad geben würde, wenn sie den Lockvogel untersuchen und sehen, dass er verwanzt ist. Das müssen wir unter allen Umständen vermeiden!"

„Richtig! Außerdem glaube ich nicht, dass Igor den Lockvogel in seinen Unterschlupf lässt. Er wird mit Sicherheit darauf bestehen, dass ein erstes Treffen mit einem seiner Mädchen in einem Hotel stattfindet. Dort hat er maximale Sicherheit und Fluchtmöglichkeiten", gab Irena zu bedenken.

„Das ist auch besser für uns. Meinen Sie, wir können das Hotel aussuchen, oder wird Igor das bestimmen wollen?", fragte Schwarz.

„Ich denke, das ist Verhandlungssache!", sagte sie.

„Dann schlage ich das Marriott in der Hamburger-Allee vor, da haben wir schon ein paar Mal verdeckte Operationen durchgeführt. Der Direktor kennt uns und außerdem ist das Hotel so groß, dass ich sehr gut einige meiner Männer verstecken kann, ohne dass es auffällt."

„Wie wollen wir also vorgehen, wenn Igor sich wieder meldet? Wir schlagen vor, dass er uns ein Mädchen aufs Zimmer schickt und dann?", fragte Fromm.

„Nehmen wir den Fahrer hoch und hoffen, dass das Mädchen uns den Weg zu den Gangstern zeigt", antwortete Felix.

„Zu gefährlich!", sagte Schwarz. „ Was, wenn das Mädchen den Weg nicht weiß? Aus dem Fahrer werden wir nichts rausbekommen. Als ehemaliger Elitesoldat wird er jedem Verhör widerstehen und wenn die beiden dann nicht rechtzeitig zurück sind, taucht dieser Igor wieder unter und wir verlieren unsere Spur."

„Stimmt und außerdem gibt es noch ein weiteres Problem, an das ihr gar nicht denkt!", sagte der Polizeimajor.

„Welches denn?", fragte der Hauptkommissar.

„Die Mädchen, die in Igors Hände gefallen sind, sind so verängstigt, dass sie alles tun, um nicht von ihm bestraft zu werden. Wenn sich also jemand von uns mit ihr auf dem Zimmer trifft, muss er mit ihr Verkehr haben, sonst würde das Mädchen uns am Ende verraten!"

„Was? Das kann doch nicht sein! Wieso sollte sie das tun?", entrüstete sich Emilio.

„Keine Ahnung, aber ich würde davon ausgehen! Also, wer spielt den Lockvogel?", fragte Irena unbeirrt.

„Ich kann das auf gar keinen Fall tun!", wehrte Emilio ab.

„Ich auch nicht! Wenn Grit das rausbekommt, schneidet sie mir nicht nur die Knöpfe meiner Lieblingsjacke ab!" Arno schüttelte abwehrend beide Hände vor dem Gesicht.

„Tja, dann du!", sagte Irena zu Felix.

„Ich?!? Nein, unmöglich, ich kann doch nicht diese arme unterdrückte Frau anfassen oder gar Verkehr mit ihr haben. Das wäre zutiefst unmoralisch!" Hauptkommissar Büschelberger war entsetzt.

„Und illegal, schließlich handelt es sich hier um Zwangsprostitution!", ergänzte der Staatsanwalt.

„Welche Möglichkeit haben wir dann?", fragte Frauke.

Nachdenkliches Schweigen.

„Wenn ich mich unbemerkt im Zimmer verstecken könnte, könnte ich auf Russisch mit ihr reden und sie auf unsere Seite ziehen. Das wäre eine Alternative!", sagte der Polizeimajor.

„Ja, das klingt viel besser!" Erleichtert atmete Felix auf.

„Da sehe ich aber wieder ein Problem", warf der SEK-Mann ein.

„Der Fahrer wird das Mädchen auf Ihr Zimmer bringen und bestimmt vorab das Geld kassieren. Dabei wird er sich im Zimmer umschauen wollen und die Gefahr besteht, dass er Sie entdeckt! Dann sind wir wieder beim Ausgangspunkt und verlieren alles. Das heißt, wir müssen ein zweites Zimmer im Hotel anmieten, in dem ich und die Frau Polizeimajor warten. Am besten mieten wir das schon heute! Falls dieser Russe wirklich so misstrauisch ist, wird er vielleicht kontrollieren, seit wann die Nachbarzimmer vermietet sind. Da sollten wir kein Risiko eingehen."

Fragend blickte Schwarz blickte zum Staatsanwalt.

„Wie sieht es mit den Kosten aus für ein zweites Zimmer oder vielleicht sogar eine Suite?"

„Machen Sie sich keine Sorgen, was die Kosten angeht. Wenn es hilft, Igor und seine Männer zu stellen, dürfen Sie zwei sogar in Champagner baden." Fromm winkte ab.

„Gut, dann machen wir das so! Herr Hauptkommissar, meinen Sie, Sie bringen Igor dazu, dass Sie sich mit der Dame im Marriott treffen können?", fragte der SEK-Mann.

„Das kriege ich hoffentlich hin!"

„Eine Sache noch – und aus der Nummer kommen wir nicht raus!", sagte Irena. „Wir müssen das Mädchen misshandeln. Wenn sie später wieder abgeholt wird und keine Spuren von Gewalt aufweist, ahnt Igor sofort, dass es eine Falle ist. Du heißt schließlich ‚Sadisticus', da kannst du nicht nur reden!"

„Ist das dein Ernst? An was für Menschen sind wir da bloß geraten? Ich kann das nicht!"

„Aber ich, wenn ihr das alle nicht könnt. Nur so können wir das Mädchen retten und schützen!" Entschlossen blickte der Polizeimajor ins Leere.

„Okay, dann ist es entschieden. Wir buchen heute noch eine Suite für uns beide", Schwarz nickte Irena zu.

„Daneben blocken wir eine Suite für den Hauptkommissar für die nächste Nacht! Sobald das Mädchen abgeliefert wurde, der Fahrer kassiert hat und wieder verschwunden ist, gehen Sie ins Zimmer und überzeugen das Mädchen, dass sie mit uns zusammenarbeitet. Falls sie einwilligt, muss ich mit ihr reden. Ich werde ihr erklären, wie sie sich zu verhalten hat, wenn wir den Unterschlupf dieser Zuhälterbande stürmen. Vielleicht haben wir Glück und sie kann ein paar weitere Mädchen vorbereiten. So minimieren wir die Gefahr von Kollateralschäden bei der Erstürmung. Wenn das Mädchen dann zurückgebracht wird, folgen wir ihnen zum Versteck."

Schwarz wusste, worauf noch zu achten war.

„Da kein Wagen dem Auto des Russen länger als zwei Minuten folgen darf, benötigen wir sicherlich um die zehn Teams in unterschiedlichen Autos. Wir haben zwei Wagen, die über eine kleine Kamera am Heck verfügen, damit können wir uns auch vor den Fahrer setzen. Da die meisten Fahrer immer nur schauen, ob sie verfolgt werden, es ihnen aber nicht auffällt, wenn der Fahrer vor ihnen erst dann blinkt und die Richtung ändert, wenn sie selbst das machen, können diese beiden Wagen länger an ihnen dranbleiben. Sobald wir das Ziel identifiziert haben, bereiten wir den Einsatz vor. Wenn wir Glück haben, ist dieser Einsatz morgen Nacht schon beendet. Fragen oder Anmerkungen?" Sein fragender Blick ging in die Runde.

„Vielleicht haben wir ja Glück und der Fahrer ruft uns an, um uns mitzuteilen, dass er unterwegs sei. Dann können wir ihn mittels stiller SMS orten!", sagte Emilio.

„Ich bezweifle, dass er so dumm ist! Einen Versuch ist es aber allemal wert", antwortete der SEK-Mann.

„Was ist denn eine ‚stille' SMS?", fragte Irena.

„Eine stille SMS wird weder auf dem Display noch durch einen Ton angezeigt. Der Handynutzer bemerkt sie nicht. Der Mobilfunkanbieter fragt sozusagen das Gerät: ‚Wo bist du? Ich habe eine Mitteilung für dich'. Das Handy antwortet und wartet auf die Mitteilung, die aber nicht kommt. Es wird nur die sogenannte International Mobile Subscriber Identity, kurz IMSI, ausgetauscht. Dadurch können wir das Handy verfolgen", erklärte der Kommissar.

„Mail! Wir haben eine neue Mail von ‚Russian Dreams' bekommen!" Aufgeregt fuchtelte Arno mit seinen Händen herum.

Die Luft knisterte vor Anspannung, alle Augen lasen die Nachricht, die Emilio eben auf dem Smartboard geöffnet hatte.

„Ich wusste, dass du hast Interesse. Was willst du machen und wie lange willst du das Mädchen buchen?"

Felix antwortete sofort. „Morgen Nacht für zwei Stunden und keine Fragen über mein Programm!"

Igor war am anderen Ende noch online. „Zwei Stunden und keine Fragen? Das macht zehn Riesen! Ich schlage dir das Hotel zur Möwe vor, dort kann ich dir ein Zimmer reservieren. Es ist direkt am Hauptbahnhof."

Felix rief in den Raum. „Schnell, kontaktiert diesen Sørensen, er muss uns sofort die IP-Adresse des Handys geben. Falls Igor lang genug online bleibt, können wir ihn eventuell orten!"

Arnos Finger rasten über die Tastatur seines Telefons. „Los Junge, komm schon, geh ran!"

Währenddessen antwortete der Hauptkommissar. „Ich biete dir elf Riesen, wenn du mir das Mädchen in das Marriott an der Hamburger Allee bringst, da habe ich schon öfter Zimmer gebucht."

Arno gab ein Zeichen, dass er Josten am Telefon erreicht hatte, und schrieb eilig auf, was dieser ihm diktierte.

„Mist", rief Arno, „Josten sagt mir gerade, dass Igor offline gegangen ist."

Nervös warteten alle ab, was nun geschehen würde.

Nach einer Minute kam eine neue Nachricht von Igor. „Zwölfeinhalb und du hast das Mädchen für zwei Stunden im Marriott."

Die Kommissare klatschten sich ab. Der Fisch war am Haken. Josten meldete per Telefon, dass Igor eine neue IP-Nummer habe.

„Und ich kann machen, was ich will?"

„Ja, fast alles."

„Kann ich auch ‚Blonden Kaviar' bestellen?"

Schweigen ...

„Josten meldet, Igor hat schon wieder eine neue IP", rief Arno in die Runde.

„Towarischtsch, ‚Blonder Kaviar' kostet eine halbe Million. Willst du das bestellen?"

„Nein danke, heute nicht!"

Wieder Schweigen bei Igor, der gerade eine neue SIM-Karte einlegte.

„Dafür hätte ich dich auch vorher überprüfen müssen, das können nur ausgewählte Kunden bestellen. Du vielleicht irgendwann in der Zukunft! Spasiba – ich brauche deinen Namen, Towarischtsch!"

„Verdammt", dachte Felix, „wir haben uns noch keinen Tarnnamen ausgedacht!"

„Karsten Keller", tippte er ohne zu überlegen ein.

„Gut, Karsten Keller, morgen um 20 Uhr bringe ich dir ein Mädchen in das Marriott an der Hamburger Allee. Irgendwelche Wünsche?"

„Nur, dass sie jung und schlank ist und viel Leid erträgt!"

„So wird es sein."

Igor war wieder offline, dem Hauptkommissar stand vor Anspannung Schweiß auf der Stirn.

„Karsten Keller?", fragte sein Freund Emilio.

„Ein anderer Name ist mir im Moment nicht eingefallen. Das ist ein Cousin von mir, der wohnt im Ausland." Entschuldigend zuckte Hauptkommissar Büschelberger mit den Schultern.

Das Team stürzte sich in die Arbeit, es gab viel vorzubereiten.

„Hat das Hotel eine Videoüberwachungsanlage, in die wir uns einklinken können?", fragte Felix.

„Nein. Das Problem mit diesen Luxushotels ist, dass viele Gäste das nicht wollen, also halten sich die Hotels daran. Und wenn wir selbst eine anbringen, könnte das auffallen. Wir sollten unseren Gegner in dieser Hinsicht nicht unterschätzen", antwortete Schwarz. „In den USA gibt es allerdings Prototypen einer neuen Kamera, mit der man um die Ecke fotografieren kann. Wenn wir so eine Kamera hätten, könnten wir die versteckt hinter einer Ecke platzieren und von dort aus den Flur überwachen."

„Wie funktioniert das denn? Benutzen die einen Spiegel? Ich kann mich erinnern, dass Licht sich nur geradlinig ausbreitet", fragte der Hauptkommissar.

„Das stimmt nicht ganz, bei Licht gibt auch Reflektionen, Beugungen und Interferenzmuster. Es kann sich auch um Ecken ausbreiten. In der letzten Ausgabe unseres Magazins für Spezialkräfte wurde diese Technik näher erklärt. Man beschießt den Raum mit Laserimpulsen, diese werden dann von allen möglichen Gegenständen und den Wänden reflektiert und landen zum Teil wieder im Objektiv der Kamera. Dadurch, dass die reflektierten Impulse mit zeitlicher Verzögerung wieder auf der Kamera auftreffen, kann diese mit einem Rechner, der dahinter geschaltet ist, ein Bild errechnen und Gegenstände abbilden. Außerdem verändert die Kamera den Winkel, in dem sie die Laserimpulse abschießt. Dadurch kann eine räumliche Darstellung erfolgen. Auch wenn sich jemand hinter der Ecke bewegt, kann die Kamera das erkennen und zeigen", erklärte der SEK-Mann.

„Welche Kamera kann denn Licht eines Lasers aufzeichnen?", fragte Emilio, der gerade begann, sich richtig für dieses Thema zu interessieren.

„Das ist ja keine normale Kamera. Es handelt sich um eine Art Streak Kamera. Die neuesten Modelle können bis zu 600 Milliarden Bilder pro Sekunde aufnehmen."

„Wie bitte? 600 Milliarden Fotos in der Sekunde!", entfuhr es Felix. „Wie wollen die denn diese Menge an Daten speichern?"

„Speichern ist kein Problem!", sagte Emilio.

„Erzähl mir jetzt nicht, dass die das in irgendeiner Cloud ablegen", wunderte sich der Ermittlungsleiter.

„Das wäre gar nicht möglich, da du niemals die Bandbreite hättest, um diese Daten mittels Funk zum Server zu übertragen. Du müsstest eine Wireless-Verbindung haben, da ja nicht überall eine Standleitung für dich zur Verfügung steht. Nein, so nicht."

„Aber ich habe kürzlich gelesen", fuhr Emilio fort, „dass es IBM nun erstmalig gelungen ist, ein Bit in nur zwölf Atomen zu speichern. Das ist noch eine ganz neue Entwicklung, aber durchaus machbar. Man verwendet wohl antiferromagnetische Materialien, dadurch beeinflussen sich die magnetischen Dipole nicht gegenseitig und man muss keinen Mindestabstand einhalten. Mit dieser Technik können die Forscher ein Byte in 96 Atomen ablegen, heutige Festplatten benötigen für ein Byte ungefähr ein halbe Milliarde Atome. Die beiden Techniken zusammen würden eine echt coole Anwendung ergeben."

Verträumt blickte Emilio aus dem Fenster. „Wie verhindert man aber, dass derjenige, den man überwacht, den Laser sieht?", fragte er anschließend.

„Man darf in der Tat keinen Laser im roten Lichtbereich nehmen, das würde man sehen. Nein, sie verwenden Laserlicht im grünen Bereich, deren Reflektionen für das menschliche Auge nicht sichtbar sind", antworte ihm der SEK-Mann.

„Ich sehe schon, hier haben sich zwei Technikfreaks gefunden. Aber ich würde jetzt gerne wieder auf unser Thema zurückkommen. Wie überwachen wir das Hotel und die gesamte Aktion?", beendete Felix die technische Diskussion.

„Auf die herkömmliche Art: Wir setzen unsere Leute vor Ort ein!", sagte Schwarz.

22

Aufgeregt lief Felix durch seine Executive Suite. Seine Gefühle waren gemischt. Einerseits hatte er die Hoffnung, dass sie den Fall heute abschließen konnten, auch wenn nach einer Festnahme noch jede Menge Ermittlungsarbeit auf sein Team wartete. Andererseits war ihm mulmig zumute. Er würde gleich einem gefährlichen Gewaltverbrecher gegenüberstehen und musste selbst einen brutalen Sadisten spielen, der es liebte, Frauen zu erniedrigen. Auf dem Tisch in seinem prächtigen Hotelzimmer lagen 12.500 Euro, so wie vereinbart. Der Vorschlag von Frauke, beschlagnahmtes Falschgeld zu verwenden, hatte ihm zunächst sehr gefallen. Es wäre einer Ohrfeige für den Zuhälter gleichgekommen und hätte seinen ausgeprägten Sinn für Humor und Gerechtigkeit befriedigt.

Auch Staatsanwalt Fromm fand die Idee nicht schlecht. Letztlich hatte dann aber Irenas Argument, dass die gefangen gehaltenen Frauen darunter zu leiden hätten, wenn Igor oder jemand aus seiner Truppe das zu früh bemerken würde, den Ausschlag, doch kein Falschgeld zu nehmen. Dietrich Schwarz war ebenfalls dagegen gewesen. Er meinte, dass sie das Geld noch in derselben Nacht zurückholen könnten und alles andere ein unnötiges Risiko bedeuten würde.

Der Leiter des SEK und der russische Polizeimajor warteten in der Suite gegenüber. Während Felix keine direkte Verbindung zu seinen Kollegen hatte, waren alle anderen Teammitglieder per TETRA Radio miteinander verbunden. Insgesamt hielten sich im Umkreis von fünfhundert Metern und im Hotel selbst vierzig SEK-Beamte auf sowie das Ermittlungsteam von Büschelberger. In der Eingangshalle stand ein SEK-Beamter hinter dem Empfangstresen – er war ein Deutscher türkischer Herkunft – und vor der Eingangstür stand ein weiterer Beamter, getarnt als Portier, er hatte schwarzafrikanische Eltern.

Irena hatte Dietrich Schwarz den Tipp gegeben, diese beiden aus seinem Team für diesen Job auszuwählen. Viele Russen schürten nämlich Fremdenhass und beachteten Menschen, die nicht eurasisch waren, überhaupt nicht. Aus diesem Grund würde der Fahrer ihnen sicherlich weniger Aufmerksamkeit schenken als jemandem mit europäischem Aussehen. Dieser Hinweis hatte dem Polizeimajor die Hochachtung des SEK-Beamten eingebracht.

Es war kurz vor acht Uhr, als der Portier seinen Manschettenknopf drückte, der in Wirklichkeit ein Push-to-talk-Button war. Wenn er ihn drückte, wurde ein Mikrofon aktiviert, das hinter dem Revers seiner Uniform angebracht war. Der Beamte sagte nur „Kontakt!", dann ließ er den Knopf wieder los.

Ein vierschrötiger Russe in Begleitung einer schwarzhaarigen Schönheit mit hellblauen Augen im Minikleid und auf Pumps mit zwölf Zentimeter Absatz waren einem schweren 5er BMW entstiegen.

Der Fahrer hatte den Autoschlüssel dem Portier verächtlich zugeworfen. „Hier! Park diesen Wagen, aber nicht zu weit weg, ich muss in zwei Stunden wieder fort."

Eine halbe Minute später erblickte der SEK-Beamte hinter dem Empfangstresen den Mann und die Frau.

Der Zuhälter lief direkt auf den Tresen zu. „Ich habe eine Verabredung mit Karsten Keller, welches Zimmer hat der?" Sein schwerer russischer Akzent war deutlich zu hören.

„Moment, mein Herr, ich schaue sofort nach." Nach zehn Sekunden fuhr der SEK-Mann fort. „Herr Keller wohnt in der Executive Suite im 43. Stock. Zimmer 4306."

Ohne ein weiteres Wort ging der Russe mit der jungen Frau zum Fahrstuhl und fuhr nach oben. Der Beamte drückte einen PTT-Knopf an seiner Armbanduhr. „Bestätigt. Paket ist auf dem Weg." Danach widmete er sich wieder seinem Dienst.

Dietrich Schwarz wählte den Zimmeranschluss von Felix Büschelberger und ließ das Telefon zweimal klingeln, dann legte er auf. Das war das Zeichen für den Ermittlungsleiter, dass sein Besuch auf dem Weg zu ihm im Fahrstuhl war.

Der Hauptkommissar schaltete die Stereoanlage leise an, er wollte einen entspannten Eindruck auf den Zuhälter machen. Er atmete dreimal tief ein und aus, als es an seiner Tür klopfte. Felix öffnete und der Russe ging mit seiner Begleitung ins Zimmer, ohne auf eine Einladung zu warten.

Der Fahrer blickte sich misstrauisch um und entspannte sich dann. „Karsten Keller?"

„Ja, der bin ich. Sie sind ‚Russian Dreams'?"

Der Russe grinste nur zynisch. „Hier ist die bestellte Ware, sind Sie zufrieden?" Er zwang das Mädchen, sich um die eigene Achse zu drehen.

Der Hauptkommissar nickte stumm, um seine Zufriedenheit anzudeuten.

„Gut, dann bekomme ich jetzt das Geld!"

Der Betrag wechselte den Besitzer. Während der Russe die Scheine zählte, blickte die junge Frau verängstigt auf den Boden. Sie vermied es, ihren vermeintlichen Freier anzusehen. Felix schnürte es den Hals zu, als er sah, wie eingeschüchtert die junge Frau war.

„Habe keine Angst", dachte er, „noch heute Nacht hat dein Martyrium ein Ende. Das verspreche ich dir!"

„Geld stimmt!", sagte der Zuhälter und schob die 12.500 Euro in seine Hosentasche. „In zwei Stunden bin ich wieder da und hole die Ware ab. Keine Schläge ins Gesicht, die Spuren hinterlassen, sonst musst du noch mal den gleichen Betrag zahlen. Klar?"

„Ja", antwortete der Kommissar, etwas Angst in seine Stimme legend. Er wollte den Fahrer in Sicherheit wiegen.

„Viel Spaß!" Der Zuhälter schloss die Tür hinter sich.

Auf seinem Monitor sah Dietrich Schwarz, wie der Russe wieder in den Fahrstuhl stieg. Sie hatten eine Minikamera auf einem benutzten Teller mit Essensresten versteckt, der vor ihrem Zimmer stand und ihnen die Sicht auf den Flur ermöglichte. Er meldete es seinem Team, dann ließ er das Telefon in Felix' Suite genau ein Mal klingeln. Das war das Zeichen für den Ermittlungsleiter, mit dem abgesprochenen Plan zu beginnen.

„Ich möchte, dass du dich im Badezimmer frisch machst, bevor wir beginnen!", sagte er.

Die junge Frau blickte verständnislos zu ihm.

„Geh ins Badezimmer und mach dich frisch!", ordnete er energisch an.

Während die junge Russin die Badezimmertür hinter sich schloss, ließ der Kommissar den Polizeimajor in seine Suite. Irena ging sofort zum Badezimmer. Sie öffnete vorsichtig die Tür und schlüpfte hinein.

„Habe keine Angst, noch heute wirst du gerettet werden", sagte sie leise auf Russisch.

Die junge Frau erstarrte, als sie Irena sah. Dann umarmten sich die beiden Frauen weinend, dabei flüsterte der Polizeimajor der Russin immer weiter etwas zu. Nach zwei Minuten trennten sich die beiden, die junge Frau wischte sich die Tränen ab und lächelte zum ersten Mal in Richtung des Hauptkommissars.

„Es ist alles klar, ich kenne diese Frau, das ist Dana Marowka. Auch eine vermisste Frau aus unserer Gegend. Sie wird uns nicht verraten. Du kannst jetzt den Mann vom SEK reinholen", sagte die Polizistin.

Kurze Zeit später stand Dietrich Schwarz im Raum, er hatte eben die Meldung erhalten, dass der Zuhälter unten an der Bar Platz genommen hatte, Kaffee trank und die Menschen um sich herum beobachtete.

Die drei Polizisten versuchten, Informationen von der jungen Frau zu bekommen, doch sie konnte ihnen nicht groß weiterhelfen. Sie wusste nicht, wie die Adresse ihrer Unterkunft lautete, nur, dass sie im dritten Stock eines sechsstöckigen Gebäudes lag. Sie wurden zu den Treffen mit dem Wagen gefahren. Dieser stand in der Tiefgarage und wenn sie losfuhren, wurden die Frauen gezwungen, sich auf der Rückbank hinzulegen. Sie durften nicht aus dem Fenster schauen, bis der jeweilige Fahrer es ihnen erlaubte. Wurden die Mädchen erwischt, wie sie vorher versuchten, einen Blick auf die Umgebung zu erhaschen, wurden sie brutal bestraft.

Dana konnte ihnen allerdings erzählen, dass es insgesamt sieben Mädchen waren, die Igor gefangen hielt. Auf Irenas Frage nach Mariola brach Dana wieder in Tränen aus. Schluchzend erzählte sie den Kommissaren, dass Mariola nach einem gescheiterten Fluchtversuch getötet worden war. Sie berichtete den Polizisten auch davon, wie sie und ihre Freundinnen nach der Schändung der Toten diese gekämmt und geschminkt hatten, damit sie wieder hübsch war.

Der Hauptkommissar reagierte erleichtert. Nun war das auch klar. Es waren wenigstens keine perversen Freier gewesen.

Da langsam ihre Zeit knapp wurde, übernahm Dietrich Schwarz jetzt die Regie. Er stellte gezielte Fragen. Die Antworten darauf sollten ihm helfen, die Befreiung der Frauen erfolgreich durchzuführen. Der Polizeimajor dolmetschte, da Dana nicht gut Deutsch sprach.

„Was können Sie mir über die Bewaffnung Ihrer Wärter sagen?"

„Ich habe Pistolen und Maschinenpistolen gesehen."

„Wie viele Männer bewachen Sie?"

„Neben Igor und Viktor sind noch drei weitere Männer da. Seit vorgestern ist auch noch ein neuer Mann dazugekommen."

„Wahrscheinlich Jannek!", dachten die Polizisten.

„Wir werden Sie und die anderen Frauen heute Nacht befreien. Damit Sie oder die anderen Frauen so wenig in Gefahr geraten wie möglich, werde ich Ihnen jetzt ein paar Verhaltensweisen erklären, die Sie schützen können. Falls möglich, erzählen Sie das nachher den anderen Frauen."

Dana nickte, nachdem sie Irenas Übersetzung gehört hatte.

„Wenn wir die Wohnung stürmen, müssen sich alle Frauen sofort auf den Boden werfen und eine Kauerhaltung einnehmen. Öffnen Sie den Mund, schließen Sie die Augen und legen Sie Ihre Hände schützend über den Kopf. Wenden Sie den Kopf in Richtung Wand." Der SEK-Mann machte die Haltung vor.

„Kommen Sie, üben Sie es jetzt ruhig drei- bis viermal!"

Dana gehorchte.

Als Schwarz zufrieden war, wies er auf einen weiteren Punkt hin. „Es ist wirklich wichtig, dass Sie den Mund aufmachen. Wir setzen wahrscheinlich Blendgranaten ein und dadurch, dass Ihr Mund offen ist, entlasten Sie Ihr Trommelfell. Sie werden zwar etwas mehr Rauch schlucken, aber das ist nur eine halbe Stunde lang unangenehm. Einen Hörschaden hat man für den Rest seines Lebens."

Schwarz schwieg kurz, bevor er wieder redete. „Es kann passieren, dass einer der Männer Sie oder eine andere Frau als menschliches Schutzschild benutzt. Das ist die gefährlichste Situation, doch auch hier können Sie uns dabei helfen, die Verbrecher zu überwältigen. Kommen Sie bitte einmal zu mir."

Der SEK-Leiter stellte sich direkt hinter Dana, so dass sie seinen Atem im Nacken spürte. Er führte seinen linken Arm unter ihrem linken Arm hindurch und fasste um ihren Hals. Seine Hand lag auf Danas rechter Schulter. Mit seinem rechten Arm deutete er einen Schussarm an, mit dem er mal auf Felix und mal auf Irena zielte.

„So würde Sie ein militärisch ausgebildeter Mann als Schutzschild benutzen. Mit seinem Schussarm zielt er auf die Polizisten, die ihn bedrohen, mit seinem anderen Arm hält er Sie vor seinem Körper. Sein Kopf wird von Ihrem geschützt. Wir können ihn von vorne nicht treffen, ohne Sie auch zu verletzen. Deshalb müssen Sie in so einer Situation einen kühlen Kopf bewahren. Atmen Sie ruhig und flach ein und aus. Dann krümmen Sie leicht Ihren Rücken, reißen die Arme nach oben und lassen sich fallen. Nehmen Sie alle Spannung aus Ihrem Körper. Sie müssen wie ein nasser Sack nach unten fallen. Jetzt braucht der Mann seine volle Kraft und Konzentration, um Sie wieder hochzuziehen. Das sind ungefähr fünf Sekunden, in denen sein Kopf, seine Schultern und ein Teil des Oberkörpers ungeschützt sind. Da werden wir ihn außer Gefecht setzen. Auch das werden wir jetzt ein paar Mal üben."

Schwarz ließ Dana dieses Manöver so lange wiederholen, bis er zufrieden war.

„Was macht sie aber, wenn er seine Waffe an ihren Kopf oder Hals hält?", fragte Felix.

„Das machen nur Idioten, die zu viele schlechte Krimis gesehen haben. Hält er die Waffe gegen sein Opfer gerichtet, kann er uns nicht in Schach halten. Wir können uns bewegen und aus seinem Sichtfeld treten. Dann hat er keine Kontrolle mehr über uns. Militärisch ausgebildete Kämpfer wissen das. Daher werden Igors Männer sich genauso verhalten."

Irena blickte auf die Uhr. „Die zwei Stunden sind fast um, wir müssen bald gehen. Vorher müssen wir Dana noch ein paar Striemen verabreichen, so dass ihr Fahrer zufrieden ist."

Felix blickte betreten nach unten, während sich Dietrich Schwarz' Kiefermuskeln anspannten. Er knirschte mit den Zähnen. Der Polizeimajor sprach leise auf Russisch mit Dana. Diese nickte nur und zog sich aus. Die beiden Männer drehten sich um, sie wollten nicht sehen, was gleich passieren musste.

Während sie die Schläge hörten, hatte Felix Tränen in den Augen und ballte frustriert seine Fäuste, Dietrich blickte ins Leere und versuchte, seine Gedanken von allem zu befreien. Auch sein Körper war angespannt. Nach drei Minuten war es vorbei. Irena hatte ebenfalls Tränen in den Augen und küsste Dana auf die Wange, um sich zu entschuldigen. Diese drückte ihr fest die Schulter, als wollte sie sagen, dass es in Ordnung war. Sie hatte wahrlich schon weitaus Schlimmeres erlebt.

In dieser Sekunde krächzte das TETRA Radio des SEK-Mannes.

„Das Paket ist wieder auf dem Weg nach oben!"

„Ihr Bewacher kommt zurück, wir müssen jetzt gehen. In ein paar Stunden sind Sie frei. Viel Glück!" Schwarz zog den Polizeimajor hinter sich her und verschwand in seiner Suite.

Hauptkommissar Büschelberger sammelte sich und als es wieder an der Tür klopfte, war in seinen Augen nur Härte zu sehen. Der Zuhälter lächelte, als er den roten Rücken und Brustkorb von Dana sah und wie sie sich mit Tränen im Gesicht das Kleid wieder anzog.

„Gut, ich sehe, du hattest deinen Spaß." Er leckte mit der Zunge über seine Lippen. „Falls du mal wieder Lust hast, dann weißt du, wie du uns erreichst."

Nachdem die Polizisten gesehen hatten, dass die zwei im Fahrstuhl verschwunden waren, liefen der Polizeimajor und der SEK-Beamte zurück zum Hauptkommissar.

„Es geht los. Wir müssen zu unseren Fahrzeugen in der Tiefgarage. Alle sind verständigt und die Verfolgungswagen in Position. Wir haben übrigens die Zeit genutzt und einen kleinen Sender im Radkasten des Autos befestigt, mit dem der Russe hergekommen ist. Unser Mann am Eingang wird ihn mittels Funk einschalten, sobald der Zuhälter losfährt. Dann kann er ihn nicht vorab entdecken."

Die drei rannten zum Fahrstuhl und fuhren in die Tiefgarage. Dort hatten sich inzwischen alle Beamten versammelt, die im Hotel versteckt gewesen waren. Auf der Straße warteten die zivilen

Einsatzwagen des SEK darauf, dass sie die Verfolgung aufnehmen konnten. Der Funkspruch kam, als Emilio und Frauke – die beiden hatten getarnt in der Bar bedient – ebenfalls in der Tiefgarage ankamen.

„Der Vogel verlässt das Nest. Das Ei ist mit an Bord."

„Gut!", nickte Schwarz. „Der Sender ist jetzt aktiv, wir nehmen die Verfolgung auf."

Während die Autos, die direkt an der Beschattung des Zielfahrzeuges beteiligt waren, Mittelklassewagen oder -limousinen waren, fuhr ein Großteil des Spezialeinsatzkommandos in drei Transportern im Abstand von vier Minuten hinter der Kolonne her. In dem Transporter, in dem Schwarz saß, war auch die mobile Einsatzzentrale untergebracht. Während er dem Funkverkehr lauschte und von Zeit zu Zeit Anweisungen erteilte, zog er seine Kampfausrüstung an. Er reichte Felix und Emilio, die ebenfalls in diesem Transporter saßen, Schutzwesten.

„Hier! Nehmen Sie die Schutzwesten von uns, die sind besser als Ihre eigenen. Sie halten auch Kugeln mit hoher Durchschlagskraft ab. Außerdem zeige ich Ihnen jetzt unsere neuesten Kommunikationsgeräte. Damit können Sie alles hören, was wir sagen. Allerdings möchte ich Sie bitten, dass Sie während des Einsatzes Funkdisziplin wahren und nur im äußersten Notfall etwas sagen."

Er reichte den beiden ein kleines schwarzes rundes Gerät, das nur halb so groß war wie der Nagel am kleinen Finger.

„Das setzen Sie sich in Ihre Ohren, damit hören Sie alles, was über Funk gesprochen wird. Dieser kleine Empfänger hat vier Programme gespeichert, die Sie über Klopfen auf die Ohrmuschel wechseln. Das Gerät besitzt zwei kleine Mikrophone, die den Schalldruck, der durch das Klopfen auf die Ohrmuschel entsteht, messen und daraufhin das Programm wechseln."

Er erklärte die Funktionen im einzelnen. „Programm eins ist voreingestellt, wenn Sie das Gerät einschalten. Damit hören Sie Kanal eins in unserem Funknetz. Programm zwei schaltet auf Kanal zwei unseres Funknetzes. Programm drei ist ein sogenannter Super Hearing Modus. Dabei verstärkt dieses Gerät die Geräusche in der Umgebung, so können Sie auch ein Flüstern in zehn Meter Entfernung noch deutlich hören. Programm vier schließlich macht das

Gegenteil, es dämpft alle Geräusche aus der Umgebung, trotzdem hören Sie alle Funksprüche klar und deutlich. Dieses Programm benutzen wir, wenn wir ein Gebäude stürmen. So wird unser Gehör geschützt, wenn es zu Schüssen oder Explosionen kommt." Schwarz führte vor, wie das Gerät zu tragen war.

„Jetzt stöpseln Sie diesen kleinen Stopfen in den Empfänger. Daran befindet sich das Mikrophon, das mit einem Drahtbügel über die Ohrmuschel gehalten wird. Das Mikrophon ist mit Noise Cancelling ausgerüstet. Es befinden sich eigentlich zwei Mikrophonkapseln in dem Mikrophonkopf, der an diesem Boomarm befestigt ist. Durch eine Laufzeitmessung der Signale, die an beiden Mikrophonen ankommen, weiß der digitale Signalprozessor, der hier vorne hinter dem Mikrophonkopf sitzt, was Sprache ist und was Umgebungsgeräusche sind, die er wegfiltern muss."

„Ich bin beeindruckt, dass muss ich schon sagen", meinte Emilio. „Aber woher bezieht das Gerät Strom? Ich sehe keine Versorgungsleitung, die zu einer Batterie oder so etwas führt."

„Gut beobachtet!", sagte Schwarz „Im Kragen Ihrer Schutzweste verläuft ein Draht, der mittels Induktion Energie an das Gerät schickt. So spart man den Platz für eine Batterie und das Gerät kann tiefer im Ohr platziert werden. Nur dadurch kann die nötige Dämpfung der äußeren Lautstärke erzielt werden."

„Und wie kommt das Signal zum Empfänger beziehungsweise vom Mikrophon zum Sender? Auch drahtlos?", fragte der Kommissar weiter.

„Richtig! Hier sehen Sie ein kleines flaches Quadrat, das direkt am Drahtbügel über Ihrem Ohr befestigt ist. Das erfüllt einen doppelten Zweck: Erstens wird das Mikrophon hier sicher festgehalten, weil das rechteckige Teil sich eng an Ihren Kopf anschmiegt. Zweitens befindet sich darin ein kleines Radio, das mit 2.1 Gigahertz alles bis zu zwei Meter weit sendet. Dieses Signal empfängt unser TETRA Radio, das Sie hinten an der Schutzweste befestigen. Somit benötigen wir keinen Draht mehr und bleiben während des Einsatzes nirgendwo hängen."

„Ist das nicht die Bluetooth-Frequenz?", wunderte sich Emilio.

„Ja, aber wir benutzen kein Bluetooth. Der Hersteller dieser Geräte hat ein eigenes Radio Protocol Stack entwickelt, das niemand abhören kann, der nicht dieses kleine Radio besitzt!"

„Und das Umschalten auf andere Kanäle funktioniert auch, wenn Ihre Männer einen Schutzhelm tragen?"

„Genau. Es reicht aus, wenn sie auf den Helm an die Stelle klopfen, wo sich ihr Ohr befindet. Der Schalldruck reicht aus, um die Programme zu wechseln. Der Empfänger quittiert durch Piepen das Umschalten. Einmal für Kanal Eins, zweimal für Kanal Zwei und so weiter. Probieren Sie es doch einmal aus."

Die beiden Kripobeamten machten sich mit der Ausrüstung vertraut. Kurz danach meldete der Wagen, der gerade dem Zielfahrzeug folgte, dass das Auto jetzt im Viertel „Frankfurter Berg" sei.

„Ab sofort wird noch mehr Abstand gehalten, wir dürfen jetzt auf keinen Fall mehr auffallen. Wir nähern uns mit Sicherheit dem Ziel."

Schwarz blickte auf die Straßenkarte, die elektronisch auf einem Bildschirm dargestellt wurde. Der Pfeil, der das Fahrzeug des Zuhälters zeigte, bog gerade in die Julius-Brecht-Straße ein.

„Wagen zwei nicht folgen! Fahren Sie über den Berkersheimer Weg. Sehen Sie zu, dass Sie mitbekommen, in welche Tiefgarage der dortigen Hochhäuser das Auto einbiegt. Alle anderen Teams sammeln sich im Hagebuttenweg. Wir erreichen das Ziel in etwa fünf Minuten!", gab der Leiter des SEK die Order an seine Teams.

Kurz danach meldete die Besatzung von Wagen zwei, dass der Wagen in die Tiefgarage des mittleren von drei Mehrfamilienhäusern gefahren sei. Der Monitor im Kommandowagen zeigte dieselbe Position an.

„Wagen zwei, laut Zeugenaussage befindet sich die Zielwohnung im dritten Stock. Schauen Sie, ob Sie die Wohnung exakt ermitteln können."

Langsam sammelten sich sämtliche Einsatzgruppen im Hagebuttenweg. Das Team von Wagen zwei meldete, dass die gesuchte Wohnung in der linken Ecke des dritten Stockes lag. Sie hatten den Russen für einen kurzen Moment an einem der Fenster gesehen.

Dietrich Schwarz wies sein Team ein.

„Das Zielobjekt liegt im mittleren Gebäude dieser drei Hochhäuser. 3. Stock, linke Eckwohnung. Alle drei Gebäude haben ein Flachdach und sind von Grünanlagen umgeben, ganz in der Nähe verläuft die Autobahn A 661. Also aus strategischer Sicht eine ideale Position, um schnell zu fliehen oder auch in der Deckung der Bäume rings herum zu verschwinden, falls nötig. Drei Scharfschützen gehen auf dem Dach des linken Gebäudes in Stellung, drei weitere auf dem rechten Gebäude. Ich gehe mit neun Männern in das Zielgebäude. Wir riegeln die 3. Etage komplett ab."

Er holte kurz Luft.

„Jeweils zwei Männer bewachen den Treppenhauseingang zum 2. und zum 4. Stock. Mit fünf Männern stürmen wir die Wohnung. Wir sprengen die Tür auf und gehen rein. Widerstand ist schnell zu brechen, diese Leute sind bewaffnet und werden nicht zögern, auf uns zu schießen. Keiner von uns wird ein Risiko eingehen! Richtet jemand eine Waffe auf euch, schießt sofort und ohne Warnschuss. Zehn Leute werden sich locker in den Grünanlagen um das mittlere Gebäude verteilen. Der Kommandowagen bezieht auf dem freien Gelände am Berkersheimer Weg Stellung. Mannschaftswagen eins riegelt hier auf dieser Seite die Julius-Brecht-Straße ab, Mannschaftswagen drei am anderen Ende der Julius-Brecht-Straße. Abgeriegelt wird erst, wenn alle Männer ihre Position erreicht haben. Noch Fragen?"

Die Männer verneinten.

„Sehr gut, dann geht es los."

Schwarz teilte seine Männer in die verschiedenen Teams ein. Felix und Emilio durften mit in das Gebäude eindringen, der Rest des Ermittlungsteams sollte beim Kommandowagen bleiben. Langsam und vorsichtig bezogen die Polizisten ihre jeweils zugewiesene Stellung.

Nach dreißig Minuten waren alle auf Position und bereit zum Einsatz. Zwei Rettungswagen waren ebenfalls vor Ort und warteten im Berkersheimer Weg auf einen möglichen Einsatz.

23

Irena war sauer. Sie hatte versucht, den Einsatzleiter des SEK zu überzeugen, dass sie mit in die Wohnung der Gangster stürmen sollte. Ihr Argument war gewesen, dass sie Russisch sprach und die Mädchen beruhigen könnte.

Schwarz hatte dies jedoch resolut abgelehnt. Sie war Gastkommissar aus der Ukraine und er würde sie nicht bewaffnet zwischen seine Männer lassen, während diese eventuell in eine Schießerei mit Schwerverbrechern verwickelt wurden. Der SEK-Mann hatte die Diskussion mit einem „Ende der Debatte!" vom Tisch gefegt.

Nun stand der Polizeimajor am Kommandowagen und lauschte dem Funkverkehr. Ein Team nach dem anderen meldete seine Einsatzbereitschaft. Das SEK-Team, das die Wohnung direkt stürmen würde, hatte Stellung vor der Wohnung bezogen und bereitete sich darauf vor, dort einzudringen. Alle Teams waren bereit. Watcher eins hatte die Fenster der Wohnung im Visier und versuchte, zu erkennen, was darin passierte. Doch die Gangster hatten die Vorhänge zugezogen, deshalb waren die Scharfschützen auf dem Dach des linken Gebäudes blind. Die restlichen Polizisten sicherten die Peripherie. Die Straße war abgesperrt und gesichert.

Das Team, das die Wohnung stürmen sollte, hatte C4-Sprengstoff an den Scharnieren und dem Schloss der Tür angebracht. Die Ladung war scharf, die Zündung angebracht. Die Beamten hatten ihre SIG Sauer P228 gezogen, auf die Laserzielgeräte montiert waren.

Felix und Emilio blieben im Hintergrund, sie würden erst dann in die Wohnung gehen, nachdem das SEK seine Arbeit erledigt hatte. Auch das hatte Schwarz ihnen unmissverständlich klargemacht. Der Beamte, der den Plastiksprengstoff zur Explosion bringen sollte, kniete seitlich vor der Tür und hob die Hand. Er zählte drei Sekunden mit seinen Fingern ab: eins – der Daumen streckte sich, zwei – der Zeigefinger streckte sich, drei – der Mittelfinger streckte sich. Der Sprengstoff explodierte mit einem lauten Krachen.

Sofort schnellten die Männer des Spezialeinsatzkommandos auf und stürmten durch den offenen Türrahmen. Die Wohnungstür lag rauchend im Flur. Es schlug ihnen kein Widerstand entgegen. Vom Flur gingen vier Zimmer ab. Die Beamten rückten mit nach vorne gerichteten Waffen vor. Das erste Zimmer auf der linken Seite war frei und weder Geiseln noch Gangster waren zu sehen.

„Zimmer sicher" kam die Meldung über den Äther.

Das nächste Zimmer lag auf der rechten Seite. Als der erste Beamte dort durch die Tür stürmte, trafen ihn drei Kugeln in der Brust, schnell hintereinander abgefeuert aus einer russischen MP-446 Viking. Die kinetische Energie der Projektile schleuderte den Polizisten nach hinten, er blieb reglos im Türrahmen liegen. Seine Kollegen zogen ihn an seiner Schutzweste nach hinten in Sicherheit.

Schwarz, der neben der Tür kniete, schleuderte eine Blendgranate in den Raum. Noch bevor der Knall verklungen war, war er ins Zimmer gesprungen und hatte zwei Schüsse abgegeben. Der erste traf den Fahrer in den Hals, der zweite trat einen Zentimeter oberhalb der Nasenwurzel in seinen Schädel ein und hinterließ auf der Rückseite seines Kopfes einen riesigen Krater. Der ehemalige russische Elitesoldat war tot, noch bevor er auf dem Boden aufschlug.

Vier verängstigte Frauen kauerten in der Haltung, die der Leiter des SEK Dana gezeigt hatte. Zufrieden nickte der Beamte und dachte, dass seine Unterweisung sich gelohnt habe. Während ein Beamter den Raum sicherte und sich um die Frauen und seinen angeschossenen Kollegen kümmerte, drangen die anderen drei Beamten unter der Führung von Schwarz tiefer in die Wohnung ein.

Aus dem Zimmer vor ihnen schallte ihnen ein scharfer Befehl entgegen. „Stoj! Oder ich lege alle um!"

Im Türrahmen erschien Jannek, der Dana als Deckungsschild vor sich hielt. Hinter ihm stand eine zweite Frau, die seinen Rücken decken sollte. In seiner Hand hielt er eine Uzi mit extrem kurzem Lauf und einem extra großen Stangenmagazin.

Mindestens 50 Schuss, schätzte Schwarz, und äußerst gefährlich, da der kurze Lauf einen großen Schwenkbereich bedeutete.

„Lassen Sie uns reden! Wenn Sie die Frauen loslassen, kommen Sie hier lebend raus und sind in zehn Jahren wieder auf dem Knast draußen. Oder aber wir richten ein Blutbad an und es endet heute hier für Sie!"

Die Polizisten hatten ihre Waffen auf Jannek gerichtet. Keiner von ihnen hatte jedoch ein klares Schussfeld.

Der Russe lachte verächtlich. „Aufgeben ist keine Option für mich, dann wird es eben heute hier enden! Und Sie sind der Erste, für den es endet, wenn Sie mich nicht auf der Stelle gehen lassen!"

Schwarz fixierte Dana, ihre Augen trafen sich und die junge Frau nickte kaum merklich. Der SEK-Mann atmete ruhig und gleichmäßig, sein Finger lag am Abzug, bis zum Druckpunkt gespannt. Eine minimale Bewegung seines Fingers und eine Patrone würde mit einer Mündungsgeschwindigkeit von 426 Metern pro Sekunde seine P228 verlassen. Auf diese kurze Entfernung würde er treffen, worauf auch immer er zielte.

Jannek bereitete sich innerlich darauf vor, ein Blutbad anzurichten. Seine Chancen standen bei etwa dreißig Prozent, aus dieser Situation lebend rauszukommen. Er wusste, dass er die Polizisten etwa vier Zentimeter unterhalb des Helmes treffen musste, denn dort waren sie am wenigsten geschützt. Der Speznas ging im Kopf rasch seine Schussfolge durch. Er malte sich aus, wie er seine Waffe schwenken und wie er den Abzug betätigen würde. Ja, es konnte klappen. Als sich sein Finger langsam krümmte, merkte er, wie die Hure, die er als Schutzschild benutzte, zusammensackte und durch seinen Arm rutschte.

„Nein, das kann nicht sein, was machst du Schlampe?", dachte er, während er sich verzweifelt bemühte, die Frau wieder in die für ihn richtige Schutzposition zu ziehen. Dabei drehte er sich unbewusst zur Seite, um einen besseren Hebel zu bekommen.

In diesem Moment überschritt der Finger von Schwarz den Druckpunkt seines Abzugs und sieben Millisekunden später traf die Kugel den Speznas in die rechte Körperhälfte. Kevin Murr würde einen Tag später feststellen, dass diese Kugel in einem Winkel von achtzehn Grad eingetreten war, die Aorta zerrissen und den rechten Lungenflügel zerfetzt hatte und auf der anderen Seite wieder ausgetreten war. An der Zimmerwand zerplatzte das Geschoss.

Jannek spürte nichts von all dem und ließ seine Waffe fallen, als er blutüberströmt auf Dana fiel. Die Frau schrie, bis sie von einem Rettungssanitäter eine Beruhigungsspritze bekam. Nach dem Schusswechsel durchsuchten die Beamten die restliche Wohnung, aber es war kein weiterer Gangster zu finden. Sie retteten jedoch noch eine Frau, die zusammengekauert auf dem Boden eines Zimmers saß.

Der SEK-Leiter setzte einen kurzen Funkspruch ab. „Wohnung gesichert, zwei Geiselgangster tot, sieben Mädchen gerettet, ein Polizist leicht verletzt".

Der Polizist, der von den Kugeln des Fahrers getroffen worden war, war durch den Schlag – auch Mannstopwirkung genannt – auf seine Schutzweste bewusstlos geworden und hatte eine Rippenprellung davongetragen, sonst nichts.

Felix und Emilio durchschritten die Wohnung und suchten nach Material, das ihnen weitere Informationen geben konnte. Trotz des großen Erfolges war Hauptkommissar Büschelberger unzufrieden. Igor und drei weitere Helfer waren nicht in der Wohnung gewesen. Jetzt waren sie wahrscheinlich kaum noch aufzufinden.

Viktor hatte sofort reagiert, als sein Chef Igor nur zwei Worte an ihn gerichtet hatte: „Fahr weiter!"

Die beiden waren mit zwei Kameraden unterwegs gewesen, um Vorräte zu besorgen und neue Verstecke zu organisieren. Auf dem Weg zurück war Igor der Mannschaftswagen der Polizei aufgefallen, der die Einfahrt zur Julius-Brecht-Straße blockierte. Die Russen stoppten kurz darauf auf der Homburger Landstraße und lauschten in die Nacht.

Als sie die ersten Schüsse hörten, wendete der schwarze schwere Mercedes und verschwand in der Dunkelheit. Igor blickte nicht zurück. Er hatte diese Schlacht verloren, aber der Krieg war noch lange nicht zu Ende. Das schwor er sich.

Das SEK war abgezogen und Schutzpolizisten suchten die nähere Umgebung nach weiteren Verdächtigen und Beweisen ab. Sie befragten die Nachbarn, ob sie irgendwelche Beobachtungen gemacht hätten.

Nach einem Hinweis auf einen schwarzen Mercedes 500 wurde diese Information in das Fahndungsprofil mit aufgenommen. Ansonsten ergaben sich keine neuen Ansatzpunkte. Die befreiten Frauen wurden über Nacht zur Beobachtung und Untersuchung ins Krankenhaus gebracht.

Irena fuhr mit ihnen, um bei Bedarf für sie zu dolmetschen. Außerdem hoffte der Polizeimajor, noch weitere Informationen von den Frauen zu erhalten.

„Von diesem Einsatz wird man auf dem Frankfurter Berg wohl noch lange sprechen." Staatsanwalt Fromm, der genau wie der Polizeipräsident herbeigeeilt war, schaute zu Felix.

„Ich habe in meiner Karriere als Kripobeamter bisher auch nichts Vergleichbares erlebt. Wenn ich ehrlich bin, ist mein Bedarf bis zum Ende meiner Laufbahn damit auch gedeckt. Ich hasse den Einsatz von Waffen", seufzte der Hauptkommissar.

„Ich weiß, dass Sie Waffen verachten, trotzdem sollten Sie mal wieder auf den Schießstand gehen. Im Gegensatz zu Emilio sind Sie dort nie anzutreffen. Ich hoffe, wir bekommen den Rest der Verdächtigen bald zu fassen."

„Unglaublich, was wir hier alles an Waffen, Drogen und Geld gefunden haben!" Der Polizeipräsident blickte auf den Stapel Waffen, den sie im Wohnzimmer auf den Boden gelegt hatten: Drei Maschinenpistolen „Made in Israel", sieben Pistolen aus Russland, sechshundert Schuss Munition, ein Kilogramm Kokain und etwas über dreihunderttausend Euro.

„Ich frage mich, ob diese Kerle auch mit Kokain gedealt haben oder ob das für den Eigenbedarf war?", fragte der Polizeipräsident mehr sich selbst als jemand anderen.

„Das waren ehemalige Elitesoldaten, ich glaube nicht, dass die Kokain genommen haben. Das würde ihre Kampffähigkeit beeinträchtigen. Ich denke, sie haben wahrscheinlich ihren solventen Kunden das Kokain angeboten", antwortete Hauptkommissar Büschelberger.

Als er und Emilio spät in der Nacht die Wohnung verließen, sahen sie, dass sogar einige Fernsehsender Kamerateams geschickt hatten. Ihr Einsatz würde also eine „breaking news" sein.

Auch am Sonntag war nicht an Ausruhen zu denken. Gegen zehn Uhr morgens trafen sich die vier Kollegen im Büro. Irena war weiterhin bei den Frauen im Krankenhaus. Die Polizisten schrieben ihre Berichte über den Sondereinsatz und koordinierten die Fahndung nach Igor und seinen Männern. Gegen vier Uhr nachmittags kam Dr. Kevin Murr zu ihnen ins Büro.

„Hallo zusammen! Ich habe bei den beiden toten Russen DNA-Proben genommen und diese verglichen mit den Proben, die wir bei den bisherigen Opfern und an den jeweiligen Tatorten sichergestellt hatten. Dieser hier" – Kevin legte ein Foto des toten Fahrers auf den Tisch – „ist einer der Männer, die sich an unserem ersten Mordopfer vergangen haben. Er hat aber nicht die richtige Größe, um der Mörder zu sein. Der andere Tote war nicht an der Schändung beteiligt, seine DNA habe ich damals nicht gefunden. Auch bei ihm spricht seine Körpergröße dagegen, dass er Mariola erdrosselt hat. Allerdings ist er mit hundertprozentiger Sicherheit derjenige, der Polizeiobermeister Bock angegriffen und verletzt hat."

Kevin wartete auf Fragen der Ermittler. Im Moment gab es keine, deswegen schickte Felix sein Team in ein extrem kurzes Wochenende.

Als Büschelberger zuhause ankam, erwartete ihn vor seinem Haus Irena.

„Hallo! Schön dich zu sehen!" Der Kommissar legte seinen Arm um ihre Hüfte und sie küsste ihn sanft.

„Ja, finde ich auch. Und? Habt ihr noch was Neues rausbekommen heute?" Ihr Kopf lehnte an seiner Brust.

„Nichts Wichtiges, aber lass uns doch erst mal reingehen. Django freut sich bestimmt auch, wenn er dich sieht."

„Na, dann lass uns reingehen." Sie nahm ihn an der Hand.

„Hast du denn im Krankenhaus von den befreiten Frauen noch etwas erfahren?"

„Nein, leider nichts Neues." Irena schüttelte traurig den Kopf. „Sie wurden alle untersucht und sind den Umständen entsprechend relativ gesund. Ich denke, dass wir sie morgen richtig befragen können. Ich habe sie soweit gebracht, dass sie zu einer Aussage bereit sind. Normalerweise machen Frauen in einer solchen

Situation keine Aussage, sie haben einfach zu viel Angst. Schauen wir mal, was sie uns morgen alles erzählen."

Am Abend lud Büschelberger seine Kollegin zum Essen ein. Da er den gestrigen Erfolg feiern wollte, gingen sie in ein französisches Restaurant, das in der gehobenen Preisklasse lag. Beim Dessert blickte Irena Felix an. Er sah Traurigkeit in ihren Augen.

„Was gibt es, warum schaust du so traurig?", fragte er.

„Ach, Felix, ich weiß nicht, wie ich es sagen soll, aber meine Zeit hier läuft ab. Ich werde Ende der Woche zurück in mein Land fahren müssen. Ich bin traurig, weil ich euch alle hier zurücklassen muss. Ihr wart so nett und zuvorkommend zu mir. Da wird mein Herz so schwer, weil wir uns wahrscheinlich nie mehr wiedersehen. Besonders du wirst mir fehlen." Sie griff über den Tisch und ein Lächeln huschte über ihr Gesicht, als sie seine Hand drückte.

Felix schluckte schwer und wusste im Moment gar nicht, was er sagen sollte. Er hatte zwar gewusst, dass sie irgendwann wieder gehen würde, dies aber auch erfolgreich verdrängt.

„Aber wir haben Igor doch noch gar nicht gefasst, du kannst doch noch nicht gehen. Wir brauchen deine Hilfe hier!", stammelte er.

„Wir?" Belustigt funkelte sie ihn mit ihren hellgrünen Augen an.

„Ich! Ich brauche dich."

Lächelnd schwieg Irena.

„Bleibst du heute Nacht bei mir?", fragte der Hauptkommissar

„Ich würde gerne bei dir bleiben. Aber meinst du nicht, dass der Abschied uns dann nur noch schwerer fällt, je mehr Gefühle zwischen uns entstehen?"

„Das ist mir heute egal! Ich würde dich gerne spüren, schmecken und riechen. Mit all meinen Sinnen mich der Macht des Augenblicks ergeben."

Irena legte ihre Hand um seinen Nacken und zog ihn zu sich, dann küsste sie ihn fordernd. Ihre Finger massierten fest seine Schultern. Felix legte all seine Gefühle in diesen Kuss, er hoffte, er würde sie damit überzeugen, über Nacht zu bleiben.

24

Am Montag sah der Hauptkommissar all die jungen Frauen wieder, die sie befreit hatten. Dana brachte ihm sogar ein schüchternes Lächeln entgegen, als sie ihn begrüßte.

Er hatte lange mit Irena darüber gesprochen, wie sie das Vertrauen der Mädchen gewinnen könnten. Sie war überzeugt, dass die jungen Frauen trotz ihrer Befreiung ein tiefes Misstrauen gegenüber der Polizei empfanden. Je formeller Felix und sein Team auftreten würden, desto weniger würden sie erfahren, meinte sie. Daher schlug sie vor, dass die Befragung am besten in dem Hotel stattfinden sollte, in dem die Frauen von der Polizei einquartiert worden waren.

Als Felix an diesem Morgen die Reportermeute sah, die vor dem Revier wartete, wusste er, dass Irena recht hatte. Grinsend dachte er an ihren Spruch. „Klar, ich habe immer recht, du kannst mir ruhig glauben!" Vielleicht war sie wirklich verflucht und musste immer recht behalten.

Büschelberger ging zum Staatsanwalt, um zusätzliche finanzielle Mittel für die Anmietung eines Befragungsraums im Hotel zu beantragen.

„Felix, persönlich halte ich das für eine gute Idee, aber meine Mittel sind begrenzt, daher muss ich das leider ablehnen."

„Herr Staatsanwalt, wir haben am Samstag doch über 300.000 Euro bei der Befreiungsaktion beschlagnahmt. Dieses Geld könnten wir doch dafür verwenden."

„Herr Hauptkommissar, Sie wissen ganz genau, dass das gegen das Gesetz wäre. Es würde der Korruption Tür und Tor öffnen, wenn wir beschlagnahmtes Geld einfach nach unserem Gutdünken einsetzen würden!" Der Tonfall des Staatsanwaltes wurde schärfer.

„Ja, ich weiß." Felix winkte enttäuscht ab.

„Es wäre aber einfach mal nur gerecht! Diese Frauen haben so gelitten und es waren deutsche Männer, die ihre kranken Phantasien an ihnen ausgelebt haben. Deshalb schuldet ihnen der deutsche Staat einfach ein wenig Wiedergutmachung, finde ich."

„Ach, Felix, ich beneide Sie! Ihr Idealismus hat Sie nie verlassen, obwohl Sie immer mit der schlechten Seite der Menschheit zu tun haben. Leider ist es nun mal so, dass Gesetze nicht für Gerechtigkeit sorgen, sondern nur den Rahmen setzen, in dem soziale Aktionen und Verhaltensweisen der Menschen geregelt werden, die in diesem Rechtssystem leben und agieren. Es gibt ihnen Sicherheit und macht das Leben verlässlich. Ohne so ein System würde die Menschheit in Anarchie versinken. Dass so ein Rechtssystem durchaus Ungerechtigkeiten beinhaltet, ist uns allen klar. Ich halte den Glauben an Gerechtigkeit sowieso für ziemlich infantil."

„Sehen Sie, das unterscheidet uns. Ich glaube schon, dass die Menschen gerecht sein können und wir das auch anstreben sollten!"

„Ist ja schon gut. Ich genehmige die zusätzlichen Kosten, Sie dürfen die jungen Frauen in dem Hotel befragen. So und nun raus hier, bevor ich es mir noch anders überlege!"

„Danke!" Hauptkommissar Büschelberger raste aus dem Raum. Er sah nicht, wie der Staatsanwalt ihm lächelnd nachblickte.

So kam es, dass Dana Felix nun also in dem Hotel anlächelte, in dem sie zusammen mit den anderen Frauen untergebracht war. Insgesamt hatte die Polizei dort drei Zimmer angemietet. Keine Frau sollte alleine sein, in einem Zimmer schliefen sogar drei Mädchen. Diese Regelung war auf Vorschlag der Polizeipsychologin getroffen worden. Es würde den befreiten Frauen die Verarbeitung ihres Traumas erleichtern, wenn sie nicht alleine waren.

Der Befragungsraum war groß, es standen in lockerer Anordnung drei Tische darin mit jeweils vier Sesseln. An der Wand war ein weiterer Tisch aufgestellt worden, auf dem Getränke, Gebäck und belegte Brötchen angerichtet waren. Es sollte eine freundliche Atmosphäre herrschen und keine typische Befragungssituation entstehen. Die sieben Frauen saßen dennoch angespannt an den Tischen.

Neben Irena hatte Felix sein gesamtes Team dabei. Zudem war ein Polizeizeichner anwesend, da weitere Phantombilder erstellt werden sollten. Das Hotel wurde von sechs SEK-Beamten in Zivil bewacht, die ihre Sicherheit garantieren sollten. Zwei befanden sich im Hotel, vier hatten Posten außerhalb bezogen. Schwarz hatte die Gefahrensituation für noch sehr hoch eingeschätzt, so dass der Einsatz des SEK berechtigt war. Man wollte unbedingt verhindern, dass Igor und seine Männer die Frauen wieder in ihre Gewalt bringen würden.

Felix stellte sich und sein Team erst einmal vor. Zu Irena gab es die meisten Reaktionen. Sie hatte anscheinend schon das Vertrauen der jungen Frauen gewonnen, dachte der Hauptkommissar. Da sie in der gestürmten Wohnung auch die Pässe der befreiten Mädchen sowie des ersten Opfers gefunden hatten, wussten sie inzwischen, dass alle Frauen aus derselben Gegend kamen. Sie hatten alle in einem Umkreis von hundert Kilometern gelebt.

Bestürzt war Hauptkommissar Büschelberger, als er das Foto von Mariola in ihrem Pass sah. Es zeigte eine so fröhliche und hübsche junge Frau, die das ganze Leben noch vor sich hatte und ihm offensichtlich positiv gegenüberstand. Er räusperte sich.

„Ich kann Ihnen gar nicht sagen, wie froh ich bin, Sie alle hier zu sehen und dass es uns gelungen ist, Sie zu befreien, ohne dass jemand von Ihnen zu Schaden gekommen ist!" Er unterbrach seine Rede, um dem Polizeimajor Zeit zu geben, seine Rede ins Russische zu übersetzen.

„Ich kann mir nicht vorstellen, welches Leid und welche Qualen Sie erleiden mussten, und ich verspreche Ihnen, dass wir alles tun werden, damit so etwas nie wieder passiert. Darum hoffen wir, dass Sie uns helfen, damit wir den Rest dieser Verbrecher auch noch fangen können. Solange das noch nicht geschehen ist, sind Sie weiterhin in Gefahr. Deshalb beschützt die Polizei dieses Hotel. Es ist absolut wichtig und für Ihre Sicherheit unerlässlich, dass Sie niemals alleine dieses Hotel verlassen. Ich möchte Sie eindringlich darum bitten, dass Sie uns vorab Bescheid geben, wenn Sie irgendwo hingehen wollen. Wir werden dann zwei Beamte des Spezialeinsatzkommandos für Ihre Begleitung bereitstellen. Ansonsten hoffe ich, dass Sie sich in diesem Hotel wohlfühlen, sich hier erholen und Ihren Albtraum hinter sich lassen können. Noch einmal: Ich freue mich, Sie hier alle relativ gesund und munter vor mir sitzen zu sehen."

Felix gab seinem Team einen Wink. Sie hatten vorher verabredet, dass die Polizeibeamten die Frauen nun bedienen und ihnen

Getränke und Gebäck servieren würden. Sie wollten als Freunde auftreten und nicht als Amtspersonen.

Anschließend verteilten sich die Polizisten an den Tischen und versuchten erst einmal, ein lockeres Gespräch mit den Frauen in Gang zu bringen. Nach einer halben Stunde herrschte tatsächlich so etwas wie eine entspannte Atmosphäre. Manche Frauen kicherten sogar schon wieder. Nach einer Stunde stellten sich der Hauptkommissar und der Polizeimajor in die Mitte des Raumes.

„Meine Damen, wir würden jetzt gerne mit Ihnen über Igor und seine Männer reden. Alles, was Sie uns erzählen können, wird uns helfen, diesen Bastard zu kriegen. Vor allem interessieren uns die Namen seiner Männer und alles, was Sie uns über das jetzige Aussehen dieser Leute mitteilen können. Weiterhin: Wo waren sie bisher versteckt? Wie operiert Igor? Wie denkt er? Und so weiter."

Büschelberger lächelte Dana an. „Wir kennen uns schon ein bisschen besser, deshalb meine Frage an Sie: Wie sollen wir vorgehen? Sollen wir Sie einzeln befragen oder wollen wir das hier als Gruppe machen? Jede von Ihnen darf frei reden. Wir schreiben mit und bei Bedarf stellen wir Fragen."

Dana blickte von einer Frau zu anderen, dann hatten die Mädchen eine stille Übereinkunft getroffen. Sie würden das gemeinsam durchstehen und eine würde die andere tragen.

Die Polizisten bauten den Raum so um, dass die Sessel in einem großen Kreis standen und sich alle anschauen konnten. Irena saß mitten unter ihren Landsleuten, dem Ermittlungsteam gegenüber.

Emilio hatte seinen Tablet-PC eingeschaltet und protokollierte alles. Ein weiterer Sessel wurde an einen einzelnen Tisch geschoben, dort saß der Polizeizeichner. Er hatte seinen Laptop dabei und mithilfe eines Beamers projizierte er seinen Bildschirm an eine weiße Wand. Sie würden zuerst mit der Erstellung der Phantombilder beginnen. Es war für die erfolgreiche Fahndung wichtig, dass diese Fotos so schnell wie möglich in Umlauf kamen.

So erfuhren die Kommissare nun vom erneut geänderten Aussehen Igor Bramkolyschs und dass sein engster Helfer Viktor Ramischkow hieß. Von den weiteren Männern kannten die Zeuginnen nur die Vornamen: Alexej, Boris und Mischa, der Fahrer.

Der Zeichner verließ nach getaner Arbeit den Raum, die anderen Polizisten befragten die Frauen noch weiter, bis tief in die Nacht hinein. Manches von dem, was sie erfuhren, verschlug ihnen den Atem.

„Emilio, ich will, dass du mich daran erinnerst, dass wir uns von Josten Sørensen alle Verbindungsdaten geben lassen. Ich will, dass wir möglichst viele der Kunden identifizieren, die diese Mädchen gequält und missbraucht haben. Wir dürfen diese Perversen nicht davonkommen lassen", flüsterte Hauptkommissar Büschelberger seinem Freund zu.

Da Irena inzwischen in das gleiche Hotel gezogen war, in dem die befreiten Ukrainerinnen untergebracht waren, verabschiedete sie sich vor ihrem Zimmer von Felix.

„Ich habe mich entschieden. Ich werde am Freitag in meine Heimat zurückkehren."

„Das finde ich sehr schade. Ich hätte mich sehr gefreut, wenn du noch geblieben wärst!", seufzte er.

„Ich weiß, aber es hilft ja nichts. Das Leben ist eben nicht vorhersagbar. Ich werde dich und deine Hilfe nie vergessen. Das kann ich dir versprechen!"

Er musste schlucken. „Ich werde dich auch nicht vergessen, nichts von dir."

Er hing seinen Gedanken nach, bevor er schüchtern lächelte.

„Wollen wir dann am Donnerstag wenigstens noch einmal zusammen ausgehen?"

„Eine schöne Idee, aber am Donnerstag möchte ich lieber alles packen und ordnen. Wie wäre es am Mittwochabend?"

„Prima, da kann ich auch!" Felix strahlte sie an.

„Vielleicht solltest du auch Emilio, Frauke und Arno fragen, ob sie mitkommen wollen? Wir beide wissen, wohin es führt, wenn wir alleine unterwegs sind, und dann fällt uns der Abschied am Freitag nur noch viel schwerer." Ernst blickte sie ihn an.

Er schlug den Blick nach unten, traurig erkannte er, dass sie recht hatte.

„Wenn du meinst, dass es besser so ist, dann hast du wohl recht!"

„Du weißt, dass ich immer recht habe, du darfst mir glauben!"

„Ja, ich weiß!"

„Siehst du. Und nun sei nicht traurig, mein Kommissar. Du bist ein wahnsinnig toller Mann, du wirst darüber hinwegkommen. Kopf hoch und Blick nach vorne! Manchmal wird Abschied einfach überbewertet. Jede Begegnung im Leben prägt uns und wir können daraus lernen. Von dir habe ich viel gelernt und es freut mich wirklich, dass wir uns begegnet sind. Wir sagen bei uns zuhause, dass man seinem Schicksal vertrauen und sich ihm ergeben soll, da man es sowieso nicht ändern könne. Wer weiß schon, was das Schicksal noch alles mit uns vorhat?"

Sie vergewisserte sich, dass niemand zu sehen war, dann zog sie ihn zu sich heran und küsste ihn leidenschaftlich.

Danach schob sie ihn von sich „Und nun geh bitte, bevor ich schwach werde!"

Auf dem Weg nach Hause telefonierte der Hauptkommissar mit seinen Kollegen. Am Mittwochabend würde nur Emilio Zeit haben. Eine Sekunde lang überlegte Felix, ob er seinen Freund bitten sollte, nicht mitzukommen. Aber er wusste, dass Irena ihn sofort durchschauen und der Abend dann auch nicht so harmonisch werden würde, wie von ihm erhofft.

„Mist, dass ich mich aber auch immer verlieben muss! Das ist echt nicht einfach mit den Gefühlen, manchmal wünschte ich mir, ich könnte sie einfach abschalten."

Er seufzte und fiel dann als großer „Krieg der Sterne"-Fan grinsend in den Tonfall des alten Jedi-Meisters Yoda: „Deinem Schicksal du dich stellen musst, mein junger Büschelberger!" Yoda half eben immer.

Am Dienstag wurde die Befragung der Frauen aus der Ukraine fortgesetzt. Am Nachmittag fuhr Felix' Team auf die Wache. Irena kam nicht mit, sie wollte noch in der Innenstadt shoppen gehen. Der Hauptkommissar ging ins Büro des Staatsanwaltes und informierte ihn über die neuesten Erkenntnisse.

„Ich würde gerne versuchen, die Freier, die diese Mädchen missbraucht haben, dranzukriegen. An wen soll ich die Ermittlungsarbeit übergeben?" Da es hier nicht um Mord ging, musste er die Ermittlung an ein anderes Team übertragen.

„Ich denke, dass Kommissar Sulzner sich darum kümmern sollte. Er hat ja den Anfang der Ermittlungen mitbekommen und kennt sich auch in der Szene aus."

„Gut, ich übergebe ihm alles, was er braucht!"

Als der Hauptkommissar ging, rief Fromm ihm hinterher: „Ich muss Sie leider darüber informieren, dass wir die Frauen nach der Befragung ziemlich schnell abschieben werden. Sie sind alle illegal hier und Zeugenschutz kann ich nicht ewig aufrechterhalten. Es tut mir leid!"

Hauptkommissar Büschelberger glaubte seinem Chef sogar. Mal wieder frustriert ging er früh nach Hause. Manchmal nervte ihn die unpersönliche Bürokratie ziemlich.

Der Mittwoch verlief ebenfalls ereignislos. Am Nachmittag verabschiedete sich Irena, sie wollte sich noch umziehen. Da sowohl Emilio als auch Felix an diesem Abend etwas trinken wollten, ließen sie ihre Autos stehen und fuhren mit der U-Bahn zum Hotel, in dem Irena die letzten Tage gewohnt hatte. Sie saß in der Lobby und wartete auf ihre Begleitung für die Abschiedsfeier.

Als der Hauptkommissar sie sah, stockte ihm der Atem. Irena hatte sich komplett neu eingekleidet. Sie hatte ihr Haar hochtoupiert. Unter einem schwarzen Blazer trug sie eine enge, cremefarbene Bluse, deren Ärmel am Ende weit ausgestellt waren. Rüschen, Stehbund und Knitterlook rundeten die Bluse ab. Dazu trug sie schwarze Wildledershorts und eine blickdichte Strumpfhose. Der Hingucker dieses Outfits waren allerdings ihre Overknee-Stiefel. Sie waren aus schwarzem Leder, schmiegten sich eng an ihre Beine und gingen gut fünfzehn Zentimeter über ihre Knie hinaus. Der Absatz war sicherlich zwölf Zentimeter hoch und auf der Innenseite der Stiefel lief der Reißverschluss von der Sohle bis zum Stiefelende.

„Umwerfend!", entfuhr es dem Hauptkommissar, als er seine Kollegin aus der Ukraine sah.

„Gefalle ich dir?", fragte sie, während sie sich einmal um ihre eigene Achse drehte.

„Sehr sexy, das muss ich schon sagen. Ich glaube, dass dich niemand mehr als Polizistin erkennen würde. Ein gutes Undercover-Outfit!", fügte er grinsend hinzu.

„Also, dass ihr Männer immer so wenig Ahnung von Mode habt! Dieses Outfit ist im Moment gerade sehr angesagt. Wenn du mal in der neuen Ausgabe der Vogue schaust, wirst du sehen, dass Overknees – kombiniert mit einer Shorts – sehr angesagt sind. Die Stiefel habe ich in einem ganz normalen Schuhgeschäft bekommen. Die sind übrigens in eurer Hauptstadt gefertigt!"

„Die sind aus Deutschland?", fragte Felix verwundert.

„Ja! Siehst du das silberne Schildchen hier auf der Außenseite? Da steht ‚Fernando Boots Berlin' drauf. Und fass mal an, wie weich sie sind."

Felix berührte die Stiefel, das Leder war wirklich sehr weich.

„Die sind ja handschuhweich, eine echt gute Qualität, wie es scheint!"

„Deswegen musste ich sie auch kaufen! Also, können wir los und noch einmal richtig Spaß haben?"

„Lasst uns aufbrechen!", rief Emilio.

Sie fuhren mit der U-Bahn in die Frankfurter Innenstadt und stiegen an der Haltestelle „Alte Oper" aus.

„Mich wundert, dass du in diesen Mörderteilen laufen kannst", schmunzelte Felix.

„Das ist eben der Unterschied zwischen den Frauen aus der Ukraine, Russland und Polen zu den Frauen von hier. Während die Frauen hier lieber in Turnschuhen rumrennen und glauben, dass das sexy sei, träumt bei uns schon jedes kleine Mädchen von hochhackigen Schuhen. Von klein auf trainieren wir, darin zu laufen, denn sie sind für uns der Inbegriff der Weiblichkeit. Ich könnte damit sogar rennen! Soll ich es dir beweisen?", lachte sie.

„Nein, ist schon gut, ich glaube dir und ich muss gestehen, du siehst atemberaubend aus."

Die drei Kollegen liefen lachend die Treppe von der U-Bahn-Station hoch, um ins Freie zu kommen. Irenas Abschied wollten sie im „Bermudadreieck" zwischen Hochstraße und Börsenstraße auf der Großen Bockenheimer Straße verbringen.

Keiner von ihnen beachtete die Menschen, die ihnen auf der Treppe entgegenkamen. Die Vierergruppe, die sich bemühte, ungesehen an ihnen vorbeizuhuschen, kollidierte dennoch mit dem Hauptkommissar, als Irena ihn gerade übermutig zur Seite schubste.

„Komm, mein Kommissar, ich will keine Traurigkeit mehr in deinen Augen sehen, heute Nacht wird gefeiert. Trauer darfst du dann ab dem Morgengrauen empfinden!"

Felix entschuldigte sich bei dem Mann, gegen den er gestolpert war. Dann erstarrte er.

„Igor Bramkolysch?", rief er völlig verdattert.

In dieser Sekunde erkannte auch Irena den momentan meistgesuchten Mann Frankfurts.

„Igor, bleib stehen, du bist verhaftet!", schrie sie voller Hass.

Die Männer reagierten sofort. Igor und Viktor stürmten die Treppe hinunter, seine zwei Begleiter hatten plötzlich ultrakurze Maschinenpistolen in der Hand.

Während Büschelberger in einen ungläubigen Schock verfiel, reagierte der Polizeimajor ohne zu zögern.

Sie zog eine Pistole und schrie auf Russisch: „Waffen runter!"

Sie stand etwas abseits von Felix und Emilio, die frontal ihren Gegnern gegenüberstanden. Emilio stand noch vor seinem Chef und Freund.

Die ehemaligen Speznas fackelten nicht lange und eröffneten das Feuer, dabei konzentrierten sie sich auf die beiden deutschen Polizisten, da sie diese für den gefährlicheren Gegner hielten.

Emilio reagierte blitzschnell. Er zog seine Dienstwaffe in einer fließenden Bewegung und konnte mit seinen ersten beiden Schüssen einen der Gangster an der Schulter treffen. Dann wurde er voll erwischt, mehrere Kugeln trafen ihn. Wie in Zeitlupe sah Felix seinen alten Freund fallen, die Pistole in der Hand. Die Wucht der Kugeln schleuderte Emilio nach hinten, wo er auf der Treppe blutend liegen blieb. Seine Dienstwaffe fiel ihm aus der Hand und rutschte polternd drei Stufen nach unten, bevor sie dort – noch immer rauchend – liegen blieb.

„Neeeeeeiiiiiiinnnnnnnnnn!", brach ein schmerzerfüllter Schrei aus Felix' Kehle.

Wenn er auch völlig starr vor Schreck war, so rasten doch seine Gedanken: „Nicht Emilio, oh bitte, Gott! Bitte nicht Emilio! Bitte!"

Der Polizeimajor indessen erwiderte in Sekundenschnelle das Feuer und feuerte Doppelschüsse auf die beiden Russen ab. Mit leicht gespreizten Beinen stand sie da wie ein Racheengel und hielt ihre Pistole fest in beiden Händen. Kaltblütig und professionell schoss sie und traf beide Gegner mit ihren ersten Schüssen tödlich. Die ehemaligen Elitesoldaten fielen, während die Kugeln ihrer Maschinenpistolen rings herum einschlugen und das Chaos ausbrach. Menschen schrien und liefen schutzsuchend davon, ohne Rücksicht auf andere zu nehmen. Einige stürzten die Treppe hinab, als sie von anderen zur Seite geschubst wurden.

Als Felix endlich zur Besinnung kam, stürzte er zu Emilio. Irena rannte inzwischen die Treppe hinunter, um Viktor und Igor zu verfolgen.

„Versorge du deinen Freund, ich verfolge diese beiden Schweine. Es muss jetzt endlich enden, sie dürfen mir nicht entkommen!", schrie sie ihm zu.

Irena bewies Felix, dass sie in diesen Stiefeln mit zwölf Zentimeter hohen Absätzen rennen konnte, als sie in halsbrecherischer Geschwindigkeit die Treppe hinunterrannte. Während Felix versuchte, die Blutung bei Emilio zu stoppen, nestelte er sein Handy aus seiner Jeans und wählte den Notruf.

„Wir haben auf der Treppe der U-Bahn Station ‚Alte Oper' eine Schießerei mit mehreren Verletzten. Ein Polizist ist schwer verwundet! Wir benötigen sofort Unterstützung und Rettungskräfte. Ich wiederhole: Ein Polizist bei einer Schießerei schwer verletzt!" Er legte auf, ohne auf weitere Fragen einzugehen.

Der Hauptkommissar konnte unten in der U-Bahn-Station das Klackern von Irenas Absätzen hören, als sie ihre Beute verfolgte, dann Schreie und wieder Schüsse.

„Oh Gott nein!" schrie er.

Er wusste, dass er sich eigentlich der Verfolgung der Gangster anschließen müsste, aber sein Herz befahl ihm, bei seinem Freund zu bleiben. Er versorgte Emilio, so gut er konnte.

„Emilio, tu mir das nicht an. Hörst du? Das darfst du mir nicht antun! Wie soll ich das Sylvia erklären, wie soll ich das deiner Mama beibringen? Du musst bei mir bleiben, hörst du?"

Er schluchzte. „Verdammt! Wo bleiben die bloß?"

In der Ferne hörte er Martinshörner, die schnell lauter wurden.

Dann stand plötzlich Irena wieder bei ihm.

„Igor ist entkommen, aber Viktor habe ich erwischt, mitten in die Stirn, der braucht keine Hilfe mehr!", keuchte sie. Sie riss sich ihr Jacke runter und zog in einer fließenden Bewegung ihre Bluse aus und benutzte sie, um bei Emilio einen Druckverband anzulegen.

„Lass mich mal, du stehst ja völlig unter Schock und weißt gar nicht, was du tust!"

Die ersten Rettungssanitäter trafen am Ort des Geschehens ein. Sie liefen sofort zu einem der beiden Russen und fingen an, ihn zu reanimieren. Da sah Felix rot. Zum ersten Mal an diesem Tag zog er seine Waffe. Außer sich vor Zorn und Sorge um seinen Freund zielte er damit auf einen der Sanitäter.

„Lassen Sie den da liegen, das ist ein Mörder, hier liegt ein Polizist! Sie kümmern sich sofort um ihn hier oder Sie werden es bitter bereuen!", schrie er verzweifelt.

Der Sanitäter erblasste, fügte sich dann aber dem Zwang. In dieser Sekunde trafen auch die ersten Polizisten ein, sie sahen noch, wie der Hauptkommissar seine Dienstwaffe wegsteckte. Daraufhin warfen sie ihn zu Boden und legten ihm Handschellen an, bevor er etwas sagen oder sich ausweisen konnte. Erst der beherzte Einsatz von Irena führte dazu, dass die Beamten der Schutzpolizei ihrem Kollegen die Handschellen wieder abnahmen.

Keiner bemerkte, dass ein vierzehnjähriger Junge alles mit seinem Smartphone gefilmt hatte. Genau fünf Minuten später fand sich das Video auf YouTube und Facebook wieder.

Emilio wurde per Rettungshubschrauber ins Krankenhaus geflogen, er hatte eine Menge Blut verloren. Der Notarzt meinte, dass seine Überlebenschancen steigen würden, wenn er die Nacht überstände. In der Sekunde, in der Emilio ausgeflogen wurde, startete die Frankfurter Polizei die größte Fahndung ihrer Geschichte. Der Flughafen, alle Bahnhöfe und Ausfallstraßen waren dicht. Da Hauptkommissar Büschelberger eine Beruhigungsspritze bekommen hatte, war er als Zeuge nur bedingt brauchbar.

Irena lieferte die Beschreibung, die an alle Beamten im Einsatz geschickt wurde. Gesucht wurde ein Mann mit mittellangen roten Haaren – es handelte sich um ein Toupet – einem roten Spitzbart (künstlich) und einer schwarzen Hornbrille. Er war bekleidet mit schwarzen Turnschuhen der Marke Nike, einer schwarzen Jeans, einem dunkelbraunen, leichten Pullover und einer schwarzen Windjacke. Besonderes Erkennungsmerkmal sei seine dicke kaukasische Nase.

Noch während der Polizeimajor ihre Beschreibung diktierte, erschienen Staatsanwalt Fromm, Oberstaatsanwalt Schürfel und der Polizeipräsident am Tatort. Sie ordneten an, dass Felix ebenfalls ins Krankenhaus gebracht werden sollte. Kurze Zeit später trafen sein Team, die KTU und Dr. Murr vor Ort ein, um mit den Untersuchungen zu beginnen.

Felix fröstelte, als er mit Irena durch die Krankenhausflure schlurfte, um dorthin zu gelangen, wo sein Freund gerade operiert wurde. Ihm war schlecht vor Angst. Vor der Tür, die in den Operationtrakt führte, stand Sylvia, Emilios Ehefrau. Als er sie umarmte, weinten sie beide um den Verwundeten.

„Es tut mir so leid! Ich habe als Freund versagt. Ich konnte ihn nicht schützen!", schluchzte Felix.

„Es ist doch nicht deine Schuld", versuchte Sylvia, ihn zu beruhigen.

„Doch! Ich war so geschockt, dass ich nicht mal meine Waffe ziehen konnte. Wäre Irena nicht gewesen, wären Emilio und ich jetzt tot. Ich habe total versagt!" Bitterkeit und Verzweiflung lagen in seiner Stimme.

Die Ehefrau seines Freundes drückte ihn nur fest an sich, während sie Irena dankbar anlächelte.

Die drei warteten noch immer auf Neuigkeiten aus dem OP, als Emilios Mutter erschien.

Sie umarmte zuerst ihre Schwiegertochter, dann Felix.

„Versprich mir, dass du den kriegst! Du wirst das beenden und egal, was mit meinem Sohn passiert, du wirst dafür sorgen, dass die Gerechtigkeit siegt. Schwöre es auf das Grab meines Mannes!" In ihrem Blick lag bitterer Ernst.

Büschelberger nickte: „Ich schwöre es dir!"

„Gut! Denn du bist mein Junge, so wie mein eigener Sohn!"
Nach einer weiteren Stunde erschien der Arzt, der die Operation durchgeführt hatte. Emilio war noch am Leben, aber es hing am seidenen Faden. Er hatte zwei Lungendurchschüsse, einen Streifschuss am linken Oberarm und einen Steckschuss im rechten Oberschenkel erlitten.

„Sein Zustand ist kritisch. Der Blutverlust war ziemlich hoch. Sie sollten jetzt nach Hause gehen. Der Patient ist nicht ansprechbar, wir haben ihn in ein künstliches Koma versetzt. Die nächsten vierundzwanzig Stunden sind entscheidend. Tut mir leid, mehr kann ich Ihnen im Moment nicht sagen und ich muss jetzt auch schon wieder, eine weitere Notoperation! Wir melden uns, sobald es Neuigkeiten gibt." Der Arzt eilte zurück in den OP-Bereich.

„Geh nach Hause, Felix. Sylvia und ich werden hierbleiben. Du brauchst Ruhe und kannst hier sowieso nichts tun", sagte Emilios Mutter.

„Sie passen auf ihn auf?", wandte sie sich dann fragend an Irena.

„Ja, ich kümmere mich um ihn", antwortete sie.

Irena brachte Felix nach Hause. Dort hielt sie ihn im Arm und mit der Verzweiflung von Menschen, die nichts mehr zu verlieren hatten, liebten die beiden sich inbrünstig.

Am nächsten Morgen war die Schießerei und die gesamte Vorgeschichte die brandheiße Story bundesweit. Einige Tageszeitungen hatten sogar zwei Seiten für einen Bericht darüber reserviert. Die Morgenschau im Fernsehen verwirrte Felix allerdings. Hier war ein Ausschnitt des Videos zu sehen, das der Teenager auf YouTube gestellt hatte. Die Szene, in der er den Rettungssanitäter mit seiner Dienstwaffe bedrohte, wurde mehrmals wiederholt.

Felix ließ den Kopf sinken. Er wusste, dass dies Ermittlungen und disziplinarische Maßnahmen nach sich ziehen würde. Wenn nicht gar Schlimmeres!

„Ich bin erledigt!", stöhnte er.

Irena legte den Arm um ihn.

„Es tut mir leid. Aber jeder mit einem Herz und Mitgefühl für seine Freunde hätte doch so gehandelt!"

„Aber nicht jeder Polizist", sagte er.

Schweigen.

„Felix?"

„Ja?"

„Ich muss dir noch etwas gestehen!"

„Was denn?"

Wieder Schweigen.

„Was musst du mir gestehen? So schlimm wie das mit dem Video kann es schon nicht sein!"

Erneutes Schweigen.

„Habe ich dir schon erzählt, dass ich Großmeister im Schweigen bin? Ich beherrsche alle sechzehn Dialekte des Schweigens perfekt. Du machst mir gerade Angst!"

Plötzlich brach Irena in Tränen aus und schmiegte sich eng an ihn.

„Schlimmer!", schluchzte sie.

„Das kann nicht sein!" Büschelberger bekam Angst.

„Doch!"

Schweigen.

„Ich weiß nicht, wie ich es dir sagen soll ... Mariola ist meine Cousine."

„Wie? Die lassen dich in der Sache ermitteln, obwohl du persönlich betroffen bist? Das wäre bei uns unmöglich!", sagte er.

„Das wäre wohl auch in der Ukraine unmöglich! Aber ...ich bin kein Polizist. Ich war eine Hure bei Igor und konnte vor über einem halben Jahr fliehen. Die Narbe habe ich von ihm. Olga hat mich angerufen, nachdem du ihr das Foto meiner Cousine gezeigt hattest. Deshalb bin ich hier!"

„Ja, aber du hast doch Papiere dabeigehabt!", antwortete Felix völlig fassungslos.

„Meine Papiere waren alle falsch. Wer von euch aus dem Westen kennt schon die Papiere der Polizei aus der Ukraine? Jeder sieht immer nur das, was er sehen will. Es ist so einfach! Eine nette Geschichte und schon glaubt einem jeder. Außerdem habt ihr bei meinem Onkel angerufen, um meine Angaben zu überprüfen."

„Scheiße!"

Erneutes Schweigen.

„Ich glaube das nicht! Wo hast du überhaupt die Waffe her? Das wollte ich dich gestern schon fragen."

„Die habe ich mir im Rotlichtviertel besorgt, nachdem wir den echten Klaus Wyschnovski tot aufgefunden hatten."

„Verdammt! Ich bin erledigt! Meine Karriere – im Eimer! Und was machen wir jetzt? Ich kann dich nicht einfach laufenlassen."

„Doch, das musst du sogar."

„Wieso?"

„Weil wir nur so Igor zu fassen kriegen. Er hat hier keine Mädchen mehr und seine Leute sind alle tot. Mit Sicherheit hat er schon das Land verlassen. Nur in meiner Heimat kann ich ihn stellen und das auch nur, solange er so schwach und verletzlich ist wie jetzt. Du musst mich gehen lassen oder er wird niemals seine gerechte Strafe bekommen!"

„Aber wenn ich dich jetzt gehen lasse, glaubt jeder, ich hätte das mit dir gewusst und dann bin ich dran", sagte er.

Irena küsste ihn lang und zärtlich.

„Manchmal muss man sich entscheiden. Zwischen Recht und Gerechtigkeit. Und ich weiß, wie du dich entscheiden wirst!"

Sie umarmten sich.

„Du musst mir sowieso deine Waffe geben, die KTU wird die untersuchen wollen. Ich hoffe, dass damit noch keine Verbrechen verübt worden sind, sonst haben wir ein noch größeres Problem."

„Ich habe eine bessere Idee. Ich werde in mein Hotel zurückgehen und dort einen Brief deponieren, in dem ich mich erkläre, dann bist du hoffentlich aus dem Schneider. Die Waffe lege ich zu dem Brief."

„Nein, das funktioniert so nicht. Wenn meine Kollegen heute den Brief bekommen, kannst du das Land nicht mehr verlassen. Besser, du gibst mir deine Waffe und ich bringe sie zur KTU. Bis die das untersucht haben, dauert es etwas. Dann hast du einen Tag mehr Zeit, zu verschwinden."

„Über mein Verschwinden brauchst du dir keine Sorgen zu machen. Offiziell habe ich die Ukraine nie verlassen, keine Passkontrolle hat mich erfasst. Aber ich mag deinen Plan. Ich werde dir meine Waffe geben und in mein Hotel gehen. Bis morgen ist das Zimmer reserviert. Also werde ich erst morgen vermisst. Ich habe also einen Tag Vorsprung. Aber ich gehe erst, nachdem ich dir gezeigt habe, wie viel du mir bedeutest."

„Meinst du, das ist eine gute Idee?"

„Ja, und dieses Mal lasse ich meine Stiefel an, wenn du möchtest!"

Bevor Irena Felix verließ, erklärte sie ihm noch, wie er bei Bedarf von Polen aus in die Ukraine gelangen konnte, ohne Passkontrolle.

„Falls ich Igor dort finde und deine Hilfe brauche. Ich hoffe, du kommst dann und wir bringen das zusammen zu Ende."

„Wir werden sehen. Aber falls du mir eine Nachricht schicken willst, dann an diese Handynummer", sagte er.

Er schrieb die Handynummer von Emilios Frau auf, er wollte nicht noch mehr Ärger bekommen.

Dann ging Irena.

25

Auf dem Weg ins Revier fuhr Felix noch im Krankenhaus vorbei. Vor der Intensivstation, auf der Emilio lag, traf er Dr. Murr. Dieser blätterte gerade in den Unterlagen des Patienten.

„Kevin, mach ja keinen Unsinn, hörst du? Emilio wirst du nicht so schnell auf deinen Tisch kriegen!"

„Im Moment kann man das zwar noch nicht genau sagen, aber es sieht zum Glück nicht danach aus. Und ehrlich gesagt ahnst du gar nicht, wie sehr mich das freut!" Der Rechtsmediziner ging nicht auf die Frotzelei des Polizisten ein.

„Ich habe mir mal seine Unterlagen geben lassen. Er hatte echt Glück. Ohne den Druckverband wäre er verblutet. Das hast du gut gemacht!"

„Danke, aber das war Irena", antwortete der Hauptkommissar.

„Sie hat ihm sehr wahrscheinlich das Leben gerettet. Emilio hat einen Pneumothorax erlitten, das heißt, seine rechte Lunge ist kollabiert. Das kann gefährlich werden, ist aber heilbar. Ansonsten haben die Brustdurchschüsse keine Organe verletzt. Der Streifschuss am Arm ist schmerzhaft, wird aber zu 100 Prozent verheilen. Sein Steckschuss im Bein macht mir ein bisschen Sorgen. Es kann sein, dass er ein leichtes Hinken behält. Der Chefarzt dieser Abteilung ist übrigens ein alter Bekannter von mir, ich habe ihn gebeten, dass er sich besonders gut um unseren Freund kümmert."

Kevin kratzte sich am Kinn.

„Ich muss los, ich habe drei neue Patienten, die auf mich warten. Und du warst wohl nicht ganz unschuldig daran, dass die jetzt bei mir in der Leichenkammer liegen." Er winkte zum Abschied und ging.

„Ich wünschte mir, es wäre so gewesen!", murmelte der Kommissar.

Im Büro traf er auf eine völlig niedergeschlagene Frauke und auf Arno, der noch stiller war als sonst.

„Ich mache mir solche Vorwürfe!", sagte Frauke. „Vielleicht wäre das nicht passiert, wenn ich mit dabei gewesen wäre."

„Oder du wärst jetzt auch verletzt oder gar tot", entgegnete ihr Chef resigniert. „Es musste vielleicht so kommen und ‚Wenn – Was – Wäre' nützt jetzt nichts. Ich habe jedenfalls gestern nichts zu Emilios Rettung beigetragen. Ich war fassungslos und konnte nicht einmal meine Waffe ziehen."

Betreten blickte Felix zum Boden. „Am Ende habe ich es doch getan, aber ich habe den Falschen bedroht!"

Er schwieg kurz. „Was soll's. Wenn ich deswegen meinen Job hier verliere, dann ist das halt so."

Frauke drückte ihn an sich.

„Das wirst du nicht! Das biegen wir schon wieder gerade. Hauptsache ist doch, dass du lebst und Emilio sehr wahrscheinlich auch überlebt. Kevin hat mich vorhin angerufen."

„Ja, ich habe ihn im Krankenhaus getroffen. Wenn Emilio überlebt, ist das aber nur Irena zu verdanken. Sie hat ihn und mich gerettet. Ohne sie wäre es aus gewesen."

„Dann schulden wir ihr alle etwas!", meldete sich Arno zu Wort.

Seine beiden Kollegen nickten zustimmend.

„Übrigens: Fromm hat angerufen, du sollst sofort zu ihm kommen, sobald du hier bist", sagte Frauke.

„Das bedeutet dann wohl Ärger. Egal, es hilft ja nichts. Ich lasse euch wissen, ob ich euer Chef bleibe oder ob ihr demnächst mit einem anderen Kommissar zusammenarbeiten müsst."

Hauptkommissar Büschelberger saß dem Staatsanwalt gegenüber. Dieser hatte seinen Kopf in den Händen verborgen und die Augen geschlossen.

„Was für eine Katastrophe! Das Ganze ist völlig aus dem Ruder gelaufen. Nicht nur, dass wir mitten in Frankfurt nun schon zum zweiten Mal eine Schießerei hatten, nein, zu allem Überfluss bedroht mein bester Kommissar auch noch einen Rettungssanitäter! Dabei wird er gefilmt und das Video ist die Attraktion im Internet. Wie sollen wir das nur wieder in Ordnung bringen?"

Beide schwiegen und hingen ihren Gedanken nach.

„Schon was Neues von Emilios Zustand gehört?"

„Ja, er wird hoffentlich durchkommen, liegt aber noch im Koma. Aber ohne die beherzte Hilfe von ...", Hauptkommissar

Büschelberger musste sich räuspern, „ohne die Hilfe unseres Polizeimajors wäre er jetzt tot und ich wahrscheinlich auch. Ich war so geschockt, dass ich nicht schießen konnte. Nur Irena hat die Gangster fertiggemacht."

„Ich habe Ihnen doch gesagt, dass Sie wieder mehr Training mit der Waffe einlegen sollen. Trotzdem benötigt die KTU Ihre Dienstwaffe und die Waffe des ukrainischen Polizeimajors. Wo hatte sie überhaupt eine her? Ich weiß gar nicht, ob ich das wirklich wissen will! Sie wird ja wohl kaum ihre Dienstwaffe mitgebracht haben. Übrigens habe ich für heute noch einen Termin für Sie bei unserer Polizeipsychologin Frau Dr. Wetzel gemacht. Ich will, dass Sie da hingehen. Sie haben garantiert ein Trauma erlitten. Aber vergessen Sie die Waffe des Polizeimajors nicht! Wo steckt Ihre Kollegin eigentlich gerade?"

„Die Waffe hab ich schon und Major Irena Sowetschkakow ist in ihrem Hotelzimmer, sie braucht jetzt auch Ruhe."

„Gut gemacht. Und jetzt verhalten Sie sich am besten ganz ruhig und unauffällig. Wenn nichts Unvorhergesehenes mehr passiert, bekommen wir die Sache wohl noch in den Griff."

„Ich frage mich nur, warum Igor mit seinen Männern am helllichten Tag mitten in Frankfurt unterwegs war? Er ist immerhin der meistgesuchte Mann dieser Stadt! Läuft offen durch die Gegend und benutzt auch noch die U-Bahn", grübelte Felix.

„Das kann ich erklären. Wir haben eine Menge Geld und ein paar Ausweise bei einem der toten Russen gefunden. Sie hatten wohl eben ein Schließfach und alle ihre Konten geleert, die Banken sind ja dort ganz in der Nähe. Wir überprüfen gerade, bei welcher Bank sie waren. Außerdem ist das beste Versteck immer noch das, was am unwahrscheinlichsten erscheint. Wer von uns hätte ihn dort schon vermutet? Jeder glaubt, dass gesuchte Verbrecher sich so weit weg wie nur möglich verstecken. Direkt gegenüber der Polizeiwache sucht man niemals. Daher entspricht dieses Verhalten wohl seiner Ausbildung und auch seiner enormen Selbstüberschätzung", erklärte der Staatsanwalt.

Büschelberger ging zurück in sein Büro und händigte Irenas Waffe und seine eigene an Frauke aus.

„Kannst du die bitte morgen früh zur KTU bringen? Vorher nicht! Ich muss jetzt noch kurz telefonieren und dann gehe ich nach Hause. Mir fällt hier die Decke auf den Kopf.“

Seine Kollegin versprach es und fragte nicht nach dem Grund. Nachdem sie den Raum verlassen hatte, rief Felix bei Dr. Wetzel an.

„Hallo Frau Doktor! Können wir den Termin von heute auf nächste Woche verschieben, ich kann gerade nicht!“

„Herr Hauptkommissar, ungern. Je eher ich Sie sehe, desto besser für Sie und Ihren seelischen Heilungsprozess. Wenn Sie mir aber versprechen, dass Sie morgen früh gleich um acht Uhr erscheinen, können wir den Termin heute absagen.“

Er versprach es und verließ das Revier. Sein Auto ließ er stehen und stapfte zwei Stunden durch einen leichten Nieselregen nach Hause. Er brauchte die Bewegung, um einen klaren Kopf zu bekommen.

Am nächsten Morgen war er pünktlich bei der Psychologin.

„Wie geht es Ihnen jetzt?“, fragte Frau Dr. Wentzel.

„Ich weiß es nicht!“

„Sie wissen es nicht oder Sie wollen es nicht wissen?“, fragte sie.

„Wahrscheinlich will ich es gar nicht wissen“, sagte der Hauptkommissar.

„Aber ich will es wissen. Also: Wie geht es Ihnen jetzt?“

Felix seufzte. Er wusste, dass er diese Diskussion verlieren würde, also hatte es keinen Sinn, sich weiter zu sträuben.

„Wenn ich ehrlich sein soll, geht es mir richtig beschissen. Ich fühle mich schuldig und als Versager. Weil ich meine Waffe nicht ziehen konnte, liegt mein ältester Freund auf der Intensivstation und ein Schwerverbrecher konnte entkommen. Wie würde es Ihnen da gehen?“

„Wahrscheinlich auch nicht gut“, sagte sie. „Aber warum konnten Sie Ihre Waffe nicht ziehen? Haben Sie sich das einmal gefragt?“

„Ich hasse Waffen und die Gewalt, die mit ihnen verübt wird. Weil ich genau das unterbinden will, bin ich zur Polizei gegangen. In meiner ganzen Dienstzeit habe ich erst drei Mal meine

Waffe ziehen müssen. Zwei Mal in diesem Fall. Das erste Mal, als wir die Wohnung des echten Heimleiters gestürmt haben und das zweite Mal, als ich den Rettungssanitäter bedroht habe."

„Warum haben Sie gerade bei der Erstürmung der Wohnung so ein Verhalten gezeigt, wenn es normalerweise gar nicht Ihrem Naturell entspricht? Und warum haben Sie den Rettungssanitäter bedroht?"

„Nun, bei der Erstürmung wollte ich unserem Gastkommissar aus der Ukraine imponieren."

„Läuft da was zwischen ihnen?", hakte Dr. Wetzel nach.

„Nein! Muss zwischen Mann und Frau immer etwas laufen, wenn er ihr imponieren will?"

„Nein", lächelte sie.

„Und beim zweiten Mal, also, als ich den Rettungssanitäter bedroht habe, habe ich einfach rotgesehen. Ich hatte solche Angst um meinen Freund, dass ich nicht anders konnte. Ich habe völlig die Kontrolle verloren. Zum ersten Mal im Leben kann ich nachvollziehen, wie man außer sich vor Wut einen Mord begehen und hinterher nicht begreifen kann, wie einem so was passieren konnte."

„Hätten Sie auf den Sanitäter geschossen, wenn er sich nicht um Ihren Freund gekümmert hätte?"

Felix schwieg länger, bevor er antwortete.

„Ich weiß es nicht! Ich hoffe, ich hätte es nicht getan, aber ich weiß es wirklich nicht. Das beschämt mich zutiefst. Ich dachte immer, ich sei ein guter Mensch, was so etwas angeht, aber anscheinend bin ich so wie alle anderen auch. Ein Raubtier mit ein wenig Zuckerguss aus Kultur und Aufklärung." Ihm schossen Tränen in die Augen.

„Haben Sie sich bei dem Rettungssanitäter entschuldigt?"

„Ja, noch bevor ich selbst ins Krankenhaus gefahren wurde. Ich habe ihm erklärt, dass es mir zutiefst leid tut und ich nicht wusste, was ich tat."

„Gut! Immerhin ein Anfang. Und wie hat er reagiert?"

„Er hat mich nur angeschaut, mit den Schultern gezuckt und nichts gesagt. Ich glaube, er stand auch unter Schock."

„Sie brauchen sich keine Vorwürfe zu machen, dass Sie versagt hätten. Mit Ihrer moralischen Einstellung war es Ihnen nahezu unmöglich, die Waffe zu ziehen und auf den Verbrecher zu schießen. Dass sie den Sanitäter bedroht haben, ist nicht in Ordnung, aber verständlich. Ich werde einen Bericht schreiben, der erklärt, in welcher Ausnahmesituation Sie sich befanden. Es wird mit Sicherheit eine disziplinarrechtliche Strafe geben, mehr halte ich persönlich aber für übertrieben. Wir sollten dennoch ein paar Termine vereinbaren, damit wir Ihr Trauma gleich jetzt bearbeiten. Setzt es sich erst einmal fest, wird es schwerer, es zu behandeln."

Die beiden legten ein paar Abendtermine fest, danach fuhr Felix wieder nach Hause.

Abends spielte er gerade mit Django, als es an seiner Tür klingelte. Staatsanwalt Fromm stand davor.

Er stürmte an dem Hauptkommissar vorbei in dessen Wohnung.

„Felix, jetzt lügen Sie mich nicht an! Haben Sie gewusst, dass der Polizeimajor aus der Ukraine gar keine Polizistin ist? Sie war eine Prostituierte bei diesem russischen Zuhälter und auf einem Rachefeldzug!"

Er wedelte mit dem Brief, den Irena angekündigt hatte, vor Felix' Nase herum. Dann ließ er sich auf das Sofa fallen und blickte seinen Hauptkommissar böse an.

„Das ist jetzt wirklich ernst. Ich muss wissen, was Sie gewusst haben. Sollten Sie mich jetzt belügen und ich bekomme das später raus, dann nagle ich Sie persönlich ans Kreuz. Das dürfen Sie mir glauben!"

„Nein, Herr Staatsanwalt, ich war genauso ahnungslos wie Sie. Ich habe davon erst am Donnerstag früh erfahren. Allerdings habe ich sie entkommen lassen, nachdem sie es mir gestanden hat. Emilio und ich, wir verdanken ihr unser Leben, deshalb konnte ich sie nicht festnehmen. Das wäre nicht richtig gewesen."

„Aber damit hätten Sie dem Recht Folge geleistet. Felix, Sie sind mein bester Mann, aber dieses Mal sind Sie zu weit gegangen! Ich muss Sie erst einmal vom Dienst suspendieren. Ich habe gar keine andere Wahl. Bitte händigen Sie mir Ihren Dienstausweis aus!"

Felix tat das und fühlte sich in diesem Moment sogar etwas erleichtert.

Der Staatsanwalt warf den Dienstausweis mit voller Wucht auf den Boden: „Felix, wie konnte das bloß alles passieren?"

Sein Wutausbruch erschreckte Felix' Kater so sehr, dass er an der Tür kratzte, um rausgelassen zu werden.

Fromm beruhigte sich wieder.

„Ich hoffe, dass ich das wieder hinbekomme. Ich würde es hassen, Sie zu verlieren!"

Schweigend saßen die beiden im Wohnzimmer des Hauptkommissars.

„Wenn Sie einen stärkeren Drink für mich hätten, würde ich jetzt nicht ‚Nein' sagen", sagte der Staatsanwalt.

„Ich habe eine Flasche Tequila aus Mexiko. Ich wollte die eigentlich zu einem besonderen Anlass trinken, aber warum nicht heute?"

„Ja, wenn die eigene Suspendierung kein besonderer Anlass ist, was dann?"

Die beiden Männer prosteten sich zu.

Als die Flasche leer war, schlief der Staatsanwalt schnarchend auf dem Sofa des Hauptkommissars ein.

Bevor der Staatsanwalt am nächsten Morgen ging, fragte Felix ihn, ob er eine oder zwei Wochen verreisen dürfe, wenn er schon suspendiert sei.

„Wo soll es denn hingehen?", fragte Fromm.

„Warschau hat mich schon immer gereizt, jetzt hätte ich Zeit dafür."

„Will ich wissen, was Sie da so alles machen?"

„Wahrscheinlich nicht!"

„Nun, dann wünsche ich Ihnen viel Spaß. Und Felix ..."

„Ja?"

„Lassen Sie sich nicht erwischen!"

„Versprochen."

Der suspendierte Hauptkommissar fuhr ins Krankenhaus. Sein Freund war immer noch nicht aus dem künstlichen Koma geweckt worden und lag weiterhin auf der Intensivstation. Seine Mutter und seine Ehefrau waren bei ihm.

Sie saßen schweigend am Krankenbett.

„Sylvia, ich muss dir etwas erzählen", sagte Felix. „Es kann sein, dass du bald eine SMS von Irena bekommst. Sollte sie diesen Igor in der Ukraine aufgespürt haben, wird sie an deine Handynummer eine Nachricht schicken. Du musst die dann sofort löschen und mich anrufen. Sag einfach, dass die frohe Botschaft angekommen ist. Gemeinsam mit Irena werde ich dann diesem Bastard seine gerechte Strafe zukommen lassen."

Sylvia versprach es. Die beiden umarmten sich und auch von Emilios Mutter verabschiedete sich Felix.

„Pass auf dich auf!", waren ihre Abschiedsworte. Dann fuhr Felix nach Hause. Er ahnte, dass seine Reise bald beginnen würde. Gegen Abend erhielt er die erwartete Botschaft.

Er buchte online einen Flug nach Warschau für den nächsten Tag. Von dort würde es mit dem Zug weitergehen. Irena hatte ihm seine Reiseroute genau beschrieben, vor allem hatte sie ihm eingebläut, dass er seine ältesten Sachen anziehen solle. Würde er als Westler erkannt werden, wäre jeglicher Versuch, sich unerkannt ins Land zu schmuggeln, sofort zum Scheitern verurteilt.

„So, Django, morgen geht es los. Ich hoffe, die Nachbarstochter kümmert sich gut um dich."

Sein Kater maunzte und schmiegte sich schnurrend an ihn, als wolle er sagen: „Komm ja gesund wieder."

„Ich verspreche es, ich komme zurück!", sagte Felix.

26

Vom Warschauer Flughafen nahm er einen Überlandbus in die Stadt Hrubieszów in der Nähe der Grenze. Dort gab es einen florierenden Schmuggel mit Kaviar aus der Ukraine nach Europa.

Laut Irena waren die Schmuggler bei entsprechender Bezahlung bereit, Menschen in die Ukraine zu bringen, die ohne Passkontrolle einreisen wollten. Zwei Anlaufstellen hatte er genannt bekommen, an denen er die Schmuggler treffen konnte. An der zweiten Stelle traf er einen Mann, der bereit war, für fünfzig Euro den Kontakt zu den Schmugglern herzustellen. Felix wusste, dass er ein hohes Risiko einging, aber er hatte keine Wahl.

Zwei Stunden später war der Mann wieder zurück und nickte ihm zu. Es würde noch in derselben Nacht eine Lieferung Kaviar ankommen. Auf dem Rückweg würden die Schmuggler Felix für 300 Euro ohne Fragen über die Grenze nach Nowowolynsk bringen. Von dort aus konnte er den Bummelzug über Luzk ins nahegelegene Goncharicha nehmen. Sein Herz klopfte heftig, als er kurz vor Mitternacht zum vereinbarten Treffpunkt ging.

Die Scheune lag am Stadtrand und die Straße wurde nur vom Mond beleuchtet. Keine Menschenseele war zu sehen gewesen, als er losmarschiert war. Er fragte sich, ob sein Plan richtig oder ob das hier das unwiderrufliche Ende seiner Karriere – eventuell seines Lebens – war. Irena hatte ihm versichert, dass die Schmuggler harmlos seien, wenn man sie bezahlen und keine dummen Fragen stellen würde. Sollten sie aber misstrauisch werden, könnte es ungemütlich werden. Die Grenzsoldaten wurden normalerweise von den Schmugglern bestochen, so dass von dieser Seite wohl keine Gefahr ausging.

Während der Kommissar noch seinen Gedanken nachhing, sprach ihn von hinten jemand in schlechtem Englisch an.

„Hallo! Bleiben Sie ganz ruhig stehen und nicht umdrehen!"

Felix erstarrte. Er hatte nicht bemerkt, dass sich ihm jemand genähert hatte. Er wurde abgetastet, dann befahl man ihm, sich umzudrehen. Kaum hatte er das getan, leuchtete man ihm mit einer Taschenlampe ins Gesicht, so dass er nichts mehr sehen konnte.

Man untersuchte ihn auch von vorne, dann befahl die gleiche raue Stimme, dass er sich ausziehen solle. Irena hatte ihm geraten, die Befehle der Schmuggler zu befolgen, sonst würde es gefährlich werden. Also tat er, was ihm befohlen wurde. Frierend stand er im Licht der Taschenlampe, während seine Kleidung und anschließend er selbst nach versteckten Mikrophonen untersucht wurde. Als die Schmuggler zufrieden waren, konnte er sich wieder anziehen.

„Du kannst uns jetzt das Geld geben, das wir vereinbart haben, dann laufen wir los. Du musst machen, was wir dir sagen und alles wird gut. Wenn wir sagen, dass du dich in den Dreck schmeißen musst, dann machst du das ohne Widerworte. Sagen wir ‚Renn wie ein Hase‘, dann rennst du. Haben wir uns verstanden?"

Felix bejahte.

„Gut, von nun an sprich kein Wort mehr und folge uns so leise wie möglich!"

Die drei Männer marschierten los. Die Taschenlampe war aus und Felix konnte sich nur am Mondschein orientieren. Sie liefen über Feldwege in Richtung Osten. Nach etwa einer Stunde hielt der Anführer die kleine Gruppe an. Alle gingen in die Hocke.

„Scht, ganz leise jetzt, die Grenze ist nur noch 100 Meter entfernt. Normalerweise gibt es hier auch Infrarotsensoren und andere technische Überwachungsmittel, aber in manchen Nächten gibt es an dieser Stelle Stromausfälle. Zufälligerweise immer dann, wenn wir durchmüssen. Du verstehst?"

Felix nickte nur. Er wusste, dass hier die Außengrenze des Schengener Raumes lag. Normalerweise war dafür Frontex zuständig, die ihr europäisches Hauptquartier in Warschau hatten. Laut EU-Vertrag hatte die Grenzkontrolle besonders scharf zu sein. Aber was hieß das schon in der heutigen Zeit, fragte sich der Hauptkommissar. Angst hatte er nur, dass in dieser Nacht ein sogenanntes Rapid Border Intervention-Team unterwegs sein könnte. Diese Teams waren ähnlich ausgebildet und ausgerüstet wie ein Spezialeinsatzkommando. Denen würde ein Stromausfall nichts ausmachen und die drei wären in wenigen Sekunden überwältigt und verhaftet.

Die beiden Schmuggler, die ihn begleiteten, hatten Nachtsichtferngläser dabei und beobachteten die Grenze aufmerksam.

Gegen zwei Uhr morgens tippte einer der Männer Felix auf die Schulter.

„Komm! Jetzt fällt gleich der Strom aus und sie benötigen immer eine Stunde, bis alles wieder läuft."

Die Männer schlichen über die Grenze. Anscheinend kannten sich die Schmuggler dort wirklich gut aus, denn sie passierten ohne Schwierigkeiten. Nach drei weiteren Stunden Fußmarsch gelangten sie in Nowowolynsk an. Die Schmuggler brachten Felix bis zu einer kleinen russisch-orthodoxen Kirche. Dort verabschiedeten sie sich von ihm. Er sollte im Schatten der Kirche auf das Morgengrauen warten und dann zum Bahnhof laufen, der nicht weit entfernt war. Mitten in der Nacht würde er zu viel Aufsehen erregen.

Als der Morgen graute, betrachtete Büschelberger die Kirche. Sie bestand aus drei Flügeln, jeder mit einer Kuppel bedeckt. Auf jeder Kuppel thronte ein goldenes orthodoxes Kreuz. Die Kirche selbst war in den Farben hellblau und weiß gestrichen. Insgesamt machte das Gebäude einen frisch renovierten Eindruck.

Obwohl ihn fröstelte, hielt Felix sich noch länger bei der Kirche auf. Erst gegen halb acht lief er langsam die Straße entlang in Richtung Bahnhof. Er hatte sich noch vor Beginn seiner Reise mit der Landeswährung eingedeckt. Hätte er sein Bahnticket in Euro statt mit Hrywnja bezahlt, wäre er sofort aufgeflogen.

Vor dem Fahrkartenschalter nestelte er den Zettel aus der Tasche, den Irena ihm noch vor ihrer Abreise geschrieben hatte, für den Fall, dass er zu ihr reisen würde. Wie sie ihm empfohlen hatte, spielte er einen stummen und geistig beschränkten Mann, der sich nicht mitteilen konnte. Auf dem Zettel standen das Fahrziel und ein paar Erklärungen für den Fahrkartenverkäufer.

Dies war in diesem Fall eine Frau in den Vierzigern. Sie lächelte den Hauptkommissar mitfühlend an, als sie ihm das Ticket aushändigte. Er grinste leicht bescheuert zurück und wedelte fahrig mit den Armen herum. Die Erkenntnis, dass man sich manchmal sehr auffällig verhalten musste, um möglichst wenig beachtet zu werden, teilte der Hauptkommissar mit seiner Beute Igor Bramkolysch.

Die ukrainische Eisenbahn war genauso organisiert wie die russische: Es gab drei Fahrklassen, wobei die dritte Klasse die vollste war, da sich trotz niedriger Preise viele Menschen keinen besseren Platz leisten konnten. Felix bezahlte umgerechnet zweieinhalb Euro für eine Zugfahrt von hundertzwanzig Kilometern. Sein Zug gehörte zu den langsamen Passagierzügen, den sogenannten passaschirskij pojesd, die an jeder Milchkanne entlang der Strecke stoppten.

Der Bahnhof war klein und verfügte nur über zwei Bahngleise. Nowowolynsk war kurz nach dem Zweiten Weltkrieg als Arbeiterstadt gegründet worden, um die dort liegenden Kohlevorräte ausbeuten zu können. Die meisten dieser Kohlegruben waren inzwischen wieder geschlossen und die Stadt erlitt einen Bevölkerungsschwund. Dennoch war das Treiben auf dem Bahnsteig bunt und fröhlich. Zu schade, dachte Büschelberger, er hätte gerne verstanden, was die Leute sich so erzählten.

Vor dem Einsteigen in den Zug kontrollierten Schaffner auf dem Bahnsteig die Tickets der Passagiere. Sie achteten streng darauf, dass jeder in den Waggon einstieg, für den er eine Fahrkarte gekauft hatte. Felix schwitzte Blut und Wasser. Er hielt nervös seine Fahrkarte und Irenas Zettel in der Hand. Er schaute sich immer wieder aufgeregt um. Ein normaler Beobachter hätte seine Angst vor Entdeckung für Hilflosigkeit gehalten. Insofern spielte der Hauptkommissar seine Rolle sehr überzeugend.

Natürlich steuerte er zuerst den falschen Waggon an. Der Schaffner erklärte ihm lang und breit, in welchen Zugwagen er einsteigen sollte. Da Felix in der Tat nicht ein Wort verstand, spielte er den unterbelichteten Stummen sehr überzeugend. Ein altes Mütterchen, die den Redeschwall des Schaffners mitbekommen hatte, erbarmte sich seiner und zog ihn an ihrer Hand hinter sich her.

Die beiden stiegen in den Wagen ein und hatten zufälligerweise einen Platz im selben Abteil. Felix war dankbar, als die Alte ihn zahnlos angrinste, ein Stück von ihrem trockenen Brot abbrach und ihm anbot. Er lächelte zurück, nahm das Brot an und kaute dann still vor sich hin.

„So ein Wahnsinn!", dachte er. „Was habe ich mir dabei gedacht, was tue ich hier?"

Noch während er grübelnd aus dem Fenster schaute, setzte sich der Zug mit einem Ruck in Bewegung. Der dunkelgrün gestrichene Zug fuhr durch endlose Felder, die sich im leichten Wind bewegten. Ein Bild, das den Kommissar beruhigte. Da er als Jugendlicher die „Don Camillo und Peppone"-Filme geliebt hatte, fühlte er sich jetzt in den Film hineinversetzt, in dem die beiden Hauptdarsteller nach Russland gereist waren. Hauptkommissar Büschelberger als „Undercover-Ukrainer". Er lächelte in sich hinein.

Das monotone Geräusch der Räder auf den Schienen beruhigte ihn zusätzlich. Die alte Frau grinste ihm jedes Mal zu, wenn er sie anblickte, ansonsten brabbelte sie auf Russisch vor sich hin. Im Laufe der Fahrt bot sie Felix immer wieder von ihrem Brot an, das er dankbar annahm. Den Wodka allerdings lehnte er nach dem ersten Schluck dankend ab. Er hatte so gebrannt, dass er hustend die Hälfte davon wieder ausgespuckt hatte, was die Alte mit lautem Gackern quittiert hatte.

„хоро́ший" murmelte sie immer wieder. Später würde er erfahren, dass sie immerzu „Gut" gesagt hatte.

Die Fahrt bis Luzk verlief ohne Zwischenfälle. Ihr Zug hielt oft auch an Stellen, an denen weit und breit keine menschlichen Behausungen zu sehen waren. Jedes Mal stiegen Leute aus und ein. Je weiter sie aus der ehemaligen Arbeiterstadt fuhren, desto mehr Bauern stiegen zu. Sie fuhren nach Luzk, um dort auf dem Markt ihre Waren zu verkaufen. In ihrem Abteil waren sie nun nicht mehr alleine. Es fuhren zwei Bäuerinnen und ein einfacher Landarbeiter mit.

Während die drei Frauen sich angeregt unterhielten, nahm der Arbeiter einen großen Schluck aus seiner Wodkaflasche und schnarchte kurz darauf laut vor sich hin. Er hatte seine verwaschene Leninmütze tief ins Gesicht gezogen und die Arme vor sich verschränkt. Einmal schauten die Bäuerinnen mitleidig zu Felix, als die Alte ihnen etwas erzählte. Daraufhin streichelte eine Bäuerin ihm über die Wange und schenkte ihm zwei ihrer mitgebrachten Enteneier, die für den Verkauf auf dem Markt bestimmt gewesen waren. Die andere schenkte ihm einen Kohlkopf.

Vor Verlegenheit lief Büschelberger rot an und machte ein Geräusch, das wie „Mhhämm mhhm" klang. Fast vergaß er seine

Rolle. Die drei lächelten ihm zu, wobei die erste Bäuerin ihm die Hand drückte und ein Kreuz über seiner Stirn schlug. Sie wollte ihm wohl damit zeigen, dass sie ihm den Segen des Herrn wünschte. Nun fühlte sich der Kommissar wirklich wie in einer Neuverfilmung von Genosse Don Camillo.

In Luzk hielt der Zug über vierzig Minuten. Die meisten Fahrgäste stiegen aus. Die Bäuerinnen winkten Felix freundlich zu, der Landarbeiter erwachte und verließ grußlos das Abteil. Vor ihrem Abteil lief immer wieder ein alter Mann vorbei, der ebenfalls schon seit Beginn ihrer Reise im selben Waggon saß. Einmal ertappte Felix ihn dabei, wie er der Alten zunickte. Sofort spürte er leichte Panik aufkommen. War er erkannt worden, planten die beiden etwas gegen ihn? Nur mühsam vermochte er, sich zu beruhigen. Er entspannte sich erst wieder, als sich der Zug wieder in Bewegung setzte und nichts passierte.

Zehn Minuten später war die Panik zurück. Der Mann riss die Tür auf und sagte nur ein einziges Wort: „контроль.“

Während Felix noch panisch überlegte, was das wohl zu bedeuten hatte, reagierte die Alte sofort. Sie sprang auf ihn zu und murmelte dabei immer wieder das Wort „Irena“.

Irena! Die Alte spuckte in ihre Hand und wischte am dreckigen Fensterrahmen herum. Mit diesem Dreck beschmierte sie Felix' Gesicht. Der alte Mann stand neben ihr und zog seine Mütze ab, die er nun Felix auf den Kopf setzte. Auch er nannte immer wieder den Namen „Irena“. Da der Kommissar keine Wahl hatte, ließ er die beiden gewähren. Sein Gefühl sagte ihm, dass er ihnen vertrauen musste, um hier heil rauszukommen. Der Mann ließ Felix außerdem noch seine speckige Lederweste anziehen, während die Frau sich um seine Hände kümmerte und diese ebenfalls mit einem Spucke-Staub-Gemisch verdreckte.

Der Alte zeigte auf Felix' Turnschuhe. Egal wie alt sie waren, hier wirkten sie völlig fehl am Platz. Die beiden Ukrainer beratschlagten nur kurz, dann zogen sie seine Schuhe kurzerhand aus und versteckten sie in einem Beutel, den die Alte dabeihatte. Während der Mann Felix nun alte, dicke braune Wollsocken über die Füße zog, benetzte die Frau ihn mit Wodka aus der Flasche. Sie vergoss dabei einiges auch auf seine Jeanshose.

Zu guter Letzt rieb sie noch Dreck auf die Jeans und schlug mit einem Ausdruck des Bedauerns ein Entenei kaputt und verrieb auch das noch auf seiner Hose. Dann gab sie Felix ein Zeichen, dass er sich genau so schlafend stellen sollte wie der Landarbeiter von vorhin. Als er diese Stellung eingenommen und die Augen geschlossen hatte, spürte er, wie die Frau ihm noch etwas Wodka auf die Lippen goss. Dabei lief die Flüssigkeit an seinem Kinn entlang und tropfte auf die Lederjacke. Die Flasche drückte sie ihm in die Armbeuge.

Nun begannen die zwei Alten, sich laut und hektisch zu unterhalten. Das Herz des deutschen Kommissars raste. Waren die beiden jetzt auch in Panik geraten oder war dies nur ein Ablenkungsmanöver? Er wusste es beim besten Willen nicht. Die Tür wurde kraftvoll und laut aufgeschoben und zwei uniformierte Polizisten erschienen im Abteil. Sie wollten die Papiere der Fahrgäste kontrollieren.

Die alte Frau gackerte laut los und stürmte brabbelnd auf die beiden Polizisten zu. Sie kreischte etwas, was den alten Mann zu einer lautstarken Erwiderung veranlasste. Die beiden kreischten nun gleichzeitig los und redeten auf die Polizisten ein. Es entspann sich eine heftige Diskussion zwischen den Alten und den Polizisten. Felix verstand kein Wort, er merkte jedoch, dass der Tonfall der Beamten sich von irritiert zu verärgert und dann zu angewidert änderte. Als die Frau dann noch laut rülpste und gackernd lachte, schlossen sie die Tür, ohne die drei kontrolliert zu haben.

Der Kommissar aus Frankfurt wagte kaum zu atmen und hielt die Augen fest geschlossen. Nach fünf Minuten schüttelte die Frau ihn sanft an der Schulter. Dabei flüsterte sie wieder den Namen des falschen Polizeimajors. Felix blickte sie neugierig an, konnte aber dem russischen Redeschwall keine weiteren Informationen entnehmen.

Das Mütterchen befeuchtete ein graues Stofftaschentuch mit Wodka und versuchte, sein Gesicht notdürftig zu reinigen. Es gelang ihr damit jedoch nur, seine Tarnung zu vervollkommnen. Nach zwei weiteren Stopps hielt der Zug in Goncharicha. Das heißt, er hielt im Nirgendwo.

Weit und breit war kein Ort zu sehen, nur ein paar Höfe waren in der Ferne zu erkennen. Die Frau nahm Felix bei der Hand, wobei sie immer wieder das Wort „Goncharicha" nannte. Zu dritt stiegen sie aus.

Felix war nicht erstaunt, als er Irena an den Bahngleisen stehen sah. Sie wartete dort auf ihn. Die junge Frau umarmte ihn und küsste ihn auf den Mund.

„Herzlich willkommen in der Ukraine! Es freut mich sehr, dass du es sicher geschafft hast. Und du siehst aus und vor allem riechst schon wie ein echter Russe, du solltest dich schämen!", scherzte sie.

„Das habe ich den beiden zu verdanken!" Felix deutete auf die zwei Alten.

„Ja, sie waren deine Schutzengel, die ich losgeschickt hatte, um dich unauffällig zu begleiten. Darf ich dir meinen Onkel Mischa und meine Großtante Lidija vorstellen?" Die beiden grinsten Felix an.

„Lidija ist übrigens die Oma von Mariola."

„Oh! Sagst du ihr bitte, dass es mir leid tut, was ihrer Enkelin zugestoßen ist?"

Irena übersetzte und das alte Mütterchen umarmte ihn. Sie erzählte etwas, was Irena zum Lachen brachte.

„Was? Was hat sie dir erzählt?", fragte der Hauptkommissar neugierig.

„Lidija hat mir gerade erzählt, was während der Polizeikontrolle passiert ist. Sie hat den beiden Beamten erzählt, dass ihr keine echten Kerle seid und sie sexuell nicht mehr befriedigen könnt. Daraufhin hat sie die Polizisten gefragt, ob sie nicht Lust und Zeit hätten, sie richtig ranzunehmen! Deshalb sind sie panisch geflohen."

Felix fiel in Irenas Lachen ein.

Mit einem dunkelgrauen Wagen der Marke Saporoshez fuhren die vier ins Dorf. Der Wagen ähnelte dem Trabant und wurde von der Firma ZAZ in der ukrainischen Stadt Saporoshje produziert. Er war das billigste und meistverkaufte Auto in der ehemaligen UDSSR gewesen.

Saporoshje selbst war das Zentrum der Kosaken und eine Stadt mit stolzer Tradition, daher fuhren auch noch viele Saporoshez durch die ländliche Ukraine. Nach einer holprigen Fahrt stoppte das Auto vor einer alten Kate.

Das Haus bestand im Erdgeschoss aus einem einzigen beheizten Wohnraum, in dem gekocht, gelebt und geschlafen wurde. Eine kleine Holzstiege führte hinauf unters Dach. Dort gab es nur einen kleinen Tisch, zwei Stühle, einen sehr kleinen Kleiderschrank und ein großes Bett. Irena warf Felix' Tasche darauf.

„Hier oben schlafen wir. Allerdings ist dieser Raum nicht beheizt, ich werde dich nachts also wärmen müssen." Ihre Augen funkelten.

„Ich kann mir Schlimmeres vorstellen!", grinste er.

„Das kann ich mir denken. So, nun komm, wir müssen dich erst mal waschen und dann gibt es etwas zu essen."

„Und wo wasche ich mich? Ich habe kein Badezimmer gesehen."

Irena prustete los. „Du bist hier fast am Ende der Welt. Hier gibt es keine Badezimmer. Wir haben einen Badezuber im Hof stehen, den füllen wir mit Wasser und darin kannst du dich waschen. Da du allerdings ein verweichlichter Westler bist, wird Mischa dir dein Badewasser auf dem Ofen erhitzen. Die Toilette steht übrigens auch draußen, hier gibt es nur Plumpsklos und keine Spülung wie bei euch."

Nach der anstrengenden und aufregenden Reise wollte Felix nicht den harten Kerl spielen, so nahm er das Angebot, in warmem Wasser baden zu dürfen, dankend an. Gemeinsam schleppten die vier heißes Wasser zum Badezuber, der sich als alte Zinkwanne entpuppte.

„Nun zieh dich aus und rein mit dir, bevor das Wasser wieder kalt wird.", sagte Irena, als die Wanne halbvoll war

„Wie? Solange ihr alle zuschaut?"

„Ich kenne dich bereits nackt und Lidija würde es bestimmt freuen", lachte Irena. Sie wandte sich an ihre Großtante, die mit meckerndem Lachen mit Mischa im Haus verschwand.

„Was dagegen, wenn ich bleibe und dich einseife und wasche?", fragte sie.

„Nein, das würde mir gefallen."

Während Irena Felix den Rücken schrubbte, sang sie ein Lied, dessen Melodie traurig und schön zugleich war.

„Worüber singst du?", fragte er.

„Das ist eines unserer bekanntesten Volkslieder. Es handelt von einem jungen Mädchen, das mit einer Schürze voller Birnen auf dem Weg nach Hause ist. Dabei trifft sie einen jungen Mann, der ihr die Liebe verspricht, dabei aber nur ihre Birnen stehlen möchte."

„Eine traurige Geschichte!"

„Aber zu oft schon wahr geworden."

Schweigend gab Felix sich der Melancholie und dem Frieden hin, den dieser Ort und diese Situation auf ihn ausstrahlten.

„So, mein schöner Polizist, bevor du ganz einschläfst, lass uns wieder reingehen. Mischa hat für dich seine weltberühmten Blinis und eingelegte Pilze gekocht. Danach müssen wir Pläne schmieden, wie wir an Igor rankommen."

Beim Essen konnte Felix seine Neugier nicht verbergen.

„Woher hast du gewusst, dass ich mit diesem Zug ankommen werde?"

„Lidija und Mischa habe ich gleich nach meiner SMS nach Nowowolynsk geschickt. Sie kannten dich von den Fotos, die ich von dir in Frankfurt gemacht habe. Ich selbst habe jeden Tag an den Bahngleisen gewartet, bis ihr ausgestiegen seid. So einfach war das!"

„Hast du denn schon einen Plan, wie wir Igor zu fassen kriegen und ihn der Polizei übergeben können?"

„Wir haben im Moment eine einmalige Chance. Dadurch, dass Igor alle seine Mädchen und Männer verloren hat, ist er verletzlich und angreifbar. Ihn beschützen derzeit nur einige unserer morallosen Polizeibeamten, die er fürstlich bezahlt. Ich schätze, dass er spätestens in einer Woche wieder ehemalige Speznas angeworben hat und dann ist er nicht mehr angreifbar."

„Was heißt ,er wird von Polizeibeamten beschützt'? Wie können wir ihn dann fassen und an wen übergeben?"

„Felix, noch einmal: Verabschiede dich von deinen westlichen Vorstellungen von Recht und Ordnung. Hier werden die meisten Menschen nur Polizisten, damit sie sich durch Korruption etwas dazuverdienen können. Solange die Verbrecher sie gut bezahlen, stören die Polizisten die Geschäfte der Kriminellen nicht. Es sei denn, sie verärgern jemand Mächtigeren, als sie selbst es sind. Dann bekommen sie große Probleme."

„Aber was für Möglichkeiten haben wir denn dann?"

„Onkel Mischa war früher Oberst bei der Polizei. Er hat noch einige Kontakte und Kollegen, die ihm einen Gefallen schulden. Er wird versuchen zu organisieren, dass all die Leute, die ihm etwas schuldig sind, an demselben Tag für Igors Bewachung zuständig sind. All diese Polizisten werden einfach mal für eine oder zwei Stunden verschwunden sein – dann schlagen wir zu."

„Und wenn das nicht klappt, was dann?"

Irena zuckte mit den Schultern. „Dann haben wir keine Chance mehr, wir können einfach nicht mehr bezahlen als dieser brutale Zuhälter. Unser Zeitfenster schließt sich bald und wir müssen die verbliebene Zeit nutzen. Es muss einfach klappen." Mit verbissener Miene ballte die junge Frau ihre Hände zu Fäusten.

„Okay, nehmen wir mal an, dass dein Onkel es schafft und wir in Igors Haus eindringen können. Was machen wir dann mit ihm?"

„Als Allererstes müssen wir ihn überwältigen und dann werden wir sehen!"

„Was heißt, wir werden sehen? Wir müssen ihn unbedingt der Polizei übergeben. Wir können auf gar keinen Fall Selbstjustiz üben. Da mache ich nicht mit!" Energisch blickte Felix Irena an.

Sie seufzte. „Du hast deine Wertvorstellungen immer noch nicht aufgegeben. Lass uns ihn erst einmal stellen, ich verspreche dir hiermit, dass ich ihm nichts tue, wenn es nicht unbedingt nötig ist!"

„Damit kann ich leben!", sagte er. „Wann wollen wir denn zuschlagen? Wäre nicht nachts am besten, wenn er schläft?"

„Nein, wir haben weder eine Nachtkampfausrüstung noch eine Nachtkampfausbildung. Igor hat als ehemaliger Elitesoldat beides. Da haben wir nur noch mehr Nachteile. Ich denke, dass die Zeit kurz nach Sonnenaufgang die beste ist, da ist er hoffentlich etwas müde, aber wir können dann schon etwas sehen. Das sollte uns einen kleinen Vorteil verschaffen. Wir müssen aber unbedingt noch an deinen Schießkünsten arbeiten. Dieses Mal brauche ich dich an meiner Seite. Du darfst nicht zögern, denn unser Gegner wird es auch nicht tun. Wenn er schneller ist als wir, sind wir tot!"

Felix blickte zu Boden, er wusste, dass er hier an seine Grenzen stoßen würde. Eine Chance, sich zu drücken, hatte er nicht.

Er atmete tief aus, „Bringst du mir das bei? Ich habe ja gesehen, wie gut du schießen kannst."

„Nein. Ein weitaus besserer Lehrer ist Onkel Mischa. Er hat schießen gelernt, als er fünf war."

„Mit fünf hat er es gelernt? Das ist ja kaum zu glauben!"

„Onkel Mischa hat eine bewegte Geschichte, vielleicht wird er sie dir irgendwann einmal erzählen. Mit fünf Jahren musste er vor der Wehrmacht fliehen, da seine Eltern Partisanen waren. 1943 wurden seine Eltern hingerichtet und er floh in die Wälder. Dort haben ihn andere Partisanen gefunden und gerettet. Sie haben ihn an allen Waffen ausgebildet. Da er als Waise nach Ende des Krieges von der kommunistischen Partei erzogen und ausgebildet wurde, ist er Polizist geworden, um seinem Vaterland für seine Rettung zu danken. Am Ende seiner Dienstzeit war er selbst Ausbilder bei der Polizei. Sein Schwerpunkt lag bei Waffen und Nahkampf."

„Er hat als Partisan im Zweiten Weltkrieg gekämpft? Wie alt ist er denn?"

„Onkel Mischa ist jetzt fünfundsiebzig Jahre alt. Fit ist er allerdings wie ein Sechzigjähriger", lächelte Irena. „Ich denke, ich werde jetzt einmal deine Hose waschen und du schläfst dich aus, du siehst nämlich ziemlich müde aus. Mit deiner Ausbildung fangen wir morgen an. Wir müssen allerdings deine Turnschuhe ersetzen. Damit fällst du hier noch mehr auf, als du es als Fremder sowieso schon tust. Onkel Mischa hat noch ein paar alte braune Lederstiefel, die müssten dir eigentlich passen."

Irena scheuchte Felix ins Bett und begann mit der Arbeit. Kaum hatte sich der Hauptkommissar hingelegt, war er tief und fest eingeschlafen.

27

Gegen vier Uhr morgens erwachte der Kommissar das erste Mal. Irena lag neben ihm und hatte sich an ihn gekuschelt. Zufrieden damit, dass die Welt gerade in Ordnung war, schlief er wieder ein.

Nach dem Frühstück – es gab Hirsebrei gekocht in Milch mit ein paar Früchten – brachen Mischa, seine Nichte und Felix auf, um in den nahegelegenen Wäldern etwas Schießpraxis zu bekommen. Der ehemalige Polizeioberst hatte einen kleinen Schemel mitgenommen, auf den er eine Pistole der Marke Makarow legte. Daneben packte er das Magazin und die Munition. Seine Erläuterungen wurden von Irena ins Deutsche übersetzt.

„Das hier ist die Standardwaffe aller Polizei- und Armeeeinheiten der Staaten der ehemaligen UDSSR. Diese Waffe ist robust und verzeiht fast alles. Du kannst sie in den Schlamm werfen und sie funktioniert immer noch. Es ist keine westliche Hightech-Waffe, aber sie ist, wie gesagt, treu und zuverlässig. In ihr Magazin passen acht Schuss."

„Wenn du ein wirklicher Profi bist, dann lädst du immer eine Patrone in den Lauf und füllst das Magazin danach noch einmal auf. Dieser kleine Unterschied kann über Sieg oder Niederlage entscheiden. Also merke dir: ‚Eine für den Lauf'. So nennen wir das", fügte Mischa mit bedeutsamer Miene hinzu.

Er füllte das Magazin mit acht Patronen, schob es in die Waffe und lud die Pistole, indem er den Schlitten einmal zurückzog und nach vorne schnellen ließ. Dadurch wurde eine Patrone in den Lauf befördert, die Waffe war jetzt scharf und bereit. Mischa entnahm das Magazin, steckte eine weitere Patrone hinein und schob es zurück in die Makarow. Er stellte sich mit leicht gespreizten Beinen hin, streckte die Arme von sich und winkelte sie leicht an. Er zielte auf eine Birke in zehn Metern Entfernung und drückte in kurzer Folge dreimal ab, visierte eine weitere Birke an, drückte wieder dreimal ab und nahm dann einen dritten Baum unter Feuer.

Nach nur dreißig Sekunden war der Pulverdampf verzogen. Mit klingelnden Ohren folgte Felix dem alten Mann, der ihm seine

Treffer zeigte. Jede Birke hatte drei Treffer abbekommen und die Einschüsse lagen dicht beieinander.

„Nicht schlecht!", sagte der Hauptkommissar. „Ich hoffe, dein Onkel kommt mit, wenn wir Igor hoppnehmen. So einen Schützen auf unserer Seite könnten wir gut gebrauchen!"

„Leider kann er uns nicht unterstützen", seufzte Irena. „Er ist jetzt ein orthodoxer Geistlicher. Sein Glaube und ein heiliges Gelübde verbieten es ihm, auf Menschen zu schießen."

„Und von mir erwartest du, dass ich meine westlichen Grundsätze aufgebe?", fragte er.

„Das ist nun einmal Teil deines Berufes, du musst eventuell eine Waffe gegen Schwerverbrecher richten und abfeuern."

„Ich war aber immer so stolz darauf, dass ich das nie wirklich musste."

„Ich weiß, aber hier haben wir keine Chance, wenn du deine Meinung nicht änderst."

„Leider ist das wohl so. Aber dein Onkel ist wirklich ein interessanter Mensch. Erst Partisan, dann kommunistischer Polizeioberst und jetzt orthodoxer Priester."

„Stimmt! Und alle drei beginnen mit ‚P'", sagte sie. Beide lachten.

Mischa zitierte ihren Gast an den Schemel. Hier musste Felix die Waffe laden. Er weigerte sich jedoch, eine für den Lauf zu nehmen.

„Das entspricht nicht meinem Sicherheitsdenken. Dann ist die Waffe geladen und ich laufe nicht mit einer geladenen Pistole durch die Gegend. Das könnt ihr wirklich vergessen", sagte er.

Der alte Priester zuckte mit den Schultern. Was soll man da machen, schien er zu denken.

Der Kommissar nahm die Waffe in die Hand und zielte auf die erste Birke. Er nahm die Schusshaltung ein, die er vor langer Zeit an der Polizeischule gelernt hatte. Drei Schuss auf die erste Birke, drei auf die zweite und zwei auf die letzte. Danach gingen sie zu den Bäumen. Nur am ersten war ein einziger Streifschuss dazugekommen. Alle anderen sieben Schüsse waren „Fahrkarten". So hatte Felix' damaliger Ausbilder Fehlschüsse genannt.

Er fluchte innerlich. Dass er so schlecht geworden war, hätte er nicht gedacht. Ihm war es außerdem peinlich, dass Irena das so gnadenlos vorgeführt bekam. Doch seine beiden Lehrer sagten nichts zu dem miserablen Ergebnis. Sie blickten sich nur kurz an, als wollten sie sagen, dass der Weg noch lang sein würde.

Beim nächsten Schießen erklärte der ehemalige Partisan dem deutschen Polizisten noch einmal die richtige Atemtechnik: Tief Luft holen, zwei Drittel der Luft wieder ausatmen, dann Atem anhalten und zielen. Während dieser Phase beruhigte sich der Herzschlag und die Arme lagen ruhig und zitterten nicht. Dann den Abzug gleichmäßig durchziehen und dabei mit der Waffe etwas tiefer zielen, als man treffen wollte. Da ungeübte Schützen eher kurz vor dem Abdrücken die Pistole etwas nach oben zogen, wurde das dadurch ausgeglichen.

Felix probierte es und feuerte anweisungsgemäß alle acht Schuss auf die erste Birke, die ihm am nahesten stand. Dieses Mal erzielte er immerhin zwei Treffer. Sie übten mehrere Stunden, wobei entweder Mischa oder Irena seine Haltung, seine Atmung oder seine Zieltechnik verbesserten. Am Ende traf immerhin jeder zweite Schuss von Felix ins Ziel.

„Für heute brechen wir ab", sagte Irena. „Onkel Mischa muss sich gleich mit seinen alten Vertrauten treffen und schauen, wie weit unsere Vorbereitungen sind, damit wir Igor ungefährdet angreifen können."

Felix und Irena hielten sich im Haus auf, um möglichst wenig aufzufallen. Als der ehemalige Polizeioberst zurückkam, wirkte er etwas bedrückt.

„Es hat noch nicht geklappt", übersetzte Irena seine Botschaft, doch dies hatte der Hauptkommissar auch so verstanden.

Als die beiden am Abend die Holzstiege zu ihrer Schlafstätte hochstiegen, grinste Irena Felix frech an:

„Meinst du, dass du mit deiner eigenen Waffe besser umgehen kannst als mit der Makarow?"

„Klar! Das werde ich dir gerne beweisen."

„Ich hoffe doch sehr, dass du das tust."

Der Dienstag verlief genauso wie der Tag zuvor. Felix verbesserte langsam, aber sicher seine Treffsicherheit.

Am Ende erzielte er im Schnitt sechs Treffer. Als der ehemalige Polizeioberst dann wieder nach Hause kam, lächelte er. Für Donnerstag früh war es ihm gelungen, dass nur solche Polizisten das Anwesen bewachten, die ihm etwas schuldig waren. Sie würden kurz vor Sonnenaufgang für anderthalb Stunden verschwinden. Dafür würden sie allerdings entlohnt werden müssen. Irena und Mischa gingen davon aus, dass sie genug Geld in Igors Villa finden würden, um diese Schulden zu begleichen. Der Hauptkommissar wurde nervös, so langsam wurde es ernst.

Am Mittwoch übte der ehemalige Polizeioberst mit dem Hauptkommissar schnelles Zielwechseln. Hierbei traf Felix nicht so gut, wie er es am Tag davor getan hatte, aber Irena beruhigte ihn.

„Hauptsache, du nimmst Igor unter Feuer. Das sollte mir die Gelegenheit geben, ihm den Rest zu geben. Sobald er mir vor die Waffe läuft, habe ich ihn", sagte sie.

In der Nacht wälzte Felix sich hin und her, er konnte keinen Schlaf finden. Sie wollten eigentlich um vier Uhr morgens aufstehen und zur Villa des Zuhälters aufbrechen. Sie hatten sich das Haus vorher nicht angesehen, da dies eventuell den Verdacht der Polizisten erregt hätte, die nicht auf ihrer Seite standen.

„Kannst du nicht schlafen?", fragte Irena.

„Nein, ich bin schrecklich nervös! Ich muss die ganze Zeit an morgen denken und was alles passieren kann."

„Das ist nicht gut. Wenn du keinen Schlaf findest und morgen nicht fit bist, machst du Fehler und Igor gewinnt."

„Ich weiß, aber was kann ich machen?"

„Vielleicht sollte ich dafür sorgen, dass deinem Hirn nicht so viel Blut zum Denken zur Verfügung steht!", kicherte sie.

„Damit könntest du recht haben."

„Sicher, ich habe immer ..."

„Recht, ich weiß", ergänzte er ihren Satz.

„Genau. Ich sehe mit Freude, dass du einer der Männer bist, die Frauen zuhören." Sie küssten sich innig.

Als Mischa die beiden weckte, war Felix noch ziemlich nervös, aber nicht müde. Irenas Mittel schien gewirkt zu haben. Er wunderte sich, dass man trotz Todesangst noch körperliche Lust verspüren konnte. Er schüttelte den Gedanken ab und konzentrierte sich auf den jeweils nächsten Schritt.

Nach einem leichten Frühstück brachen die drei auf. Mischa fuhr sie bis kurz vor Igors Anwesen. Es lag einsam und von einer hohen Mauer umgeben an einer kleinen Landstraße. Irena holte einen Korken aus der Hosentasche. Sie entzündete ihr Feuerzeug und kokelte den Korken an, bis er ganz schwarz war. Danach malte sie ein Streifenmuster auf den Hals und das Gesicht des Hauptkommissars. Sie reichte ihm den Korken. Er tarnte sie in gleicher Weise.

Sie stiegen aus und Mischa fuhr weiter, um sich mit den Polizisten zu treffen und zu kontrollieren, dass sie wirklich alle verschwanden. Büschelberger zitterte leicht aufgrund der Kälte und seiner Aufregung. In geduckter Haltung schlichen die beiden auf das Haus zu. Sie sahen, wie die Polizisten davonfuhren, mit Mischa im Schlepptau. Am Horizont tauchte die Morgendämmerung die Welt langsam in rötliches Licht. Dann liefen sie weiter, bis sie zur Mauer kamen. Irena hatte eine kleine Strickleiter in einem Rucksack dabei.

„Du hilfst mir hoch auf die Mauer und ich befestige oben die Strickleiter, dann kommst du nach", flüsterte sie.

Igor schlug die Augen auf: Zeit aufzustehen. Durch seine jahrelange Kampferfahrung tief hinter den feindlichen Linien wusste er, dass die Zeit um das Morgengrauen am besten dazu geeignet war, Feinde anzugreifen. Aus diesem Grund hatte er sich angewöhnt, um diese Zeit wach zu sein. Er grinste. In achtundvierzig Stunden würde er neue Truppen zur Verfügung haben und dann würde er sich rächen.

Zuerst würde diese Schlampe sterben, die ihm einmal schon entkommen war und sich in Frankfurt als Polizistin ausgegeben hatte. Er bewunderte zwar ihren Mut und ihre Zielstrebigkeit. Dennoch würde er keine Gnade kennen und ihr Tod würde qualvoll sein. Er sprang aus dem Bett und begab sich in den Liegestütz. Zu seinem morgendlichen Fitnessprogramm gehörten einhundertfünfzig Liegestütze. Er fing an zu zählen.

Als Felix und Irena von der Mauer in den Garten sprangen, lösten sie einen stillen Alarm aus. Igor, noch mitten in seinem Fitnessprogramm, hörte ihn nicht. Der Alarm wurde jedoch auf sein Handy weitergeleitet, das mit dem Display nach unten auf dem Tisch neben seinem Bett lag und leise vibrierte.

Vorsichtig näherten sich die beiden Jäger dem Haus, in dem ihre Beute noch immer nichts von der sich nähernden Gefahr ahnte. Das zweistöckige Gebäude, das komplett aus Holz gebaut war, wirkte friedlich auf Felix. Vorsichtig spähten sie durch die Fenster, an denen dunkelbraune Holzläden befestigt waren.

„Wie sollen wir da reinkommen? Ich glaube kaum, dass Igor die Haustür für uns offen gelassen hat", fragte Felix.

„Wir schneiden ein Loch in eines der Fenster und öffnen es dann", antwortete Irena, während sie einen kleinen Diamantglasschneider aus ihrem Rucksack fischte.

Igor war inzwischen zu Sit-ups übergegangen. Rasend schnell arbeitete er sein Programm ab.

Leise schnitt Irena ein kreisrundes Loch in das alte Fenster und danach ein zweites in das Fenster dahinter. In der Zwischenzeit kontrollierte Felix noch einmal, ob er seine Waffe richtig geladen hatte. Das zweite ausgeschnittene Fensterteil rutschte Irena plötzlich aus der Hand und fiel klirrend zu Boden. Die beiden hielten die Luft an.

Igor erstarrte. Er hatte etwas gehört, das wie splitterndes Glas klang. Das konnte nur eines bedeuten: Er wurde angegriffen. Seine Kriegsprogrammierung sprang an. Er rannte zum Nachttisch und blickte auf sein Handy. Dort sah er, dass vor vier Minuten ein stiller Alarm ausgelöst worden war. Seine Seele verfinsterte sich und er raste vor Wut. Er hatte sich beinahe überrumpeln lassen, aber er war jetzt kampfbereit.

In diesem Zimmer hatte er allerdings nur eine Pistole mit zwei Magazinen und ein langes Jagdmesser, das an der einen Seite einen Sägezahnschliff aufwies. Seine schweren Waffen bewahrte er in den Räumen im Erdgeschoss auf. Sich ganz auf seine Ausbildung und Kriegserfahrung verlassend, wusste er jedoch, dass die Waffen, über die er gerade verfügte, ausreichen sollten.

Er spähte aus dem Fenster, um zu erkennen, wer oder was ihn angriff. Waren es ukrainische Spezialkräfte? Dann hätte er ein Problem. Oder war es eventuell sogar dieses Miststück mit ihrem verrückten Onkel? Dann würden sie es bitter bereuen.

Da er niemanden sah, kam er innerhalb von zwei Sekunden zu dem Schluss, dass es keine Spezialkräfte waren, die ihn attackierten. Er grinste breit. Das war der letzte Fehler im jämmerlichen Leben dieser ehemaligen Hure. Heute würde es für sie enden, und zwar hier!

Fast lautlos öffnete der ehemalige Elitesoldat das Fenster zum Balkon vor seinem Schlafzimmer. Er hatte nur eine Jogginghose an, ansonsten war er nackt. Er schob das Messer und ein volles Magazin in den Hosenbund und hielt die geladene Pistole in seiner rechten Hand. Mit der linken stützte er sich auf der Balkonbrüstung ab und flankte über die Brüstung in die Tiefe. Katzengleich landete er auf den Beinen und rollte sich über die linke Schulter ab, so wie er es vor langer Zeit bei den Fallschirmjägern gelernt hatte. Seine rechte Hand hielt dabei die Pistole fest umklammert und im Abrollen richtete er sie auf sein Haus. Der ehemalige Elitesoldat hatte die Kontrolle über das Geschehen zurückgewonnen.

Erschrocken blickten sich Felix und Irena an.

„Was ist, wenn er das gehört hat?", flüsterte Felix.

„Dann haben wir ein Problem. Jetzt heißt es schnell sein", antwortete Irena. Sie griff durch das Fenster und öffnete es vorsichtig. Die beiden stiegen nun in den Raum dahinter, er lag noch im Halbdunkel. Sie lauschten, um zu hören, ob sich jemand im Haus bewegte, während sich ihre Augen an die Lichtverhältnisse anpassten.

„Ich glaube, wir hatten Glück, sonst wäre Igor bestimmt schon wie der Teufel persönlich über uns hergefallen", flüsterte der Hauptkommissar.

Igor zog sich unbemerkt in den hinteren Teil seines Gartens zurück. Seine Wut wollte ihn voranstürmen lassen, aber seine Ausbildung behielt die Oberhand. Wenn man auf dem Schlachtfeld siegen wollte, musste man die Kontrolle über das Geschehen behalten. Zur Kontrolle zählte immer auch die Aufklärung. Wer war der Gegner, wo war er, welche Waffen setzte er ein? Erst, wenn das alles klar war, suchte man sich Zeitpunkt und Ort aus, an dem man zurückschlug und den Gegner vernichtete. Büsche und kleine Stauden als Sichtschutz nutzend, kroch Igor schlangengleich um sein Haus.

„Komm, wir müssen weiter und ihn finden, solange er nichts von unserer Anwesenheit hier ahnt", sagte Irena zu Felix.

Beide blickten sich um. Sie befanden sich in der Küche des Hauses, besonders sauber und ordentlich war es nicht. Dann schlichen sie in den angrenzenden Raum. Das war das Wohnzimmer. Felix klappte die Kinnlade runter, als er sah, was auf dem Wohnzimmertisch lag: Zwei Maschinenpistolen, drei Handgranaten, eine schusssichere Weste und sechs große Stapel Euroscheine.

„Das muss ja über eine Million Euro sein, die hier liegt", flüsterte er.

„Bestimmt mehr als das Doppelte", antwortete seine Begleitung. „Komm, bevor wir weitersuchen, lass uns schnell die Verschlüsse aus diesen Maschinenpistolen entfernen, damit Igor sie nicht benutzen kann. Vorsicht ist die Mutter der Porzellankiste."

Mit einer geübten Handbewegung entfernte Irena die Massenverschlüsse aus den vollautomatischen Waffen, die damit nutzlos wurden.

„Weiter!", flüsterte sie.

Mit kalter Wut betrachtete Igor die glitzernden Glasscherben, die vor seinem Küchenfenster lagen. Hier also waren sie in sein Haus eingedrungen. Boshaft lächelte er. Sie hatten keine Ahnung, dass ihre vermeintliche Beute jetzt Jagd auf sie machte. Er überlegte, ob er hinter ihnen herschleichen sollte. Ein Angriff von hinten aus den gesicherten Räumen würde sie überrumpeln und ihm endgültig den Vorteil verschaffen, den er für den Sieg benötigte.

Der nächste Raum, in den Irena und der Hauptkommissar kamen, war die Eingangshalle. An der Holztreppe, die nach oben führte, brannten zwei matt scheinende Lampen. Von dieser Halle ging nur noch eine Tür ab, die sie nicht kontrolliert hatten.

Felix klopfte das Herz, er hatte das Gefühl, dass es gleich zerspringen würde. Er wusste, dass die endgültige Konfrontation mit ihrem Gegner nicht mehr lange auf sich warten lassen würde. Er deutete mit dem Zeigefinger nach oben und dann auf die Tür, die in den unbekannten Raum führte. Er zuckte mit den Schultern, um Irena auf diese Weise zu fragen, wohin sie zuerst gehen sollten, denn er wagte nicht einmal mehr, zu flüstern.

Seine Partnerin zeigte auf die Tür – dorthin wollte sie zuerst. Taktisch gesehen die richtige Entscheidung, denn man sollte im Häuserkampf immer den Rücken frei haben. Leise ging sie auf die Tür zu und durchquerte dabei den Lichtkegel, den die Treppenlampen warfen.

Igor hatte sich entschieden. Auch wenn er den Häuserkampf perfekt beherrschte, so war das Risiko zu groß. Querschläger konnten einen immer treffen und wenn seine zwei Feinde strategisch gut standen, konnte er durch das Überraschungsmoment zwar garantiert einen sofort töten, aber nicht zwingenderweise auch den zweiten schnell genug.

Er hatte keine Angst vor dem Priester und seiner Nichte, aber er wusste, dass der alte Mann als exzellenter Schütze galt, und die ehemalige Hure hatte ihn beim Feuergefecht in Frankfurt mit ihrer Treffsicherheit beeindruckt. Erschwerend kam hinzu, dass die beiden durch sein Wohnzimmer gekommen waren. Dort lagen seine Maschinenpistolen. Er an ihrer Stelle hätte sie an sich genommen. Man konnte nie über genug Feuerkraft verfügen.

Still fluchte der Zuhälter vor sich hin. Aber es gab ja noch andere Möglichkeiten. Er wusste jetzt, welchen Weg seine Angreifer nahmen. Er schlich weiter ums Haus und blickte durch das Wohnzimmerfenster. Da sah er seine ehemalige Hure durch den Lichtkegel seiner Treppenleuchte gehen. Instinktiv riss er die Waffe in den Anschlag und leckte seine Lippen. Kein perfekter Schuss, aber möglich. Er schätzte seine Chance auf achtzig Prozent. Sein Finger legte sich um den Abzug seiner Pistole.

Irena stand im Licht und zögerte. Sie bedeutete ihrem Partner, nicht näher zu kommen, sondern mit seiner Waffe die Treppe zu sichern. Sollte ihr Gegner von dort oben kommen, während sie den Raum hinter dieser Tür überprüfte, wäre ihr Vorteil dahin.

Igor irgendwo im Haus unterwegs, gar in ihrem Rücken, wäre der Albtraum schlechthin! Ihre Nackenhaare sträubten sich, sie spürte eine tödliche Gefahr auf sich zukommen. Sie war nicht abergläubisch, aber sie ahnte, dass dieser Tag ihr Ende bedeuten könnte. Warum, so fragte sie sich, hatte sie diesen Rachefeldzug begonnen? Ihre Unsicherheit dauerte nur ein paar Sekunden, dann war sie wieder fest entschlossen. Nein, heute war nicht ihr Tag zum Sterben, heute war der Tag des Igor Bramkolysch.

Igors Finger entspannte sich. Er wusste, er hätte sie erwischt. Doch damit hätte er dem zweiten Feind seine Position verraten. Außerdem hatte er gesehen, wie sie gezögert hatte.

Die Hure war eine halbe Ewigkeit im Lichtkegel stehengeblieben. Sie hatte Angst und das war gut so. Sein Plan stand fest. Er würde zuerst den verrückten Priester töten, und zwar schnell mit ein bis zwei Kugeln. Am besten wäre es, wenn sie dabei zusehen würde. Danach würde er sie überwältigen und mit seinem Messer bearbeiten. Oh ja, das würde ihm großen Spaß machen.

Er zog sich etwas mehr zurück in den Garten. Sollten sie ruhig noch etwas weiter nach ihm suchen, das würde ihre Angst erhöhen. Fast hatte er den süßen Geschmack ihrer Furcht auf der Zunge. Ja, der Kampf war entschieden, sie wussten es nur noch nicht. Es konnte nur ein Ende geben: den Tod seiner beiden Feinde.

Mit äußerster Vorsicht öffnete Irena die Tür. Ihr Quietschen ließ die Ukrainerin erstarren. Angst war in den Augen ihres Partners zu sehen. Schade, dachte sie, dass er ein so zartbesaiteter Mann war. Für einen Liebhaber keine schlechte Eigenschaft, aber für einen Soldaten, den sie jetzt brauchte, schon.

Irena stieß die Tür nun mit einem Ruck auf, damit sie nicht noch einmal ein Geräusch von sich gab. Sie duckte sich sofort und schaute in den Raum. Vorsichtig schlich sie hinein. Es war eine Art Esszimmer mit einem schweren Tisch und mehreren Stühlen drum herum. Auf der anderen Seite stand eine weitere Tür weit offen. Schnell durchschritt Irena den Raum, dabei hatte sie ihre Waffe im Anschlag und zielte immer in die Richtung, in die sie schaute. Das nächste Zimmer war eine Art Schlafraum mit drei Betten. Alle unbenutzt. Wahrscheinlich für Igors neue Truppen, dachte sie. Sie ging zurück ins Treppenhaus.

Felix blickte sie glücklich an, als er sah, dass sie noch immer unverletzt war. Irena lächelte, es war ein schönes Gefühl, zu wissen, dass es wenigstens einen Mann gab, dem sie wichtig war. Trotz der Gefahr überkam sie eine sentimentale Stimmung. Wären wir uns doch in einem anderen Leben begegnet, dachte sie. Dann hätten sie eine Chance gehabt. Obwohl, vielleicht hatten sie auch in diesem noch eine. Erschrocken über ihre eigenen Gedanken rang Irena diese Emotionen nieder. Diese Ablenkung konnte sie beide jetzt töten, ihre volle Aufmerksamkeit musste diesem Kampf gelten oder sie würden ihn verlieren.

Felix hatte den Ausdruck auf Irenas Gesicht gesehen und auch, wie er sich verändert hatte. Niedergeschlagen blickte er für ein paar Sekunden zu Boden. Er hatte die Botschaft klar erkannt. Als er wieder zu ihr aufsah, hatte Wehmut seine Seele ergriffen. Seine Partnerin stand an seiner Seite und drückte ihn aufmunternd an der Schulter. Mit einem Kopfnicken deutete sie in Richtung der oberen Etage. Mit ihren Pistolen im Anschlag schlichen die beiden die Treppe hinauf.

Igor überlegte, wo er seine Feinde abpassen sollte. Psychologie war alles auf dem Schlachtfeld. Verwirre deinen Gegner und du besiegst ihn.

Das galt seit Anbeginn der Menschheit. Seit dem ersten Mord der Geschichte, als Kain Abel überrascht hatte und dieser sich nicht wehren konnte. Ja, Igor hatte aus der Geschichte gelernt. Ein Gedanke schoss ihm durch den Kopf, eine geniale Idee. Er zog sich weiter ins Gebüsch zurück, um sie auszuführen.

Oben an der Treppe angelangt, sahen die zwei Jäger, dass sie noch drei Räume zu durchsuchen hatten. In einem musste Igor stecken, ahnungslos und hoffentlich auch wehrlos, dachte der Hauptkommissar Sie nahmen vor der ersten Tür Aufstellung. Er würde die Tür öffnen und Irena würde ihm als bessere Schützin Feuerschutz geben. Er stieß die Tür auf.

„Scheiße!", war alles, was Irena sagen konnte.

Ihr Blick fiel auf ein leeres Bett, das Laken zerwühlt, davor ein blinkendes Handy. Die Balkontür stand offen. Das konnte nur bedeuten, dass Igor sie gehört hatte und über den Balkon in den Garten gesprungen war. Außer sich vor Wut stürmte Irena nach draußen. Sie blickte hinunter, dann sah sie es: Das Tor zur Straße war geöffnet. Ihr Finger deutete auf das offene Tor, als Felix neben ihr erschien.

„Das feige Schwein flieht, wir müssen ihn einholen!".

„Und wenn das eine Falle ist?", fragte er.

„Niemals! Er ist auch in Frankfurt weggelaufen. Wir dürfen ihn nicht entkommen lassen, das ist unsere letzte Chance, ihn zu bekommen." Sie drehte sich um und wollte losstürmen.

„Warte! Lass uns wenigstens noch die zwei anderen Zimmer kontrollieren!", sagte er.

Irena riss sich los. „Mach du das. Ich renne ihm nach und werde es beenden. Er wird mir nicht mehr entkommen."

Sie stürmte die Treppe hinab.

Felix trat jede Tür auf und schaute kurz in die zwei Zimmer. Leer. Inzwischen war seine Partnerin an der Haustür. Er rannte los, da sein Gefühl ihm sagte, dass er an ihrer Seite sein musste.

Igor konnte ein sadistisches Grinsen nicht vermeiden, als er sie durch die Tür rennen sah. Ihre Augen waren nur auf das Tor gerichtet, das er kurz zuvor geöffnet hatte, um sie in die Falle zu locken. Noch wenige Sekunden und sie würde direkt in seine Schussbahn laufen. Er zielte gelassen.

„Hallo Schätzchen, schön, dass du zu mir zurückkommst!"

Irena erstarrte in vollem Lauf, als sie die Stimme ihres ehemaligen Peinigers hörte. Instinktiv ließ sie sich fallen. Auf dem Schotter des Gehwegs zog sie sich dabei Schürfwunden an beiden Armen zu. Igors erster Schuss ging nur knapp über ihren Kopf hinweg.

Felix stand das Herz still, als er den Schuss hörte. Er sprang durch die Haustür und rief den Namen seiner Partnerin.

„Dein Glück ist nun zu Ende", knurrte Igor, als er erneut zielte.

Dann hörte er, wie jemand auf Deutsch den Namen seiner ehemaligen Hure rief. Überrascht schaute er zum Eingang seines

Hauses. Da stand dieser deutsche Kommissar und nicht der verrückte Priester. Wie war das möglich?

Irena nutzte die Gelegenheit und erhob sich. Sie unterdrückte den Schmerz und umklammerte fest entschlossen ihre Waffe.

Felix sah, wie Igor ihn verblüfft anstarrte und zögerte.

„Hände hoch, Igor, du bist verhaftet!"

Der Russe konnte nicht glauben, was er sah. Da forderte ihn dieser westliche Waschlappen doch auf, sich zu ergeben. Er musste lachen. Nein, der da war kein Gegner für ihn. Zudem betrug die Entfernung zwischen ihnen über zwanzig Meter, da würde dieser komische Polizist ihn niemals treffen. Er wandte seine Aufmerksamkeit wieder seiner ehemaligen Hure zu.

Irena sah, dass sich Igor wieder auf sie konzentrierte. Sie riss ihre Waffe hoch und feuerte zweimal in schneller Folge ab.

Igor, der eben noch gestanden hatte, ließ sich blitzschnell auf die Knie fallen und ging in den Anschlag. Dabei schoss auch er eine Doppelfuge Munition ab.

Irena spürte das Stechen, als Igors zweiter Schuss sie in die rechte Schulter traf. Ihr entglitt die Waffe. Sie schrie vor Schmerz und Wut auf. Das war ihr Ende, dachte sie. Felix würde ihr nicht helfen können.

„Verzeih mir, dass ich dich da mit reingezogen habe!", war ihr Gedanke, den sie an ihren Partner richtete.

Igor unterdrückte einen Schmerzensschrei. Hatte dieses Miststück ihm doch einen Streifschuss am Bizeps verpasst. Er sah, dass sie ihre Waffe fallen ließ und wechselte seine eigene in die linke Hand. Speznas waren darin ausgebildet worden, mit beiden Händen gleich gut schießen zu können. Er wandte sich wieder dem deutschen Polizisten zu.

„Nein!", schrie Felix, hob seine Pistole an und rannte in Richtung Irena. Dabei schoss er auf den Zuhälter. Natürlich traf er nicht.

„Dummkopf", dachte Igor, „das ist dein Ende!" Er zielte auf den Hauptkommissar.

Irena wusste, dass sie nur eine Chance hatte. Schießen konnte sie nicht mehr, dafür war der Schmerz zu überwältigend. Sie warf ihre Waffe mit voller Wucht gegen Igors Kopf.

Dieser sah aus dem Augenwinkel, dass etwas Dunkles auf ihn zuflog und zuckte mit dem Kopf zurück. Deshalb streifte ihn das Wurfobjekt nur an der Schläfe. Sie platzte dennoch auf und blutete. Dadurch behindert, verfehlten seine Schüsse den heranstürmenden Kommissar.

Felix stoppte auf der Stelle, als die Kugeln zwischen seinen Füßen einschlugen. Instinktiv ließ er sich nach hinten auf die Holzveranda fallen. Er rollte über die Seite und feuerte zweimal in Igors Richtung. „Fahrkarten", was sonst?

Rasend vor Wut überwand der Zuhälter die Distanz zu Irena. Er griff sie an den Haaren, zog sie hoch und hielt sie als Schutzschild vor sich.

„Was nun, Herr Kommissar, was nun?", schrie er.

Felix zitterte am ganzen Leib. Das Spiel war anscheinend aus. Er erhob sich und richtete seine Waffe auf Igor. Er hoffte, dass Irena sich an die Lektion erinnerte, die der SEK-Mann Dana beigebracht hatte.

„Du schießt nicht, du nicht!", knurrte der Zuhälter. „Schon als ich dich das erste Mal gesehen habe, wusste ich, dass du ein Waschlappen bist. Eine Memme ohne Mumm." Igor richtete seine Waffe auf Felix.

Irena atmete schwer. Verzweifelt versuchte sie, sich daran zu erinnern, wie Dana sich verhalten. Ihre Schulter brannte höllisch und sie wusste, dass der Blutverlust ihr bald die Besinnung rauben würde. Plötzlich ließ sie sich rutschen.

Felix sah, dass Irena ihm ein freies Schussfeld ermöglichen wollte und gab zwei Schüsse ab.

Igor spürte, wie Irena ihm entglitt. Doch er war darauf vorbereitet und ging mit ihr in die Knie. Er schoss ebenfalls. Alle Schüsse verfehlten ihr Ziel. Igor riss seine Waffe wieder hoch. Irena biss ihn in die Hand, deshalb verfehlte er sein Ziel erneut. Wütend schlug er mit seiner Waffe gegen ihre Schläfe.

Felix zielte und feuerte wieder zwei Mal, aber auch diese Schüsse trafen nicht. Er atmete ruhig ein und aus.

Igor brüllte triumphierend.

„Das waren deine letzten beiden Kugeln, ich habe mitgezählt!" Er legte an.

Felix drehte sich zur Seite, um nur eine kleine Angriffsfläche zu bieten. Igor schoss. Irena, halb bewusstlos, warf sich mit ihrem ganzen Gewicht gegen seinen Arm und er verriss. Doch sein Schuss erreichte trotzdem das Ziel. Die Kugel traf Felix im Brustbereich, erwischte ihn jedoch nicht voll. Hätte Irena ein bisschen mehr Druck ausüben können, so hätte auch diese Kugel nur Holz getroffen.

Der Hauptkommissar wurde von der Wucht der Kugel nach hinten geworfen und schlug hart auf der Veranda auf. Er stöhnte und verstummte dann. Ein Zittern lief durch seinen Körper, dann nichts mehr.

Irena schrie verzweifelt auf: „Nein! Neeiiiiin!"

Igor indessen brach in Triumphgeheul aus. Seine Schmerzen waren vergessen.

„Da siehst du mal, du Hure, niemand legt sich mit mir an, niemand! Und nun wirst du einen alten Bekannten wiedertreffen. Ich hoffe, du freust dich so, wie er es tut!"

Er warf seine leer gefeuerte Waffe weg und zog das Messer aus dem Hosenbund.

„Erkennst du es wieder?", fragte er. „Ja genau, damit habe ich dir vor über einem Jahr mein Zeichen ins Gesicht geritzt. Heute allerdings wirst du diesen Stahl überall an deinem Körper schmecken. Am Ende wirst du um deinen Tod betteln und ich werde ihn dir geben."

Sein Messer fuhr an Irenas Hals entlang und tiefer in Richtung Brust.

Vor Mordlust tropfte dem Zuhälter Speichel von den Lippen. Er war in seinem Element. Es gab nichts Erregenderes, als die Macht über Leben und Tod eines anderen Menschen in der Hand zu halten.

„Igor, das ist deine letzte Chance, ergib dich!"

Felix' Stimme war eiskalt. Kniend lehnte er sich schwer atmend an die Brüstung der Verandatreppe und hatte die Waffe im Anschlag, wobei seine linke Hand die rechte umfasste und stützte. Er atmete zwei Drittel seiner Luft aus und hielt den Atem an.

„Das ist nicht möglich!", kreischte Igor. Er wirbelte das Messer in der Hand herum, um es auf den Hauptkommissar zu werfen. Auf diese Entfernung traf er immer.

Ein Schuss krachte.

Neun Millimeter Vollmantelstahl trafen mit 538 Joule auf die Nase des Zuhälters, bahnten sich ihren Weg durch den frontalen Stirnlappen, die Amygdala und das Stammhirn. Der hintere Bereich des Großhirns wurde fast komplett verdampft, als die Kugel durch die hintere Schädeldecke austrat. Der Zuhälter war augenblicklich tot.

„Und eine für den Lauf!", sagte Felix, als er erschöpft die Waffe fallen und sich gegen das Geländer sinken ließ.

Irena kroch unter Tränen, aber erleichtert auf ihn zu.

„Du lebst! Wie ist das nur möglich? Ich dachte, du bist tot!" Langsam und mit zitternden Händen berührte sie ihn.

„Du erinnerst dich an die Schutzweste, die wir im Wohnzimmer gefunden haben? Die habe ich unter die Jacke angezogen, als du die Räume im Erdgeschoss alleine untersucht hast. Ich dachte mir, das kann nicht schaden!"

„Nein!", lachte sie. „Das hat nicht geschadet."

Überglücklich küsste sie ihn.

„Nicht so stürmisch, ich habe eine mörderische Rippenprellung durch die Wucht, mit der mich die Kugel getroffen hat. Jetzt aber müssen wir dich verarzten, du verblutest mir sonst noch."

Vorsichtig zog er seine alte Lederjacke aus, darunter kam die Schutzweste zum Vorschein. Er legte auch diese ab und zerriss dann sein Hemd, um damit einen Druckverband um Irenas Schulter anzulegen.

„Im ersten Stock habe ich ein Badezimmer gefunden, vielleicht hat er dort etwas Verbandsmaterial", keuchte er.

Schwankend erhob sich Felix, ging ins Haus zurück und stieg die Treppe hinauf. Oben angekommen, wurde ihm schwarz vor Augen, doch er zwang sich, weiterzugehen. Nach kurzer Suche fand er Verbandszeug und etwas Jodtinktur. Hiermit versorgte er seine Partnerin, so gut es ging.

Sie lagen auf der Veranda und wärmten sich gegenseitig, als Mischa sie fand.

28

Der Priester fuhr sein Auto vor und lud die zwei Verletzten ein. Er nahm außerdem das Geld an sich, das sie in Igors Wohnzimmer gefunden hatten. Den Leichnam wickelte er – nachdem er ihm den Segen erteilt hatte – in altes Segeltuch ein. Dieses Paket hievte er in den Kofferraum seines Wagens, dann fuhr er los.

Als Felix aus dem Delirium erwachte, merkte er, dass er sich im Bett in der Kate befand. Irena lag neben ihm. Lidija versorgte gerade deren Wunden. Mischa selbst machte ein ordentliches Feuer im Ofen, damit es richtig warm wurde. Die zwei Alten lächelten ihm zu. Lidija kaute auf irgendwelchen Kräutern, die Felix nicht kannte. Den so entstandenen Brei legte sie auf Irenas Wunden und wickelte dann sorgfältig Verbandsmaterial darum. Danach flößte sie Felix einen hochprozentigen Wodka ein, in dem ebenfalls irgendwelche Kräuter eingelegt waren.

Der Kommissar versuchte anfangs, sich zu wehren, aber die Alte bestand darauf, dass er trank. Kurze Zeit später schlief er wieder ein.

Als Felix später erneut die Augen aufschlug, war das Erste, was er sah, hellgrün. Er blickte in die Augen seiner Partnerin und konnte sich nichts Schöneres vorstellen.

„Hallo du", sagte er, „wie geht es dir?"

„'Bescheiden' wäre noch geprahlt, aber wir leben und Igor ist tot. Von daher geht es mir, glaube ich, ganz gut."

Lidija fütterte die beiden mit einer kräftigen Suppe. Gegen Mittag erschien ein Arzt und schaute sich ihre Wunden an. Er gab Irena eine Spritze gegen Wundstarrkrampf und ließ für alle Fälle auch noch ein Antibiotikum da. Mischa bezahlte ihn bar mit einem fürstlichen Schweigegeld. Gegen Nachmittag konnte Felix das erste Mal aufstehen, er wusch sich kalt ab und bewunderte die blauen Flecke auf seiner Brust. Da er nicht viel mit Lidija und Mischa reden konnte, ging er bald wieder ins Bett und hielt Irena sanft im Arm.

Am Samstag konnte Büschelberger zum ersten Mal für längere Zeit das Bett verlassen. Er machte einen ausgedehnten

Spaziergang durch das kleine Dorf und die Felder, die es umgaben. Er musste mit sich selbst ins Reine kommen. Niemals zuvor hatte er einen Menschen getötet.

Felix versuchte sich einzureden, dass es nur Notwehr gewesen war, aber er wusste genau, dass seine Gedanken andere gewesen waren, als er seine letzte Kugel abgefeuert hatte. Er hatte Igor töten wollen und nicht nur kampfunfähig machen. Mit dieser Schuld würde er leben müssen, für den Rest seiner Tage. Auch wenn in ihm der Idealist rebellierte, so wusste er, dass ein großer Teil von ihm Igors Tod begrüßte und als gerechte Strafe ansah. Der Kommissar seufzte. Wie sollte er jemals wieder auf Mörderjagd gehen können?

Am Sonntagnachmittag konnte er endlich ausführlicher mit Irena reden. Sie tröstete ihn.

„Felix, du bist kein Mörder und auch kein schlechter Polizist, nur weil du Igor erschossen hast. Es war seine Wahl. Er hätte aufgeben oder gleich von Anfang an einen anderen Weg einschlagen können. Er hat sich für den Weg der Gewalt entschieden und am Ende ist er dadurch umgekommen."

Der Hauptkommissar nickte stumm, nicht ganz überzeugt.

„Lass gut sein, es ist, wie es ist."

Beide schwiegen eine längere Zeit.

„Wie lange bleibst du noch?", fragte sie nach einer Weile.

„Eigentlich müsste ich morgen zurück sein, ich habe mir nur eine Woche Urlaub genommen. Da ich aber noch suspendiert bin, ist es mir egal. Ich bleibe so lange bei euch, wie ich will. Wahrscheinlich werde ich sowieso entlassen, wenn ich zurückkomme."

„Das glaube ich nicht. Trotzdem freut es mich, wenn du bleibst!"

„Sag mal, was ist eigentlich mit dem Leichnam und dem restlichen Krempel aus dem Haus passiert?", erkundigte sich Felix.

„Onkel Mischa hat es mir heute früh erzählt. Igor wurde von ihm auf dem Kirchengelände bestattet, dort, wo im nächsten Frühjahr die neue Dorfkirche gebaut werden soll. Er hat ihn direkt unter der Stelle begraben, an der das Fundament gegossen werden soll. Das Geld wird verteilt. Jedes Mädchen, das jemals für ihn anschaffen musste, bekommt etwas, auch die Verwandtschaft von

Mariola. Dann hat Mischa alle Polizisten geschmiert, so dass keine Fragen zu Igors Verbleib gestellt werden. Weder du noch ich waren jemals hier. Übrigens waren es knapp drei Millionen Euro, die wir gefunden haben."

„Du nimmst hoffentlich auch etwas von dem Geld? Es steht dir zu", meinte Felix.

„Nein, das kann ich nicht, das ist Blutgeld in meinen Augen."

„Siehst du, das ist genauso dumm wie meine Selbstvorwürfe. Du hast so unter ihm gelitten und ohne dich würde er heute noch sein Unwesen treiben und Frauen wie dich unsagbar quälen. Ich bitte dich inständig: Nimm etwas von dem Geld!"

„Vielleicht hast du recht!", sagte sie.

„Klar habe ich recht, ich habe ..."

„Nicht immer recht!", fiel sie ihm ins Wort. „Das habe nur ich, das weißt du doch!"

Beide lachten.

„Na gut", sagte Irena, „ich nehme meinen Anteil, wenn du mir versprichst, dass du um deinen Job kämpfen wirst. Du bist ein guter Polizist und wirst in Zukunft ein noch besserer sein, als du es jemals warst. Gib das nicht auf und kämpfe darum!"

„Okay, ich verspreche es!", antwortete Felix.

Im Laufe der nächsten Tage ging es Irena zunehmend besser. Der Arzt kam noch zweimal vorbei, um nach ihr und Felix zu sehen. Auch Lidija und Mischa kümmerten sich rührend um sie. Am Mittwoch konnten Irena und Felix erstmals gemeinsam das Haus verlassen. Sie saßen im Garten in der Nachmittagssonne und redeten.

„Sag mal", fing er an, „könntest du dir vorstellen ..."

„Nein, bitte frag das nicht!", unterbrach sie ihn.

„Du weißt doch noch gar nicht, was ich sagen will", entgegnete er.

„Doch, ich weiß es. Du trägst deine Gefühle so offen zur Schau, dass man nicht zaubern muss, um deine Gedanken lesen zu können. Es hätte keinen Sinn. Wir leben in getrennten Welten. Du bist der Mann aus dem Westen, behütet und idealistisch aufgewachsen. Für mich bedeutet der Westen – und ganz besonders deine Heimatstadt – Qual und Ausbeutung." Energisch schüttelte sie den Kopf.

„Ich kann in dieser Stadt niemals wieder leben, ich hätte immer Angst, auf die Männer zu treffen, die mich damals brutal benutzt haben. Ich war für sie nur ein Stück Fleisch, an dem sie ihren Hunger stillen konnten. Erinnerst du dich an meine Berichte, die ich im Forum geschrieben habe? Das alles ist mir so passiert und noch Schlimmeres. Sachen, die ich bis heute nicht erzählen kann und will. Nein, so gerne ich dich habe, aber Frankfurt ist nun endgültig Geschichte für mich."

Niedergeschlagen blickte er nach unten. „Bin ich wirklich so durchschaubar?"

„Ja, das bist du. Das mag ich auch so an dir. Du hörst zu, du achtest auf uns Frauen und behandelst uns mit Respekt. Du bist ein toller Mann und so einen wie dich hätte ich gerne an meiner Seite. Wenn wir nicht in verschiedenen Welten leben würden, hätte ich dich mir schon lange gekrallt."

Sie lachte, als sie in seine Augen sah. „Und nein, du würdest hier niemals glücklich werden. Das ist leider auch keine Möglichkeit. Im Moment ist es hier schön und ruhig, aber so ist das nicht immer. Ich lebe außerdem nicht hier, sondern in Odessa, und da kannst du nichts arbeiten. Hör auf zu träumen, mein süßer Spinner!"

Felix seufzte, sie konnte anscheinend wirklich Gedanken lesen.

„Nun schau nicht so traurig! Wir werden versuchen, die Tage, die uns bleiben, so schön zu erleben, wie es uns möglich ist."

Er nahm ihre Hand, „Das sind leider nur noch ganz wenige Tage. Ich muss spätestens am Montag zurück in Frankfurt sein."

„Rennst du jetzt weg von mir?", fragte sie.

„Vielleicht, aber ich muss mich auch den Vorwürfen stellen, die man dort gegen mich erhebt."

Schweigend saßen sie nebeneinander.

Diese Nacht verbrachten sie wieder in ihrem Bett unter dem Dach. Irena hatte darauf bestanden, da sie dort ungestörter waren.

Am Freitag hatte Irena Neuigkeiten.

„Onkel Mischa hat übrigens einen Tipp bekommen. Morgen geht eine weitere Ladung Kaviar über die Grenze. Das ist die Gelegenheit für dich, unentdeckt über die Grenze zu kommen. Wir bringen dich morgen also zurück nach Nowowolynsk. Von dort wird man dich mitnehmen. Das Geld wurde schon bezahlt."

„Das heißt, das hier ist unser letzter Tag?"

„Leider. Und unsere letzte Nacht. Ich hoffe, sie wird unvergesslich."

Am nächsten Tag stiegen Mischa, Lidija, Irena und Felix in den Saporoshez. Die beiden Alten saßen vorne, während Felix unbedingt auf die Rückbank wollte.

„Das ist aber absolut unüblich, dass ein Mann hinten sitzt. Hier bei uns sitzen die Männer immer vorne", grinste Irena.

„Ich bin halt kein normaler Mann!"

„Das ist auch gut so." Sie wuschelte durch seine Haare und lehnte ihren Kopf an seine Schulter. Die ganze Fahrt über hielten die beiden sich bei den Händen.

Die Reise war friedlich und führte durch schöne Landschaften. Manchmal überholten sie einen Pferdewagen, der Heu geladen hatte. Die Zeit schien hier wirklich stehengeblieben zu sein. Allerdings gab es auch das komplette Gegenteil zu dieser Idylle, zum Beispiel die alten sowjetischen Prachtbauten, die langsam zerfielen.

Als die Zeit des Abschieds gekommen war, herzten und drückten Lidija und Mischa den Hauptkommissar. Die alte Frau ließ es sich nicht nehmen, ihm etwas Reiseproviant zu überreichen. Dann gingen die zwei Alten zum Wagen zurück. Irena stand vor Felix und hielt ihn an beiden Händen.

„Ich hasse Abschiede und du, du wirst nur rührselig, deshalb machen wir es ganz kurz." Sie küsste ihn lang und innig. „Leb wohl, mein Ritter, ich werde dich niemals vergessen!"

Sie drehte sich um und ging zum Wagen. So sehr sich Felix auch wünschte, dass Irena sich noch einmal umdrehte, sie tat es nicht. Der Wagen fuhr los und sein Blick folgte ihm bis zum Horizont.

In dieser Nacht überschritt Felix mit den Schmugglern die Grenze zur EU. Er bekam in Warschau noch einen Flieger und landete um kurz nach neun in Frankfurt am Main.

29

Nachdem Hauptkommissar Büschelberger seinen Kater von der Nachbarin zurückgeholt hatte, blätterte er durch die Post. Nur Rechnungen, sonst nichts. Auf dem Anrufbeantworter allerdings waren zwei Nachrichten von Staatsanwalt Fromm.

Felix solle sich umgehend melden, sobald er zurück sei. Die erste Nachricht war von Mittwoch, die zweite von Freitag. Dort hieß es dann, es sei äußerst dringend. Seine Exfrau hatte ebenfalls zwei Nachrichten hinterlassen.

Büschelberger wählte die private Handynummer von Fromm.

„Mensch, Felix, wo haben Sie bloß gesteckt? Eine Woche war abgemacht. Man macht mir hier die Hölle heiß, weil Sie unauffindbar sind."

Der Hauptkommissar entschuldigte sich, dann schwieg er.

„Geht es Ihnen wenigstens gut?", fragte der Staatsanwalt.

„Ja, soweit ist alles in Ordnung."

„Prima, ich möchte Sie morgen früh in meinem Büro sehen. Gleich um acht Uhr."

„Geht es etwas später? Ich würde gerne vorher noch bei Emilio im Krankenhaus vorbeifahren."

„Nein, das geht nicht. Ihrem Kollegen geht es den Umständen entsprechend wieder ganz gut und er ist aus dem Koma geweckt worden. Sie können ihn anschließend besuchen, aber unser Gespräch kann nicht länger warten. Ich hoffe, ich habe mich deutlich genug ausgedrückt."

Der Kommissar bejahte das.

In dieser Nacht schlief er sehr unruhig. Bevor er ins Büro der Staatsanwaltschaft fuhr, streichelte Felix lange seinen Kater.

„Vielleicht habe ich bald ganz viel Zeit für dich. Mal sehen, was da gleich auf mich zukommt."

Mit gemischten Gefühlen betrat er das Büro von Staatsanwalt Fromm.

„Bitte, Felix, machen Sie die Tür zu und setzen Sie sich. Ich habe extra für Sie einen grünen Tee geordert."

Fromm deutete auf den dampfenden Becher, der auf seinem Schreibtisch stand. Der Staatsanwalt blickte den Hauptkommissar lange an, bevor er weitersprach.

„Was soll ich bloß mit Ihnen machen? Sie sind eindeutig mein bester Ermittler und dennoch immer so auf eigenen Wegen unterwegs. Sie haben sich da übrigens einiges eingebrockt, das muss ich schon sagen. Die Presse war hinter Ihnen her, der Polizeipräsident wollte mit Ihnen reden. Wo um alles in der Welt sind Sie gewesen? Und sagen Sie mir nicht, dass Sie in Warschau waren. In keinem Hotel in ganz Warschau waren Sie gemeldet. Das wurde überprüft!"

„Ich war auf Wanderschaft!", antwortete der Kommissar.

„Auf Wanderschaft?", fragte Fromm ungläubig.

„Ja!"

„Na schön, wollen wir es dabei belassen", beendete der Staatsanwalt dieses Thema. „Letzte Woche hat sich übrigens etwas Interessantes ereignet. Der Polizeipräsident und ich sowie weitere Personen haben einen Anruf von einem Kardinal Horazio Keller bekommen. Er hat uns allen versichert, dass Sie ein prächtiger Mensch seien und er für Ihre Geradlinigkeit und Menschlichkeit bürgen könne. So etwas passiert jedenfalls nicht alle Tage. Der Rettungssanitäter hat übrigens Ihre Entschuldigung angenommen und verzichtet auf rechtliche Schritte gegen Sie. Kann es sein, dass er Katholik ist?"

„Ich habe keine Ahnung." Felix musste beinahe schmunzeln.

„Jedenfalls wird Ihre Suspendierung mit sofortiger Wirkung aufgehoben. Als Staatsanwalt allerdings lege ich Ihnen eine Geldstrafe von zehn Tagessätzen auf, die Sie an die Johanniter überweisen. Wenn Sie damit einverstanden sind, ist diese Angelegenheit hiermit vom Tisch!"

„Ich bin einverstanden", erklärte der Hauptkommissar erleichtert.

„Gut! Hier sind Ihre Dienstwaffe und Ihr Polizeiausweis, Sie können sie wieder an sich nehmen. Und nun trinken Sie endlich Ihren Tee."

Glücklich nahm Felix einen großen Schluck. Damit hatte er nicht gerechnet.

„Eine Frage noch. Meinen Sie, dass wir jemals wieder etwas von diesem Igor Bramkolysch hören werden oder dass die internationale Fahndung nach ihm erfolgreich sein wird?"

„Ich bezweifle es!"

Die beiden schwiegen. Als Hauptkommissar Büschelberger seinen Tee getrunken hatte, erhob er sich und ging.

„Felix!", rief Fromm ihm hinterher.

„Ja?"

„Schön, dass Sie wieder da sind!"

Als der Hauptkommissar die Tür hinter sich geschlossen hatte, lächelte der Staatsanwalt glücklich.

Sein nächster Weg führte Büschelberger ins Krankenhaus zu seinem verletzten Freund. Emilio war zwar noch schwach, freute sich aber sehr, dass sein alter Kumpel wieder da war.

„Mensch Felix, ich habe dich vermisst. Und nicht nur ich – viele Leute haben nach dir gefragt. Selbst Christine war dreimal hier. Sie und Sylvia haben sich wieder angefreundet. Und ich muss sagen, es stört mich nicht mehr, was sie macht. Wäre es in Ordnung für dich, wenn zumindest die beiden Frauen wieder befreundet sind?"

„Ich glaube schon", antwortete Felix.

„Super. So, nun erzähl mal! Was hast du gemacht? Mama und Sylvia haben da so gewisse Andeutungen gemacht."

Felix erzählte seinem Freund die ganze Geschichte.

„Und du hast das echt getan? Du, der du immer so gegen Waffen warst?"

Der Hauptkommissar nickte.

„Und wie fühlst du dich jetzt dabei?"

Felix zuckte mit den Schultern, „Ich weiß es nicht. Geträumt habe ich noch nicht davon, aber es tut gut, darüber zu reden. Ich weiß, dass es gegen meine Prinzipien ging und dass es Unrecht war. Aber am Ende hat die Gerechtigkeit gesiegt und das ist alles, was zählt."

Die beiden Freunde schwiegen miteinander.

„Übrigens hat Kevin mir bei seinem letzten Besuch einen echt spannenden Bericht dagelassen", sagte Emilio plötzlich.

„Warum? Liest du jetzt auch schon seine wissenschaftlichen Berichte oder war es ein Obduktionsbericht?", fragte Felix.

„Nein, natürlich ein technischer Bericht. Du erinnerst dich, dass ich vor dem Einsatz im Hotel etwas über IBM und deren Forschung zur Verkleinerung von Speichermedien erzählt habe?"

„Klar, das war das mit den zwölf Atomen."

„Genau! Und eine Universität in Leeds arbeitet mit Bakterien. Die ernähren sich von Eisen und ihre Verdauung wandelt das Eisen in Magnetit um."

„Komm hör auf, jetzt nimmst du mich aber auf den Arm! Bakterien, die Eisen fressen und Magnete ausscheiden! Das glaube ich beim besten Willen nicht!" Felix tippte sich an die Stirn, um seinem alten Freund zu zeigen, was er von dieser Information hielt.

„Doch, du kannst mir wirklich glauben. Da ist ein Bericht in so einem Life Science Journal gewesen, das unser Pathologe aboniert hat. Ist das nicht unfassbar, was es in der Natur so alles gibt? Jedenfalls haben die Forscher aus dem Bakterium, das in Gewässern lebt, das Protein identifiziert und extrahiert. Das tragen die auf eine Goldscheibe auf und legen es in eine Eisenlösung. Erwärmt man die Lösung, bilden sich auf der goldenen Scheibe winzige Magnetite. Dieses Mineral ist das am stärksten magnetische Material natürlicher Herkunft. Die Forscher hoffen, das in Zukunft züchten zu können. Damit können sie winzige Elektronikbauteile und eben auch Datenspeicher bauen."

Felix legte den Kopf in die Hände und schüttelte ihn ungläubig.

„Ich werde zu alt für diese Welt. Bakterien, die Magnete produzieren. Demnächst erzählst du mir noch etwas von Autos, die fliegen können!"

„Gibt es doch schon", erwiderte Emilio trocken.

Felix lachte laut auf.

„Das glaube ich einefach nicht. Du liegst hier im Krankenhaus mit Schussverletzungen und interessierst dich für technische Neuheiten. Ich sehe schon, du bist auf dem besten Weg, wieder ganz gesund zu werden! Das freut mich wirklich."

Die beiden Freunde grinsten sich an.

„Also, bis bald!", verabschiedete sich der Hauptkommissar.

Am Abend gönnte sich Felix ein Glas „The Ned" - ein Weißwein aus Neuseeland ein, den Irena ihm empfohlen hatte. In dem Moment klingelte es an der Tür.

Seine Exfrau Christine stand davor. Sie war aufregend angezogen. Ein enges Kleid, dessen Farben förmlich zu explodieren schienen, schmiegte sich an ihren Körper. Es endete zwei Handbreit über ihren Knien. Die dominierenden Farben waren orange und blaue Töne, die kunstvoll ineinander liefen. Christines Pumps waren hellblau und passten perfekt zu diesem Outfit. Felix hielt den Atem an.

„Ich habe gehört, dass du wieder da bist. Darf ich reinkommen?"

„Klar, ich habe mir gerade eine Flasche Wein aufgemacht. Wenn du magst, trinken wir den zusammen. Übrigens ein Wahnsinns-Outfit, das du gerade anhast."

„Danke, das habe ich im Internet gefunden. Eine Frau aus Starnberg hat ihr eigenes Modelabel gegründet, inspiriert von der Mode auf Ibiza. Deshalb heißt das Label ‚My Ibiza Style'."

Christine drehte sich einmal um sich selbst und strahlte ihren Exmann an.

„Wie gesagt, es gefällt mir sehr gut, ist verdammt sexy und sieht bequem aus. Komm doch rein!"

Interessiert schaute sich Felix' Exfrau in seiner Wohnung um. Sie grinste, als ihr bewusst wurde, wie wenig er sich verändert hatte. Manches war tatsächlich noch aus ihrer gemeinsamen Zeit.

„Oh, ein Weißwein! Du trinkst doch sonst lieber roten!"

„Stimmt, aber diesen Sauvignon Blanc aus der Region Marlborough habe ich empfohlen bekommen."

„Lass mich raten: von einer Frau?"

„Ja, aber nicht so, wie du denkst! Eine Kollegin von mir."

Für eine Weile versanken beide in ihren Gedanken.

„Felix?"

„Ja?"

„Emilio hat dir ja schon erzählt, dass Sylvia und ich uns gerade wieder anfreunden. Ich habe gemerkt, wie sehr ihr mir alle gefehlt habt. Ich würde gerne deine Freundin sein. Du bist einfach ein toller Mensch und da gibt es so wenige davon."

Sie hielt kurz inne, bevor ihm direkt in die Augen sah.

„Deshalb wäre es schade, wenn wir nicht wenigstens Freunde sein könnten. Weißt du, ich habe in der Toskana – zwischen Florenz und Pisa, etwas südlich von San Miniato – zwei ganz liebe Menschen kennengelernt, die dort ein Weingut besitzen. Im November findet dort ein ,Gourmet-Trüffel-Wochenende' statt. Ich habe Sylvia gefragt, ob sie Lust dazu habe, und sie versucht, Emilio dafür zu begeistern. Wir würden da gerne gemeinsam hin. Meinst du, das wäre nicht auch etwas für dich?"

„Vielleicht", sagte Felix, „vielleicht …", während sich sein Blick nach Osten richtete.

STEPHAN SCHWARZ
KRÖTENMORD

*

Hauptkommissar Büschelbergers erster Fall

ISBN 978-3-942358-16-3 - Taschenbuch
ISBN 978-3-942358-17-0 - eBook (epub)
ISBN 978-3-942358-20-0 - Kindle eBook

Frankfurt, Osthafen - 7.00Uhr morgens: Die Leiche eines Chemie-Beraters wird in einem Fahrzeug gefunden. Selbstmord? Mord? Hauptkommissar Felix Büschelberger, der in der Freizeit Kröten rettet, macht sich mit seinem Tee trinkenden Team und ihrem spritzigen Elektroauto auf die Jagd nach der Wahrheit. Doch die verschiedenen Indizien stellen den Ermittler und seinen Technik vernarrten Kollegen Emilio vor immer neue Rätsel. Die Spuren führen über Italien sogar bis nach Kenia und machen trotz immer neuer Erkenntnisse bis zum Schluss die Rekonstruktion der Ereignisse fast unmöglich.

*

Krötenmord ist kein gewöhnliches Buch. Der erste Kriminalroman von Stephan Schwarz schickt die ermittelnden Frankfurter Kommissare mit einem Elektrofahrzeug auf Verbrecherjagd im Umwelttechnikmilieu und bietet unterhaltsame Lektüre.

Der charmante Kriminalroman verquickt Verbrechen und Umweltthemen mit unlauteren Machenschaften, die Auswirkungen in höchste politische Kreise haben. Gekonnt werden Emotionen geweckt – nicht nur für die liebenswert gezeichneten Charaktere, sondern auch für das Thema Elektroauto.

Neben den allgemeinen Vorzügen der Elektromobilität läßt sich auf unterhaltsame Art noch Interessantes über unterstützenswerte Initiativen wie etwa die Bertha Benz Challenge oder faszinierende Technologien im Bereich der Batterie- und Ladetechnik erfahren. Auch grundsätzliche Aufgabenstellungen wie beispielsweise die Energiespeicherung und Sicherstellung der Netzstabilität werden angesprochen.

Ausgezeichnet mit dem ADAC Motorwelt Autobuch Preis 2012 in der Kategorie Sonderpreis

Die BuchBande

Ebersberger Kleeblatt Geschichten

Technikphantasien von Schülern

*

ISBN 978-3-942358-04-0 - Taschenbuch
ISBN 978-3-942358-05-7 - eBook (epub)
ISBN 978-3-942358-15-6 - Kindle eBook

Buch

Wehe, wenn sie freigelassen - die kreativen Gedanken. Kurze, fiktive Geschichten geben einen kleinen Einblick, womit sich junge Menschen von heute beschäftigten und was sie bewegt.

Wodurch wird ihre Sicht auf die Technik beeinflußt? Welche Chancen oder Risiken malt sich ihre Phantasie für die Zukunft aus?

Virtuelle Realität im Geografie-Unterricht

Roboter, die die Weltherrschaft anstreben

Elektronische Viren im Angriff auf das tägliche Leben

Medizintechnik, die für rassistische Klassentrennung sorgt

Spiele, die sich mit der Realität vermengen

Hundeastronaut im fernen Weltall

Computer als Lehrer und allwissende Schulen

Zeitreisen und Erfinderneid

> „Ein Gelehrter in seinem Laboratorium ist nicht nur ein Techniker; er steht auch vor den Naturgesetzen wie ein Kind vor der Märchenwelt."
>
> Marie Curie

Autoren

Die BuchBande - Band I ist eine Sammlung von neunundzwanzig kurzen Geschichten rund um Technik, geschrieben von Schülern aus dem südlichen Landkreis Ebersberg.

> „Ein Mangel an Phantasie bedeutet den Tod der Wissenschaft."
>
> Johannes Kepler

Alice N. York
Richtungswechsel

Delikater Karriere-Roman mit smarten Solar-Ideen

*

ISBN 978-3-942358-00-2 - Taschenbuch
ISBN 978-3-942358-03-3 - eBook (epub)
ISBN 978-3-942358-14-9 - Kindle eBook

Alex führt ein rundum zufriedenes Leben. Mit Sascha meint sie, den richtigen Mann an ihrer Seite zu haben, und der neue Berater-Job bei einem führenden Solarunternehmen ist genau auf sie zugeschnitten. Innerhalb kurzer Zeit arbeitet sie sich in die Technik ein und baut ein vielschichtiges Netzwerk auf.

Die Entwicklung von weitreichenden Strategien begeistert sie dabei genauso wie die taktische Umsetzung in innovative Kundenprojekte. Geschäftsreisen zu ihren international agierenden Kunden bieten Alex dabei zusätzlich Einblicke in andere Kulturen und führen sie zu faszinierenden Städten. Mit innovativen und erfolgreichen Lösungen gewinnt sie neue Projekte und verdient sich damit recht schnell den Respekt ihrer Vorgesetzten.

Doch nach einiger Zeit entwickelt sich ihr Leben zu einer dramatischen Achterbahnfahrt. Gravierende Ereignisse im Privatleben führen dazu, dass sie sich noch stärker in die Arbeit stürzt. Langsam aber sicher ziehen auch dort bedrohliche Wolken auf und immer wieder erzwingen die Geschehnisse einen Richtungswechsel.

Trotzdem setzt Alex alles daran, nicht die Kontrolle zu verlieren. Aber wie bei einem Pokerspiel werden die Karten stets neu gemischt und es ist bis zuletzt unklar, wer das entscheidende Ass im Ärmel hat.

***

Ein gewagt ehrlicher Blick hinter die Kulissen eines Technologie-Konzerns, mit einprägenden Charakterstudien und bewegenden Erfahrungen. Ein Roman, der polarisiert - Insider ebenso wie Branchenfremde.